Scherz Krimis
Die mit den Streifen

W0041574

Agatha Christie

Rolltreppe ins Grab

Unheimliche Geschichten

SCHERZ

Herausgegeben von
Joachim Körber

Die Autorin

Agatha Christie wurde am 15. September 1890 in Torquay,
Devon, geboren. Ihr Mädchenname war Miller – Tochter eines
Amerikaners, der verstarb, als sie noch ein Kind war, und einer
Engländerin. Agatha heiratete bei Ausbruch des Ersten
Weltkrieges den Colonel Archibald Christie, die Ehe wurde 1928
geschieden. Agatha Christie war in zweiter Ehe mit Max
Mallowan verheiratet, einem um 14 Jahre jüngeren Professor für
Westasiatische Archäologie, den sie auf vielen Forschungsreisen
in den Orient als Mitarbeiterin begleitete.
Die weltberühmten Kriminalromane der »Queen of Crime«
werden in über einhundert Ländern publiziert. Auf Deutsch
sind sie im Scherz Verlag erschienen. Agatha Christie ist die
erfolgreichste Schriftstellerin aller Zeiten. Sie starb am 12. Januar
1976 im Alter von 85 Jahren.

Sonderausgabe 2000
Copyright © 2000 an dieser Auswahl
beim Scherz Verlag, Bern, München, Wien.
Alle Rechte der Verbreitung, auch durch Funk, Fernsehen
und auszugsweisen Nachdruck, sind vorbehalten.
Umschlaggestaltung: Atelier Seidel, Altötting (MEV)
Gesamtherstellung: Ebner Ulm

Inhalt

Der Hund des Todes

Es war William P. Ryan, ein amerikanischer Zeitungskorrespondent, durch den ich zuerst von der Geschichte erfuhr. Am Tag vor seiner Rückreise nach New York aß ich mit ihm in London zu Abend und erwähnte dabei gesprächsweise, dass ich am nächsten Morgen nach Folbridge fahren wolle.

Er blickte auf und fragte scharf: »Nach Folbridge in Cornwall?«

Nun weiß unter tausend vielleicht gerade einer, dass es überhaupt ein Folbridge in Cornwall gibt. Die allermeisten halten es für selbstverständlich, dass der Ort Folbridge in Hampshire gemeint ist. Daher erweckte Ryans Ortskunde meine Neugier.

»Ja«, erwiderte ich. »Kennen Sie es?«

Er bemerkte lediglich, da hole ihn doch dieser und jener. Dann fragte er, ob ich da unten zufällig ein Haus namens »Trearne« kenne.

Meine Neugier wuchs.

»Allerdings, sehr gut sogar. Genau da fahre ich nämlich hin. ›Trearne‹ gehört meiner Schwester.«

»Na so was«, sagte William P. Ryan. »Wenn das einen nicht glatt vom Stuhl haut.«

Ich ersuchte ihn, sich nicht länger in rätselhaften Andeutungen zu ergehen, sondern zu erklären, was er meine.

»Tja«, sagte er, »um das zu tun, muss ich bis zu einem Erlebnis von mir bei Ausbruch des Krieges zurückgehen.«

Ich seufzte. Die Ereignisse, von denen hier die Rede ist, fanden im Jahr 1921 statt. Kein Mensch wünschte damals, an den Krieg erinnert zu werden. Wir begannen ihn gottlob gerade zu vergessen... Außerdem pflegte William P. Ryan, wie ich wusste, un-

glaublich weitschweifig zu werden, sobald er auf seine Kriegser-
lebnisse zu sprechen kam.

Aber er war nicht mehr zu bremsen.

»Bei Ausbruch des Krieges war ich, wie Sie vermutlich wissen,
für meine Zeitung in Belgien tätig und kam dort ziemlich viel herum. Nun, es gibt dort ein kleines Dorf – ich will es mal X nennen.
Ein richtiges Kuhdorf, aber es gab ein ziemlich großes Kloster am
Ort. Nonnen in Weiß – den Namen des Ordens kenne ich nicht. Er
tut auch nichts zur Sache. Also, dieses Nest lag genau auf dem
Weg des deutschen Vormarschs. Die Ulanen kamen . . .«

Ich rutschte unruhig auf meinem Stuhl hin und her.

William P. Ryan hob beschwichtigend die Hand.

»Keine Angst, es ist keine Geschichte über deutsche Kriegsver-
brecher. Es hätte vielleicht eine werden können, aber es ist keine.
Eigentlich liegt der Fall hier genau umgekehrt. Die Deutschen
marschierten zum Kloster . . . und als sie hinkamen, flog das
ganze Ding in die Luft.«

»Oh!«, bemerkte ich etwas erschrocken.

»Sonderbare Geschichte, nicht? Auf Anhieb würde ich sagen,
die Deutschen haben eben gefeiert und dabei ihren eigenen
Sprengstoff hochgejagt. Aber anscheinend hatten sie gar keinen
dabei. Es war kein Sprengkommando. Also frage ich Sie, was
sollte ein Haufen Nonnen von Sprengstoff verstehen? Das wären
mir schöne Nonnen, was?«

»Das ist allerdings sonderbar«, stimmte ich zu.

»Es war mir interessant, den Bericht der Bauern über das Ereignis zu hören. Für die lag der Fall sonnenklar. Nach ihrer Meinung war es schlicht ein erstklassiges, hundertprozentig funktio-
nierendes modernes Wunder gewesen. Eine der Nonnen hatte
nämlich anscheinend als eine angehende Heilige gegolten –
Trancezustände, Visionen und so. Und die hatte nach Auffas-
sung der Bauern die Explosion ausgelöst. Sie habe den Blitz he-
rabgerufen, um die gottlosen Hunnen in die Luft zu sprengen –
was er dann auch tat, und alles Übrige im weiteren Umkreis
dazu. Ein recht gründliches Wunder, muss ich sagen!

Ich hatte keine Zeit, der Wahrheit auf den Grund zu gehen. Aber Wunder standen zu der Zeit hoch im Kurs – die Engel von Mons und so weiter. Ich brachte also die Geschichte zu Papier; ich drückte gründlich auf die Tränendrüse, ging mit dem religiösen Kram richtig in die Vollen und schickte das Ganze an meine Zeitung. Es kam in den Staaten sehr gut an. Die lasen zu der Zeit so was gern.

Aber – ich weiß nicht, ob Sie das verstehen – beim Schreiben wurde ich neugierig. Es interessierte mich, was wirklich passiert war. An der Stelle selbst war nichts zu sehen. Da standen bloß noch zwei Mauern, und auf der einen war ein schwarzer Rußfleck, der genau die Form von einem riesigen Wolfshund hatte. Die Bauern in der Gegend fürchteten sich zu Tode vor diesem Fleck. Sie nannten ihn den Hund des Todes und weigerten sich, nach Einbruch der Dunkelheit dort vorbeizugehen.

Abergläubische Ideen sind immer interessant. Es reizte mich, die Dame kennen zu lernen, die das Ganze inszeniert haben sollte. Anscheinend war sie nicht ums Leben gekommen, sondern mit einem Häufchen von anderen Flüchtlingen nach England gegangen. Ich nahm mir die Mühe, ihre Spur zu verfolgen, und fand heraus, dass man sie nach Folbridge in Cornwall geschickt und in Haus ›Trearne‹ einquartiert hatte.«

Ich nickte. »Meine Schwester hat bei Kriegsausbruch eine ganze Menge von belgischen Flüchtlingen in ihren Haus aufgenommen. Ungefähr zwanzig.«

»Ich hatte mir immer vorgenommen, die Frau mal aufzusuchen und mir von ihr selbst erzählen zu lassen, wie das Unglück geschah. Aber vor lauter Arbeit und dem ganzen sonstigen Hin und Her hab ich schließlich nicht mehr dran gedacht. Cornwall liegt ja auch ein bisschen weit ab. Inzwischen hatte ich die Geschichte sowieso total vergessen; erst als Sie eben von Folbridge sprachen, ist sie mir wieder eingefallen.«

»Ich muss meine Schwester fragen«, sagte ich. »Vielleicht hat sie etwas davon gehört. Die Belgier sind inzwischen natürlich längst wieder in ihre Heimat zurückgekehrt.«

»Freilich. Trotzdem, sollte Ihre Schwester tatsächlich etwas von der Sache wissen, würde ich mich freuen, wenn Sie mir Bescheid gäben.«

»Selbstverständlich«, beteuerte ich.

Damit war der Fall erledigt.

Es war am zweiten Tag nach meiner Ankunft in »Trearne«, als mir die Geschichte wieder einfiel. Meine Schwester und ich saßen gerade beim Tee auf der Terrasse.

»Kitty«, sagte ich, »hattest du nicht eine Nonne unter deinen Belgiern?«

»Du meinst doch nicht etwa Schwester Marie-Angélique?«

»Möglicherweise«, erwiderte ich vorsichtig. »Erzähl mir was von ihr.«

»Oh, mein Lieber, sie war eine höchst unheimliche Person. Sie lebt übrigens noch hier.«

»Was? Hier im Haus?«

»Nein, nein. Im Dorf. Dr. Rose – du erinnerst dich an Dr. Rose?«

Ich schüttelte den Kopf.

»Ich erinnere mich an einen alten Herrn von ungefähr dreiundachtzig.«

»Ach, das war Dr. Laird. Der ist tot. Dr. Rose ist erst seit ein paar Jahren hier. Er ist noch ganz jung und sehr aufgeschlossen für neue Ideen. Er hat sich ganz ungeheuer für Schwester Marie-Angélique interessiert. Sie hat Halluzinationen und dergleichen, weißt du, und ist deshalb anscheinend vom medizinischen Standpunkt aus hochinteressant. Die Arme, sie wusste nicht wohin – meiner Meinung nach ist sie einfach nicht richtig im Kopf, aber irgendwie beeindruckend eben, wenn du verstehst, was ich meine . . . na, wie gesagt, sie wusste nicht wohin, und da hat Dr. Rose sie freundlicherweise im Dorf untergebracht. Ich glaube, er schreibt eine Monografie über sie, oder wie man das bei Ärzten nennt.«

Kitty machte eine Pause und fragte dann plötzlich: »Aber wieso weißt du denn von ihr?«

»Mir ist da eine recht merkwürdige Geschichte zu Ohren gekommen.«

Ich gab die Geschichte so weiter, wie ich sie von Ryan gehört hatte. Kitty hörte interessiert zu.

»Sie sieht aus wie jemand, der einen in die Luft sprengen könnte«, bekräftigte sie am Schluss.

»Mir scheint«, entgegnete ich mit wachsender Neugier, »ich muss diese Frau kennen lernen.«

»Tu's. Ich möchte gern wissen, was du von ihr hältst. Aber erst musst du Dr. Rose aufsuchen. Warum gehst du nicht gleich nach dem Tee hinunter ins Dorf?«

Ich stimmte ihrem Vorschlag zu.

Dr. Rose war zu Hause, und ich stellte mich vor. Er schien ein angenehmer junger Mann zu sein, doch es lag etwas in seinem Wesen, das mich abstieß, eine Forschheit, die mich nicht sehr sympathisch berührte. Sobald ich Schwester Marie-Angéliques Namen erwähnte, richtete er sich gespannt auf. Offenbar war er brennend an ihr interessiert. Ich wiederholte ihm Ryans Erzählung.

»Aha!«, sagte er nachdenklich. »Das erklärt allerdings vieles!« Nach einem schnellen Blick auf mich fuhr er fort: »Der Fall ist wirklich hochinteressant. Als die Frau hierher kam, hatte sie offenbar kurz zuvor einen schweren seelischen Schock erlitten. Außerdem befand sie sich in einem hochgradigen geistigen Erregungszustand. Sie neigte zu Halluzinationen von äußerst erschreckender Natur. Ja, sie ist eine höchst ungewöhnliche Persönlichkeit. Vielleicht würden Sie gern mit mir kommen und sie kennen lernen. Sie ist wirklich einen Besuch wert.«

Ich erklärte mich nur zu gern einverstanden.

Wir machten uns zusammen auf den Weg. Unser Ziel war ein winziges Haus am Rande der Ortschaft. Folbridge ist ein höchst malerisches Dorf. Es liegt an der Mündung des Flusses Fol, mit dem Hauptteil am Ostufer, da das Westufer zu steil zum Bauen ist. Dennoch kleben dort ein paar Häuser am Hang, und das Haus des Doktors selbst erhob sich am äußersten westlichen

Punkt der Steilklippe. Von dort blickte man direkt hinunter auf die hohen Wellen, die gegen schwarze Felsen brandeten.

Das Häuschen, zu dem uns der Weg nun führte, lag dagegen weiter im Land, außer Sichtweite des Meeres.

»Die Gemeindeschwester wohnt dort«, erklärte Dr. Rose. »Ich habe für Schwester Marie-Angélique bei ihr ein Zimmer besorgt. Es kann nicht schaden, wenn sie eine ausgebildete Pflegerin in der Nähe hat.«

»Wirkt sie in ihrer Art ganz normal?«, fragte ich neugierig.

»Das werden Sie gleich selbst beurteilen können«, antwortete er lächelnd.

Die Gemeindeschwester, eine füllige freundliche kleine Frau, schwang sich gerade auf ihr Fahrrad, als wir ankamen.

»Guten Abend, Schwester, was macht Ihre Patientin?«, rief der Arzt.

»Ungefähr das Gleiche wie immer, Doktor. Sitzt mit gefalteten Händen da und ist Gedanken irgendwo weit weg. Oft antwortet sie nicht einmal, wenn ich sie anspreche, obwohl man natürlich bedenken muss, dass sie selbst heute noch sehr wenig Englisch versteht.«

Rose nickte, und während die Gemeindeschwester davonradelte, ging er auf die Haustür zu, klopfte energisch und trat ein.

Schwester Marie-Angélique ruhte auf einer Chaiselongue neben dem Fenster. Sie wandte uns das Gesicht zu, als wir das Zimmer betraten.

Sie hatte ein seltsames Gesicht – bleich, fast durchsichtig, mit riesigen Augen, in denen eine unendliche Tragik zu liegen schien.

»Guten Abend, Schwester«, sagte der Arzt auf Französisch.

»Guten Abend, *Monsieur le docteur.*«

»Gestatten Sie, dass ich Ihnen einen Freund vorstelle – Mr. Anstruther.«

Ich verbeugte mich, und sie neigte leise lächelnd den Kopf.

»Und wie geht es Ihnen heute?«, erkundigte sich der Arzt, während er neben ihr Platz nahm.

»So ziemlich wie immer.« Sie verstummte kurz. »Alles erscheint mir so unwirklich. Sind es Tage, die vergehen, oder Monate – oder Jahre? Ich merke es kaum. Nur meine Träume sind Wirklichkeit für mich.«

»Dann träumen Sie also immer noch so viel?«

»Immerzu – immerzu – und, verstehen Sie, die Träume erscheinen mir wirklicher als das Leben.«

»Sie träumen von Ihrem Heimatland – von Belgien?«

Sie schüttelte den Kopf. »Nein. Ich träume von einem Land, das es nie gegeben hat – niemals. Aber das wissen Sie doch, Monsieur, das habe ich Ihnen schon oft erzählt.« Sie hielt inne und fragte dann unvermittelt: »Doch vielleicht ist dieser Herr auch Arzt – vielleicht ein Arzt für Geisteskrankheiten?«

»Aber nein«, antwortete Rose beruhigend.

Als er lächelte, fiel mir auf, wie ungewöhnlich spitz seine Eckzähne waren. Ich fand plötzlich, dass der Mann etwas Wolfsähnliches an sich hatte.

»Ich dachte bloß, es würde Sie vielleicht interessieren, Mr. Anstruther kennen zu lernen«, fuhr Rose fort. »Er kann Ihnen von Belgien erzählen. Er hat unlängst Nachricht von Ihrem Kloster bekommen.«

Ihre Augen hefteten sich auf mich. Eine schwache Röte stieg in ihre Wangen.

»Es ist eigentlich nichts Besonderes«, sagte ich hastig. »Ich aß bloß neulich mit einem Freund zu Abend, und dieser hat mir bei der Gelegenheit von der Ruine des Klosters erzählt.«

»Es liegt also in Trümmern!«

Ein leiser Aufruf, der eigentlich mehr ihr selber galt als uns. Dann fragte sie zögernd: »Sagen Sie, Monsieur, hat Ihr Freund Ihnen erzählt, wie – auf welche Weise das Kloster zerstört wurde?«

»Es flog in die Luft«, erwiderte ich und setzte hinzu: »Die Bauern fürchten sich, nachts dort vorbeizugehen.«

»Warum fürchten sie sich?«

»Wegen eines schwarzen Flecks an einer Wand der Ruine. Sie haben eine abergläubische Angst davor.«

Sie beugte sich vor. »Sagen Sie mir, Monsieur – rasch, rasch –, sagen Sie mir: Wie sieht der Fleck aus?«

»Er hat die Form eines riesigen Wolfshunds«, antwortete ich. »Die Bauern nennen ihn den Hund des Todes.«

»Ah!« Ein schriller Schrei entrang sich ihrem Mund. »Dann ist es also wahr – es ist wahr. All das, an was ich mich erinnere, ist wahr. Es ist kein Albtraum. Es ist geschehen! Es ist wirklich geschehen!«

»Was ist geschehen, Schwester?«, fragte der Arzt sanft.

Sie wandte sich voll Eifer ihm zu.

»Ich erinnerte mich. Dort auf den Stufen erinnerte ich mich. Ich wusste wieder, auf welche Weise es zu geschehen hatte. Ich gebrauchte die Kraft, wie wir sie damals gebrauchten. Ich stand auf den Stufen des Altars und gebot ihnen, keinen Schritt weiter zu tun. Ich bat sie, in Frieden fortzugehen. Sie wollten nicht hören, sie kamen näher, obwohl ich sie warnte. Und da . . .« Sie beugte sich vor und machte eine merkwürdige Handbewegung. »Und da ließ ich den Hund des Todes auf sie los . . .«

Am ganzen Leib zitternd sank sie auf ihre Chaiselongue zurück und schloss die Augen.

Der Arzt sprang auf, holte ein Glas aus dem Schrank, füllte es halb mit Wasser, fügte ein paar Tropfen aus einem Fläschchen hinzu, das er seiner Rocktasche entnahm, und brachte ihr das Glas.

»Trinken Sie«, befahl er.

Sie gehorchte – völlig mechanisch, wie es den Anschein hatte. Ihre Augen starrten in die Ferne, als erblickten sie eine nur ihr sichtbare Vision.

»Dann ist alles wahr«, murmelte sie. »Alles. Die Stadt der Kreise, das Volk des Kristalls – alles. Es ist alles wahr.«

»Es scheint so«, sagte Rose.

Seine Stimme klang leise und beruhigend, offenbar mit dem Zweck, Schwester Marie-Angélique zu ermutigen und ihren Gedankenflug nicht zu stören.

»Erzählen Sie mir von der Stadt«, sagte er. »Die Stadt der Kreise, so nannten Sie sie wohl?«

Sie antwortete mechanisch.

»Ja – es gab drei Kreise. Der erste Kreis war für die Erwählten, der zweite für die Priesterinnen und der äußere Kreis für die Priester.«

»Und im Mittelpunkt?«

Sie sog scharf den Atem ein, und in ihre Stimme trat ein Ton ehrfürchtiger Anbetung.

»Das Haus des Kristalls . . .«

Während sie die Wort flüsterte, hob sie die rechte Hand zur Stirn und beschrieb mit dem Finger dort ein Zeichen.

Ihr Körper schien zu erstarren, ihre Augen schlossen sich. Sie schwankte ein wenig – und dann fuhr sie plötzlich in die Höhe, als schrecke sie aus tiefem Schlaf auf.

»Was ist?«, stammelte sie verwirrt. »Was habe ich gesagt?«

»Es ist nichts«, antwortete Rose. »Sie sind müde. Sie brauchen Ruhe. Wir werden jetzt gehen.«

Sie schien mir ein wenig benommen, als wir uns verabschiedeten.

»Nun«, sagte Rose, sobald wir draußen waren, »was halten Sie davon?«

Er warf mir von der Seite her einen scharfen Blick zu.

»Ich nehme an, ihr Geist ist total verwirrt«, erwiderte ich langsam.

»Das war Ihr Eindruck?«

»Nein – eigentlich wirkte sie . . . nun ja, merkwürdig überzeugend. Als ich ihr zuhörte, hatte ich das Gefühl, dass sie tatsächlich getan hatte, was sie behauptete, nämlich eine Art gigantisches Wunder bewirkt. Sie selbst scheint jedenfalls fest daran zu glauben. Das ist der Grund, warum . . .«

»Das ist der Grund, warum Sie meinen, sie müssen den Verstand verloren haben. Ganz recht. Aber betrachten wir die Sache einmal von einer anderen Warte aus. Angenommen, sie hat tatsächlich dieses Wunder bewirkt – angenommen, sie – sie hat tatsächlich ganz allein ein Gebäude und mehrere hundert Menschen vernichtet.«

»Durch bloße Willenskraft?«, wandte ich lächelnd ein.

»Ich würde es nicht ganz so ausdrücken. Sie werden zugeben, dass eine einzige Person eine große Menschenmenge vernichten kann, indem sie beipielsweise auf einen Knopf drückt, der ein Minenfeld zur Explosion bringt.«

»Ja, aber das ist ein technischer Vorgang.«

»Stimmt, das ist ein technischer Vorgang, aber dem liegt die Dienstbarmachung natürlicher Kräfte zu Grunde. Ein Gewitter und ein Kraftwerk sind im Grund ein und dasselbe.«

»Ja, aber um das Gewitter zu beherrschen, brauchen wir technische Mittel.«

Rose lächelte. »Ich möchte kurz vom Thema abschweifen. Es gibt eine Substanz namens Wintergrün. In der Natur kommt sie in pflanzlicher Form vor. Sie kann aber auch vom Menschen auf synthetischem und chemischem Weg im Laboratorium hergestellt werden.«

»Was wollen Sie damit sagen?«

»Ich möchte damit sagen, dass es oft zwei Möglichkeiten gibt, zum gleichen Ergebnis zu gelangen. Zugegeben, unsere ist synthetisch. Vielleicht gibt es aber noch eine andere. Die außergewöhnlichen Resultate zum Beispiel, die von indischen Fakiren erzielt werden, lassen sich nicht einfach wegdiskutieren. Dinge, die wir übernatürlich zu nennen pflegen, sind keineswegs unbedingt übernatürlich. Einem Wilden würde eine elektrische Taschenlampe als etwas Übernatürliches erscheinen. Das Übernatürliche ist bloß das Natürliche, dessen Gesetze man nicht versteht.«

»Sie meinen also . . .«, sagte ich fasziniert.

»Dass ich die Möglichkeit, ein Mensch könnte unter Umständen in der Lage sein, irgendeine ungeheure zerstörerische Kraft anzuzapfen und sie seinen eigenen Zwecken dienstbar zu machen, nicht völlig ausschließen kann. Die Mittel, durch die das bewerkstelligt wird, mögen uns übernatürlich erscheinen – aber sie sind es in Wirklichkeit nicht.«

Ich starrte ihn an.

Er lachte. »Das ist eine theoretische Überlegung, sonst nichts«, meinte er leichthin. »Sagen Sie, ist Ihnen eine Bewegung aufgefallen, die Schwester Marie-Angélique machte, als sie von dem Haus des Kristalls sprach?«

»Sie legte die Hand auf die Stirn.«

»Genau. Und beschrieb dort einen Kreis. Sehr ähnlich wie die Katholiken, wenn sie das Kreuzzeichen machen. Nun werde ich Ihnen etwas sehr Interessantes erzählen, Mr. Anstruther. Da das Wort Kristall so oft in den Reden meiner Patientin vorkam, versuchte ich ein Experiment. Ich lieh mir von jemand eine Kristallkugel und zeigte sie eines Tages unvorbereitet meiner Patientin, um deren Reaktion zu testen.«

»Und?«

»Nun, das Resultat war sehr merkwürdig, und aufschlussreich. Ihr ganzer Körper wurde steif, und sie starrte auf den Kristall, als vermöge sie ihren Augen nicht zu trauen. Dann sank sie davor auf die Knie, murmelte ein paar Worte und verlor das Bewusstsein.«

»Wie lauteten die Worte?«

»Sehr eigenartig. Sie sagte: ›Der Kristall! Dann ist der Glaube also noch lebendig!‹«

»Erstaunlich!«

»Aufschlussreich, nicht wahr? Und nun die nächste Merkwürdigkeit. Als sie aus ihrer Ohnmacht erwachte, hatte sie alles vergessen. Ich zeigte ihr den Kristall und fragte sie, ob sie wisse, was das sei. Sie antwortete, sie nehme an, es sei eine Kristallkugel, wie Wahrsager sie benutzten. Ich fragte sie, ob sie schon einmal eine solche gesehen habe. Sie antwortete: ›Noch nie, *Monsieur le docteur.*‹ Dann bemerkte ich einen verwunderten Ausdruck in ihren Augen. ›Was beunruhigt Sie, Schwester?‹, fragte ich. Sie antwortete: ›Es ist seltsam. Ich habe noch nie einen solchen Kristall gesehen, und doch scheint es mir, als sei er mir wohl bekannt. Da ist irgendetwas ... Wenn ich mich bloß erinnern könnte!‹ Die Gedächtnisanstrengung war offensichtlich so belastend für sie, dass ich ihr verbot, weiter darüber nachzudenken. Das Ganze ist nun zwei Wochen her. Ich habe absichtlich eine Zeit lang gewartet. Morgen will ich ein weiteres Experiment vornehmen.«

»Mit dem Kristall?«

»Mit dem Kristall. Ich werde sie dazu bringen, hineinzuschauen. Ich denke, das Resultat dürfte recht interessant sein.«

»Was erhoffen Sie sich davon?«, fragte ich neugierig. Die Frage war ohne Hintersinn, aber sie hatte eine unerwartete Wirkung. Rose erstarrte, das Blut stieg ihm ins Gesicht, und als er mir antwortete, hatte sich sein Tonfall fast unmerklich verändert. Er sprach förmlicher und sachlicher als zuvor.

»Aufschlüsse über gewisse, bisher nur unvollkommen erforschte geistige Störungen. Schwester Marie-Angélique ist ein hochinteressanter Fall.«

War Roses Interesse also doch nur rein professionell, fragte mich mich.

»Würde es Ihnen etwas ausmachen, wenn ich auch mitkäme?«

Vielleicht bildete ich es mir bloß ein, aber mir schien, als zögere er, bevor er antwortete. Ich hatte das plötzliche Empfinden, dass er mich nicht dabei haben wollte.

»Gewiss. Ich sehe nichts, was dagegen spräche.« Nach kurzer Pause fügte er hinzu: »Sie werden wohl nicht mehr sehr lange in ›Trearne‹ bleiben, nehme ich an?«

»Nur noch bis übermorgen.«

Ich hatte den Eindruck, dass meine Antwort ihn befriedigte. Seine Miene erhellte sich, und er begann mir von einigen seiner jüngsten Experimente mit Meerschweinchen zu erzählen.

Ich traf den Doktor am folgenden Nachmittag zur verabredeten Stunde, und wir gingen zusammen zu Schwester Marie-Angélique.

Heute war der Arzt von äußerster Liebenswürdigkeit. Ich nahm an, er war bemüht, den Eindruck, den er am Vortag auf mich gemacht hatte, zu verwischen.

»Sie müssen das, was ich gesagt habe, nicht zu ernst nehmen«, bemerkte er lachend. »Ich möchte nicht, dass Sie mich für einen Dilettanten der okkulten Wissenschaften halten. Das Schlimme bei mir ist, ich habe eine fatale Schwäche für das Aufstellen von Theorien.«

»Wirklich?«

»Ja, und zwar je phantastischer, desto lieber.«

Er lachte, wie man über eine amüsante Schwäche lacht.

Als wir zu dem Haus kamen, hatte die Gemeindeschwester etwas mit Rose zu besprechen, und so blieb ich mit Schwester Marie-Angélique allein.

Ich sah, wie sie mich aufmerksam musterte. Schließlich begann sie zu sprechen.

»Meine gute Pflegerin hier erzählt mir, dass Sie der Bruder der freundlichen Dame von dem großen Haus, in dem ich einquartiert wurde, als ich aus Belgien kam, sind.«

»Ja«, entgegnete ich.

»Sie war sehr freundlich zu mir. Sie ist ein guter Mensch.«

Sie schwieg und schien irgendwelchen Gedanken nachzuhängen.

Dann fragte sie plötzlich: »Und *Monsieur le docteur,* ist er auch ein guter Mensch?«

Ich geriet in leichte Verlegenheit.

»O ja. Ich meine – ich denke schon.«

»Aha!« Sie stockte und sagte dann: »Zu mir ist er ohne Zweifel sehr freundlich gewesen.«

»Davon bin ich überzeugt.«

Sie warf mir einen durchdringenden Blick zu.

»Monsieur – wenn Sie jetzt so mit mir sprechen –, halten Sie mich für verrückt?«

»Aber, Schwester, so eine Idee wäre mir niemals . . .«

Sie fiel mir Kopf schüttelnd ins Wort.

»Bin ich verrückt? Ich weiß es nicht. Ich erinnere mich an Dinge . . . ich vergesse Dinge . . .«

Sie seufzte und in diesem Augenblick trat Rose ins Zimmer.

Er begrüßte sie munter und erklärte ihr, was sie tun sollte.

»Gewisse Menschen besitzen die Gabe, Dinge in einer Kristallkugel zu sehen, wissen Sie. Und ich habe das Gefühl, dass auch Sie diese Gabe besitzen könnten, Schwester.«

Sie schien bestürzt.

»O nein, das kann ich nicht. In die Zukunft blicken zu wollen – das ist Sünde.«

Rose war betroffen. Das war der Standpunkt der Ordensschwester – den hatte er nicht bedacht. Er wich geschickt aus.

»Man soll nicht in die Zukunft schauen, da haben Sie vollkommen recht. Aber in die Vergangenheit zurückzuschauen, das ist etwas anderes.«

»Die Vergangenheit?«

»Ja – es gibt viele seltsame Dinge in der Vergangenheit. Bilder, die bruchstückhaft aus der Erinnerung auftauchen – und wieder verlöschen. Versuchen Sie nichts in der Kristallkugel zu erblicken, da Ihnen das nicht gestattet ist. Nehmen Sie sie nur in die Hände – so. Blicken Sie hinein – tief hinein. Ja – tiefer – noch tiefer. Sie erinnern sich, nicht wahr? Sie erinnern sich. Sie hören meine Stimme. Sie können meine Frage beantworten. Können Sie mich nicht hören?«

Schwester Marie-Angélique hatte wie geheißen die Kristallkugel ergriffen und hielt sie nun mit eigentümlicher Ehrfurcht zwischen den Händen. Als sie hineinblickte, wurde ihr Blick starr, ihr Kopf sank herab. Sie schien zu schlafen.

Sanft nahm der Doktor die Kristallkugel aus ihren Händen und legte sie auf den Tisch. Er hob das Augenlid der Frau hoch.

Dann kam er und setzte sich neben mich.

»Wir müssen warten, bis sie aufwacht. Es wird nicht lange dauern, denke ich.«

Er hatte Recht. Nach Ablauf von fünf Minuten regte sich Schwester Marie-Angélique.

Sie schlug die Augen auf.

»Wo bin ich?«

»Sie sind hier – zu Hause. Sie haben ein wenig geschlafen. Sie haben geträumt, nicht wahr?«

Sie nickte. »Ja, ich habe geträumt.«

»Sie haben von dem Kristall geträumt?«

»Ja.«

»Erzählen Sie uns davon.«

»Sie werden mich für verrückt halten, *Monsieur le docteur.* Denn sehen Sie, in meinem Traum war der Kristall ein heiliges Zeichen. Ich sah in meinem Traum sogar einen zweiten Christus, einen Lehrer des Kristalls, der für seinen Glauben starb, dessen Anhänger gejagt und verfolgt wurden. Aber der Glaube blieb bestehen.«

»Der Glaube blieb bestehen?«

»Ja – fünfzehntausend volle Monde lang – ich meine, fünfzehntausend Jahre.«

»Wie lang war ein voller Mond?«

»Dreizehn gewöhnliche Monde. Ja, es war im fünfzehntausendsten vollen Mond – ich war Priesterin vom Fünften Zeichen im Haus des Kristalls. Es war in den ersten Tagen des Sechsten Zeichens . . .«

Sie runzelte die Brauen, ein Ausdruck von Furcht überschattete ihr Gesicht.

»Zu bald . . .«, murmelte sie. »Zu bald. Ein Fehler . . . Ah ja, jetzt erinnere ich mich! Das Sechste Zeichen!«

Sie sprang halb auf die Füße, fiel dann wieder zurück, strich sich mit der Hand über das Gesicht und flüsterte: »Aber was sage ich denn da? Ich rede irre. Dies alles ist ja nie geschehen.«

»Nun regen Sie sich bitte nicht auf.«

Doch sie blickte den Arzt aus ängstlichen, verständnislosen Augen an.

»*Monsieur le docteur,* ich begreife das nicht. Warum sollte ich solche Träume haben – solche Wahnvorstellungen? Ich war erst sechzehn, als ich in den Orden eintrat. Ich bin nie gereist. Und doch träume ich von Städten, von fremden Völkern, von seltsamen Gebräuchen. Warum?« Sie presste beide Hände gegen den Kopf.

»Sind Sie jemals hypnotisiert worden, Schwester? Oder in Trance gefallen?«

»Ich bin niemals hypnotisiert worden, *Monsieur le docteur*. Was das andere betrifft, so hat sich während des Gebets in der Kapelle mein Geist oftmals von meinem Körper gelöst, und ich bin viele Stunden lang dagelegen wie tot. Ich sei von Gott gesegnet, sagte die Mutter Oberin, im Stand der Gnade. O ja!«, rief sie plötzlich aus, »Ich erinnere mich, auch wir nannten es Stand der Gnade!«

»Ich würde gerne ein Experiment versuchen, Schwester«, sagte Rose ruhig. »Es könnte vielleicht diese quälenden, bruchstückhaften Erinnerungen vertreiben. Ich möchte Sie bitten, noch einmal in den Kristall zu blicken. Ich werde dann ein bestimmtes Wort zu Ihnen sagen, und Sie werden mir mit einem anderen Wort antworten. Wir werden damit fortfahren, bis Sie müde werden. Konzentrieren Sie Ihre Gedanken auf den Kristall, nicht auf die Worte.«

Als ich die Kristallkugel wieder aus ihrer Umhüllung nahm und sie in Schwester Marie-Angéliques schmale Hände legte, fiel mir abermals die ehrfürchtige Art auf, mit der sie sie berührte. Ihre schönen, leuchtenden Augen blickten hinein. Eine kurze Weile herrschte Stille, dann sagte der Doktor: »Hund.«

Sofort antwortete Schwester Marie-Angélique: »Tod.«

Ich will das Experiment hier nicht in vollem Umfang wiedergeben. Der Doktor brachte absichtlich viele unwichtige und bedeutungslose Worte ins Spiel. Andere Worte wiederholte er mehrmals, wobei er dieselben, manchmal aber auch eine unterschiedliche Antwort erhielt.

An jenem Abend sprachen wir in Doktor Roses kleinem Haus auf der Klippe über das Resultat des Experiments.

Rose räusperte sich und zog sein Notizbuch näher zu sich heran.

»Die Ergebnisse, die wir hier vorliegen haben, sind sehr interessant – sehr sonderbar. Auf die Worte ›Sechstes Zeichen‹ zum Beispiel bekommen wir als Antwort abwechselnd ›Zerstörung‹ ›Purpur‹, ›Hund‹, ›Macht‹, dann wieder ›Zerstörung‹ und am Ende noch einmal ›Macht‹. Wie Sie vielleicht bemerkt haben, verfuhr ich später umgekehrt und erhielt dabei folgendes Resultat: Auf ›Zerstörung‹ erfolgte die Antwort ›Hund‹, wiederum ›Tod‹, und auf ›Macht‹ – ›Hund‹. Das alles passt zusammen, aber bei einer zweiten Wiederholung des Wortes ›Zerstörung‹ erhalte ich die Antwort ›Meer‹, was völlig irrelevant erscheint. Auf die Worte ›Fünftes Zeichen‹ bekomme ich ›Blau‹, ›Gedanken‹, ›Vogel‹, noch einmal ›Blau‹ und schließlich den recht aufschlussreichen Ausdruck ›Sich im Geiste einander eröffnen‹. Aus dem Umstand, dass auf ›Viertes Zeichen‹ das Wort ›Gelb‹ erfolgt und später ›Licht‹, und dass ich auf ›Erstes Zeichen‹ als Antwort ›Blut‹ erhalte, schließe ich, dass jedes Zeichen eine bestimmte Farbe hatte und möglicherweise auch ein bestimmtes Symbol, beim Fünften Zeichen etwa ein ›Vogel‹, beim Sechsten Zeichen ein ›Hund‹. Ich nehme an, dass das Fünfte Zeichen etwas repräsentierte, was wir unter dem Begriff Telepathie kennen – Gedankenübertragung, ein ›sich im Geiste einander eröffnen‹. Das Sechste Zeichen wiederum bezeichnet ohne allen Zweifel die Macht der Zerstörung.«

»Was ist die Bedeutung von ›Meer‹?«

»Ich gestehe, dafür habe auch ich keine Erklärung. Ich habe das Wort später noch einmal verwandt und als Antwort ein banales ›Boot‹ erhalten. Auf ›Siebentes Zeichen‹ bekam ich zuerst ›Leben‹, und das zweite Mal ›Liebe‹. Auf ›Achtes Zeichen‹ kam die Antwort ›Keines‹. Ich entnehme daraus, dass die Summe und Anzahl der Zeichen sieben betrug.«

»Aber das Siebente wurde nicht erreicht«, sagte ich aus einer plötzlichen Eingebung heraus. »Denn durch das Sechste kam ›Zerstörung‹!«

»Ach, meinen Sie? Ich finde übrigens, wir nehmen diese – diese wirren Reden sehr ernst. Dabei sind sie eigentlich nur aus medizinischer Sicht von Interesse.«

»Bestimmt werden sie in der Psychiatrie Aufsehen erregen.«

Der Doktor kniff die Augen zusammen. »Mein lieber Mr. Anstruther, ich habe nicht die Absicht, sie zu veröffentlichen.«

»Und Ihr Interesse daran?«

»Ist rein persönlicher Natur. Ich werde selbstverständlich ein Protokoll über den Fall anfertigen.«

»Ich verstehe.« Doch zum ersten Mal hatte ich das Empfinden, dass ich gar nichts verstand. Ich erhob mich.

»Nun, dann wünsche ich Ihnen eine gute Nacht, Doktor. Ich muss morgen wieder in die Stadt zurück!«

»Ach!« Mir schien, als spräche Genugtuung, vielleicht sogar Erleichterung aus diesem Ausruf.

»Ich wünsche Ihnen viel Glück bei Ihrer Untersuchung«, fuhr ich ungezwungen fort. »Lassen Sie nur ja nicht den Hund des Todes auf mich los, wenn wir uns das nächste Mal begegnen!«

Seine Hand ruhte in der meinen, als ich das sagte, und ich spürte, wie er zusammenzuckte. Doch er hatte sich rasch wieder in der Gewalt und entblößte die langen, spitzen Zähne zu einem Lächeln.

»Welche Macht wäre das für einen Mann, der die Macht liebt!«, sagte er. »Das Leben eines jeden Menschen in der eigenen Hand zu halten!«

Und sein Lächeln wurde breiter.

Meine direkte Verbindung mit dem Fall war damit zu Ende. Später gelangte das Tagebuch des Arztes in meine Hände. Ich will die spärlichen Eintragungen daraus an dieser Stelle wiedergeben, obwohl man bedenken möge, dass sie erst eine ganze Zeit später in meinen Besitz kamen.

5. Aug. Habe entdeckt, dass Schwester M. A. unter ›den Erwählten‹ jene versteht, denen die Fortpflanzung der Rasse oblag. Sie standen offenbar in höchstem Ansehen, höher als die Priesterschaft. Vergleiche die ersten Christen!

7. Aug. Habe Schwester M. A. überredet, sich hypnotisieren zu lassen. Es gelang mir, sie in Hypnoseschlaf und Trance zu versetzen, fand aber keinen *Rapport*.

9. Aug. Hat es in der Vergangenheit Zivilisationen gegeben, mit denen verglichen die unsere ein Nichts ist? Seltsam, wenn es so wäre, und ich der einzige, der den Schlüssel dazu in Händen hielte . . .

12. Aug. Schwester M. A. sagte heute, dass ›im Stand der Gnade das Tor geschlossen sein muss, auf dass kein anderer Gewalt über den Leib gewinne‹! Interessant! Aber verwirrend.

18. Aug. Das Erste Zeichen ist also nichts anderes als . . . *(die folgenden Worte wurden ausradiert)* . . . wie viele Jahrhunderte wird es dann noch dauern, bis das Sechste erreicht ist? Aber wenn es einen abkürzenden Weg gäbe zur Macht . . .

20. Aug. Habe veranlasst, dass M. A. mit Krankenschwester zu mir zieht. Sagte, Patientin müsse unter Morphium gehalten werden. Bin ich wahnsinnig? Oder werde ich der Übermensch sein, der die Macht über den Tod in seinen Händen hält?«

(Hier brechen die Aufzeichnungen ab.)

Es war, glaube ich, am 29. August, als ich den Brief erhielt. Er war unter der Anschrift meiner Schwester an mich adressiert, in schrägen, fremdländisch wirkenden Schriftzügen. Ich machte ihn mit einiger Neugier auf. Sein Inhalt lautete wie folgt:

»*Chèr Monsieur*, ich habe Sie nur zwei Mal gesehen, aber ich habe gefühlt, dass ich Ihnen vertrauen kann. Ob meine Träume wahr sein mögen oder nicht, sie sind in der letzten Zeit deutlicher geworden . . . Und, Monsieur, einer zumindest, der Hund des Todes, ist kein Traum . . . In jener Zeit, von der ich Ihnen erzählte (ob sie wirklich existierte oder nicht, weiß ich nicht), tat Er, der Hüter des Kristalls, das Sechste Zeichen zu früh den Menschen kund . . . Das Böse hielt in ihren Herzen Einzug. Sie hatten die Macht, nach Belieben zu töten – und sie töteten ohne Gerechtigkeit – im Zorn. Sie waren vor Machtlust trunken. Als wir das sahen, wir, die wir noch rein waren, erkannten wir, dass wir den Kreis auch dieses Mal nicht vollenden und zum Zeichen des Ewigen Lebens gelangen sollten. Er, der der nächste Hüter des Kristalls gewesen wäre, war aufgerufen zu handeln. Damit das Alte sterbe und das Neue, nach endlosen Zeitaltern, wiederkehre, ließ er den Hund des Todes über das Meer (wobei er Acht gab, den Kreis nicht zu schließen), und das Meer erhob sich in Gestalt eines Hundes und verschlang das ganze Land . . .

Die Erinnerung daran ist mir schon einmal gekommen – auf den Stufen des Altars in Belgien . . .

Dieser Dr. Rose, er gehört zur Bruderschaft. Er kennt das Erste Zeichen und die Form des Zweiten, wenn auch dessen Bedeutung allen außer wenigen Auserwählten verborgen ist. Nun sucht er das Geheimnis des Sechsten Zeichens von mir zu erfahren. Ich habe ihm bislang widerstanden – aber meine Kräfte lassen nach. Monsieur, es ist nicht gut, dass ein Mensch vor seiner Zeit zur Macht gelange. Viele Jahrhunderte müssen vergehen, ehe die Welt so weit sein wird, dass die Gewalt über den Tod in ihre Hände gelegt werden kann . . . Ich beschwöre Sie, Monsieur, der Sie das Gute und Wahre lieben, helfen Sie mir . . . ehe es zu spät ist. Ihre Schwester in Christo

Marie-Angélique.«

Ich ließ das Blatt sinken. Der Grund unter meinen Füßen schien mir etwas weniger fest als gewöhnlich. Dann riss ich mich zusammen. Beinahe hätte der Glaube der armen Frau, subjektiv und aufrichtig wie er war, selbst mich überzeugt! Eines stand fest. In seinem ehrgeizigen Forscherdrang missbrauchte dieser Dr. Rose auf das Gröblichste seinen ärztlichen Stand. Ich würde sofort hinfahren und . . .

Plötzlich bemerkte ich unter meiner übrigen Post einen Brief von Kitty. Ich riss ihn auf.

»Es ist etwas Furchtbares passiert«, las ich. »Du erinnerst Dich an das Häuschen von Dr. Rose oben auf den Klippen? Es wurde in der vergangenen Nacht von einem Erdrutsch in die Tiefe gerissen, und der Doktor sowie diese arme Nonne, Schwester Marie-Angélique, kamen dabei ums Leben. Der Strand unten ist übersät mit Trümmern – sie haben sich zu einem höchst seltsam geformten Haufen getürmt – aus der Ferne sieht es fast aus wie ein riesiger Wolfshund . . .«

Der Brief entfiel meiner Hand.

Die übrigen Geschehnisse mögen reiner Zufall sein. In derselben Nacht starb plötzlich ein gewisser Mr. Rose, ein reicher Verwandter des Arztes wie ich erfuhr – es hieß, der Blitz habe ihn getroffen. So weit bekannt, hatte es zu der Zeit in der fraglichen Gegend kein Gewitter gegeben, aber ein oder zwei Leute erklärten, sie hätten einen einzigen gewaltigen Donnerschlag vernommen. An dem Toten wurde ein Brandmal von »merkwürdiger Form« festgestellt. In seinem Testament hatte er sein ganzes Vermögen seinem Neffen, Dr. Rose, vermacht.

Nehmen wir einmal an, es sei Dr. Rose gelungen, Schwester Marie-Angélique das Geheimnis des Sechsten Zeichens zu entreißen. Ich hatte ihn gefühlsmäßig immer für einen skrupellosen Mann gehalten – er wäre gewiss nicht davor zurückgeschreckt, seinen Onkel umzubringen, wenn er hätte sicher sein dürfen, dass ihm die Tat nicht angelastet werden konnte. Aber ein Satz aus Schwester Marie-Angéliques Brief geht mir nicht aus dem Sinn. » ... wobei er Acht gab, den Kreis nicht zu schließen ...« Dr. Rose übte keine solche Vorsicht, wusste vielleicht nicht, welche Vorkehrungen zu treffen waren oder dass überhaupt eine Notwendigkeit dafür bestand. Also vollendete die Kraft, die er benutzte, ihren Kreis und wendete sich gegen ihn ...

Aber das ist natürlich alles Unsinn! Es gibt für jedes der geschilderten Ereignisse eine natürliche Erklärung. Dass der Arzt an Schwester Marie-Angéliques Wahnvorstellungen glaubte, beweist bloß seine eigene geistige Labilität.

Und dennoch träume ich manchmal von einem Kontinent unter dem Meer, wo einst Menschen lebten und einen Grad der Zivilisation erlangten, der der unseren weit voraus ist ...

Oder kehrte sich in Schwester Marie-Angéliques Erinnerung die Zeit um – was manche für möglich halten – und liegt diese Stadt der Kreise in der Zukunft und nicht in der Vergangenheit?

Unsinn – das Ganze war natürlich eine bloße Halluzination!

Das rote Signal

»Nein, wie entsetzlich aufregend«, stöhnte die hübsche Mrs. Eversleigh, indem sie ihre großen, blauen Augen weit aufriss. »Man sagt doch immer, Frauen hätten einen sechsten Sinn. Glauben Sie, dass das wahr ist, Sir Alington?«

Der berühmte Psychiater lächelte höhnisch. Er empfand grenzenlose Verachtung für diesen dümmlichen hübschen Frauentyp, zu dem seine jetzige Tischdame gehörte. Alington West war *die* Autorität schlechthin, was Geisteskrankheiten betraf, und er war sich seiner Stellung und Wichtigkeit voll und ganz bewusst – ein leicht schwammiger Mann von fülliger Figur.

»Da wird eine Menge Blödsinn erzählt, ich weiß das, Mrs. Eversleigh. Was bedeutet überhaupt der Begriff ›sechster Sinn‹?«

»Ach, ihr Wissenschaftler seid immer so gründlich. aber es ist doch ungewöhnlich, wie man manchmal Dinge weiß, einfach weiß, fühlt, ich meine . . . ganz unheimlich, wirklich. Claire weiß, was ich meine, nicht wahr, Claire?« Mrs. Eversleigh machte einen Schmollmund und wandte sich mit leicht vorgebeugten Schultern ihrer Gastgeberin zu.

Claire Trent antwortete nicht gleich. Sie und ihr Mann hatten zum Abendessen eine kleine Gesellschaft eingeladen: Violet Eversleigh, Sir Alington West und dessen Neffen Dermot West, einen alten Freund von Jack Trent.

Jack Trent selbst war ein schwerer Mann mit gerötetem Gesicht. Er lächelte gutmütig, sein Lachen war angenehm träge. Er nahm den Faden der Unterhaltung wieder auf.

»Unsinn, Violet. Dein bester Freund kam bei einem Eisenbahnunglück ums Leben. Sofort fällt dir wieder ein, dass du

Dienstagnacht von einer schwarzen Katze geträumt hast – wunderbar, du wusstest also während der ganzen Zeit, es würde etwas passieren.«

»O nein, Jack, jetzt wirfst du Vorahnung und Intuition durcheinander . . . Sir Alington, sagen Sie es bitte. Sie müssen doch zugeben, dass es Vorahnungen tatsächlich gibt.«

»Bis zu einem gewissen Grad, vielleicht«, stimmte der Arzt vorsichtig zu. »Aber der Zufall spielt meist eine große Rolle, und dann tendiert man allzu leicht dazu, hinterher zu behaupten, man habe alles schon vorher gewusst. Das müssen wir dabei immer in Betracht ziehen.«

»Ich glaube nicht, dass es so etwas wie Vorahnungen gibt«, behauptete Claire Trent ziemlich unvermittelt, »oder Intuition oder einen sechsten Sinn oder irgendetwas, von dem wir so zungenfertig reden. Wir gehen durch das Leben wie ein Zug, der durch die Dunkelheit zu einem unbekannten Ziel rast.«

»Das ist kein besonders treffender Vergleich, Mrs. Trent«, sagte Dermot West, indem er den Kopf hob und zum ersten Mal an der Diskussion teilnahm. Es lag ein sonderbarer Schimmer in seinen klaren grauen Augen, die seltsam hell aus dem dunkel gebräunten Gesicht blickten. »Sie haben die Signale vergessen, nicht wahr?«

»Rot für Gefahr – wie aufregend!«, japste Violet Eversleigh. Dermot wandte sich ihr ungeduldig zu.

»Genauso ist es doch: Gefahr voraus – rotes Signal. Pass auf!« Trent warf ihm einen abschätzenden Blick zu.

»Du sprichst wie aus eigener Erfahrung, alter Junge.«

»So ist es – war es, meine ich.«

»Wieso? Ist dir etwas Derartiges passiert?«

»Ich kann euch ein Beispiel geben . . . Damals in Mesopotamien . . . gleich nach dem Waffenstillstand . . . Eines Abends betrat ich mit einem beunruhigenden Gefühl mein Zelt. Ich spürte Gefahr. Pass auf, dachte ich. Dabei hatte ich keine Ahnung, wovor ich mich hüten sollte. Ich machte im Lager eine Runde, unnötig aufgeregt, traf alle möglichen Vorsichtsmaßnahmen, um mich vor dem eventuellen Angriff eines Feindes zu schützen. Dann ging ich in mein Zelt zurück. Sobald ich es betreten hatte, überkam mich dasselbe beunruhigende Gefühl wieder, noch stärker als vorher. Gefahr! Schließlich nahm ich eine Decke mit ins Freie, rollte mich darin ein und schlief draußen.«

»Und?«

»Als ich am nächsten Morgen wieder in mein Zelt kam, war das erste, was ich sah, der Knauf eines großen Dolches, ungefähr einen halben Meter lang, der durch meine Matratze gestoßen worden war – genau an der Stelle, an der ich gelegen hätte. Ich fand bald heraus, dass es einer meiner arabischen Diener gewesen war. Sein Sohn war als Spion erschossen worden ... was sagst du dazu, Onkel Alington? Für mich war das ein Beispiel für meine Bezeichnung ›rotes Sigal‹.«

Der Spezialist lächelte besserwisserisch.

»Eine höchst interessante Geschichte, mein lieber Dermot.«

»Würdest du sie vorbehaltlos glauben?«

»Doch, doch. Ich zweifle nicht daran, dass du die Vorahnung einer Gefahr hattest. Es ist mehr der Ursprung der Vorahnung, den ich in Zweifel ziehe. Nach dem, was du erzähltest, drang dieses Gefühl von außerhalb auf dich ein. Wir neigen heute zu der Ansicht, dass fast alles von innen, aus unserem Unterbewusstsein entsteht.«

»Ja, ja, das gute alte Unterbewusstsein«, rief Jack Trent dazwischen. »Damit wird heutzutage alles erklärt.«

Sir Alington fuhr fort, ohne auf die Unterbrechung einzugehen.

»Ich nehme an, dass dieser Araber sich durch einen Blick oder seine Miene verraten hat. Dein bewusstes Ich hatte das nicht registriert oder erinnerte sich nicht daran, mit deinem Unterbewusstsein war das anders. Das Unterbewusstsein vergisst nichts. Wir glauben auch, dass dieses Unterbewusste folgern und ableiten kann, und zwar völlig unabhängig von unserem bewussten Willen. Dein Unterbewusstsein schloss also, dass man einen Versuch unternehmen würde, dich umzubringen; in diesem Falle setzte es sich erfolgreich durch, indem es das Angstgefühl in deine bewusste Erkenntnis zwang.«

»Das klingt sehr einleuchtend, wie ich zugeben muss«, sagte Dermot lächelnd.

»Aber längst nicht so aufregend«, zwitscherte Mrs. Eversleigh.

»Es ist auch möglich, dass du unterbewusst den Hass des Mannes spürtest. Das, was man früher Telepathie nannte, existiert sicher, obwohl die Umstände, unter denen sie zu Stande kommt, oft falsch ausgelegt und missverstanden werden.«

»Gibt es dafür noch andere Beispiele?«, fragte Claire.

»O ja, leider nicht ganz so malerisch. Ich nehme an, auch das könnte unter die Überschrift ›Zufall‹ gesetzt werden.« Dermot machte eine kleine Pause. »Ich lehnte einmal eine Einladung in ein Landhaus ab, aus keinem anderen Grund als dem Aufleuchten meines roten Signals. Das Haus brannte in der Woche darauf ab. Übrigens, Onkel Alington, wo setzt in diesem Fall das Unterbewusstsein ein?«

»Ich fürchte, überhaupt nicht«, antwortete Sir Alington und lächelte.

»Aber bestimmt hast du dafür eine gute Erklärung. Komm, sag sie uns. Du brauchst wegen deines Verwandten nicht taktvoll zu sein.«

»Also gut, mein Neffe, ich habe dich bei dieser Geschichte stark im Verdacht, dass du die Einladung nur aus dem sehr gewöhnlichen Grund ablehntest, weil du sie nicht übermäßig gern annehmen wolltest, und dass du dir nach dem Feuer selbst eingeredet hast, du hättest vorher ein warnendes Gefühl vor einer Gefahr verspürt . . . Dieser eingeredeten Überzeugung hast du dann blinden Glauben geschenkt.«

»Es ist hoffnungslos«, lachte Dermot. »Ich gebe mich geschlagen. Du gewinnst immer, Onkel.«

»Machen Sie sich nichts daraus, Mr. West«, rief Violet Eversleigh. »Ich glaube blind an Ihr rotes Signal. Sahen Sie es in Mesopotamien das letzte Mal?«

»Ja – bis . . .«

»Verzeihung?«

»Ach, nichts.«

Dermot saß schweigend da. Die Worte, die ihm fast noch aus dem Mund gerutscht wären, hießen: ». . . bis heute Abend.« Sie waren ganz ungebeten bis zu seinen Lippen gekommen und wollten eine Empfindung ausdrücken, die er bis soeben noch nicht bewusst erkannt hatte. Doch plötzlich hatte er gewusst, dass diese Ahnung richtig war. Das rote Signal leuchtete in der Dunkelheit auf . . . Gefahr! Akute Gefahr!

Aber warum? Welche begreifbare Gefahr konnte ihm drohen? Hier, im Hause seines Freundes? Niemals! Und doch, es gab eine Art von Gefahr. Er sah Claire Trent an – ihre Blässe, ihre Schlankheit, das vielsagende Hängenlassen ihres goldblonden Kopfes. Aber diese Gefahr bestand schon geraume Zeit. Jack Trent war sein bester Freund, noch mehr als das: Er war derjenige gewesen, der ihm in Flandern das Leben gerettet hatte und den man dafür zum Vizekonsul ernannt hatte. Jack war einer der Besten! Eine dumme Sache, dass er, Dermot, sich ausgerechnet in Jacks Frau verlieben musste . . . Dermot hatte bisher gedacht, er könnte es überwinden. Einmal musste der Schmerz doch vorübergehen. Man musste ihn aushungern können . . . Sie durfte ja niemals etwas ahnen, und wenn sie es vermutete, durfte nicht die Gefahr entstehen, dass er sie berührte. Für ihn durfte sie nur eine Wunschgestalt, eine wunderschöne Statue, eine Göttin aus Gold und Elfenbein und blassrosa Korallen sein – ein Spielzeug für einen König, aber keine wirkliche Frau . . .

Claire! Allein ihr Name, nur in Gedanken erwähnt, tat ihm schon weh . . . Er musste das überwinden. Er hatte doch auch vorher Frauen gern gemocht . . .

»Aber nicht so«, schrie es in ihm. »Nicht so!«

Nun ja, es hatte ihn gepackt. Es bestand aber keine Gefahr dabei – Leid, Herzenskummer, ja, jedoch keine Gefahr. Nicht die Gefahr für das rote Signal! Das musste vor etwas anderem warnen . . .

Er sah sich am Tisch um. Zum ersten Mal kam ihm zum Bewusstsein, dass es eine recht ungewöhnliche Versammlung war. Sein Onkel zum Beispiel ging selten zum Essen aus und erst recht nicht zu inoffiziellen Anlässen wie einem solchen. Die Trents waren zwar alte Freunde von ihm, dennoch hätte er die Einladung nicht angenommen, wenn nicht ein besonderer Grund vorlag. Bis heute Abend war Dermot noch nicht bewusst gewesen, dass er seinen Onkel eigentlich gar nicht wirklich kannte.

Es gab allerdings eine Erklärung für das Verhalten Sir Alingtons. Nach dem Abendessen wurde ein Medium erwartet, mit dem eine Sitzung abgehalten werden sollte. Sir Alington hatte erkennen lassen, an spiritistischen Sitzungen, wenn auch nicht übermäßig, interessiert zu sein. Ja, das war bestimmt die Entschuldigung dafür, dass sein Onkel seine Gewohnheit durchbrochen hatte.

Dieses Wort »Entschuldigung« drängte sich weiter in Dermots Gedanken. Eine Entschuldigung? Für die »Sitzung« etwa, um die Anwesenheit als Spezialist bei diesem Abendessen zu erklären? Eine Menge von Einzelheiten schossen Dermot durch den Kopf; Nebensächlichkeiten, die er bis jetzt gar nicht beachtet oder, wie sein Onkel gesagt hatte, die sein Bewusstsein bisher nicht registriert hatte.

Der große Arzt hatte Claire mehr als einmal recht merkwürdig angesehen. Er schien sie zu beobachten. Sie fühlte sich unbehaglich unter seiner Beobachtung. Sie machte leise schnippende Bewegungen mit den Fingern. Sie war nervös, hochgradig nervös. Konnte es sein – war es möglich, dass sie Angst hatte? Warum sollte sie Angst haben?

Mit einem Ruck zwang Dermot seine Aufmerksamkeit wieder der Unterhaltung zu. Mrs. Eversleigh hatte den großen Mann dazu gebracht, über sein eigenes Problem zu sprechen.

»Meine liebe Dame«, sagte er gerade, »was ist denn Wahnsinn? Ich kann Ihnen versichern, je mehr wir diese Krankheit erforschen, um so schwerer fällt es uns, sie beim Namen zu nennen. Bis zu einem gewissen Grade betrügen wir uns alle selbst.

Wenn wir es so weit bringen, uns einzubilden, wir seien der Zar von Russland, werden wir eingesperrt oder unter Bewachung gesetzt. Doch ist es ein weiter Weg bis zu diesem Punkt. An welchem klar bestimmbaren Punkt dieser Wegstrecke können wir einen Meilenstein aufstellen, auf dem steht, bis hierher ist Gesundheit, ab hier Wahnsinn? Wir können es nicht, Sie wissen es. Und noch etwas: Wenn ein Mann unter einer Einbildung leidet, aber im Stande ist, das vor der Umwelt zu verheimlichen, dann werden wir aller Wahrscheinlichkeit nach diesen Mann von einem normalen nicht unterscheiden können. Die ungewöhnliche Schlauheit der Geisteskranken ist dabei ein überaus interessantes Problem.«

Sir Alington nippte genießerisch an seinem Wein und wandte sich wieder seiner Tischdame zu.

»Ich habe schon gehört, dass sie sehr schlau sind, ich meine diese Irren«, sagte Mrs. Eversleigh.

»O ja, und zwar auf bemerkenswerte Weise. Die Unterdrückung einer bestimmten Wahnvorstellung kann oft eine verhängnisvolle Wirkung haben. Alle Arten von Unterdrückung sind gefährlich, wie uns die Psychoanalyse lehrt. Der Mann, der ein harmloses exzentrisches Hobby hat, überschreitet selten seine Grenzen. Aber der Mann« – er hielt inne – »oder die Frau, die dem Anschein nach völlig normal sind, können in Wirklichkeit für die Allgemeinheit eine ständige Gefahrenquelle bedeuten.«

Sein Blick wanderte langsam zu Claire und wieder zurück. Er nippte noch einmal an seinem Glas Wein.

Eine entsetzliche Angst ergriff Dermot. War es das, was er meinte? Unmöglich! und doch . . .

»Alles, was man selbst unterdrückt«, jammerte Mrs. Eversleigh. »Ich sehe ein, dass man sehr vorsichtig sein muss, wenn man jemandem seine eigene Persönlichkeit erklärt. Die Gefahr für andere wird gleich überbewertet.«

»Meine liebe Mrs. Eversleigh«, mahnte der Arzt nachsichtig, »Sie haben mich vollkommen missverstanden. Die Ursache zu dem Unheil liegt in der physischen Beschaffenheit des Gehirns.

Manchmal wird ihm von außen Schaden zugefügt, zum Beispiel durch einen Schlag, manchmal ist das Unheil – leider – auch vererbbar.«

»Vererbung ist eine traurige Sache«, flüsterte die hübsche Dame leise, »bei Schwindsucht und all dem.«

»Tuberkulose ist nicht vererbbar«, sagte Sir Alington trocken.

»Ach, was Sie nicht sagen. Ich dachte immer, gerade diese sei vererbbar. Wahnsinn ist doch auch vererbbar – wie schrecklich! Was sonst noch?«

»Gicht«, sagte Sir Alington lächelnd, »und Farbenblindheit. Letztere ist übrigens interessant. Sie wird nur auf männliche Nachkommen übertragen, auf weibliche latent. Es gibt viele farbenblinde Männer; um aber einer Frau Farbenblindheit zu übertragen, bedarf es eines farbenblinden Vaters und einer Mutter, in der diese Krankheit latent schlummert, eine Voraussetzung, die ziemlich selten eintritt. Das nennen wir geschlechtsbedingte Vererbung.«

»Und Wahnsinn vererbt sich nicht, oder doch?«

»Wahnsinn kann auf Frauen wie auf Männer gleichermaßen vererbt werden«, sagte der Arzt ernst.

Claire sprang plötzlich auf und stieß dabei ihren Stuhl so heftig zurück, dass er umkippte und polternd zu Boden fiel. Sie war blass, das nervöse Schnippen ihrer Finger wurde sehr auffällig.

»Sie – Sie werden mich doch nicht allzu lange warten lassen«, bat sie. »Mrs. Thompson wird in ein paar Minuten hier sein.«

»Noch dieses Glas Portwein, dann komme ich zu Ihnen«, erklärte Sir Alington. »Ich kam ja schließlich hierher, um die Vorstellung dieser großartigen Mrs. Thompson zu erleben, nicht wahr? Nicht etwa, weil ich einen Anlass brauchte!« Er verbeugte sich.

Claire lächelte ihm schwach und verstehend zu, dann ging sie aus dem Zimmer, ihre Hand auf Mrs. Eversleighs Schulter.

»Ich fürchte, ich habe ein wenig zu viel gefachsimpelt«, bemerkte der Arzt, als er sich gemütlich auf seinem Stuhl zurechtsetzte. »Verzeihen Sie mir, alter Freund.«

»Aber ich bitte Sie, das macht doch nichts«, sagte Trent.

Er sah überanstrengt und besorgt aus. Zum ersten Mal fühlte sich Dermot in der Gegenwart seines Freundes als Außenstehender. Diese beiden Männer trennte ein Geheimnis, das sie niemals miteinander teilen würden. Es war zu phantastisch und unglaublich. Wie waren nur Sir Alingtons Gedankenkombinationen entstanden? Durch ein paar Blicke und die Nervosität einer Frau . . .?

Sie tranken langsam ihre Gläser aus, dann gingen sie in den Wohnraum hinüber, wo gerade Mrs. Thompson angemeldet wurde.

Das Medium war eine dickliche, nicht mehr junge Frau, geschmacklos in schreiend bunten Samt gekleidet und mit einer lauten, gewöhnlichen Stimme.

»Ich hoffe, ich komme nicht zu spät, Mrs. Trent«, plauderte sie gut gelaunt. »Sie sagten neun Uhr, nicht wahr?«

»Sie sind pünktlich, Mrs. Thompson«, sagte Claire mit ihrer süßen, etwas heiseren Stimme. »Das ist unser kleiner Zirkel.«

Es wurde niemand vorgestellt; das schien offensichtlich so Brauch zu sein. Das Medium musterte alle eindringlich mit listigen Augen.

»Ich hoffe, dass wir ein paar gute Resultate erzielen«, bemerkte es lebhaft. »Ich kann Ihnen gar nicht sagen, wie sehr ich es hasse, wenn ich wieder gehe und der Kreis unbefriedigt ist. Das macht mich wahnsinnig. Aber ich weiß, dass Shiromako, meine japanische Kontrolle, heute Abend stark ist und alles gut geht. Ich habe mich noch nie so labil gefühlt wie heute. Ich habe sogar einen französischen Hasenbraten abgelehnt, den ich als Toast mit Käse überbacken so gern esse.«

Dermot hörte zu, halb belustigt, halb angewidert. Wie prosaisch das alles war! Vielleicht urteilte er aber auch vorschnell und töricht? Letzten Endes war ja alles natürlich . . . Die Kräfte, die durch das Medium angerufen wurden, waren natürliche Kräfte, wenn sie auch unvollständig verstanden wurden. Ein großer Chirurg mochte am Abend vor einer schwierigen Operation wohl auch Verdauungsstörungen für die Zeit der Operation zu verhüten suchen. Warum nicht Mrs. Thompson?

Stühle wurden in einem Kreis arrangiert, die Lampen so aufgestellt, dass sie nach Belieben höher oder tiefer gezogen werden konnten. Es fiel Dermot auf, dass niemand Testfragen stellte. Nicht einmal Sir Alington erkundigte sich nach den Bedingungen der Sitzung. Er war aus einem anderen Grund hier. Der Abend mit Mrs. Thompson war für ihn nur ein Vorwand. Dermot erinnerte sich, dass Claires Mutter jenseits des Atlantiks gestorben war. Es war eine geheimnisvolle Geschichte gewesen . . . Eine Erbkrankheit . . .

Mit Gewalt zwang er sich, auf die Umgebung des Augenblicks zu achten. Jeder nahm Platz, das Licht wurde abgeschaltet – bis auf eine kleine rotbeschirmte Lampe auf einem abseits stehenden Tisch.

Eine Zeit lang hörte man nur die tiefen, gleichmäßigen Atemzüge des Mediums. allmählich kam ihr Atem immer keuchender, angestrengter. Dann – mit einer Plötzlichkeit, die Dermot zusammenfahren ließ – hörte man aus der entfernten Ecke des Zimmers lautes Klopfen. Es wiederholte sich in einer anderen Ecke. Es folgte ein Anschwellen der klopfenden Schläge. Sie verklangen, und höhnisches Gelächter wurde hörbar. Dann wieder Schweigen, in das hinein man eine Stimme vernahm, die der von Mrs. Thompson sehr unähnlich war, eine hoch geschraubte, seltsam altmodisch verdrehte Stimme.

»Ich bin hier, Gentlemen«, schnarrte sie. »Hach, wer ruft mich? Was wollt ihr von mir?«

»Wer sind Sie? Shiromako?«, stöhnte Mrs. Thompson.

»Hach, ich bin Shiromako. Lasst mich in Ruhe! Ich bin glücklich.«

Es folgten Einzelheiten aus Shiromakos Leben, alle flach und uninteressant, Dermot hatte sie schon öfter gehört . . . Vage Botschaften von angeblichen Verwandten, deren Beschreibung so allgemein gehalten war, dass sie auf jeden zutreffen konnten.

Eine ältere Dame wäre gerade da und bespräche Grundsätze besonderer Art – einen der Anwesenden betreffend . . .

»Da ist jemand anderer«, verkündete Shiromako, »mit wichtiger Nachricht für einen der Herren.«

Es entstand eine Pause. Dann sprach eine andere Stimme, die ihre Bemerkungen mit einem bösen, dämonischen Gekicher einleitete.

»Ha, ha! Ha, ha, ha! Es ist besser, wenn Sie nicht nach Hause gehen. Befolgen Sie meinen Rat.«

»Zu wem sprechen Sie?«, fragte Trent respektlos.

»Zu einem von Ihnen dreien. Ich würde nicht nach Hause gehen, wenn ich er wäre. Ich sehe Blut! Nicht viel – aber es genügt. Gehen Sie nicht nach Hause!« Die Stimme wurde schwächer. »Gehen Sie nicht nach Hause!« Sie erstarb vollends.

Dermot fühlte sein Blut gefrieren. Er war fest davon überzeugt, dass die Warnung ihm gegolten hatte. Heute Nacht lauerte eine Gefahr auf ihn . . .

Man hörte tiefe Atemzüge des Mediums, dann Stöhnen. Die Frau kam langsam wieder zu sich. Das Licht wurde angeknipst, sie setzte sich aufrecht, ihre Augen blinzelten noch ein wenig.

»Ist alles gut gegangen, meine Liebe?«

»Ja, sehr gut – danke schön. Mrs. Thompson.«

»Shiromako?«

»Ja, auch andere.«

Mrs. Thompson gähnte.

»Ich bin fix und fertig, total erschöpft. Es nimmt mich immer arg mit. Ich bin aber froh, das es ein Erfolg war. Ich hatte schon Angst, es könnte nicht klappen, und fürchtete, es könnte etwas Unangenehmes passieren. Ich hatte heute Abend ein komisches Gefühl in diesem Raum.«

Sie sah zuerst über ihre linke, dann über ihre rechte Schulter nach hinten und schüttelte sich unbehaglich.

»Ich mag Ahnungen nicht«, murmelte sie. »Gab es bei einem von Ihnen kürzlich einen plötzlichen Todesfall?«

Alle verneinten.

»Nicht? Nun, wenn ich abergläubisch wäre, würde ich sagen, heute läge ein Tod in der Luft. Vielleicht ist es bloße Einbildung – Unsinn . . . Auf Wiedersehen, Mrs. Trent. Ich freue mich, dass Sie zufrieden sind.«

Mrs. Thompson verließ in ihrem knallfarbenen Samtkostüm das Zimmer.

»Hat es Sie interessiert, Sir Alington«, fragte Claire, als sie zurückkam.

»Ein interessanter Abend, gnädige Frau. Haben Sie herzlichen Dank für die Einladung, und lassen Sie mich Ihnen noch einen schönen Abend wünschen. Sie gehen doch noch zu einem Ball, nicht wahr?«

»Möchten Sie mit uns kommen?«

»Nein, nein. Ich habe es mir zur Gewohnheit gemacht, gegen halb zwölf im Bett zu liegen. Gute Nacht – gute Nacht, Mrs. Eversleigh. Ach, Dermot, mit dir möchte ich noch etwas besprechen. Kannst du mich heimbegleiten? Du kannst ja anschließend die anderen in den Grafton Galleries wieder treffen.«

»Selbstverständlich, Onkel. Ich komme später nach, Trent.«

Während der Fahrt in die Harley Street wechselten Onkel und Neffe nur wenige Worte. Sir Alington entschuldigte sich, weil er Dermot aus der Gesellschaft entführt hatte, und versicherte ihm, er werde ihn nur ein paar Minuten aufhalten.

»Soll ich den Wagen warten lassen, mein Junge?«, fragte Sir Alington, als sie ausstiegen.

»Nicht nötig, Onkel. Ich nehme mir nachher ein Taxi.«

»Sehr gut. Es ist mir auch lieber, wenn Charlson nicht länger als nötig aufbleiben muss. Gute Nacht, Charlson!« Sie gingen zur Haustür. »Wo zum Teufel habe ich denn den Schlüssel hingesteckt?«

Der Wagen fuhr davon, während Sir Alington auf den Stufen stand und vergeblich seine Taschen nach dem Schlüssel durchsuchte.

»Ich muss ihn in den anderen Mantel gesteckt haben«, knurrte er gedehnt. »Läute mal, mein Junge, ja? Johnson ist bestimmt noch auf.«

Der unerschütterliche Johnson öffnete die Tür innerhalb von sechzig Sekunden.

»Ich muss meinen Schlüssel verlegt haben, Johnson«, erklärte Sir Alington. »Bringen Sie uns, bitte, zwei Whisky mit Soda in die Bibliothek.«

»Sehr wohl, Sir.«

Der Arzt betrat die Bibliothek und schaltete das Licht ein. Er bedeutete Dermot, die Tür hinter sich zu schließen.

»Ich werde dich nicht lange aufhalten, Dermot, aber ich muss dir noch etwas sagen. Vielleicht ist es nur eine Einbildung meinerseits, oder hegst du wirklich zärtliche Gefühle für die Frau von Jack Trent?«

Das Blut schoss Dermot ins Gesicht.

»Jack Trent ist mein bester Freund.«

»Entschuldige, aber das ist keine Antwort auf meine Frage. Es mag sein, dass dir meine Ansichten über Scheidung und Ähnliches puritanisch erscheinen, aber ich möchte dich daran erinnern, dass du mein einziger naher Verwandter und mein Erbe bist.«

»Von Scheidung ist gar keine Rede«, sagte Dermot ärgerlich.

»Gewiss nicht, und zwar aus einem Grund, den ich besser verstehe als du. Diesen Grund kann ich dir noch nicht erklären, aber ich möchte dich warnen. Claire Trent ist nichts für dich.«

Der junge Mann hielt dem Blick seines Onkels stand.

»Ich verstehe und erlaube mir, dir zu sagen – besser als du glaubst. Ich kenne wahrscheinlich den Grund, warum du heute Abend zu dem Abendessen gegangen bist.«

»So?« Der Arzt war sichtlich betroffen. »Wieso konntest du das wissen?«

»Du kannst es Vermutung nennen, wenn du willst. Ich gehe wohl nicht fehl in der Annahme, dass du aus beruflichen Gründen dort warst.«

Sir Alingteon ging im Raum auf und ab. »Du hast Recht, Dermot. Das konnte ich dir natürlich nicht sagen, obwohl es bald, fürchte ich, allgemein bekannt sein wird.«

Einen Moment lang setzte Dermots Herzschlag aus.

»Du meinst – du bist dir schon ganz sicher?«

»Ja, da ist eine ungesunde Erbmasse in der Familie, von Seiten der Mutter. Ein tragischer Fall – ein sehr trauriger Fall.«

»Ich kann es nicht glauben.«

»Aber es ist so. Für einen Laien gibt es wenige oder gar keine Anzeichen, die offenkundig sind.«

»Und für den Experten?«

»Ist die Krankheit kurz vor dem Ausbruch. In so einem Fall muss der Patient so schnell wie möglich in Zwangshaft gesetzt werden.«

»Mein Gott«, stöhnte Dermot. »Aber du kannst doch niemanden wegen nichts und wieder nichts einsperren lassen.«

»Mein lieber Dermot! Man hält nur solche Leute fest, die in Freiheit eine Gefahr für die Allgemeinheit bedeuten.«

»Gefahr?«

»Eine ernste Gefahr, aller Wahrscheinlichkeit nach eine Art Selbstmordwahn. Im Fall der Mutter war es das.«

Dermot wandte sich stöhnend ab, vergrub das Gesicht in den Händen. Claire – weiße und goldene Claire!

»Unter diesen Umständen«, fuhr der Arzt ruhig fort, »hielt ich es für meine Pflicht, dich zu warnen.«

»Claire«, murmelte Dermot. »Meine arme Claire.«

»Ja, wir müssen sie alle bedauern und bemitleiden.«

Plötzlich hob Dermot den Kopf. »Ich glaube es nicht.«

»Was?«

»Ich sagte, ich glaube es nicht. Die Ärzte können irren. Das weiß jeder. Sie sind immer begierig, ihren eigenen Spezialfall herauszufinden.«

»Mein lieber Dermot!«, schrie Sir Alington wütend.

»Ich sage trotzdem, ich glaube es nicht. Selbst wenn es so wäre, ist es mir gleich. Ich liebe Claire. Wenn sie mit mir kommen will, werde ich sie mit mir nehmen, weit weg – ganz weit weg, wo keine Ärzte sie einsperren können. Ich werde sie beschützen, ich werde für sie sorgen, sie beschützen mit meiner Liebe.«

»Das wirst du nicht tun. Bist du wahnsinnig?«

Dermot lachte bitter.

»Du würdest auch das behaupten.«

»Versteh doch, Dermot.« Sir Alingtons Gesicht war rot vor unterdrückter Wut. »Wenn du das tust, wenn du so etwas Abscheuliches tust – dann ist es das Ende. Dann kann ich dir die Praxis nicht vermachen und muss ein neues Testament schreiben, in dem ich alles, was ich besitze, verschiedenen Krankenhäusern vererbe.«

»Mach, was du willst, mit deinem verdammten Geld«, schimpfte Dermot leise. »Ich werde dafür die Frau haben, die ich liebe.«

»Eine Frau, die . . .«

»Sag ein einziges Wort gegen sie, bei Gott, ich bringe dich um!«, schrie Dermot.

Das leise Klirren von Gläsern ließ beide herumfahren. In der Hitze des Streites war Johnson ungehört mit einem Tablett in die Bibliothek gekommen. Sein Gesicht war unerforschlich wie das eines guten Dieners, und Dermot fragte sich, wie viel er wohl mitgehört hatte.

»Das ist alles, Johnson«, sagte Sir Alington höflich. »Sie können zu Bett gehen.«

»Danke, Sir. Gute Nacht, Sir.«

Johnson zog sich zurück. Die beiden Männer sahen sich an. Die Unterbrechung hatte den Sturm beruhigt.

»Onkel«, sagte Dermot, »ich hätte nicht so zu dir sprechen dürfen. Ich sehe ein, dass du von deinem Standpunkt aus Recht hast. Aber ich liebe Claire schon lange. Nur die Tatsache, dass Jack Trent mein bester Freund ist, hat mich bis jetzt gehindert, Claire das zu sagen. Aber unter diesen Umständen zählt dies nicht länger. Der Gedanke, dass die momentane Lage mich abschrecken könnte, ist absurd . . . Ich glaube, wir haben beide gesagt, was zu sagen war. Gute Nacht!«

»Dermot . . .«

»Es ist nicht gut, wenn wir noch weiter streiten. Gute Nacht, Onkel Alington. Es tut mir Leid, aber es ist so.«

Dermot ging schnell hinaus und schloss die Tür hinter sich. Die Vorhalle war dunkel. Er durchschritt sie, öffnete die Haustür und trat auf die Straße, indem er die Haustür hinter sich zuzog.

Ein Taxi hatte soeben ein Haus weiter einen Fahrgast abgesetzt. Dermot hielt es an und fuhr zu den Grafton Galleries.

In der Tür zum Ballsaal blieb er eine Minute lang verwirrt stehen. Sein Kopf schmerzte. Die heisere Jazzmusik, die lächelnden Frauen – es war, als ob er eine andere Welt betreten hätte.

Hatte er geträumt? Unmöglich, dass die laute Unterhaltung mit seinem Onkel wirklich stattgefunden haben sollte.

Da schwebte Claire vorbei. Wie eine Lilie sah sie in ihrem weißsilbernen Kleid aus, das wie eine zweite Haut ihre Schlankheit umspannte. Sie lächelte ihm zu, ihr Gesicht war ruhig und heiter . . . Bestimmt war alles nur ein Traum.

Der Tanz war zu Ende. Jetzt stand sie nahe bei ihm und lächelte ihn an. Wie im Traum bat er um den nächsten Tanz. Jetzt war sie in seinen Armen. Die heitere Musik hatte wieder begonnen. Er spürte, wie sie ein wenig matter wurde.

»Müde? Möchtest du dich ausruhen?«

»Wenn es dir nichts ausmacht. Wir können etwas abseits gehen, wo wir miteinander sprechen können. Ich muss dir etwas sagen.«

Kein Traum! Mit einem Schlag kam er auf die Erde zurück. Hatte er jemals ihr Gesicht ruhig und heiter gesehen? Es trug den Ausdruck von Gehetztsein, Angst, Entsetzen. Wie viel mochte sie wissen? Sie fanden eine ruhige Ecke und setzten sich nebeneinander.

»Nun«, sagte er, indem er eine innere Leichtigkeit vortäuschte, die nicht echt war, »du wolltest mir etwas sagen.«

»Ja.« Sie hielt die Augen niedergeschlagen, spielte nervös an den Spitzen ihres Kleides. »Es ist schwierig – es ist so schwierig zu sagen.«

»Sag es mir, Claire.«

»Sieh, es ist – ich möchte, dass du, dass du – eine Zeit lang von hier fortgehst.«

Er war überrascht. Alles hatte er erwartet, nur das nicht.

»Du möchtest, dass ich fortgehe. Warum?«

»Am besten wäre es wohl, seien wir doch ehrlich, ja? Ich – ich weiß, du bist ein Gentleman und mein Freund. Ich möchte, dass du fortgehst, weil du mir sehr lieb geworden bist.«

»Claire!« Ihre Worte hatten ihn stumm gemacht, ihm die Zunge gebunden.

»Bitte, nimm nicht an, dass ich so eingebildet bin zu glauben, dass du – dass du dich jemals in mich verlieben könntest. Es ist nur – ich bin nicht glücklich und – ach, ich möchte, du führest fort.«

»Claire, weißt du nicht, dass ich mir Sorgen gemacht habe, schreckliche Sorgen – seitdem ich dich kenne?«

Sie sah mit erstaunten Augen zu ihm auf.

»Du hast dir Sorgen gemacht? Schon so lange?«

»Von Anfang an.«

»Oh!«, entfuhr es ihr. »Warum hast du mir das nie gesagt? Warum sagst du es erst jetzt, wo es zu spät ist? Nein, ich bin verrückt – ich weiß nicht, was ich sage. Ich hätte niemals zu dir kommen können.«

»Claire, was meinst du mit ›jetzt erst, wo es zu spät ist‹? Ist es – ist es wegen meines Onkels? Was er weiß, was er denkt?«

Sie nickte stumm, Tränen rollten über ihr Gesicht.

»Hör zu, Claire, du darfst das nicht glauben. Du darfst das nicht denken. Du sollst mit mir kommen. Wir werden auf eine Südseeinsel fahren, die wie eine grüne Perle ist. Dort sollst du glücklich sein, und ich werde für dich sorgen – dich für immer vor allem beschützen.«

Er umschlang sie mit den Armen. Er zog sie an sich und fühlte, wie sie bei seiner Berührung zitterte. Dann plötzlich entwand sie sich ihm.

»O nein, bitte, tu das nicht. Kannst du denn nicht sehen? Jetzt kann ich das nicht mehr. Es wäre hässlich – gemein, so gemein. Immer wollte ich gut sein, aber jetzt – es wäre sehr hässlich.«

Er zögerte, durch ihre Worte gehemmt. Sie sah ihn flehentlich an.

»Bitte«, flüsterte sie. »Ich möchte gut sein . . .«

Ohne ein Wort stand Dermot auf und verließ sie. Eine Weile war er gerührt und betroffen von ihren Worten. Er hätte nicht widersprechen können. Er ging zur Garderobe, um Mantel und Hut zu holen, dabei lief er Trent in die Arme.

»Hallo, Dermot, gehst du schon?«

»Ja, ich bin heute nicht in Stimmung, zu tanzen.«

»Es ist ein verfehlter Abend«, sagte Trent düster. »Aber du hast glücklicherweise nicht meine Sorgen.«

Dermot verspürte eine plötzliche Angst, Trent könnte den Wunsch haben, sich ihm anzuvertrauen. Nicht das – bloß das nicht!

»Also, bis bald«, sagte Dermot. »Ich gehe nach Hause.«

»Denkst du nicht mehr an die Warnung der Geister?«

»Das Risiko nehme ich auf mich. Gute Nacht, Jack.«

Dermots Wohnung war nicht weit entfernt. Er ging zu Fuß, da er die kühle Nachtluft einatmen und seinen fiebrigen Kopf beruhigen wollte.

Er schloss mit seinem Schlüssel auf und knipste das Licht im Schlafzimmer an.

Und plötzlich, zum zweiten Male an diesem Abend, überkam ihn das Gefühl, das er als »rotes Signal« bezeichnete. Es war so überwältigend, dass es einen Moment lang sogar Claire aus seinen Gedanken verdrängte.

Gefahr! Er selbst war in Gefahr. In seinem eigenen Zimmer war er in Gefahr!

Er versuchte vergeblich, sich über seine Angst lustig zu machen. Insgeheim stand er aber nicht mit ganzer Kraft hinter diesem Versuch. Jedenfalls hatte das rote Signal ihn rechtzeitig alarmiert. Er hätte ein Unglück noch verhüten können ... Über seinen eigenen Aberglauben lächelnd, durchsuchte er vorsichtig seine Wohnung. Es war ja möglich, dass das Übel irgendwo versteckt war. Aber er fand nichts. Sein Diener Milson war fortgegangen – die Wohnung war völlig leer.

Dermot ging ins Schlafzimmer zurück und zog sich langsam aus, indem er sich selbst im Spiegel finstere Blicke zuwarf. Das Gefühl der Gefahr blieb gegenwärtig wie zuvor. Er ging zu einer Schublade, um ein Taschentuch herauszunehmen – und stand plötzlich stocksteif. Ein unbekannter Klumpen lag in der Mitte der Schublade, etwas Hartes. Schnell und nervös rissen seine Finger die Taschentücher, die darüber gelegt waren, fort und zogen hervor, was sie verborgen hatten: einen Revolver.

Mit höchstem Erstaunen untersuchte Dermot ihn neugierig. Es war eine fremde Waffe, ein Schuss musste vor ganz kurzer Zeit daraus abgegeben worden sein. Der Lauf roch noch. Darüber hinaus konnte sich Dermot kein rechtes Bild von der Sache zusammenreimen. Irgendwer musste den Revolver an diesem Abend in die Schublade gelegt haben. Er war noch nicht da gewesen, als sich Dermot vor dem Abendessen umgezogen hatte – das wusste er genau. Gerade wollte er den Revolver in die Schublade zurücklegen, als die Klingel laut zu schrillen begann, wieder und wieder. Das Klingeln klang laut in die Stille der leeren Wohnung.

Wer konnte zu dieser Stunde kommen? Dermot wusste nur eine Antwort auf diese Frage, die sich ihm instinktiv und beharrlich aufdrängte. Gefahr ... Gefahr ... Gefahr ... Das rote Signal!

Von seinem Instinkt geleitet, knipste Dermot das Licht aus, schlüpfte in den Mantel, der über seinem Sessel lag, und öffnete die Wohnungstür.

Draußen standen zwei Männer. Dermot erfasste, dass einer von ihnen eine blaue Uniform trug; ein Polizist!

»Mr. West?«, fragte der andere der beiden.

Es kam Dermot vor, als ob sein Leben von seiner Antwort abhing. Es vergingen zwei Sekunden, bevor er genauso tonlos antwortete wie der Mann, der ihn gefragt hatte.

»Mr. West ist noch nicht gekommen. Was wollen Sie zu dieser Zeit von ihm?«

»Noch nicht gekommen, aha. Dann wird es das Beste sein, wenn wir hier auf ihn warten.«

»Nein, das können Sie nicht.«

»Na, na, junger Mann. Ich bin Inspektor Verall von Scotland Yard, und ich habe einen Haftbefehl für Ihren Herrn. Hier – lesen Sie, wenn Sie wollen.«

Dermot starrte auf das Papier, das man ihm hinhielt. Er tat wenigstens so, als ob er läse, während er tonlos fragte: »Warum denn? Was hat er getan?«

»Mord. Er hat Sir Alington West in der Harley Street ermordet.«

In Dermots Kopf drehte es sich. Dermot trat unwillkürlich vor seinen Besuchern zurück. Er ging ins Wohnzimmer und knipste das Licht an. Der Inspektor folgte ihm.

»Durchsuchen Sie die Räume!«, befahl er dem uniformierten Mann. Dann wandte er sich Dermot zu.

»Sie bleiben hier, junger Mann! Es gibt kein Entwischen, um Ihren Herrn zu warnen. Wie ist Ihr Name?«

»Milson, Sir.«

»Wann erwarten Sie Ihren Herrn zurück, Milson?«

»Ich weiß es nicht, Sir. Ich glaube, er ist zum Tanzen gegangen, in die Grafton Galleries.«

»Dort ist er vor weniger als einer Stunde weggegangen. Sind Sie sicher, dass er noch nicht zurückkam?«

»Ja. Ich müsste ihn sonst gehört haben.«

In diesem Augenblick kam der andere Mann aus dem angrenzenden Zimmer. In seiner Hand hielt er den Revolver. Er zeigte ihn mit einigem Erstaunen dem Inspektor. Ein Ausdruck von Zufriedenheit glitt über dessen Gesicht.

»Da ist ja das Beweisstück«, bemerkte er. »West muss also da gewesen sein, ohne dass Sie es hörten. Jetzt hängt er an der Angel. Ich gehe jetzt. Cawley, Sie bleiben hier, für den Fall, dass er zurückkommt – und passen Sie gut auf den Burschen hier auf! Er dürfte mehr über seinen Herrn wissen, als er zugibt.«

Der Inspektor jagte davon. Dermot bemühte sich von Cawley die Einzelheiten der Tat zu erfahren. Cawley zeigte sich auch bereit zum Reden.

»Ein sauberer Fall«, geruhte er zu erklären. »Der Mord wurde sofort entdeckt. Johnson, der Hausdiener, war gerade zu Bett gegangen, als er meinte, einen Schuss gehört zu haben. Er ging hinunter und fand Sir Alington – tot, genau ins Herz geschossen. Er rief uns an. Wir waren in wenigen Minuten da.«

»Wieso ist das ein sauberer Fall?«, wollte Dermot wissen.

»Der junge West kam am Abend mit seinem Onkel nach Hause, und Johnson hörte sie streiten, als er ihnen etwas zu trinken brachte. Der alte Knabe drohte, sein Testament zu ändern, und Ihr Herr sagte daraufhin etwas von ›erschießen‹ zu ihm. Nicht viel später wurde der Schuss gehört. Wenn das kein sauberer Fall sein soll . . .«

Wirklich, klar genug. Dermots Mut sank vollends, als er den überwältigenden Beweis gegen sich hörte. Und keine Fluchtmöglichkeit. Er nahm all seinen Verstand zusammen und dachte nach. Geistesgegenwärtig schlug er vor, einen Tee zu kochen. Cawley ging auf den Vorschlag ein. Er hatte die Wohnung durchsucht und wusste, dass es keinen zweiten Ausgang gab.

Dermot durfte in die Küche gehen. Er setzte mechanisch den Kessel auf und klapperte mit Tassen und Untertassen. Dann stahl er sich vorsichtig zum Fenster und öffnete es. Die Wohnung lag in der zweiten Etage. Von dem Fenster führte ein kleiner Aufzug hinunter, an dem die Kaufleute ihre Waren hochzogen. Blitzschnell schwang sich Dermot aus dem Fenster und ließ sich an dem Drahtseil hinuntergleiten. Es schnitt in seine Hände, dass sie bluteten, doch verzweifelt hielt sich Dermot fest.

Ein paar Minuten später floh er über den Hinterhof des Wohnblocks. Als er um die Ecke bog, prallte er auf eine Gestalt, die an der Mauer lehnte. Zu seiner größten Überraschung erkannte er Jack Trent.

»Mein Gott, Dermot! Schnell, komm, ich warte schon auf dich!«, flüsterte er.

48

Er fasste Dermot am Arm und zog ihn in eine Seitenstraße, von dort in eine andere. Ein leeres Taxi kam in Sicht; Trent hielt es an, und sie sprangen hinein. Trent gab dem Fahrer seine Adresse an.

»Das ist im Augenblick der sicherste Ort. Da können wir in Ruhe überlegen, wie wir diese Idioten von deiner Spur ablenken. ich wollte zu dir, um dich vor der Polizei zu warnen, aber es war schon zu spät.«

»Jack, du glaubst doch nicht . . .«

»Natürlich nicht, alter Bursche, nicht eine Minute lang. Ich kenne dich viel zu gut. Nichstdestoweniger ist es für dich eine heikle Sache. Sie kamen zu mir und fragten, wann du die Grafton Galleries aufgesucht hättest, wann du sie wieder verlassen hättest und so weiter. Dermot, wer könnte bloß den alten Mann umgelegt haben?«

»Keine Ahnung. Der es tat, hat jedenfalls den Revolver in meine Schublade gelegt, vermute ich. Er muss mich genau beobachtet haben.«

»Diese verdammte Sitzung! ›Gehen Sie nicht nach Hause!‹ Damit war also der alte West gemeint. Er ging heim und wurde erschossen.«

»Das kann auch auf mich angewendet werden«, sagte Dermot. »Ich ging nach Hause und fand einen fremden Revolver und einen Polizeiinspektor.«

»Hoffentlich trifft es nicht noch auf mich zu«, befürchtete Trent. »So, wir sind da.«

Er bezahlte den Taxichauffeur, schloss die Tür und führte Dermot eine dunkle Treppe zu einem kleinen Separatzimmer hinauf, einem kleinen Raum im ersten Stock.

Er hielt die Tür auf, und Dermot trat ein. Trent knipste das Licht an.

»Hier bist du fürs erste sicher«, bemerkte er. »Jetzt stecken wir einmal unsere Köpfe zusammen und beraten, was als nächstes zu tun ist.«

»Man hat mich zum Narren gehalten«, sagte Dermot plötzlich. »Ich hätte eher dahinter kommen müssen. Jetzt erkenne ich alles klarer. Die ganze Sache ist ein Komplott. Was zum Teufel gibt es da zu lachen?«

Trent lehnte in einem Sessel und schüttelte sich vor Lachen. Dieses Lachen hatte etwas Beängstigendes. Der ganze Mann hatte plötzlich etwas Furcht Erregendes an sich. In seinen Augen flackerte es unruhig.

»Ein verdammt klug ausgedachtes Komplott«, japste Trent. »Dermot, mein Junge, du bist aber auch wie geschaffen dafür.«

Er zog das Telefon zu sich heran.

»Was machst du jetzt?«, fragte Dermot.

»Ich rufe Scotland Yard an. Ich sage ihnen, ihre Vögelchen wären hier, sicher hinter Schloss und Riegel. Ja, ich habe die Tür hinter mir abgeschlossen, als ich hereinkam. Der Schlüssel ist in meiner Tasche. Du brauchst nicht zu der anderen Tür hinzusehen. Die führt in Claires Zimmer, und sie schließt immer ab. Sie hat nämlich Angst vor mir, weißt du? Sie hat schon lange Angst vor mir. Sie weiß jedes Mal, wenn ich an das Messer denke – an ein langes, scharfes Messer . . . Nein, das weißt du natürlich nicht . . .«

Dermot wollte sich auf ihn stürzen, aber der andere riss einen alten Revolver hervor.

»Das ist der zweite davon«, kicherte Trent. »Den ersten legte ich in deine Schublade, nachdem ich den alten West damit erschossen hatte. Was siehst du über mich hinweg zur Tür? Diese Tür? Das hat keinen Zweck. Selbst wenn Claire sie öffnete, vielleicht würde sie sie für dich öffnen, würde ich dich niederschießen, ehe du hindurchgehen könntest. Nicht ins Herz, nicht, um dich zu töten. Ich würde dich nur ins Bein schießen, damit du nicht fortkönntest. Ich bin ein sehr guter Schütze, das weißt du ja. Ich habe dir einmal das Leben gerettet, ich Vollidiot. Nein, nein, ich möchte, dass du aufgehängt wirst. Für dich brauche ich das Messer nicht, sondern für Claire – die hübsche Claire, die so weiß und sanft ist. Der alte West ahnte das. Deswegen war er heute Abend hier. Er wollte sehen, ob ich wahnsinnig bin oder nicht. Er wollte mich hinter Schloss und Riegel bringen, damit ich Claire nichts mit dem Messer antun konnte. Ich war sehr klug. Ich nahm seinen Hausschlüssel und deinen auch. Ich verließ den Ballsaal, kaum dass ich angekommen war. Ich sah dich aus seinem Haus kommen und schlüpfte hinein. Ich erschoss ihn und lief sofort wieder weg. Dann ging ich in deine Wohnung und legte den Revolver in die Schublade. Ich war wieder in den Grafton Galleries, fast zur gleichen Zeit wie du. Und ich steckte den Hausschlüssel wieder in deine Manteltasche, als du mir ›auf Wiedersehen‹ sagtest. Es macht mir nichts aus, dir alles zu erzählen. Es hört niemand, nur du. Denn bevor du aufgehängt wirst, möchte ich, dass du weißt, wer den Mord beging . . . Es gibt für dich keinen Ausweg. Deswegen musste ich so lachen . . . Mein Gott, das ist aber wirklich zum Lachen! Worüber denkst du nach? Wohin zum Teufel starrst du dauernd?«

»Ich denke daran, was du vorhin gesagt hast. Die Warnung galt doch für dich. Du hättest besser daran getan, Trent, nicht nach Hause zu gehen.«

»Wie meinst du das?«

»Sieh dich einmal um!«

Trent fuhr herum. In der Tür des Verbindungszimmers standen Claire – und Inspektor Verall.

Trent war schnell. Sein Schuss ging los – und fand sein Ziel. Trent fiel vornüber auf den Tisch. Der Inspektor sprang an seine Seite, während Dermot wie im Traum Claire anstarrte. Durch seinen Kopf schossen lauter unzusammenhängende Gedanken . . . sein Onkel . . . ihr Streit . . . das entsetzliche Missverständnis . . . die Scheidungsgesetze in England, die Claire niemals von einem geisteskranken Ehemann freigesprochen hätten . . . »Wir müssen sie alle bedauern« . . . Das Komplott zwischen ihr und Sir Alington, das Trent mit Klugheit durchschaut hatte . . . und jetzt . . .

Der Inspektor richtete sich auf.

»Tot«, knurrte er ärgerlich.

»Ja«, hörte sich Dermot sagen, »er war immer ein guter Schütze.«

Die Lampe

Es war unzweifelhaft ein altes Haus. Der ganze Ort war alt, von jenem abweisenden, ehrwürdigem Alter, das man so oft in Städten mit Kathedralen trifft. Das Haus Nummer 19 machte den Eindruck, als sei es das älteste von allen. Es stand da in wahrhaft patriarchalischer Strenge – seine Türmchen waren vom grauesten Grau, von der hochmütigsten Hochmütigkeit, vom frostigsten Frost. Streng, achtunggebietend und von der besonderen Einsamkeit geprägt, die allen Häusern eigen ist, die lange Zeit unbewohnt sind, dominierte es über die anderen Wohnhäuser.

In jeder anderen Stadt hätte man es als Spukhaus bezeichnet, aber Weyminster hegte tiefen Widerwillen gegen Geister und betrachtete sie nicht als verehrungswürdig, außer wenn es sich um frühere Angehörige der Grafschaftsfamilie handelte. So wurde dem Haus das Gerücht des Spuks verwehrt; nichtsdestoweniger stand es Jahr für Jahr »zu vermieten« und »zu verkaufen«.

Mrs. Lancaster betrachtete das Haus wohl wollend, als es ihr der geschwätzige Immobilienmakler zeigte. Er war ungewöhnlich heiterer Stimmung bei dem Gedanken, die Nummer 19 bald aus seinen Büchern streichen zu können. Als er den Schlüssel ins Haustürschloss steckte, redete er ununterbrochen auf sie ein und sparte weder mit lobenden Kommentaren noch mit Komplimenten.

»Wie lange steht das Haus leer?«, erkundigte sich Mrs. Lancaster, indem sie seinen Wortschwall brüsk unterbrach.

Mr. Raddish von der Firma Raddish & Foplow wand sich verlegen.

»Äh . . . äh . . . einige Zeit«, bemerkte er sanft.

»Das habe ich mir gedacht«, sagte Mrs. Lancaster trocken. Die spärlich beleuchtete Vorhalle war eiskalt, feucht und düster. Eine fantasievollere Frau hätte einen Schauer verspürt, aber diese Frau war ausschließlich praktisch veranlagt. Sie war hoch gewachsen, ihr Haar war dunkelbraun und voll, mit einem leichten grauen Schimmer, und ihre Augen waren von kaltem Blau.

Sie untersuchte das Haus vom Speicher bis zum Keller genau und stellte von Zeit zu Zeit Fragen. Als die Inspektion vorbei war, ging sie in eines der vorderen Zimmer, deren Fenster zur Straße lagen, und blickte mit entschlossener Miene dem Agenten ins Auge.

»Was ist mit diesem Haus los?«

Mr. Raddish tat sehr verwundert.

»Ein unbewohntes Haus wirkt immer ein wenig unheimlich. Das ist natürlich«, parierte er schwach.

»Unsinn«, sagte Mrs. Lancaster. »Die Miete ist lächerlich niedrig für das Haus, rein nominell – so, als ob man aus bestimmten Gründen sich nicht getrauen würde, es gleich zu verschenken. Dafür muss es doch einen Grund geben. Ich nehme an, es spukt hier.«

Mr. Raddish schüttelte nervös auflachend den Kopf, sagte aber nichts. Mrs. Lancaster beobachtete ihn neugierig. Nach einigen Augenblicken sprach sie weiter: »Natürlich ist das Unsinn. Ich glaube nicht an Geister oder ähnliches, und es hat keinen Einfluss darauf, ob ich das Haus nehme oder nicht. Aber die Bediensteten sind leider abergläubisch und ängstlich. Es wäre also nett von Ihnen, mir zu erklären, welcher Art der Spuk in diesem Haus sein soll.«

»Äh, das weiß ich wirklich nicht«, stammelte der Häuseragent.

»Doch, Sie wissen es«, sagte die Dame ruhig. »Ich kann das Haus nicht nehmen, wenn ich das nicht weiß. Was war los? Ein Mord?«

»Nein, nein!«, rief Mr. Raddish, empört bei dem Gedanken, dass etwas so Entsetzliches mit der Ehrbarkeit des Platzes in Verbindung gebracht werden konnte. »Es ist – es ist ein Kind.«

»Ein Kind?«

»Ja. Ich kenne die Geschichte nicht genau«, begann er zögernd. »Es gibt die verschiedensten Versionen, aber ich hörte, dass vor ungefähr dreißig Jahren ein Mann namens William die Nummer 19 nahm. Niemand wusste etwas über ihn. Er hielt keine Diener. Er hatte keine Freunde. Er ging tagsüber selten aus. Er hatte ein Kind, einen kleinen Jungen. Nachdem er zwei Monate hier gewesen war, ging er nach London, und kaum hatte er den Fuß in die Stadt gesetzt, als man ihn als einen ›von der Polizei Gesuchten‹ erkannte. Weswegen, weiß ich nicht. Aber es muss ein schweres Verbrechen gewesen sein, denn bevor man ihn fassen konnte, zog er es vor, sich selbst zu erschießen. In der Zwischenzeit war das Kind hier allein in dem Haus. Es hatte zwar noch für eine Zeit lang zu essen, aber es wartete vergeblich Tag für Tag darauf, dass sein Vater zurückkäme. Unglücklicherweise war ihm eingetrichtert worden, unter keinen Umständen das Haus zu verlassen noch mit jemandem zu sprechen. Es war ein schwaches, kränkliches, kleines Geschöpf und dachte nicht im Traum daran, dem Befehl seines Vaters zuwiderzuhandeln. Nachts hörten es die Nachbarn, die nicht wussten, dass sein Vater fortgegangen war, oft in der schrecklichen Einsamkeit und Verlassenheit des düsteren Hauses wimmern.«

Mr. Raddish machte eine Pause.

»Und dann ist das Kind verhungert«, schloss er im gleichen Tonfall, in dem er auch hätte sagen können, es würde gleich zu regnen anfangen.

»Und jetzt nimmt man an, dass der Geist des Kindes in dem Haus herumspukt?«, fragte Mrs. Lancaster.

»Es ist nichts von Bedeutung«, beeilte sich Mr. Raddish zu versichern. »Man hat nie etwas gesehen, nur – es ist natürlich lächerlich, wenn die Leute behaupten, sie hörten das Kind weinen.«

Mrs. Lancaster ging auf die Haustür zu.

»Mir gefällt das Haus«, entschied sie. »Für den Preis werde ich nichts Besseres finden. Ich werde darüber nachdenken, dann gebe ich Ihnen Bescheid.«

»Es sieht wirklich heiter aus, nicht wahr, Papa?«

Mrs. Lancaster betrachtete ihr neues Besitztum voller Genugtuung. Bunte Teppiche, glänzend polierte Möbel und viele Nippsachen hatten die Nummer 19 mit ihrer Düsterkeit völlig verwandelt.

Sie sprach mit einem mageren, etwas gebeugten alten Mann mit krummen Schultern und einem fein geschnittenen, geheimnisvollen Gesicht.

Mr. Winburn hatte keinerlei Ähnlichkeit mit seiner Tochter, man konnte sich kaum einen stärkeren Gegensatz vorstellen. Sie war resolut und praktisch, er verträumt und abwesend.

»Ja«, antwortete er lächelnd, »keiner käme auf die Idee, in dem Haus einen Spuk zu vermuten.«

»Papa, rede keinen Unfug! Und das an unserem ersten Tag.«

Mr. Winburn lächelte.

»Nun gut, mein Liebling, einigen wir uns darauf, dass es so etwas wie Geister nicht gibt.«

»Und bitte«, fuhr Mrs. Lancaster fort, »erwähne nichts davon vor Geoff. Er hat zu viel Phantasie.«

Geoff war Mrs. Lancasters kleiner Bub. Die Familie bestnd aus Mr. Winburn, seiner verwitweten Tochter und Geoffrey.

Der Regen schlug gegen die Fensterscheiben – tripp-trapp, tripp-trapp.

»Hör mal?«, fragte Mr. Winburn. »Klingt das nicht wie kleine Schritte?«

»Es klingt nach Regen«, sagte Mrs. Lancaster mit einem Lächeln.

»Aber das – das sind Schritte«, schrie ihr Vater und beugte sich vor, um besser lauschen zu können.

Mrs. Lancaster lachte laut auf.

»Tatsächlich, du hast Recht. Da kommt Geoff die Treppe herunter.«

Mr. Winburn musste auch lachen. Sie tranken Tee im Salon, und er hatte mit dem Rücken zur Treppe gesessen. Jetzt rückte er seinen Stuhl herum, um besser zur Treppe sehen zu können.

Da kam gerade der kleine Geoffrey herunter, ziemlich langsam und zögernd, mit der Scheu des Kindes vor einem fremden Haus. Die Treppen waren aus polierter Eiche, und es lag kein Läufer darauf. Er kam herüber und stellte sich neben seine Mutter. Mr. Winburn fuhr leicht hoch. Während das Kind durch die Halle gekommen war, hatte er deutlich andere Fußtritte auf der Treppe gehört, wie von jemandem, der Geoffrey nachschlich. Schleppende Schritte, die merkwürdig gequält klangen.

Dann zuckte Mr. Winburn ungläubig die Achseln. Sicher der Regen, sicher der Regen, dachte er.

»Ich sehe, ihr habt Sandkuchen«, bemerkte Geoffrey mit der bewundernswert unbeteiligten Miene von jemandem, der eine interessante Tatsache hervorhebt.

Seine Mutter beeilte sich, seinem Wink zu entsprechen.

»Nun, mein Schatz, wie gefällt dir dein neues Heim?«, fragte sie.

»Au, prima«, entgegnete Geoffrey, eifrig kauend. »Ganz prima, einmalig.«

Nach dieser letzten Aussage, die offensichtlich Ausdruck tiefster Zufriedenheit war, verfiel er in Schweigen, einzig noch bedacht, den Sandkuchen in kürzestmöglicher Frist aus menschlicher Sicht zu entfernen. Nachdem er den letzten Bissen hinuntergeschlungen hatte, begann er zu erzählen.

»O Mami, hier gibt's Speicher, sagt Jane. Kann ich gleich mal rauflaufen und sie untersuchen? Vielleicht gibt's da Geheimtüren. Jane sagt, es gebe keine, aber es gibt doch welche – bestimmt, und ich weiß auch, dass es dort Wasserleitungen gibt. Kann ich damit spielen, und darf ich mal den Bo-i-ler sehen?«

Das vorletzte Wort hatte er mit einer solchen Begeisterung ausgesprochen, wobei seinem Großvater ärgerlich einfiel, dass dieses Objekt kindlichen Entzückens in seiner eigenen Beurteilung leider nur die Vorstellung von heißem Wasser, das gar nicht warm war, aber von hohen und zahlreichen Rechnungen der Rohrleger hervorrief.

»Die Speicher werden wir uns morgen ansehen, mein Kind«,

sagte Mrs. Lancaster. »Wie wäre es denn, wenn du dir deine Bauklötze holtest und ein hübsches Haus bautest? Oder eine Lokomotive?«

»Will kein Haus bauen, und auch keine Lokomotive.«

»Bau doch einen Boiler«, schlug der Großvater vor.

Geoffrey strahlte.

»Mit Leitungen?«

»Ja, mit ganz vielen Leitungen, hörst du?«

Geoffrey rannte schon glückstrahlend los, seine Bauklötze zu holen.

Es regnete noch immer. Mr. Winburn lauschte. Ja, es musste doch wohl der Regen gewesen sein, was er da gehört hatte; aber es hatte sich täuschend ähnlich wie Schritte angehört.

In der darauf folgenden Nacht hatte er einen sonderbaren Traum.

Er träumte, er spaziere durch die Stadt – eine Großstadt, wie ihm schien. Aber es war eine Kinderstadt. Es gab überhaupt keine Erwachsenen darin; nur Kinder, in ganzen Mengen. In seinem Traum rannten sie alle auf den Fremden zu, indem sie schrien: »Hast du ihn mitgebracht?« Ihm schien, er habe verstanden, was sie meinten, und schüttelte den Kopf. Als die Kinder das sahen, wandten sie sich ab und begannen zu weinen und bitterlich zu schluchzen. Die Stadt und die Kinder verschwanden, und er erwachte.

Er lag in seinem Bett, aber das bitterliche Schluchzen war noch in seinen Ohren. Obwohl hellwach, hörte er es ganz deutlich. Da fiel ihm ein, dass Geoffrey im Stockwerk unter ihm schlief, während das Geräusch kindlichen Jammers von oben kam. Er setzte sich auf und zündete ein Streichholz an. Sofort hörte das Schluchzen auf.

Mr. Winburn sagte seiner Tochter nichts von seinem Traum und dem, was er gehört hatte. Er war davon überzeugt, dass es kein Streich oder gar eine Einbildung seinerseits war. Tatsächlich hörte er bald darauf wieder etwas, und zwar am helllichten Tag. Der Wind heulte im Kamin, aber da war noch ein anderes

Geräusch – deutlich hörbar, unmissverständlich: herzzerreißende, kleine Schluchzer.

Er bekam auch bald heraus, dass er nicht der einzige war, der dies hörte. Er kam hinzu, wie das Dienstmädchen zum Stubenmädchen sagte, dass sie glaube, das Kindermädchen sei nicht gut zum kleinen Geoffrey, denn sie hätte gehört, wie schrecklich er heute Morgen geweint habe. Später kam Geoffrey zum Frühstück und zum Mittagessen herunter, strahlend vor Gesundheit und Glück. Und Mr. Winburn wusste, dass es nicht Geoff gewesen sein konnte, den das Dienstmädchen weinen gehört hatte, sondern das andere Kind, dessen schleppende Schritte ihn eben mehr als einmal hatten hochfahren lassen.

Nur Mrs. Lancaster hörte nichts. Ihre Ohren waren vielleicht nicht empfänglich für Geräusche aus einer anderen Welt. Doch eines Tages erhielt auch sie einen Schock.

»Mami«, sagte Geoffrey mit kläglicher Stimme. »Ich möchte, dass du mich mit dem kleinen Jungen spielen lässt.«

Mrs. Lancaster sah mit einem Lächeln von ihrem Schreibtisch auf.

»Mit was für einem Jungen denn, mein Liebling?«

»Ich weiß nicht, wie er heißt. Er war auf dem Speicher, er saß da auf dem Fußboden und weinte, aber er rannte weg, als er mich sah. Ich glaube, er ist sehr scheu« – ein Schimmer von Zufriedenheit huschte dabei über Geoffreys Gesichtchen –, »nicht wie ein richtiger Junge; und dann, als ich im Spielzimmer war, habe ich ihn wieder gesehen. Er stand in der Tür und sah mir zu, wie ich mit den Bauklötzchen spielte, dabei sah er so schrecklich allein aus und so, als ob er mit mir spielen wollte. Ich habe gesagt: ›Komm und bau eine Lokomotive.‹ Aber er sagte nichts, er schaute nur so. Weißt du, Mami – als ob er ganz viel Schokolade sähe, aber seine Mami ihm verboten hätte, davon zu nehmen.«

Geoffrey seufzte tief, traurige persönliche Erinnerungen aus seinem Kinderleben erfüllten ihn.

»Und dann hab ich Jane gefragt, wer das wäre, und ich habe ihr gesagt, dass ich mit ihm spielen möchte. Da hat sie geantwortet, es sei gar kein kleiner Junge im Haus, und ich solle kein dummes Zeug reden . . . Ich mag Jane nicht.«

Mrs. Lancaster stand auf.

»Jane hat Recht. Es gibt hier keinen kleinen Jungen.«

»Aber ich habe ihn doch gesehen. O Mami, lass mich doch mit ihm spielen, er sah so schrecklich allein aus und so unglücklich. Ich will, dass er sich wohler fühlt.«

Gerade wollte Mrs. Lancaster wieder etwas sagen, als ihr Vater den Kopf schüttelte.

»Geoff«, sagte er sanft. »Dieser arme, kleine Junge ist allein. Vielleicht kannst du etwas tun, damit er sich wohler fühlt; aber wie, das kannst nur du selbst herausfinden – wie in einem Puzzlespiel, verstehst du?«

»Du meinst, weil ich jetzt schon so groß bin, kann ich das ganz allein?«

»Ja, weil du jetzt schon so groß bist.«

Als der Junge aus dem Zimmer gegangen war, wandte sich Mrs. Lancaster ungeduldig ihrem Vater zu.

»Papa, das ist doch wirklich absurd. Du bestätigst dem Jungen das, was er von den Dienstmädchen hört?«

»Kein Dienstmädchen hat dem Kind etwas erzählt«, sagte der alte Mann freundlich. »Er hat nur gesehen, was ich gehört habe – was ich vielleicht selber gesehen hätte, wenn ich noch in seinem Alter wäre.«

»Aber das ist doch ein kompletter Unfug! Warum höre oder sehe ich denn nichts?«

Mr. Winburn lächelte, ein merkwürdiges müdes Lächeln, aber er antwortete nichts.

»Warum?«, wiederholte seine Tochter. »Und warum hast du ihm auch noch gesagt, er könnte diesem – diesem Gespenst helfen? Das ist doch – das ist doch unmöglich.«

Der alte Mann sah sie freundlich und nachdenklich an.

»Warum nicht?«, sagte er. »Hast du das kleine Gedicht vergessen?

›Welche Lampe hat die Bestimmung, ihre kleinen
Kinder, die im Dunkeln irren, zu führen?
Ein sechster Sinn, antwortete der Himmel.

Geoffrey hat ihn – den ›sechsten Sinn‹. Alle Kinder haben ihn.
Wenn wir erwachsen werden, verlieren wir ihn, das heißt, wir
werfen ihn fort. Wenn wir dann wieder ganz alt werden, kommt
manchmal ein schwacher Abglanz davon zurück. Aber diese
Lampe leuchtet in der Kindheit am hellsten.«

»Ich verstehe kein Wort«, murmelte Mrs. Lancaster.

»Alles verstehe ich auch nicht. Nur eines habe ich vestanden,
dass hier ein Kind tiefen Kummer hat und sich nur eines
wünscht – davon befreit zu werden. Aber wie? Ich weiß es nicht,
aber es ist schrecklich, es zu wissen. Das Kind schluchzt sich das
Herz aus dem Leibe . . .«

Einen Monat nach dieser Unterhaltung wurde Geoffrey krank.
Der Ostwind war kalt gewesen, und Geoff war kein sehr wider-
standsfähiges Kind. Der Arzt schüttelte den Kopf und sagte, es
sei ein ernster Fall. Mr. Winburn vertraute er etwas mehr an und
bekannte, dass es ziemlich hoffnungslos wäre.

»Auf jeden Fall würde das Kind unter gar keinen Umständen
so lange leben können, bis es erwachsen wäre«, fügte er hinzu.
»Es hat schon lange einen schweren Lungenschaden.«

Als Mrs. Lancaster Geoff pflegte, bemerkte auch sie etwas –
von dem anderen Kind. Zuerst waren die Schluchzer ein kaum
zu unterscheidender Teil des Windbrausens, aber allmählich
wurden sie immer deutlicher, unmissverständlicher. Schließlich
hörte sie sie auch in Momenten völliger Stille; das Schluchzen eines Kindes – trostlos, hoffnungslos, mit gebrochenem Herzen.

Geoffs Gesundheitszustand wurde zusehends schlechter, und
in seinem Delirium sprach er wieder und wieder von dem kleinen Jungen.

»Ich will ihm helfen, hier wegzukommen, ich will!«, schrie er.

Auf das Delirium folgte ein Zustand der Lethargie. Geoffrey

lag ganz still, er atmete kaum, ganz in Abwesenheit versunken. Da konnte man nichts mehr tun, nur warten und wachen. Dann eine ruhige Nacht, still und klar, ohne einen einzigen Windhauch.

Plötzlich bewegte sich das Kind. Es öffnete die Augen. Es sah an seiner Mutter vorbei zur offenen Tür. Es versuchte zu sprechen, und sie beugte sich zu ihm herab, um die leise gehauchten Worte zu hören.

»Es ist gut, ich komme«, flüsterte es, dann sank es zurück.

Die Mutter empfand plötzlich lähmendes Entsetzen, sie rannte durch das Zimmer zu ihrem Vater. Irgendwo in der Nähe lachte das andere Kind. Fröhlich, zufrieden, triumphierend – ein silberhelles Lachen echote durch den Raum.

»Ich habe Angst. Ich habe solche Angst«, stöhnte sie.

Er legte schützend den Arm um ihre Schultern. Ein plötzlicher Windstoß ließ beide auffahren, aber er legte sich rasch wieder, und die Luft war wieder ruhig wie zuvor.

Das Lachen hatte aufgehört, als ein leises Geräusch entstand, so schwach, dass man es zuerst kaum hören konnte, doch es wurde lauter und lauter, bis sie es ganz deutlich erkennen konnten. Schritte – leichte Schritte, die schnell näher kamen . . .

Tripp-trapp, tripp-trapp . . . Sie begannen zu rennen, diese wohl bekannten, leichten kleinen Füßchen. Da – jetzt kamen deutlich andere Fußtritte hinzu, vermischten sich mit den ersteren, und beide näherten sich mit noch leichteren, noch schnelleren Schritten.

Im Einklang hasteten sie zur Tür.

Dann weiter . . . tripp-trapp . . . durch die Tür, an ihnen vorbei . . . tripp-trapp . . . unsichtbar gingen die Füße der beiden Kinder im gleichen Takt.

Mrs. Lancaster blickte verzweifelt auf.

»Jetzt sind es *zwei*, Vater . . . zwei!«

Bleich vor Angst wollte sie zu Geoffreys Bett zurück, doch ihr Vater hielt sie sanft zurück und deutete auf die geöffnete Tür.

»Da«, sagte er tonlos.

Tripp-trapp, tripp-trapp . . . schwächer und schwächer wurden die Schritte.

Und dann – Stille.

Die Zigeunerin

Macfarlane hatte oft beobachtet, dass sein Feund Dickie Carpenter eine merkwürdige Abneigung gegenüber Zigeunern hatte. Den Grund dafür hatte er allerdings nie erfahren. Als jedoch Dickies Verlobung mit Esther Lawes gelöst wurde, existierte die Zurückhaltung, die zwischen den beiden Männern noch bestand, für einen kurzen Augenblick nicht mehr.

Macfarlane war mit Rachel, der jüngeren Schwester von Esther, seit ungefähr einem Jahr verlobt. Seit ihrer Kindheit kannte er die beiden Lawes-Töchter. In allen Dingen langsam und vorsichtig, hatte er sich widerwillig eingestanden, dass Rachels kindliches Gesicht und ihre ehrlichen braunen Augen einen zunehmenden Reiz auf ihn ausübten. Eine Schönheit wie Esther war sie nicht – o nein! Aber unsagbar wahrhaftig. Durch Dickies Verlobung mit der älteren Schwester schien das Band zwischen den beiden Männern nun noch enger geworden zu sein.

Und jetzt, nach einigen kurzen Wochen, war diese Verlobung wieder gelöst, und Dickie, der arme Dickie, war ziemlich betroffen. Bisher war in seinem jungen Leben alles so glatt verlaufen. Seine Karriere in der Marine war ein guter Einfall gewesen; die Sehnsucht nach dem Meer war ihm angeboren. Irgendwie hatte er etwas von einem Wikinger an sich: Einfach und direkt war er, und gedankliche Spitzfindigkeiten waren bei ihm vergeudet. Er gehörte zu jener unausgeprägten Art junger Engländer, die jede Gefühlsregung verabscheuen und denen es besonders schwer fällt, geistige Vorgänge in Worten auszudrücken.

Macfarlane, dieser verschlossene Schotte mit seiner keltischen Fantasie, die irgendwo verborgen schlummerte, lauschte und rauchte, während sein Freund sich durch ein Meer von Worten kämpfte. Er hatte gewusst, was kommen würde: dass sein Freund sich alles von der Seele reden musste. Allerdings hatte er mit einem anderen Thema gerechnet. Jedenfalls fiel der Name Esther Lawes nicht ein einziges Mal. Anscheinend war es die Geschichte irgendeines kindlichen Entsetzens.

»Angefangen hat es mit einem Traum, den ich als Kind träumte. Kein richtiger Albtraum. Sie – die Zigeunerin, weißt du – tauchte bloß immer wieder in jedem Traum auf – selbst in guten Träumen (oder was ein Kind sich unter einem guten Traum vorstellt: eine Kindergesellschaft mit Knallbonbons und solchen Sachen). Ich hatte immer einen Mordsspaß dabei, und dann hatte ich plötzlich das Gefühl, dann wusste ich plötzlich ganz genau: Wenn ich jetzt hinschaue, ist sie da, steht sie da wie immer und beobachtet mich ... Mit traurigen Augen, verstehst du, als wüsste sie irgendetwas, das ich nicht wusste ... Warum es mich so aufregte, kann ich nicht sagen; aber aufregen tat es mich! Jedes Mal! Schreiend vor Entsetzen wachte ich immer auf, und mein altes Kindermädchen sagte dann: ›Aha! Master Dickie hat wieder einmal seinen alten Zigeunertraum gehabt!‹«

»Hast du irgendwann einmal etwas mit richtigen Zigeunern erlebt?«

»Das war erst viel später. Aber auch das war komisch. Ich war hinter meinem kleinen Hund her, der weggerannt war. Erst lief ich durch das Gartentor und dann einen Waldweg entlang. Damals wohnten wir nämlich in New Forest, weißt du. Schließlich kam ich auf eine Art Lichtung, und über einen kleinen Fluss führte eine Holzbrücke. Und genau vor der Brücke stand eine Zigeunerin – mit einem roten Tuch um den Kopf –, genau wie in meinem Traum. Und ich bekam sofort einen entsetzlichen Schrecken! Sie sah mich an, verstehst du ... Mit genau demselben Blick – als wüsste sie irgendetwas, das ich nicht wusste, und als machte es sie traurig ... Und dann sagte sie ganz ruhig, und dabei nickte sie mir zu: ›Ich an deiner Stelle würde nicht hinübergehen.‹ Den Grund kann ich dir nicht sagen, aber ich erschrak jedenfalls fast zu Tode. An ihr vorbei rannte ich auf die Brücke. Wahrscheinlich war sie morsch. Jedenfalls stürzte sie ein, und ich fiel in den Fluss. Die Strömung war ziemlich stark, und beinahe wäre ich ertrunken. Gemein, wenn man fast ersäuft. Ich habe es nie vergessen. Und ich hatte das Gefühl, dass es mit der Zigeunerin zu tun hatte . . .«

»Genau genommen hat sie dich doch vorher gewarnt?«

»So kann man es wahrscheinlich auch ansehen.« Dickie verstummte und fuhr dann fort: »Diese Geschichte von meinem Traum habe ich dir nicht erzählt, weil er etwas mit dem zu tun hat, was später passierte – wenigstens glaube ich es nicht –, sondern weil mein Traum der Ausgangspunkt ist. Sicher verstehst du jetzt, was ich mit ›Zigeunergefühl‹ meine. Dann will ich dir vom ersten Abend bei den Lawes erzählen. Ich war damals gerade von der Westküste gekommen. Ein komisches Gefühl war es, wieder einmal in England zu sein. Die Lawes waren alte Freunde meiner Eltern. Als ich ungefähr sieben war, hatte ich die Mädchen zum letzten Mal gesehen; aber der junge Arthur war ein guter Freund von mir, und als er gestorben war, schrieb Esther immer an mich und schickte mir Zeitungen. Mordsmäßig lustige Briefe schrieb sie! Und immer versuchte sie, meine Laune aufzubessern. Wenn ich doch nur mehr Talent zum Schreiben gehabt hätte! Jedenfalls war ich verdammt gespannt, sie endlich wieder zu sehen; irgendwie war es schon komisch, ein Mädchen nur durch Briefe und sonst gar nicht zu kennen. Jedenfalls fuhr ich als Erstes zu den Lawes. Als ich ankam, war Esther gerade nicht da, wollte jedoch abends wieder zurück sein. Beim Abendbrot saß ich neben Rachel, und als ich mir die anderen ansah, die noch am Tisch saßen, überkam mich ein komisches Gefühl. Ich bemerkte, dass irgendjemand mich beobachtete, und das störte mich irgendwie. Dann sah ich sie . . .«

»Wen?«

»Mrs. Haworth – von der erzähle ich doch die ganze Zeit.«

Macfarlane lag es auf der Zunge zu sagen: Und ich dachte, du erzähltest von Esther Lawes. Aber er schwieg, und Dickie berichtete weiter.

»Irgendetwas war bei ihr ganz anders als bei den übrigen. Sie saß neben dem alten Lawes – mit gesenktem Kopf hörte sie ihm aufmerksam zu. Um den Hals hatte sie irgendetwas aus diesem roten Seidenzeug. Wahrscheinlich war es ein bisschen ausgefranst; jedenfalls sah es so aus, als flackerten hinter ihrem Kopf lauter kleine Flammen . . . Ich fragte Rachel: ›Wer ist die Frau da drüben? Die Dunkle – mit dem roten Tuch?‹

›Meinst du Alistar Haworth? Ein rotes Tuch trägt sie zwar – aber sonst ist sie blond, sehr blond sogar.‹

Und das stimmte – verstehst du? Ihr Haar war von einem hinreißend hellen und leuchtenden Blond. Trotzdem hätte ich schwören können, dass sie schwarzes Haar hatte. Komisch, wie sogar die Augen einem einen Streich spielen können . . . Nach dem Abendbrot machte Rachel uns bekannt, und wir gingen im Garten auf und ab. Wir sprachen über Seelenwanderung . . .«

»Nicht ganz dein Spezialgebiet, Dickie!«

»Wahrscheinlich nicht. Aber ich weiß noch, dass ich sagte, ich hielte es für eine ziemlich vernünftige Erklärung, wenn man irgendwelche Leute von irgendwoher zu kennen glaubte – als wäre man ihnen schon einmal begegnet. Sie sagte: ›Sie meinen Liebende . . .‹ An der Art und Weise, wie sie es sagte, war etwas merkwürdig – es klang so sanft und gespannt. Wir redeten noch ein bisschen weiter, und dann rief uns der alte Lawes von der Terrasse: Esther sei gekommen und wolle mich begrüßen. Mrs. Haworth legte ihre Hand auf meinen Arm und sagte: ›Sie gehen hin?‹ – ›Ja‹, sagte ich, ›wir müssen wohl.‹ Und dann – dann . . .«

»Weiter!«

»Es klingt so blödsinnig. Aber Mrs. Haworth sagte: ›*Ich an Ihrer Stelle würde nicht hingehen . . .*‹« Er schwieg einen Augenblick.

»Ich bekam einen entsetzlichen Schrecken, verstehst du? Deswegen habe ich dir vorhin die Geschichte von dem Traum erzählt . . . Weil sie es nämlich in genau demselben Ton sagte – ganz ruhig, als wüsste sie irgendetwas, das ich nicht wusste. Es ging nicht darum, dass sie eine hübsche Frau war, die mit mir noch im Garten bleiben wollte. Ihre Stimme klang ganz freundlich – und sehr bedrückt. Als wüsste sie beinahe, was noch kommen würde . . . Wahrscheinlich war es unhöflich von mir, aber ich drehte mich einfach um und ließ sie stehen – ich rannte fast zum Haus. Dort schien ich geborgen zu sein. Erst in diesem Moment merkte ich, dass ich von Anfang an vor ihr Angst gehabt hatte. Und ich war erleichtert, als ich dem alten Lawes gegenüberstand. Neben ihm stand Esther . . .« Er zögerte einen Augenblick, und dann murmelte er ziemlich unverständlich: »In dem Moment, in dem ich sie sah, war alles klar. Da wusste ich, dass es mich erwischt hatte.« Macfarlanes Gedanken wanderten schnell zu Esther Lawes. Er hatte einmal gehört, wie jemand ihre ganze Erscheinung in einem einzigen Satz zusammengefasst hatte: »Ein Meter achtzig jüdische Vollkommenheit.« Ein sehr gescheites Porträt, überlegte er, als er sich ihrer ungewöhnlichen Größe und ihrer schmalen Schlankheit, der marmornen Blässe ihres Gesichts mit der feinen gebogenen Nase und der schwarzen Pracht ihres Haars und ihrer Augen erinnerte. Ja, es verwunderte ihn nicht, dass Dickies jungenhafte Einfachheit davor kapituliert hatte. Sein eigenes Herz konnte Esther zwar nicht zum schnelleren Schlagen bringen – aber er musste zugeben, dass sie wunderschön war.

»Und dann«, fuhr Dickie fort, »verlobten wir uns.«

»Gleich.«

»Nein – aber nach ungefähr einer Woche. Anschließend brauchte ich ungefähr vierzehn Tage, um festzustellen, dass ihr eigentlich nicht viel daran lag . . .« Er lachte verbittert auf.

»Es war am letzten Abend vor meiner Rückfahrt zu dem alten Kahn. Ich war im Dorf gewesen, ging gerade durch den Wald – und da sah ich sie wieder – ich meine: Ich sah Mrs. Haworth. Sie trug eine rote Baskenmütze, und ich fuhr zusammen – nur einen Moment, verstehst du? Die Geschichte mit meinem Traum habe ich dir bereits erzählt, sodass du es wahrscheinlich begreifst . . . Wir gingen ein Stück zusammen. Übrigens hätte Esther ruhig alles hören können, was wir sagten – verstehst du . . .«

»Ach?« Macfarlane blickte seinen Freund neugierig an. Seltsam, dass die Menschen einem Dinge erzählen, die ihnen überhaupt nicht bewusst sind!

»Und als ich mich dann umdrehte, um zum Haus zurückzugehen, hielt sie mich fest. ›Sie werden noch zeitig genug kommen‹, sagte sie. ›Ich an Ihrer Stelle würde mich nicht so beeilen . . .‹ Und in diesem Moment wusste ich Bescheid – wusste genau, dass irgendetwas Gemeines auf mich wartete . . . und . . . und kaum war ich im Haus, traf ich Esther, und sie sagte – sie hätte gemerkt, dass ihr doch nicht so viel daran liege . . .«

Macfarlne knurrte mitfühlend. »Und Mrs. Haworth?«, fragte er.

»Ich habe sie nie wieder gesehen – bis heute Abend.«

»Heute Abend?«

»Ja. Vorhin im Lazarett. Ich musste wegen meines Beines hin, das damals bei der Torpedogeschichte ein bisschen lädiert worden ist. In letzter Zeit hatte es mir Kummer gemacht. Der alte Knabe riet zur Operation – es wäre eine ganz einfache Geschichte. Als ich weg gehen wollte, prallte ich mit einem Mädchen zusammen, das über ihrer Schwesterntracht einen roten Pullover trug. Und dieses Mädchen sagte: ›Ich an Ihrer Stelle würde mich nicht operieren lassen . . .‹ Da erst merkte ich, dass es Mrs. Haworth war. Sie ging aber so schnell weiter, dass ich sie nicht festhalten konnte. Ich traf dann eine andere Schwester und erkundigte mich nach ihr. Die Schwester sagte jedoch, eine Frau, die so hieße, sei nicht im Lazarett . . . Komisch . . .«

»Und sie war es bestimmt?«

»Aber ja. Verstehst du denn nicht – sie ist sehr schön . . .«

Er schwieg einen Augenblick und fügte dann hinzu: »Natürlich lasse ich mich operieren – klar . . . Aber – falls ich tatsächlich an der Reihe sein sollte . . .«

»Unsinn!«

»Natürlich ist es Unsinn! Und trotzdem bin ich froh, dass ich dir die Geschichte mit der Zigeunerin erzählt habe . . . Weißt du, an sich wollte ich dir noch etwas erzählen, aber im Moment fällt es mir einfach nicht ein . . .«

Macfarlane wanderte die ansteigende Heidestraße entlang. Am Gartentor des Hauses, das fast auf der Kuppe des Hügels lag, bog er ab. Mit entschlossenen zusammengebissenen Zähnen klingelte er.

»Ist Mrs. Haworth zu sprechen?«

»Ja, Sir. Ich sage sofort Bescheid.« Das Dienstmädchen ließ ihn in einem niedrigen langen Raum allein, dessen Fenster auf die Wildnis der Heidelandschaft hinausgingen. Nachdenklich zog er die Stirn kraus. Würde er sich jetzt vielleicht maßlos lächerlich machen?

Dann fuhr er zusammen. Über ihm sang eine Stimme:

Die Zigeunerin
wohnt auf der Heide.

Die Stimme brach ab. Macfarlanes Herz schlug eine Spur schneller. Die Tür ging auf.

Ihre verwirrende, beinahe skandinavische Blondheit wirkte auf ihn wie ein Schock. Trotz Dickies Schilderung hatte er sich vorgestellt, sie wäre schwarz wie eine Zigeunerin... Und plötzlich fielen ihm Dickies Worte und ihr merkwürdiger Klang wieder ein: *»Verstehst du denn nicht – sie ist sehr schön ...«* Vollkommene, unantastbare Schönheit ist selten, und vollkommene, unantastbare Schönheit ist genau das, was Mrs. Haworth besaß.

Er riss sich zusammen und ging ihr entgegen. »Ich fürchte, Sie werden nicht einmal meinen Namen kennen; Ihre Adresse bekam ich von den Lawes. Aber – ich bin ein Freund von Dickie Carpenter.«

Prüfend sah sie ihn eine Weile an. Dann sagte sie: »Ich wollte spazieren gehen. Auf der Heide. Kommen Sie mit?« Sie stieß die Terrassentür auf und trat auf den Hang hinaus. Er folgte ihr. Ein schwerer, fast einfältig aussehender Mann saß rauchend in einem Korbsessel.

»Mein Mann! Wir gehen ein bisschen spazieren, Maurice. Und

anschließend isst Mr. Macfarlane mit uns zu Mittag. Das tun Sie doch, nicht wahr?«

»Vielen Dank.« Er folgte ihrem leichten Schritt den Hügel hinauf und überlegte dabei: Warum? Warum, um Himmels willen, hat sie solch einen Mann geheiratet?«

Alistar bahnte sich einen Weg zu einigen Felsen. »Hier setzen wir uns hin. Und Sie erzählen – wozu Sie hierher gekommen sind.«

»Sie wissen es also schon?«

»Ich weiß immer, wann schlimme Dinge bevorstehen. Es ist schrecklich, nicht wahr? Das mit Dickie?«

»Er unterzog sich einer leichten Operation – die erfolgreich verlief. Sein Herz muss jedoch schwach gewesen sein. Er starb während der Narkose.«

Was er auf ihrem Gesicht zu entdecken gehofft hatte, wusste er nicht genau – kaum jedoch jenen Ausdruck tiefster Erschöpfung ... Er hörte, wie sie murmelte: »Wieder – so lange – so lange – warten ...« Dann blickte sie auf. »Was wollten Sie sagen?«

»Nur das eine: Irgendjemand warnte ihn vor der Operation. Eine Schwester. Er glaubte, Sie wären es gewesen. Stimmt das?«

Sie schüttelte den Kopf. »Nein – ich bin es nicht gewesen. Aber ich habe eine Kusine, die Krankenschwester ist. Im Zwielicht sieht sie mir ziemlich ähnlich. So wird es wahrscheinlich gewesen sein.« Sie schaute zu ihm hoch. »Aber das ist doch nicht wichtig, nicht wahr?« Und dann wurden ihre Augen plötzlich ganz groß. Sie hielt den Atem an. »Oh!«, sagte sie. »Oh! Wie merkwürdig! Sie begreifen nicht ...«

Macfarlane war verblüfft. Immer noch starrte sie ihn an.

»Ich dachte, Sie müssten ... Sie sollten es eigentlich. Sie sehen aus, als könnten Sie es auch ...« Alistar verstummte.

»Was denn?«

»Als hätten Sie die Gabe – oder den Fluch; nennen Sie es, wie Sie wollen. Ich glaube, Sie haben es auch. Schauen Sie ganz genau auf diese Vertiefung im Gestein. Denken Sie gar nichts; se-

hen Sie bloß hin . . . Ah!«, sagte sie plötzlich und erschauerte.
»Und – haben Sie etwas gesehen?«

»Es muss Einbildung gewesen sein. Für einen kurzen Augenblick, sah es so aus, als wäre sie voll mit – Blut!«

Sie nickte. »Ich wusste, dass Sie es können. Das hier ist die Stelle, an der die Sonnenanbeter ihr Opfer darbrachten. Ich wusste es, bevor man es mir erzählte. Und manchmal weiß ich sogar, was sie dabei empfanden – als wäre ich selbst dabei gewesen . . . Und die Heide hat etwas, das mir das Gefühl gibt, als kehrte ich langsam zurück . . . Dass ich diese Gabe besitze, ist nur natürlich. Schließlich bin ich eine Ferguesson. Das Zweite Gesicht liegt in der Familie. Und bevor mein Vater sie heiratete, war meine Mutter ein Medium. Christine hieß sie. Sie war sehr berühmt.«

»Meinen Sie mit ›Gabe‹ die Fähigkeit, Dinge zu sehen, bevor sie geschehen?«

»Ja – vorher und hinterher, das ist dasselbe. Zum Beispiel sah ich, wie Sie überlegten, warum ich Maurice geheiratet hätte – o ja, das haben Sie! Die Erklärung ist ganz einfach: Ich habe immer gewusst, dass irgendetwas Entsetzliches drohend über ihm hängt . . . Davor möchte ich ihn bewahren . . . Frauen sind nun einmal so. Mit meiner Gabe sollte ich eigentlich in der Lage sein, es zu verhindern – wenn es überhaupt zu verhindern ist. Dickie konnte ich nicht helfen. Und Dickie wollte es auch nicht begreifen . . . Er hatte Angst. Er war noch sehr jung.«

»Zweiundzwanzig.«

»Und ich bin dreißig. Aber das meinte ich nicht. Es gibt so viele Arten, voneinander getrennt zu werden: durch Länge und Höhe und Breite . . . aber durch die Zeit getrennt zu sein, ist das schlimmste . . .« Sie versank in ein langes grübelndes Schweigen.

Der gedämpfte Klang eines Gongs, der vom Haus herauf drang, störte sie auf.

Beim Mittagessen beobachtete Macfarlane ihren Mann, Maurice Haworth. Zweifellos war Mister Haworth in seine Frau sehr verliebt. In seinen Augen lag die fraglose, glückliche Zuneigung eines Hundes. Macfarlane bemerkte auch die Zärtlichkeit, mit der sie darauf reagierte und die einen Anflug von Mütterlichkeit hatte. Nach dem Essen verabschiedete er sich.

»Ich bleibe für einen Tag – oder auch zwei – unten im Gasthaus. Darf ich noch einmal heraufkommen und Sie wieder sehen? Morgen vielleicht?«

»Selbstverständlich. Aber . . .«

»Ja?«

Sie fuhr mit der Hand über die Augen. »Ich weiß nicht. Ich – ich glaube fast, wir sollten uns nicht noch einmal sehen. Das ist alles. Auf Wiedersehen.«

Langsam ging Macfarlane die Straße hinunter. Gegen seinen Willen schien eine eisige Hand sein Herz umklammert zu haben. Nicht wegen ihrer Worte, natürlich, sondern . . .

Ein Wagen fegte durch die Kurve. Er presste sich an die Hecke – gerade noch rechtzeitig. Eine merkwürdige graue Blässe überzog sein Gesicht . . .

»Um Himmels willen – meine Nerven sind zum Teufel«, knurrte Macfarlane, als er am folgenden Morgen aufwachte. Nüchtern rief er sich die Ereignisse des vergangenen Nachmittags ins Gedächtnis. Der Wagen, der Abkürzungsweg zum Gasthaus und der plötzliche Nebel, der ihn vom Weg abgebracht hatte, und dazu das Bewusstsein, dass ganz in der Nähe gefährliches Sumpfgebiet lag; dann die Schornsteinhaube, die vom Gasthof heruntergefallen war, und der Brandgeruch nachts, der von einem glimmenden Holzstück stammte, das auf dem Vorleger seines Kamins gelegen hatte. Es hatte nichts zu bedeuten! Gar nichts hatte es zu bedeuten – aber dazu ihre Worte und die tiefe, von ihm gar nicht bemerkte Gewissheit in seinem Herzen, dass sie Bescheid wusste . . .

In einem plötzlichen Anfall schleuderte er die Bettdecke weg. Er musste aufstehen, und als Erstes musste er sie sprechen. Das würde den Bann brechen. Vorausgesetzt allerdings, er würde heil hinkommen . . . Himmel, was war er doch für ein Idiot!

Zum Frühstück konnte er kaum etwas essen. Als es zehn Uhr schlug, befnd er sich bereits auf dem Weg. Um zehn Uhr dreißig drückte seine Hand auf die Klingel. Erst dann, nicht einen Augenblick früher, erlaubte er sich einen tiefen Atemzug der Erleichterung. »Ist Mrs. Haworth da?«

Es war dieselbe ältere Frau, die ihm gestern aufgemacht hatte. Ihr Gesicht war jedoch völlig verändert – von Gram zerfurcht.

»O Sir! O Sir – haben Sie es denn noch nicht gehört?«

»Was gehört?«

»Miss Alistar, das arme Schäfchen! Ihre Tropfen! Jeden Abend nahm sie sie. Der arme Captain ist außer sich – fast wahnsinnig ist er. In der Dunkelheit hat er die falsche Flasche vom Bord genommen ... Der Doktor wurde zwar gleich geholt, aber es war zu spät ...«

Und dann fielen Macfarlane plötzlich wieder ihre Worte ein: *»Ich habe immer gewusst, dass irgendetwas Entsetzlich drohend über ihm hängt. ... Davor möchte ich ihn bewahren – wenn es überhaupt zu verhindern ist ...«* Aber das Schicksal lässt sich nicht betrügen ... Seltsames Verhängnis der Vision, das zerstört hatte, wo es zu retten versuchte ...

Die alte Frau fuhr fort: »Mein armes Lämmchen! So süß und so freundlich war sie immer, so Leid tat es ihr, wenn irgendwo Kummer herrschte. Sie konnte es nicht ertragen, dass jemand verletzt wurde.« Sie zögerte, fügte dann jedoch hinzu: »Möchten Sie nach oben gehen und sie noch einmal sehen, Sir? Nach allem, was sie sagte, nehme ich an, das Sie sie schon seit langem kennen. Seit sehr langer Zeit, sagte sie ...«

Macfarlane folgte der alten Frau die Treppe hinauf in das Zimmer, das über dem Wohnraum lag, wo er tags zuvor ihre singende Stimme gehört hatte. Im oberen Teil der Fenster war buntes Glas eingelassen. Es warf rotes Licht auf das Kopfende des Bettes ... *Eine Zigeunerin mit einem roten Tuch um den Kopf ...* Unsinn! Seine Nerven spielten ihm schon wieder einen Streich. Lange schaute er Alistar Haworth zum letzten Mal an.

»Eine Dame möchte Sie sprechen, Sir.«

»Was ist?« Geistesabwesend sah Macfarlane seine Wirtin an. »Oh, Verzeihung, ich fange schon an, Gespenster zu sehen.«

»Wirklich, Sir? Nach Einbruch der Dunkelheit kann man auf der Heide manchmal schon merkwürdige Dinge sehen; das weiß ich. Einmal ist es die Weiße Dame, dann wieder der Teufelsschmied, oder auch der Seemann und die Zigeunerin . . .«

»Was sagten Sie eben? Der Seemann und die Zigeunerin?«

»Das behaupten die Leute wenigstens, Sir. Als ich noch jung war, erzählten die Leute eine Geschichte darüber. Vor einer ganzen Weile hätten die beiden sich geliebt und zerstritten . . . Aber jetzt sind sie schon lange Zeit nicht mehr gesehen worden.«

»Wirklich? Vielleicht, dass sie – möglicherweise – jetzt wieder . . .«

»Um Gottes willen, Sir! Sagen Sie so etwas nicht! Und die junge Dame . . .«

»Welche junge Dame?«

»Die Sie sprechen möchte. Sie ist im Gastzimmer. Eine Miss Lawes – so hat sie gesagt.«

»Oh!«

Rachel! Er verspürte ein seltsames Gefühl des Zusammenziehens, ein Verschieben der Perspektiven. Heimlich hatte er in eine andere Welt hineingeschaut. Rachel hatte er darüber vergessen, denn Rachel gehörte allein zu diesem Leben . . . Wieder dieses merkwürdige Verschieben der Perspektiven, dieses Zurückgleiten in eine Welt mit nur drei Dimensionen.

Er öffnete die Tür zum Gastzimmer. Rachel – mit ihren ehrlichen braunen Augen. Und plötzlich, als erwache er aus einem Traum, überwältigte ihn eine warme Welle freudiger Wirklichkeit. Er lebte – lebte! Und er überlegte: Es gibt immer nur ein einziges Leben, dessen man ganz siche sein kann! Das ist dieses Leben!

»Rachel!«, sagte er, legte seine Fingerspitzen unter ihr Kinn und küsste ihre Lippen.

Der vierte Mann

Der Domherr Parfitt schnaufte ein wenig. Für einen Mann in seinem Alter wurde es langsam beschwerlich, Zügen nachrennen zu müssen. Einmal war seine Figur nicht mehr die alte, und mit dem Verlust seiner Schlankheit hatte sich gleichzeitig eine rasch eintretende Atemnot bemerkbar gemacht. Diese entschuldigte der Domherr, wie auch jetzt, stets würdevoll mit den Worten: »Mein Herz, verstehen Sie?«

Er sank mit einem Schnaufer der Erleichterung in die Ecke des Abteils erster Klasse. Die Wärme des geheizten Zuges empfand er als äußerst angenehm. Draußen fiel Schnee. Er hatte Glück gehabt, für die lange Nachtreise noch einen Eckplatz zu erwischen.

Die anderen drei Eckplätze waren schon besetzt. Während er dies feststellte, bemerkte der Domherr Parfitt, dass ihn der Mann in der entfernten Ecke ihm gegenüber freundlich und erkennend anlächelte. Dieser Mann war glatt rasiert, sein Gesichtsausdruck war leicht spöttisch, und die Haare an den Schläfen begannen grau zu werden. Auf den ersten Blick stand fest, dass sein Beruf mit dem Gesetz in Zusammenhang stehen musste. Niemand hätte ihn auch nur einen Moment lang einer anderen Berufsgruppe zugeteilt. Tatsächlich war Sir George Durand ein berühmter Rechtsanwalt.

»Guten Abend«, bemerkte er freundlich, »Sie mussten wohl ordentlich rennen, was?«

»Ist für mein Herz gar nicht gut, fürchte ich«, sagte der Domherr. »Welcher Zufall, Sie hier zu treffen, Sir George. Fahren Sie weit nach Norden?«

»Nach Newcastle«, sagte Sir George lakonisch. Dann fügte er hinzu: »Kennen Sie übrigens Dr. Campbell Clark?«

Der Mann, der auf derselben Seite des Abteils saß wie der Domherr, verbeugte sich höflich.

»Wir trafen uns auf dem Bahnsteig«, fuhr der Rechtsanwalt fort. »Ein zweiter Zufall.«

Parfitt musterte Dr. Campbell Clark mit deutlichem Interesse. Den Namen hatte er schon oft gehört. Dr. Clark war einer der ersten Nervenärzte und Spezialist für Geisteskrankheiten, sein letztes Buch »Das Problem des Unbewussten« gehörte zu den meistdiskutierten Büchern des Jahres.

Parfitt sah ein viereckiges Kinn, eindringliche blaue Augen und rötliches Haar, in dem noch kein grauer Schimmer zu bemerken war, das jedoch dünn zu werden schien. Er empfing auch den Eindruck einer starken Persönlichkeit.

Als vollkommen natürliche Überlegung musterte der Domherr nun den Mann, der ihm gegenüber saß. Parfitt erwartete bereits, auch dort einem erkennenden Blick zu begegnen, doch der vierte Mitreisende erwies sich als ein völlig Fremder – ein Ausländer, wie der Domherr annahm. Er war dunkler im Typ, als Erscheinung unbedeutend. In einen dicken Mantel gemummt, schien er fast eingeschlafen zu sein.

»Der Domherr Parfitt aus Bradchester?«, fragte Dr. Campbell Clark mit angenehmer Stimme.

Der Domherr sah geschmeichelt aus. Seine wissenschaftlichen Predigten waren zu einem Schlager geworden – besonders seitdem auch die Zeitungen sie druckten. Ja, das war es, was die Kirche brauchte – moderne, interessante Aussagen.

»Ich habe Ihr Buch mit großem Interesse gelesen, Dr. Campbell Clark«, sagte er. »Obwohl es wegen der fachlichen Diktion hier und da für mich ein wenig schwer verständlich war.«

Durand unterbrach sie: »Möchten Sie sich lieber unterhalten oder schlafen, Hochwürden? Ich muss zugeben, dass ich seit einiger Zeit an Schlaflosigkeit leide und dass mir persönlich das erstere lieber wäre.«

»Ganz meiner Meinung, auf jeden Fall«, sagte Parfitt. »Ich

schlafe selten auf Nachtreisen, und das Buch, das ich mitgenommen habe, ist ziemlich langweilig.«

»Wir bilden jedenfalls eine vorbildliche Versammlung, in der alle Kräfte vertreten sind, die Kirche, das Gesetz und die Medizin«, bemerkte der Arzt lächelnd.

»Wir könnten also eine allumfassende Meinung über irgendein Problem bilden«, lachte Durand, »die Kirche vom geistlichen Blickwinkel her, ich für die rein weltlichen und rechtlichen Standpunkte und Sie, Doktor, für das weite Feld vom pathologischen bis zum superpsychologischen Standpunkt. Ich denke, wir drei könnten jedwedes Problem erschöpfend behandeln.«

»Nicht so vollständig, wie Sie glauben«, widersprach Dr. Clark. »Es fehlte nämlich ein Standpunkt, den Sie ausgelassen haben und der ziemlich wichtig ist.«

»Nämlich?«

»Der Standpunkt des so genannten Mannes auf der Straße.«

»Ist der so wichtig? Hat nicht der ›Mann auf der Straße‹ gewöhnlich Unrecht?«

»Fast immer. Aber er hat etwas, das bei der Meinung der Experten fehlt – den persönlichen Standpunkt. Denn schließlich geht nichts ohne persönliche Verbindungen, wissen Sie: Zu dieser Meinung bin ich durch meinen Beruf gekommen. Auf jeden Patienten, der zu mir kommt und wirklich krank ist, kommen wenigstens fünf, denen nichts anderes fehlt als die Fähigkeit, mit anderen harmonisch zusammenzuleben. Das äußert sich dann auf alle möglichen Arten, aber im Grunde ist es immer dasselbe: Eine raue Oberfläche erzeugt seelische Reibungen mit der Umwelt.«

»Ich stelle mir vor, eine Menge Ihrer Patienten hat es mit den Nerven«, bemerkte der Domherr verächtlich. Seine eigenen Nerven waren ausgezeichnet.

»Ach, was meinen Sie damit?« Der andere wandte sich ihm zu, schnell wie der Blitz. »Nerven! Die Leute gebrauchen dieses Wort und lachen darüber, wie Sie es jetzt tun. ›Ach, es ist nichts‹, sagen sie dann, ›es sind nur meine Nerven.‹ Aber mit diesem

Wort haben sie dieses ungelöste und schwierigste Problem berührt. Sie können so ziemlich jedes x-beliebige, körperliche Leiden haben und davon geheilt werden. Aber wir wissen noch heutzutage nur wenig mehr von den hundert und aber hundert Formen von Geisteskrankheiten als – nun sagen wir – zur Zeit von Königin Elizabeth I.«

»Ach, du liebe Güte«, sagte Domherr Parfitt, ein wenig beschämt über sein eigenes Lachen. »Ist das wirklich so?«

»Erinnern Sie sich doch, es ist eine Gnade Gottes«, fuhr Dr. Campbell Clark fort. »In früheren Zeiten betrachtete man den Menschen einfach als Tier: Körper und Seele – mit Schwerpunkt auf ersterem.«

»Körper, Seele und Geist«, berichtigte der Geistliche sanft.

»Geist?« Der Arzt lächelte merkwürdig. »Was meint ihr Kleriker eigentlich mit Geist? Ihr habt das niemals klar definiert, wissen Sie. Durch die ganzen Jahrhunderte hindurch habt ihr euch um eine exakte Erklärung herumgedrückt.«

Der Domherr räusperte sich, um seine Antwort vorzubereiten, doch zu seinem Ärger wurde ihm keine Gelegenheit dazu gegeben.

Der Arzt fuhr fort: »Sind wir überhaupt sicher, dass es Geist und nicht vielmehr Geister heißen muss?«

»Geister?«, fragte Sir George Durand mit hochgezogenen Augenbrauen.

»Ja.« Campbell Clark warf ihm unwillkürlich einen Blick zu. Er beugte sich vor und tippte dem anderen auf die Brust. Er sagte ernst: »Sind Sie sicher, dass in dieser Struktur nur ein einziger sitzt? Das ist doch der Körper, wie Sie wissen; eine begehrenswerte Residenz, die man möblieren muss – für sieben, einundzwanzig, einundvierzig, siebzig oder wie viel Jahre auch immer. Und am Ende schafft der Bewohner die Sachen hinaus – nach und nach –, dann geht alles aus dem Haus heraus . . . und das Haus verkommt, wird eine Stätte des Ruins, des Verfalls. Sie sind der Herr des Hauses – wir werden das zugeben. Aber waren Sie sich niemals der Anwesenheit anderer bewusst? Der leise auftretenden Diener, die man nur bemerkt an der Arbeit, die sie leisten – und deren Erledigung Ihnen niemals bewusst wurde? Oder der Freunde, mit ihren Stimmungen, die Sie für die Zeit ihrer Anwesenheit, wie man so sagt, zu einem anderen machten? Sie sind der König im Schloss, ganz richtig, aber seien Sie davon überzeugt, der Teufel ist auch drin.«

»Mein lieber Clark«, grunzte der Rechtsanwalt, »was Sie da sagen, verursacht mir ein äußerst unangenehmes Gefühl. Ist mein eigenes Wesen wirklich das Schlachtfeld einander bekämpfender Persönlichkeiten? Ist das der Wissenschaft letzter Schluss?«

Jetzt war es an dem Arzt, die Achseln zu zucken.

»Ihr Körper jedenfalls«, sagte er trocken. »Und wenn der Körper so ein Schlachtfeld ist, warum nicht auch der Geist?«

»Sehr interessant«, sagte der Domherr Parfitt, »eine großartige Wissenschaft.« Für sich dachte er, aus dem Gedanken kann ich eine Aufsehen erregende Predigt machen . . .

Dr. Campbell Clark hatte sich in seine Polster zurückgelehnt, seine momentane Aufregung war verflogen. In trockenem Berufston bemerkte er: »Es ist jedenfalls eine Tatsache, dass ich heute Abend wegen eines Falles von Persönlichkeitsspaltung nach Newcastle fahre. Sehr interessanter Fall. Natürlich eine Art Nervenkrankheit, aber ziemlich ernst.«

»Persönlichkeitsspaltung«, wiederholte Sir George Durand gedankenvoll. »Das ist nicht allzu selten, glaube ich. Es gibt auch so etwas wie Gedächtnisschwund, nicht wahr? Ich erinnere mich an einen Fall, den wir neulich im Erbschaftsgericht hatten.«

Dr. Clark nickte.

»Ein klassischer Fall dafür war der von Felicie Bault«, sagte er. »Sie werden bestimmt davon gehört haben.«

»Natürlich«, entgegnete der Domherr Parfitt. »Ich erinnere mich, in den Zeitungen darüber gelesen zu haben – aber das ist schon eine ganze Weile her, mindestens sieben Jahre.«

Dr. Campbell nickte.

»Dieses Mädchen wurde in Frankreich sehr bekannt. Wissenschaftler aus der ganzen Welt kamen zu ihr, um sie zu sehen. Sie hatte nicht weniger als vier verschiedene Persönlichkeiten. Sie wurden bekannt als Felicie 1, Felicie 2, Felicie 3 und so weiter.«

»Nahm man nicht auch dabei vorsätzlichen Betrug an?«, fragte Sir George lebhaft.

»Die Verschiedenartigkeit der Persönlichkeiten von Felicie 3 und Felicie 4 war ein bisschen anzweifelbar«, gab der Arzt zu. »Aber die wesentlichen Tatsachen bleiben. Felicie Bault war ein Bauernmädchen aus der Normandie. Sie war das dritte von fünf Kindern, die Tochter eines Säufers und einer geistig nicht gesunden Mutter. Während eines seiner Saufgelage erwürgte der Vater die Mutter und wurde daraufhin, soweit ich mich entsinnen kann, lebenslänglich eingesperrt. Felicie war damals fünf Jahre alt. Mitleidige Leute kümmerten sich um die Kinder, und Felicie wurde von einer unverheirateten englischen Adeligen aufgenommen und erzogen. Die Dame hatte eine Art Heim für Not leidende Kinder. Sie konnte mit Felicie wenig anfangen. Sie beschrieb das Mädchen als anomal langsam und dumm, dem man nur mit allergrößter Mühe Lesen und Schreiben beibringen konnte und dessen Hände ungeschickt seien. Diese Dame, Miss Slater, versuchte, aus denm Mädchen eine Hausgehilfin zu machen. Sie fand auch einige Anstellungen für Felicie, als sie alt genug dazu war, diese Stellungen anzunehmen. Aber nirgendwo blieb sie lange, und zwar wegen ihrer Dummheit und ungewöhnlichen Faulheit.«

Der Arzt machte eine Pause, und der Domherr, der die Beine übereinander legte und sein Reisegepäck näher zusammenschob, bemerkte plötzlich, dass der Mann, der ihm gegenüber saß, sich leicht bewegte. Seine Augen, die er bisher geschlossen gehalten hatte, waren jetzt geöffnet, und sein Blick war mit spöttischem und undefinierbarem Ausdruck auf den würdigen Domherrn gerichtet. Es hatte den Anschein, als ob der Mann zugehört und sich heimlich über das amüsiert habe, was er gehört hatte.

»Es gibt da eine Fotografie, die Felicie Bault im Alter von siebzehn zeigt«, fuhr der Arzt fort. »Sie zeigt sie als ungeschlachtes

Bauernmädchen von recht derbem Bau. Nichts auf dem Bild deutet darauf hin, dass sie bald eine der bekanntesten Persönlichkeiten in Frankreich werden würde. Fünf Jahre später, mit 22, hatte Felicie Bault eine schwere Nervenkrankheit, und bei der Genesung begann sich das seltsame Phänomen zu manifestieren. Das Folgende sind Tatsachen, die von vielen berühmten Wissenschaftlern bestätigt wurden. Die Persönlichkeit der Felicie 1 war nicht unterscheidbar von der Felicie Bault, die das Mädchen die zweiundzwanzig Jahre hindurch gewesen war. Felicie 1 schrieb Französisch nur schlecht und recht. Sie sprach keine Fremdsprachen und konnte nicht Klavier spielen. Felicie 2 dagegen sprach fließend Italienisch und sogar etwas Deutsch. Ihre Handschrift war der der Felicie 1 sehr unähnlich, sie schrieb fließend Französisch, und zwar mit gutem Ausdruck. Sie konnte über politische Fragen und Kunst diskutieren, und sie spielte leidenschaftlich gern Klavier. Felicie 3 hatte mit Felicie 2 viel gemeinsam. Sie war intelligent und offensichtlich gut erzogen, doch was Moral und Charakter anging, war sie das extreme Gegenteil. Sie schien ein äußerst verdorbenes Geschöpf zu sein – aber nur im pariserischen, nicht im provinziellen Sinne. Sie kannte alle Gaunerausdrücke von Paris und die Sprache der eleganten Halbwelt. Ihre Redewendungen waren unflätig, und sie schimpfte wüst auf die Religion und die so genannten ›feinen Leute‹. Schließlich gab es noch Felicie 4 – ein verträumtes, dösiges, halb irres Geschöpf, besonders fromm und angeblich hellseherisch begabt. Diese vierte Persönlichkeit war unbefriedigend und wenig aufschlussreich. Man hat manchmal angenommen, sie sei ein vorsätzlicher Betrug auf Kosten von Felicie 3 – eine Art Scherz, den sie sich leichtgläubigen Zuhörern gegenüber erlaubte.«

Der Arzt machte eine kleine Pause.

»Hierzu muss ich sagen, allerdings muss ich Felicie 4 davon ausschließen, dass jede Persönlichkeit verschieden und völlig getrennt von jeder anderen war und von den anderen Persönlichkeiten keine Kenntnis hatte. Felicie 2 war unzweifelhaft die dominierende und blieb manchmal vierundzwanzig Stunden lang vorherrschend, dann mochte urplötzlich für ein oder zwei Tage wieder Felicie 1 erscheinen. Danach vielleicht Felicie 3 oder 4, aber die beiden letzteren blieben selten länger als ein paar Stunden bemerkbar. Jeder Wechsel wurde von heftigen Kopfschmerzen begleitet, mit schwerem Schlaf, und bei jedem Fall trat ein absoluter Gedächtnisschwund der vorangegangenen Persönlichkeit ein. Die gerade herrschende Persönlichkeit nahm das Leben da wieder auf, wo sie es verlassen hatte, und war sich der Zeit, die dazwischen lag, nicht bewusst.«

»Bemerkenswert«, murmelte der Domherr, »sehr bemerkenswert. Wie wenig wir doch von den Wundern des Universums wissen!«

»Wir wissen, dass es darin ein paar sehr schlaue Betrüger gab«, bemerkte der Rechtsanwalt trocken.

»Der Fall der Felicie Bault wurde von Rechtsanwälten, Ärzten und Wissenschaftlern untersucht«, sagte Dr. Campbell Clark schnell. »Der bekannte Quimbellier, Sie werden sich erinnern, führte eingehende Untersuchungen durch und bestätigte die Ansichten der Wissenschaftler. Warum sollte uns das überhaupt so sehr überraschen? Wir finden doch häufig Eier mit zwei Dottern, oder etwa nicht? Oder Zwillingsbananen? Warum keine Doppelseele oder, wie in diesem Fall, eine vierfache Seele – in einem einzigen Körper?«

»Doppelseele?«, protestierte der Domherr.

Dr. Campbell Clark wandte ihm seinen durchdringenden blauen Blick zu.

»Wie sollen wir das anders bezeichnen? Vorausgesetzt, dass die Persönlichkeit überhaupt die Seele ist?«

»Es ist gut, dass so etwas nur selten als ›Naturlaune‹ auftritt«, bemerkte Sir George. »Wenn dieser Fall normal wäre, würde das zu recht hübschen Komplikationen führen.«

»Dieser Fall ist allerdings ungewöhnlich«, stimmte der Arzt zu. »Es war jammerschade, dass keine längeren Studien betrieben werden konnten. Durch Felicies unerwarteten Tod wurde allem ein rasches Ende gesetzt.«

»Dieser Tod war sonderbar, wenn ich mich recht erinnere«, sagte der Rechtsanwalt langsam.

Dr. Campbell Clark nickte.

»Eine völlig unerklärliche Geschichte. Das Mädchen wurde eines Morgens tot im Bett gefunden. Sie war offensichtlich erdrosselt worden. Aber zu jedermanns Überraschung konnte ohne jeden Zweifel bewiesen werden, dass sie sich selbst erdrosselt hatte. Die Male an ihrem Hals stammten von ihren eigenen Fingern. Eine Selbstmordart, die, obwohl körperlich nicht unmöglich, eine beachtliche Muskelkraft und große menschliche Willensstärke erfordert. Was das Mädchen zu einer solchen Wahnsinnsanstrengung getrieben hat, wurde nie herausgefunden. Ihr seelisches Gleichgewicht muss immer labil gewesen sein, aber damit endete alles. Der Vorhang fiel für immer über das Geheimnis der Felicie Bault.«

In diesem Moment lachte der Mann in der vierten Ecke auf.

Die drei anderen fuhren herum, wie von der Tarantel gestochen. Sie hatten die Existenz des Vierten vollkommen vergessen. Als sie auf den Platz starrten, auf dem er saß – noch immer eingemummt in seinen Mantel –, lachte er wieder.

»Sie müssen entschuldigen, Gentlemen«, sprach er in perfektem Englisch, das nichtsdestoweniger einen ausländischen Klang hatte.

Er setzte sich auf und entblößte ein blasses Gesicht mit kleinem, pechschwarzem Schnurrbart.

»Ja, Sie müssen entschuldigen«, sagte er und verbeugte sich spöttisch. »Aber wirklich! Wurde in der Wissenschaft jemals das letzte Wort gesprochen?«

»Wissen Sie etwas von dem Fall, über den wir sprechen?«, fragte der Arzt höflich.

»Von dem Fall? Nein. Aber ich kannte sie.«

»Felicie Bault?«

»Ja. Und Annette Ravel auch. Sie haben niemals von Annette Ravel gehört, wie ich sehe? Die Geschichte der einen ist gleichzeitig die Geschichte der anderen. Glauben Sie mir, Sie wissen nichts von Felicie Bault, wenn Sie nicht auch die Geschichte der Annette Ravel kennen.«

Er zog seine Uhr hevor und sah darauf.

»Noch genau eine halbe Stunde bis zur nächsten Station. Ich habe Zeit, Ihnen die Geschichte zu erzählen – das heißt, wenn Sie sie hören wollen.«

»Bitte, erzählen Sie«, antwortete der Arzt ruhig.

»Herzlich gern«, sagte Parfitt. »Herzlich gern.«

Sir George Durand nahm nur eine Haltung gespannter Aufmerksamkeit an.

»Mein Name«, begann der fremde Reisegefährte, »ist Raoul Letardeau. Sie hatten von einer englischen Dame gesprochen, einer Miss Slater, die ihr Leben der Wohltätigkeit gewidmet hatte. Ich wurde in diesem Fischerdorf in der Bretagne geboren, und als meine Eltern bei einem Zugunglück ums Leben kamen, war es Miss Slater, die mir zu Hilfe kam und mich vor dem bewahrte, was Sie Engländer das Waisenhaus nennen. Sie hatte schon an die zwanzig Kinder unter ihrer Obhut, Mädchen und Jungen. Unter diesen Kindern waren auch Felicie Bault und Annette Ravel. Wenn es mir nicht gelingt, Ihnen die Persönlichkeit von Annette verständlich zu machen, Gentlemen, werden Sie nichts verstehen. Sie war das Kind eines, wie man bei uns sagt, ›fille de joie‹, eines Freudenmädchens, das, von seinem Liebhaber verlassen, an Tuberkulose gestorben war. Die Mutter war Tänzerin gewesen, und auch Annette hatte den Wunsch zu tanzen. Als ich sie zum ersten Mal sah, war sie ein Kind von elf Jahren, ein kleines Ding mit Augen, die abwechselnd spotteten und versprachen – ein kleines Wesen, ganz Feuer und Leben. Auf einmal machte sie mich zu ihrem Sklaven. ›Raoul, tu dies für mich; Raoul, tu das für mich.‹ Und ich gehorchte. Ich betete sie an und sie wusste es.

Manchmal gingen wir zum Strand hinunter, zu dritt – denn Felicie kam immer mit. Dann zog Annette Schuhe und Strümpfe aus und tanzte auf dem Sand. Und wenn sie atemlos niedersank, erzählte sie uns, was sie tun und was sie sein würde.

›Seht ihr, ich werde berühmt werden. Ja, ganz groß und berühmt. Ich werde Hunderte und Tausende von Seidenstrümpfen haben – die feinsten Seidenstrümpfe. Und ich werde ein wunderschönes Appartement haben. Alle meine Liebhaber werden jung und schön und auch reich sein. Und wenn ich tanze, wird ganz Paris kommen, mir zuzusehen. Sie werden staunen und schreien und rufen und ganz wahnsinnig werden, wenn ich tanze. Aber im Winter werde ich nicht tanzen. Da fahre ich in den Süden in die Nähe der Sonne. Dort gibt es Villen mit Orangenbäumen. Eine davon wird mir gehören. Ich werde auf seidenen Kissen in der Sonne liegen und Orangen essen. Und dich, Raoul, werde ich nie vergessen, wenn ich auch noch so reich und berühmt bin. Ich werde dich beschützen und deine Karriere fördern. Felicie wird meine Zofe sein – nein, ihre Hände sind zu ungeschickt. Sieh sie dir nur an, wie groß und schwerfällig sie sind.‹

Felicie wurde dann böse. Aber Annette fuhr fort, sie aufzuziehen.

›Sie ist so damenhaft, Felicie – so elegant, so vornehm. Sie ist eine verkleidete Prinzessin – ha, ha.‹

›Mein Vater und meine Mutter waren verheiratet, das ist besser als bei deinen Eltern‹, zischte Felicie dann verächtlich.

›Ja, und dein Vater hat deine Mutter umgebracht. Eine feine Sache, die Tochter eines Mörders zu sein.‹

›Und dein Vater hat deine Mutter verfaulen lassen‹, entgegnete Felicie.

›Ach ja.‹ Annette wurde nachdenklich. »Arme Mama. Man muss gesund und stark bleiben. Das ist das Wichtigste: Man muss gesund und stark bleiben.‹

›Ich bin stark wie ein Pferd‹, prahlte Felicie.

Das war sie wirklich. Sie hatte doppelt so viel Kraft wie jedes andere Mädchen im Heim. Und sie war niemals krank.

Aber sie war dumm, verstehen Sie, dumm wie ein blödes Tier. Ich wunderte mich oft, warum sie immer Annette nachlief, überallhin. Aber es ging von ihr eine Art Faszination aus. Manchmal hasste sie Annette, glaube ich, denn Annette war wirklich nicht nett zu ihr. Sie verhöhnte Felicies Langsamkeit und Dummheit und quälte sie in Gegenwart der anderen. Ich habe gesehen, wie Felicie ganz weiß vor Wut wurde. Manchmal habe ich gedacht, dass sie die Finger um Annettes Hals legen und ihr das Leben nehmen würde. Sie war nicht klug und nicht schnell genug, auf Annettes Beleidigungen die richtigen Antworten zu finden, aber sie erfasste mit der Zeit, dass sie ihr nur ganz Bestimmtes zu erwidern brauchte, das nie seine Wirkung verfehlte. Das war der Hinweis auf ihre Gesundheit und Stärke. Sie erfasste das, was ich schon wusste: Annette beneidete sie um ihre körperliche Stärke, und instinktiv traf Felicie damit die schwache Stelle ihrer Feindin.

Eines Tages kam Annette besonders fröhlich zu mir.

›Raoul‹, sagte sie, ›wir werden mit der dummen Felicie einen Scherz machen. Wir werden sterben vor Lachen.‹

›Was hast du vor?‹

›Komm hinter den Vorhang, dann erzähle ich es dir.‹

Wie es schien, hatte Annette irgendwo ein Buch aufgetrieben. Den größten Teil hatte sie nicht verstanden. Wahrscheinlich war alles ein bisschen zu hoch für sie. Es war ein frühes Werk über Hypnose.

›Es muss etwas Glänzendes sein, steht darin. Ich habe dazu die Messingkugel an meinem Bettgestell ausgesucht. Man kann sie drehen. Vergangene Nacht ließ ich Felicie sie ansehen. Sieh immer nur den Knopf an! habe ich gesagt. Du darfst deinen Blick nicht wegnehmen! Dann drehte ich die Kugel. Raoul, ich habe richtig Angst bekommen. Ihre Augen sahen so komisch aus – wie wahnsinnig, schrecklich. Felicie, habe ich sie gefragt, wirst du alles tun, was ich sage? Ich werde alles tun, was du sagst, Annette, hat sie geantwortet. Und dann sagte ich: Morgen um zwölf Uhr wirst du eine weiße Wachskerze auf den Spielplatz mitbringen und sie dort aufessen. Wenn dich jemand fragt, sagst du, es sei die beste Zuckerstange, die du je gegessen hättest. O Raoul, denk dir das bloß aus!‹

›So etwas wird sie nie wirklich tun‹, warf ich ein.

›In dem Buch steht aber, dass sie es doch tut. Ich kann es auch nicht glauben – aber, o Raoul, wenn das alles stimmt, was in dem Buch steht, was gäbe das für einen Spaß!‹

Ich selbst fand die Idee auch lustig. Wir erzählten es unseren Kameraden, und um zwölf waren wir alle auf dem Spielplatz. Pünktlich auf die Minute kam Felicie mit einer Kerze und begann feierlich, daran herumzuknabbern. Ja, meine Herren, wir waren alle ganz aus dem Häuschen! Jeden Augenblick ging ein anderes Kind zu Felicie und fragte, ob das gut schmecke, was sie da äße. Und Felicie antwortete jedes Mal, dass es die beste Zuckerstange sei, die sie je gegessen habe . . . Wir bogen uns vor Lachen. Wir lachten so laut, dass der Lärm Felicie aufzuwecken und in die Wirklichkeit zurückzurufen schien. Sie blinzelte erstaunt mit den Augen, starrte auf die Kerze, dann auf uns. Schließlich fuhr sie sich mit der Hand über die Stirn. ›Ja, was tue ich denn da?‹, murmelte sie.

›Du isst eine Kerze!‹, brüllten wir.

›Ich befahl dir das. Ich befahl dir das‹, schrie Annette vor Freude und tanzte herum.

Felice starrte sie einen Moment lang an. Dann ging sie langsam auf Annette zu.

›Dann bist du es, die mich lächerlich gemacht hat. Ich glaube, ich erinnere mich. Oh, ich werde dich dafür töten.‹

Sie hatte das sehr ruhig gesagt, sodass Annette plötzlich wegrannte und sich hinter mir versteckte.

›Rette mich, Raoul! Ich habe Angst vor Felicie. Es war doch nur ein Scherz, Felicie. Nur ein Scherz.‹

›Ich mag solche Scherze nicht‹, sagte Felicie. ›Versteht ihr? Ich hasse dich. Ich hasse euch alle!‹

Dann brach sie plötzlich in Tränen aus und rannte fort.

Annette war, glaube ich, über das Ergebnis ihres Experiments erschrocken und versuchte nicht, es zu wiederholen. Doch von diesem Tage an schien ihre Herrschaft über Felicie noch stärker geworden zu sein.

Ich glaube heute, Felicie hasste sie tödlich, aber sie konnte Annette nicht mehr verlassen. Sie lief Annette überall nach wie ein Hund.

Tja, meine Herren, bald darauf nahm ich meine erste Stellung an. Ich besuchte das Heim nur noch während meiner Ferien. Annettes Wunsch, Tänzerin zu werden, war nicht ernst zu nehmen gewesen, aber als sie älter wurde, entwickelte sie eine hübsche Singstimme, und Miss Slater erklärte sich damit einverstanden, ihr Gesangsstunden geben zu lassen.

Annette war nicht faul. Sie arbeitete fieberhaft, ohne sich Ruhe zu gönnen. Miss Slater musste sie manchmal davon abhalten, sich zu überanstrengen. Einmal sprach sie mit mir über Annette.

›Du hast Annette doch immer gern gemocht. Rede auf sie ein, dass sie nicht zu viel arbeitet. Neulich hatte sie einen Husten, der mir gar nicht gefiel.‹

Durch meine Arbeit musste ich bald darauf weit fortfahren. Zuerst erhielt ich noch ein oder zwei Briefe von Annette, dann folgte Schweigen. Dann war ich fünf Jahre in Amerika.

Durch Zufall kam ich danach wieder nach Paris. Ich las ein Plakat, das eine Annette Ravelli ankündigte. Es war auch ein Bild der Dame darauf abgebildet. Ich erkannte sie sofort wieder. Am Abend ging ich in das bezeichnete Theater. Annette sang in französischer und italienischer Sprache. Auf der Bühne war sie großartig. Nachher ging ich in ihre Garderobe. Sie empfing mich sofort.

›O Raoul!‹, rief sie aus und streckte mir ihre weißen Hände entgegen. ›Das ist wunderbar. Wo bist du in all den Jahren gewesen?‹

Ich erzählte es ihr, aber sie schien nicht richtig zuzuhören.

›Sieht du, jetzt habe ich es fast erreicht.‹

Triumphierend wies sie auf ihre Garderobe, die voll von Blumen war.

›Die gute Miss Slater muss sehr stolz sein auf deinen Erfolg.‹

›Die Alte? Nein, überhaupt nicht. Sie wollte doch, dass ich aufs Konservatorium gehe, weißt du nicht mehr? Ich sollte Konzertsängerin werden. Aber ich bin eine Künstlerin. Hier auf der Varietébühne kann ich mich am besten verwirklichen.‹

In dem Moment trat ein gut aussehender Mann im besten Alter ein. Sein Benehmen war vornehm und wohl erzogen. Bald entnahm ich seinen Gesprächen, dass er Annettes Manager war. Er sah zu mir hin, und Annette erklärte ihm, dass ich ein Freund aus ihrer Kinderzeit und gerade in Paris sei, hier ihr Bild auf dem Plakat gesehen habe.

Daraufhin war der Herr sehr leutselig und freundlich zu mir. In meiner Gegenwart holte er ein Brillantarmband hervor und legte es um Annettes Handgelenk. Als ich mich erhob, um fortzugehen, wandte sie sich mir mit einem triumphierenden Blick zu.

Aber als ich ihre Garderobe verließ, hörte ich ihren Husten, einen scharfen, trockenen Husten. Ich wusste, was dieser Husten bedeutete. Er war das Erbe ihrer tuberkulösen Mutter.

Zwei Jahre darauf sah ich sie wieder. Sie hatte bei Miss Slater Zuflucht gesucht. Ihre Karriere war zusammengebrochen. Ihre Krankheit war weit fortgeschritten, und die Ärzte sagten, dass man nichts mehr tun könnte.

Ach, ich werde niemals vergessen, wie ich sie sah. Sie lag an einem geschützten Platz im Garten. Man hielt sie Tag und Nacht draußen. Ihre Wangen waren hohl und gerötet, ihre Augen glänzten fiebrig, und sie hustete sehr viel. Sie begrüßte mich mit einer Verzweiflung, die mich verblüffte.

›Es tut gut, dich zu sehen, Raoul. Du weißt, was sie sagen – dass es mit mir zu Ende geht. Sie sagen es hinter meinem Rücken, verstehst du? Wenn sie mit mir sprechen, sind sie zuversichtlich und trösten mich. Aber es ist nicht wahr, Raoul, es ist nicht wahr! Ich werde mir selbst nicht erlauben zu sterben. Sterben? Jetzt, wo ein schönes Leben vor mir liegt. Es ist der Wille zu leben, darauf kommt es an. Das sagen alle berühmten Ärzte von heute. Ich gehöre nicht zu den Schwachen, die sich gehen lassen. Ich fühle mich schon viel besser – sehr viel besser, hörst du!‹

Sie richtete sich auf und stützte sich auf die Ellbogen, um ihren Worten Nachdruck zu verleihen, dann fiel sie zurück, von heftigem Husten geschüttelt, der ihren ausgezehrten dünnen Körper hin und her warf.

›Der Husten – das ist nichts‹, japste sie. ›Und die Blutstürze erschrecken mich nicht. Ich werde die Ärzte überraschen. Es ist der Wille, auf den es ankommt. Denk daran, Raoul, ich werde leben.‹

Es war entsetzlich, erbarmungswürdig, verstehen Sie?

Da kam Felicie Bault mit einem Tablett heraus, mit einem Glas heißer Milch. Sie reichte es Annette und sah ihr beim Trinken mit einem unergründlichen Ausdruck in den Augen zu. Irgendwie schien dieser Blick eine innere Befriedigung auszudrücken. Auch Annette fing den Blick auf. Sie schleuderte das Glas fort, dass es in Stücke zersprang.

›Siehst du, wie sie mich ansieht? So sieht sie mich jetzt immer an. Sie freut sich, dass ich bald sterbe. Ja, sie weidet sich daran. Sie, die so stark und gesund ist. Sieh sie nur an, keinen Tag war sie krank, nicht einen einzigen! Und alles für nichts. Was nützt ihr ihr starkes Gerippe? Was kann sie damit machen?‹

Felicie bückte sich und hob die Glassplitter auf.

›Ich mache mir nichts daraus, was sie sagt‹, bemerkte sie dabei mit einer singenden Stimme. ›Was macht das schon? Ich bin ein ehrbares Mädchen. Aber was sie betrifft, wird sie die Qualen des Fegefeuers bald kennen lernen. Ich bin eine Christin, ich sage nichts.‹

›Du hasst mich!‹, schrie Annette. ›Du hast mich immer gehasst. Aber ich kann dich verzaubern, trotz alledem. Ich kann dir befehlen, etwas zu tun, ganz egal was, und du wirst es tun. Siehst du, ich kann dir jetzt sagen, du sollst hier vor mir im Gras niederknien, und du wirst es tun.‹

›Das ist ja albern‹, sagte Felicie mit Unbehagen.

›Aber ja, du wirst es tun. Du wirst! Um mir zu Gefallen zu sein. Herunter auf deine Knie. Ich sage es dir, ich, Annette. Auf deine Knie, Felicie!‹

Ob es nun der besondere Ton war, der in Annettes Stimme schwang, oder ein tieferes Motiv – Felicie gehorchte. Sie sank langsam auf ihre Knie nieder, ihre Arme weit ausgestreckt, und ihr Gesichtsausdruck war leer und dumm.

Annette warf den Kopf zurück und lachte.

›Sieh nur, was für ein dummes Gesicht sie hat! Wie lächerlich sie aussieht . . . Du kannst jetzt wieder aufstehen, Felicie, danke. Es hat keinen Zweck, mich so böse anzusehen, ich bin deine Herrin. Du musst tun, was ich sage.‹

Erschöpft sank sie in die Kissen zurück. Felicie nahm das Tablett und ging langsam fort. Einmal sah sie noch über ihre Schulter zurück, und der schwelende Hass in ihrem Blick erschreckte mich.

Ich war nicht dabei, wie Annette starb. Aber es muss schrecklich gewesen sein. Sie hing am Leben. Sie kämpfte gegen den Tod wie eine Wahnsinnige. Wieder und wieder soll sie geschrien haben: ›Ich will nicht sterben – hört ihr mich? Ich will nicht sterben, ich will leben – leben . . .‹ Miss Slater erzählte mir alles, als ich sie sechs Monate später wieder besuchte.

›Mein armer Raoul‹, sagte sie freundlich. ›Du hast sie immer geliebt, nicht wahr?‹

›Immer – immer. Aber was konnte ihr das nützen? Lassen Sie uns nicht mehr davon sprechen. Sie ist tot . . . sie, die so sprühend war, so voller Leben.‹

Miss Slater war eine mitfühlende Frau. Sie sprach von anderen Dingen. Sie machte sich um Felicie große Sorgen, sagte sie. Das Mädchen habe einen merkwürdigen Nervenzusammenbruch erlitten. Seitdem sei ihr Verhalten sehr seltsam.

›Weißt du‹, ergänzte Miss Slater nach einigem Zögern, ›sie lernt jetzt Klavier spielen.‹

Das wusste ich nicht, und es überraschte mich sehr. Felicie – und Klavier spielen lernen! Ich hätte sofort beschwören können, dass das Mädchen nicht eine Note von der anderen unterscheiden konnte.

›Sie hat Talent, sagt man‹, fuhr Miss Slater fort. ›Ich kann das nicht verstehen. Ich habe sie immer für – nun, Raoul, du weißt schon, sie war immer ein dummes Mädchen.‹

Ich nickte.

›Sie ist oft so seltsam – ich weiß dann wirklich nicht, wie ich alles verstehen soll.‹

Ein wenig danach betrat ich den Lesesaal. Felicie spielte Klavier. Sie spielte eine Melodie, die ich Annette in Paris hatte singen hören. Verstehen Sie, meine Herren? Es gab mir einen ordentlichen Schock. Als sie mich hörte, brach sie ab und wandte sich mir zu, ihre Augen voller Spott und Intelligenz. Einen Moment lang dachte ich – nun, ich will nicht sagen, was ich dachte.

›Tiens‹, sagte sie. ›Da sind Sie ja, Monsieur Raoul.‹

Ich kann die Art, wie sie das sagte, nicht beschreiben. Für Annette hatte ich nie aufgehört, Raoul zu sein. Aber Felicie hatte mich, seit wir uns als Erwachsene wiedergetroffen hatten, immer mit ›Monsieur Raoul‹ angeredet. Aber die Art, wie sie es jetzt sagte, war ganz anders – so, als ob das ›Monsieur‹, leicht übertrieben ausgesprochen, sie irgendwie amüsierte.

›Ach, Felicie‹, stammelte ich. ›Sie sehen heute ganz anders aus. Woher kommt das?‹

›So? Tue ich das?‹, fragte sie nachdenklich. ›Das ist komisch. Aber seien Sie nicht so feierlich, ich werde Sie wieder Raoul nennen. Spielten wir nicht als Kinder zusammen? Damals war das Leben noch freundlicher. Lassen Sie uns von der armen Annette sprechen – sie ist tot und begraben. Wo mag sie nur sein, ob im Fegefeuer oder wo, ich möchte es zu gern wissen.‹

Und sie trällerte etwas von einem Lied, nicht sehr deutlich, aber die Worte ließen mich aufhorchen.

›Felicie‹, rief ich aus. ›Sie sprechen Italienisch?‹

›Warum denn nicht, Raoul? Ich bin gar nicht so dumm, wie ich immer tue.‹ Sie lachte über meine Verwunderung.

›Ich verstehe nicht . . .‹

›Dann will ich es dir erzählen. Ich bin eine sehr gute Schauspielerin, obwohl das niemand vermutet. Ich kann viele Rollen spielen – und ich spiele sie gut.‹ Wieder lachte sie und lief rasch aus dem Zimmer, bevor ich sie aufhalten konnte.

Ehe ich abfuhr, sah ich sie wieder. Sie war in einem großen Sessel eingeschlafen. Ich blieb stehen und beobachtete sie, fasziniert, doch innerlich abgestoßen. Plötzlich wachte sie auf und fuhr hoch. Ihr Blick, stumpf und leblos, traf den meinen.

›Monsieur Raoul‹, stammelte sie mechanisch.

›Ja, Felicie, ich muss jetzt gehen. Möchten Sie mir nicht noch einmal etwas vorspielen, bevor ich gehe?‹

›Ich? Spielen? Sie machen sich über mich lustig, Monsieur Raoul.‹

›Aber Sie haben mir doch heute Morgen etwas vorgespielt. Erinnern Sie sich nicht mehr?‹

Sie schüttelte den Kopf.

›Ich, gespielt? Wie kann ein armes Mädchen wie ich Klavier spielen?‹

Sie hielt einen Moment inne, als ob sie über etwas nachdächte. Dann winkte sie mich näher zu sich heran.

›Monsieur Raoul, hier in diesem Haus geschehen merkwürdige Dinge. Sie denken sich Betrügereien und üble Scherze aus. Sie verstellen ihre Uhren. Ja, ja, ich weiß genau, was ich sage. Und alles ist ihr Werk.‹

›Wessen Werk?‹, fragte ich verblüfft.

›Das von Annette – dieser bösen Hexe! Als sie noch lebte, hat sie mich immer gequält. Jetzt, da sie tot ist, kommt sie von den Toten zurück, um mich zu quälen. Sie war schlecht, durch und durch schlecht, glauben Sie mir!‹

Ich starrte Felicie an und konnte sehen, dass sie entsetzliche Angst hatte. Ihre Augen traten aus dem Kopf hervor.

›Sie war schlecht. Sie würde Ihnen das Brot vom Mund wegreißen und die Kleider vom Körper – und die Seele aus dem Leib . . .‹

Sie presste mich plötzlich an sich.

›Ich habe Angst, hören Sie – Angst! Ich höre ihre Stimme, nicht in meinen Ohren – nein, hier in meinem Kopf!‹ Sie tippte sich an die Stirn. ›Sie will mich aus mir selber vertreiben – mich ganz aus mir selber vertreiben, was soll dann aus mir werden?‹

Ihre Stimme hatte sich fast zum Schreien erhoben. Aus ihren Augen starrte die animalische Angst eines todwunden Tieres . . . Plötzlich lächelte sie, ein freundliches Lächeln voller Schlauheit, aber etwas war an diesem Lächeln, das mich erschauern ließ.

›Wenn es einmal soweit kommt, Monsieur Raoul ... Ich bin sehr stark mit den Händen – ich habe sehr starke Hände ...‹

Ich hatte niemals vorher mit Bewusstheit ihre Hände angesehen. Ich sah sie jetzt an und erschrak gegen meinen Willen. Untersetzte, gedrungene, brutale Hände und – wie Felicie gesagt hatte – ungewöhnlich kräftig ... Ich kann Ihnen die Übelkeit nicht beschreiben, die ich empfand. Mit Händen wie diesen musste ihr Vater ihre Mutter erwürgt haben ... Das war das letzte Mal, dass ich Felice sah.

Anschließend musste ich nach Südamerika fahren. Ich kehrte erst zwei Jahre nach ihrem Tod wieder zurück. ich hatte in den Zeitungen über ihr Leben und von ihrem plötzlichen Tod gelesen. Dann habe ich noch einige Einzelheiten mehr erfahren – heute Abend, von Ihnen, meine Herren. Felicie 3 und Felicie 4, wie Sie sagten. Sie war eine gute Schauspielerin, wissen Sie.«

Der Zug verlor langsam an Geschwindigkeit. Der Mann in der Ecke setzte sich aufrecht und knöpfte seinen Mantel zu.

»Was ist Ihre Theorie dazu?«, fragte der Rechtsanwalt und beugte sich vor.

»Ich kann kaum glauben ...«, begann der Domherr Parfitt und hielt inne.

Der Arzt sagte nichts. Er starrte unverwandt auf Raoul Letardeau.

»Die Kleider von ihrem Körper – und die Seele aus ihrem Leib ...«, wiederholte der Franzose leichthin. Er stand auf. »Ich sage Ihnen, Messieurs, die Geschichte von Felicie Bault ist die Geschichte von Annette Ravel. Sie kannten sie nicht, Gentlemen. Ich kannte sie. Sie liebte das Leben allzu sehr ...«

Er hatte schon den Türgriff in der Hand – bereit, auszusteigen, als er sich noch einmal umdrehte und dem Domherrn Parfitt auf die Brust tippte.

»Monsieur le docteur dort drüben sagte vorhin, dass all das ...« seine Hand legte sich auf den Magen des Domherrn, und der Domherr stöhnte – »nur eine Residenz ist. Sagen Sie,

wenn Sie in Ihrem Haus einen Einbrecher vorfinden, was würden Sie tun? Ihn erschießen, oder etwa nicht?«

»Nein«, schrie der Domherr. »Nein, natürlich nicht! Ich meine
– nicht in diesem Land.«

Doch die letzten Worte hatte er in die Luft gesprochen, die Tür
des Abteils knallte zu.

Der Geistliche, der Rechtsanwalt und der Arzt waren allein.

Die vierte Ecke im Abteil war frei.

Am falschen Draht

»Und vor allen Dingen keinen Ärger, keine Aufregung«, sagte Dr. Meynell in dem unverbindlichen Plauderton der Ärzte.

Mrs. Harter wurde bei diesen wohl gemeinten, aber inhaltlosen Worten keineswegs zuversichtlicher, eher skeptischer. »Sie haben eine kleine Herzschwäche«, fuhr der Arzt beiläufig fort, »aber es ist nichts Ernstes, seien Sie unbesorgt. Allerdings«, fügte er hinzu, »dürfte es dennoch das Beste sein, wenn Sie einen Lift einbauen ließen. Wie denken Sie darüber?«

Mrs. Harter machte ein bekümmertes Gesicht, sie dachte an die Kosten. Mr. Meynell hingegen sah mit sich selbst zufrieden aus. Er behandelte lieber reiche als arme Patienten, weil er bei ersteren seine lebhafte Fantasie walten lassen konnte. Außerdem wusste er, dass er angesehen war, wenn er für ihre Leiden Kostspieliges verschrieb.

»Ja, einen Lift«, wiederholte Dr. Meynell und versuchte, sich etwas noch Teureres zu überlegen – doch ihm fiel nichts weiter ein. »Dann wollen wir alle unnötigen Anstrengungen vermeiden. Bei schönem Wetter ruhig etwas an die frische Luft gehen, aber keine Gewalttouren! Und vor allen Dingen«, setzte er fröhlich hinzu, »viel geistige Zerstreuung – nur nicht dauernd ans Herz denken.«

Dem Neffen der alten Dame, Charles Ridgeway, erklärte der Arzt etwas mehr.

»Verstehen Sie mich nicht falsch«, sagte er. »Ihre Tante kann noch Jahre leben, wahrscheinlich tut sie das auch. Aber eine Überanstrengung oder ein Schock können eine fatale Wirkung haben.« Er schnalzte mit den Fingern. »Sie muss ein ruhiges Leben führen. Keinerlei Aufregung! Keine Anstrengung. Sie soll möglichst nicht anfangen zu grübeln und nachzudenken. Sie muss heiter bleiben und möglichst viel Zerstreuung haben.«

»Zerstreuung«, sagte Charles Ridgeway geistesabwesend.

Er war ein junger Mann mit eigenen Gedanken. Er glaubte auch, dass man seine privaten Absichten fördern müsse; wo immer möglich.

Am Abend schlug er seiner Tante den Erwerb eines Radioapparates vor.

Mrs. Harter, die bereits durch den Gedanken an den Lifteinbau ernstlich aufgebracht war, zeigte sich zerstreut und abgeneigt. Sie war altmodisch und hatte sich von jeher gegen die Anschaffung eines Radios gesträubt.

»Du weißt, dass ich dieses Zeug nicht mag«, sagte Mrs. Harter kläglich. »Diese Wellen, weißt du – die elektrischen Wellen . . . Sie haben eine Wirkung auf mich.«

Überlegen, doch freudlich setzte Charles ihr auseinander, wie rückständig sie sei. Er sprach geuldig, schmeichelte ihr und begann sie langsam zu überzeugen.

Mrs. Harter, deren Kenntnisse von diesem »Zeug« völlig unzureichend waren, hielt zunächst dennoch an ihrer Meinung fest. Sie blieb weiterhin skeptisch und zeigte sich wenig begeistert.

»Diese Elektrizität«, murmelte sie furchtsam. »Charles, du kannst sagen, was du willst, auf manche Leute hat sie eine unangenehme Wirkung. Ich zum Beispiel habe vor einem Gewitter stets heftige Kopfschmerzen. Ich weiß das.«

Sie nickte triumphierend. Charles war ein geduldiger junger Mann. Er war auch beharrlich.

»Meine liebe Tante Mary«, sagte er, »ich werde dir das Ganze noch mal genau erklären.«

Auf diesem Gebiet kannte er sich einigermaßen aus. Er lieferte eine kleine Vorlesung über das Thema und redete sich immer mehr in Begeisterung, indem er von Hochfrequenzen, Kondensatoren, Verstärkern, Antennen und Transistoren und so weiter sprach . . .

Mrs. Harter ertrank in einem Meer von Worten, widerstandslos ergab sie sich.

»Na schön, Charles«, murmelte sie, »wenn du wirklich meinst . . .«

»Meine liebe Tante Mary«, sagte Charles begeistert. »Das ist genau das Richtige für dich, damit du dich nicht langweilst oder gar den Kopf hängen lässt.«

Der von Dr. Meynell verschriebene Lift wurde kurze Zeit danach eingebaut und hätte fast den Tod für Mrs. Harter bedeutet, denn wie viele alte Damen hegte sie einen tiefen Widerwillen gegen fremde Männer in ihrem Haus. Sie verdächtigte alle samt und sonders, es auf ihr altes Silber abgesehen zu haben.

Nach dem Lift wurde der teuerste Radioapparat angeschafft. Mrs. Harter stellte ihn allerdings nicht an. Charles musste seine ganze Beredsamkeit aufwenden, um die Tante damit zu versöhnen. Er drehte an den Knöpfen und hielt erneut einen längeren Vortrag.

Mrs. Harter saß in ihrem hohen Lehnsessel, geduldig und höflich, doch in der festen Überzeugung, dass dieses neue Gerät reiner Unsinn sei.

»Hörst du, Tante Mary – das ist Berlin! Ein wunderbarer Empfang . . .«

Mrs. Harter lauschte lächelnd.

Charles drehte weiter.

»London«, sagte er jetzt. Musik erklang.

»Ach, wirklich?«, fragte Mrs. Harter ein wenig interessiert.

Charles schaltete einen anderen Wellenbereich ein, und ein unirdisches Geheul schallte durch den Raum.

»Jetzt scheinen wir in einen Hundezwinger geraten zu sein«, meinte Mrs. Harter, die sich bis ins hohe Alter eine gewisse Portion Humor bewahrt hatte.

Charles lachte. »Das macht Spass, nicht wahr, Tante Mary? Das war lustig!«

Mrs. Harter konnte nicht umhin, über ihn zu lächeln. Sie

mochte ihn recht gern. Einige Jahre lang hatte eine Nichte, Miriam Harter, mit ihr zusammengelebt. Mrs. Harter hatte die Absicht gehabt, das Mädchen als Erbin einzusetzen, aber Miriam hatte sie enttäuscht. Sie war ungeduldig gewesen und hatte sich allzu deutlich in der Gesellschaft ihrer Tante gelangweilt. Ständig war sie, wie die Tante es nannte, »bummeln« gegangen. Schließlich hatte sie mit einem jungen Mann angebandelt, den ihre Tante missbilligte. Miriam war daraufhin zu ihrer Mutter zurückgeschickt worden – mit einem kurzen Schreiben, ganz so, als sei sie Ware gewesen, die man zur Ansicht gehabt hatte. Später hatte Miriam den jungen Mann sogar geheiratet, und Mrs. Harter hatte ihr ein paar Taschentücher geschickt, dann noch mal ein Spitzendeckchen zu Weihnachten.

Nachdem sich die Nichte als Enttäuschung herausgestellt hatte, war Mrs. Harters Aufmerksamkeit auf den Neffen gefallen. Ja, Charles hatte von Anfang an gut eingeschlagen. Er behandelte seine Tante ehrerbietig, er hörte mit scheinbar intensivem Interesse den Erinnerungen aus ihrer Jugend zu. Ein großer Unterschied zu Miriam, die sich nicht nur gelangweilt, sondern das auch unverblümt gezeigt hatte. Charles war zudem niemals langweilig, immer gut gelaunt und fröhlich. Täglich ließ er seine Tante viele Male wissen, dass sie eine wunderbare alte Dame sei.

Mit ihrer neuen Entdeckung höchst zufrieden, hatte Mrs. Harter ihrem Notar neue Direktiven erteilt, wie ihr Testament abgeändert werden sollte. Dies war geschehen; das Testament war abgeändert worden, sie hatte es geprüft und unterzeichnet.

Und jetzt, sogar im Falle des Radioapparates, schien sich Charles neue Lorbeeren verdient zu haben.

Mrs. Harter, zuerst ganz Ablehnung, interessierte sich schließlich immer mehr für das Radio. Besondere Freude machte ihr der Apparat, wenn Charles nicht da war. Das Lästige an Charles war, dass er das Radio nicht in Ruhe lassen konnte. Mrs. Harter setzte sich am liebsten gemütlich in ihren Sessel und lauschte einem einzigen Sender, gleichgültig, ob er nun ein Symphoniekonzert oder den Lebensbericht der Lucrezia Borgia oder Wasserstandsmeldungen brachte ... Sie war ruhig und glücklich, in Frieden mit sich und der Welt.

Charles schaffte das nicht. Er musste ständig an irgendwelchen Knöpfen drehen, und der klare Klang wurde durch quietschende und heulende Töne zerrissen, während er ruhelos versuchte, ausländische Sender »hereinzubekommen«. Aber an den Abenden, an denen Charles bei Freunden eingeladen war, genoss Mrs. Harter ihr neues Radio. Sie brauchte nur einen Knopf, um sich, behaglich in ihrem Sessel zurückgelehnt, am Programm zu erfreuen.

Drei Monate, nachdem der Radioapparat angeschlossen worden war, geschah das Geheimnisvolle zum ersten Mal. Charles war zu einem Bridgeabend zu Bekannten gegangen.

Das Abendprogramm brachte Balladen. Eine bekannte Sopransängerin snag »Annie Laurie«, und in der Mitte des Liedes geschah das Seltsame. Zuerst war der Sender weg, dann hörte man einen Moment lang Musik, gleich darauf heftiges Brummen und Quieken, das eine Weile anhielt und dann erstarb. Tödliche Stille war eingetreten. Anschließend war wieder leises Brummen zu hören gewesen.

Mrs. Harter hatte die Empfindung gehabt, als höre sie »Sphärenmusik«. Dann plötzlich – klar und deutlich hatte sie eine Stimme, eine Männerstimme mit irischem Akzent, gehört!

»Mary – kannst du mich hören, Mary? Hier ist Patrick ... Komm bald zu mir! Du bist doch bereit, nicht wahr, Mary?« Daran anschließend hatten wieder die Klänge von »Annie Laurie« das Zimmer gefüllt.

Mrs. Harter saß noch immer aufrecht in ihrem Sessel, die Hände um beide Armlehnen geklammert. Hatte sie geträumt? – Patrick! Patricks Stimme hatte, hier in diesem Zimmer, zu ihr gesprochen ... Nein, das musste ein Traum sein, vielleicht eine Halluzination. Vielleicht war sie für ein oder zwei Minuten eingeschlafen. Eine komische Sache, so etwas zu träumen – dass ihr verstorbener Mann über den Äther zu ihr gesprochen haben sollte ... Sie hatte sich sehr erschreckt. Was hatte er doch gesagt?

»Komm bald zu mir! Du bist doch bereit, nicht wahr, Mary?«
Das konnte doch nur eine Vorahnung sein . . . Herzschwäche . . .
ihr Herz. Schließlich war sie ja nicht mehr die Jüngste.

»Es ist eine Vorahnung, jawohl, das ist es«, sagte Mrs. Harter,
erhob sich langsam und müde aus ihrem Sessel und fügte etwas
hinzu, das für sie charakteristisch war: »Und das schöne Geld für
den Lift zum Fenster hinausgeschmissen!«

Sie sprach mit niemandem über das, was sie gehört hatte, aber
in den darauf folgenden Tagen war sie voller Gedanken und
ständig geistesabwesend.

Dann kam der Geburtstag ihres Mannes . . . Wieder war sie allein zu Hause. Das Radio, das soeben noch Orchestermusik gebracht hatte, erstarb mit derselben Plötzlichkeit wie beim letzten
Mal. Wieder herrschte einen Moment lang unheimliche Stille,
das Gefühl des Überirdischen, und schließlich wieder Patricks
Stimme, doch diesmal nicht, wie sie im Leben gewesen war –
nein, viel feiner, weit weg, mit einem merkwürdigen Klang.

»Patrick spricht zu dir, Mary. Komm jetzt bald . . .!«

Dann Quietschen, Brummen, und die Orchestermusik war
wieder da, als sei nichts geschehen.

Mrs. Harter sah auf die Uhr. Nein, sie hatte nicht geschlafen,
diesmal bestimmt nicht. Wach und im vollen Besitz ihrer Sinne
hatte sie Patricks Stimme gehört. Es war keine Halluzination, das
war sicher. Verwirrt versuchte sie sich an die Theorie zu erinnern, die Charles ihr von den Ätherwellen erklärt hatte.

Konnte es möglich sein, dass Patrick wirklich zu ihr gesprochen hatte? Dass seine Stimme wirklich durch den Raum getragen werden konnte? Gewisse Wellenlängen seien noch nicht er-
forscht, hatte Charles gesagt und von einer Lücke in der Wellen-
skala gesprochen. Sie war überzeugt, dass Patrick zu ihr gesprochen hatte. Er wollte sie offenbar auf das vorbereiten, was bald
kommen musste.

Mrs. Harter läutete nach ihrer Haushälterin Elizabeth. Sie war
eine große hagere Sechzigerin. Unter einer mürrischen Schale
verbarg sie tiefe Zuneigung für ihre Herrin.

»Elizabeth«, sagte Mrs. Harter, als ihre Perle erschienen war, »Sie erinnern sich doch, was ich Ihnen gesagt habe. Die oberste Schublade meines Schreibtisches? Sie ist verschlossen. Der lange Schlüssel mit dem weißen Etikett passt dazu. Darin liegt alles. Ich habe alles vorbereitet.«

»Vorbereitet? Was, Mrs. Harter?«

»Für mein Begräbnis«, fauchte Mrs. Harter. »Sie wissen sehr wohl, was ich meine, Elizabeth. Sie haben mir selbst dabei geholfen, alles in der Schublade zu verstauen.«

In Elizabeth' Gesicht begann es merkwürdig zu arbeiten.

»O gnädige Frau«, wimmerte sie, »so was dürfen Sie nicht sagen. Ich dachte, Sie hätten sich wieder besser gefühlt.«

»Irgendwann müssen wir alle gehen«, knurrte Mrs. Harter ärgerlich. »Alt genug bin ich schließlich. Also, Elizabeth, machen Sie sich nicht lächerlich. Wenn Sie unbedingt flennen wollen, gehen Sie hinaus und heulen Sie anderswo.«

Elizabeth zog sich zurück, unterdrückt schluchzend.

Mrs. Harter sah ihr liebevoll nach. Alte Gans, aber treu, dachte sie. Sehr treu. Ich muss mal überlegen – habe ich ihr nun hundert Pfund vermacht oder nur fünfzig? Jedenfalls sollten es hundert sein. Sie hat mich lange Zeit gut versorgt.

Diese Frage beschäftigte die alte Dame, und am nächsten Tag setzte sie sich an ihren Schreibtisch und schrieb ihrem Notar, er möchte ihr das Testament noch einmal zuschicken. Sie wolle es noch einmal überprüfen. Noch an demselben Tag geschah es, dass Charles beim Abendessen etwas sagte, das sie aufhorchen ließ.

»Übrigens Tante Mary«, fragte er, »wer ist eigentlich der komische Alte oben im Gästezimmer? Ich meine das Bild über dem Kamin . . . Der Alte mit dem Biberhut und dem altmodischen Backenbart?«

Mrs Harter sah ihn streng und tadelnd an. »Das ist dein Onkel Patrick als junger Mann«, antwortete sie.

»O Tante Mary, das tut mir Leid. Ich wollte nicht taktlos sein.«

Mrs. Harter akzeptierte die Entschuldigung mit einem würdevollen Neigen ihres Kopfes.

Charles fuhr reichlich unsicher fort: »Ich habe mich nur gewundert, weißt du . . .«

Er hielt unentschlossen inne, und Mrs. Harter fragte scharf:

»Was wolltest du sagen?«

»Ach nichts«, entgegnete Charles hastig, »jedenfalls nichts Vernünftiges.«

Eine Weile gab die alte Dame Ruhe, aber später am Abend kam sie noch einmal darauf zurück.

»Charles, ich möchte, dass du mir sagst, warum du mich nach dem alten Bild deines Onkels gefragt hast.«

Charles machte ein betretenes Gesicht.

»Aber ich sagte dir doch, Tante Mary, es ist nichts weiter – vielleicht eine dumme Einbildung meinerseits, völlig absurd.«

»Charles«, forderte jetzt Mrs. Harter gebieterisch, »ich bestehe darauf, es zu erfahren.«

»Nun gut, liebe Tante, wenn du unbedingt darauf bestehst. Ich habe mir eingebildet, ihn gesehen zu haben – den Mann auf dem Bild, meine ich. Er sah aus dem Fenster ganz rechts, als ich gestern Abend nach Hause kam. Wahrscheinlich war es ein Lichteffekt. Ich fragte mich, wer es wohl sein könnte? Sein Gesicht war so – viktorianisch, wenn du verstehst, was ich damit sagen will. Aber Elizabeth sagte mir, es sei niemand da, kein Besucher oder Gast im Haus. Ich kam dann zufällig ins Gästezimmer und sah dort das Bild über dem Kamin. Es war der Mann, den ich zuvor am Fenster gesehen hatte. Ich glaube, das lässt sich ganz einfach erklären – mit Unterbewusstsein oder so etwas. Wahrscheinlich habe ich das Bild vorher schon einmal gesehen, ohne mir dessen bewusst geworden zu sein, und nun habe ich mir eingebildet, das Gesicht am rechten Fenster wiedererkannt zu haben.«

»Am rechten Fenster, sagst du?«, fragte Mrs. Harter scharf.

»Ja, warum?«

»Nichts.«

Mrs. Harter schwieg. Sie war völlig verwirrt. Dieses Fenster gehörte zum Ankleidezimmer ihres Mannes.

Einige Tage später ging Charles wieder aus. Mrs. Harter saß allein vor dem Radio. Heute war der Todestag ihres Mannes, und ihre Gedanken waren weit weg – genauer gesagt: im Jenseits. Dabei war es mehr als natürlich, dass sie sich wieder eine Verbindung mit Patrick wünschte.

Obgleich ihr Herz schneller schlug, war sie nicht überrascht, als sich dasselbe Brummen wieder einstellte, die schon bekannte Unterbrechung eintrat und nach einer Pause mit absoluter Stille die schwache, weit entfernte Stimme ihres Mannes zu ihr sprach:

»Mary – bist du jetzt fertig? Am Freitag komme ich zu dir – am Freitag um halb zehn . . . Hab keine Angst, es tut nicht weh . . . Ich hole dich.«

Bei den letzten Worten setzte die Orchestermusik wieder ein – laut und mit fröhlichen Rhythmen.

Mrs. Harter saß einige Minuten ganz still da. Ihr Gesicht war schneeweiß geworden, und die Lippen hatten sich bläulich verfärbt.

Dann stand sie langsam auf und setzte sich an ihren Schreibtisch. Mit zittriger Handschrift schrieb sie folgende Zeilen:

»Heute abend um 21 Uhr 15 habe ich deutlich die Stimme meines verstorbenen Mannes gehört. Er sagte mir, dass er mich am Freitag um halb zehn zu sich holen wolle. Wenn ich an diesem Tage und zu dieser Stunde sterben sollte, möchte ich, dass diese Tatsache bekannt gegeben wird – als eindeutiger Beweis dafür, dass Verbindungen mit der Totenwelt möglich sind. – Mary Harter.«

Mrs. Harter las es noch einmal durch, steckte den gefalteten Bogen in einen Umschlag und adressierte ihn. Dann drückte sie die Klingel. Elizabeth erschien prompt. Mrs. Harter stand von ihrem Schreibtisch auf und überreichte ihr den Brief.

»Elizabeth«, sagte sie, »falls ich am Freitag sterben sollte, möchte ich, dass Sie das Dr. Meynell geben. Nein« – Elizabeth machte Anstalten zu protestieren –, »streiten Sie nicht mit mir herum. Sie haben mir selber oft genug gesagt, dass Sie an Vorahnungen glauben. Ich habe Ihnen in meinem Testament fünfzig Pfund vermacht. Ich will, dass Sie hundert erhalten. Wenn ich nicht mehr selber zur Bank gehen kann, bevor ich sterbe, wird Mr. Charles das erledigen.«

Wie vorher schnitt Mrs. Harter Elizabeth' tränenreiche Protestrede ab. Über ihren Entschluss sprach Mrs. Harter am nächsten Morgen mit ihrem Neffen.

»Bitte, denke daran, Charles. Falls mir etwas zustoßen sollte, will ich, dass Elizabeth fünfzig Pfund extra erhält.«

»Seit ein paar Tagen siehst du richtig finster drein, Tante Mary«, sagte Charles sorgenvoll. »Was ist denn los? Nach dem, was Dr. Meynell sagt, werden wir in zwanzig Jahren deinen hundertsten Geburtstag feiern.«

Mrs. Harter lächelte ihm liebevoll zu, aber sie antwortete nicht. Nach ein paar Minuten fragte sie: »Was hast du am Freitag vor, Charles?«

Der machte ein verdutztes Gesicht.

»Um ehrlich zu sein, die Ewings haben mich gebeten, mit ihnen Bridge zu spielen. Aber wenn es dir lieber ist, bleibe ich natürlich zu Hause.«

»Nein«, sagte Mrs. Harter mit Bestimmtheit. »Gewiss nicht, Charles. Du kannst am Freitag gern zusagen, ich möchte am liebsten allein sein.«

Charles sah sie stirnrunzelnd an, aber Mrs. Harter gab keine weitere Erklärung. Sie war eine mutige und sehr bestimmte alte Dame. Sie wusste, dass sie ihre letzte Erfahrung allein machen musste.

Am Freitag war das Haus ganz still. Mrs. Harter saß am Abend wie gewöhnlich in ihrem hohen Lehnsessel vor dem Kamin. Sie hatte alle Vorbereitungen abgeschlossen.

Am Morgen war sie noch zur Bank gegangen, hatte fünfzig Pfund in Scheinen abgehoben und sie Elizabeth überreicht, trotz tränenreicher Proteste. Dann hatte Mrs. Harter ihre persönlichen Wertsachen sortiert und das eine und andere Schmuckstück mit Namen von Freunden und Verwandten versehen. Sie hatte auch eine Liste mit Instruktionen für Charles aufgeschrieben. Ihr Worcester-Teeservice sollte ihre Kusine Emma erhalten. Die Kristallgläser sollte der junge William bekommen und so weiter.

Jetzt blickte sie auf das schmale Kuvert, das sie in der Hand hielt, und zog ein gefaltetes Dokument heraus. Es war ihr Testament, das ihr Mr. Hopkinson auf ihren Wunsch geschickt hatte. Sie hatte es bereits sorgfältig durchgelesen; jetzt sah sie es nochmals durch, um ihr Gedächtnis aufzufrischen. Es war ein kurzes, klares Dokument. Ein Vermächtnis von fünfzig Pfund für Elizabeth Marshall als Anerkennung für ihre treuen Dienste. Zwei Legate von je fünfhundert Pfund für ihre Schwester und ihren ältesten Vetter, der Rest für ihren geliebten Neffen Charles Ridgeway.

Mrs. Harter nickte mehrmals. Charles würde ein reicher Mann sein, wenn sie gestorben war. Soll er – er ist ein lieber, guter Junge. Immer freundlich, immer voller Zuneigung und stets ein fröhliches Wort zur Hand, um sie aufzumuntern.

Sie sah auf die Uhr: drei Minuten vor halb zehn.

Nun gut, sie war bereit. Und sie war ganz ruhig – ganz ruhig. Obwohl sie sich diese Worte ständig wiederholte, schlug ihr Herz ängstlich und unregelmäßig. Immer wieder sagte sie vor sich hin, dass sie ganz ruhig sei, aber ihre Nerven waren über das erträgliche Maß hinaus angespannt.

Halb zehn! Das Radio war eingeschaltet. Was würde sie hören? Eine Stimme, die den Wetterbericht bekannt gab – oder die leise, weit entfernte Stimme, die ihrem Mann gehörte, der vor fünfundzwanzig Jahren gestorben war?

Doch sie hörte nichts von beiden. Stattdessen vernahm sie ein Geräusch, das sie zwar kannte, das ihr aber heute Abend einen Schrecken einjagte, als griffe eine eisige Hand nach ihrem Herzen . . . Ein Schlüssel wurde ins Haustürschloss gesteckt . . .

Ein kalter Hauch wehte durch den Raum. Mrs. Harter hatte keinen Zweifel mehr, es war soweit . . . Sie hatte Angst, sie hatte nur noch Angst – lähmendes Entsetzen packte sie.

Und plötzlich wurde ihr bewusst: Fünfundzwanzig Jahre sind eine lange Zeit! Patrick ist für sie jetzt ein Fremder!

Jetzt waren leise Schritte vor der Tür ... zaghaft, zögernd. Und nun öffnete sich geräuschlos die Tür ...

Mrs. Harter erhob sich, ihre Beine zitterten – leicht von einer Seite auf die andere schwankend, starrte sie auf die offene Tür.

Aus ihren Fingern glitt etwas in den Kamin.

Sie wollte schreien, doch sie konnte nicht – ein wohl bekannte Gestalt mit einem altmodischen Backenbart und in unmoderner Kleidung stand im Dämmerlicht auf der Türschwelle: Patrick!

Ihr Herz spürte einen schmerzhaften Riss, flatterte noch wie ein Vögelchen am Boden – dann Stille. Sie fiel zu Boden. Elizabeth fand sie eine Stunde später.

Sofort rief sie Dr. Meynell an. Charles Ridgeway wurde hastig von seinem Bridgeabend zurückgerufen. Man konnte nichts mehr tun. Mrs. Harter war bereits dort, von wo es keine Rückkehr gibt.

Zwei Tage später erinnerte sich Elizabeth an den Brief, den ihre Herrin ihr für Dr. Meynell gegeben hatte. Er las ihn mit großem Interesse und zeigte ihn Charles Ridgeway.

»Ein komischer Zufall«, sagte Dr. Meynell. »Es scheint ziemlich sicher zu sein, dass Ihre Tante Halluzinationen von der Stimme ihres verstorbenen Mannes hatte. Sie muss sich darüber so erregt haben, dass ihre Aufregung tödlich war, als der Zeitpunkt kam. Sie starb an einem Herzschlag.«

»Autosuggestion?«, fragte Charles.

»Möglich. Ich werde Sie das Ergebnis der Autopsie sofort wissen lassen, obwohl ich keinerlei Zweifel habe. Unter diesen Umständen ist eine Autopsie jedoch notwendig – natürlich eine reine Formsache.«

Charles nickte verständnisvoll. Längst hatte er einen bestimmten Draht von der Rückseite des Radioapparates hinauf in sein Zimmer im oberen Stockwerk entfernt. Auch einen Backenbart hatte er längst verbrannt. Ein paar viktorianische Kleidungsstücke, die seinem verstorbenen Onkel gehörten, lagen schon lange wieder in der Truhe auf dem Speicher.

Soweit er übersehen konnte, war er vollkommen sicher. Sein

Plan, der sich zuerst schattenhaft in seinem Kopf zu formen begonnen hatte, als Dr. Meynell ihm sagte, seine Tante könne bei großer Vorsicht noch viele Jahre leben, war großartig geglückt. Nur ein plötzlicher Schock, hatte Dr. Meynell zu Charles damals gesagt – zu diesem liebenswürdigen jungen Mann, an dem die alte Dame so gehangen hatte.

Charles lächelte.

Als der Arzt gegangen war, machte sich Charles methodisch an die Erfüllung seiner Pflichten. Die Vorbereitungen für das Begräbnis waren zu treffen. Für Verwandte, die von weit kamen, musste er Zugverbindungen heraussuchen. In ein oder zwei Fällen würden sie sogar über Nacht oder für zwei Nächte bleiben. Charles erledigte alles tüchtig und gewissenhaft, während ihn seine eigenen Gedanken begleiteten. Könnte es sein, dass irgendjemand etwas ahnte?

Niemand! Am allerwenigsten hatte seine tote Tante gewusst, in welch schwieriger Lage er steckte. Seine Machenschaften, die er vor allen hatte sorgfältig verbergen können, hatten ihn so weit gebracht, dass ihm zumindest Gefängnis drohte, wenn er nicht bald seine Schulden bezahlen konnte. Er musste innerhalb weniger Monate eine beträchtliche Geldsumme aufbringen. Nun – das würde jetzt in Ordnung kommen. Charles war zufrieden. Dank seinem Scherz – na ja, etwas makaber war er schon . . . war er gerettet. Jetzt würde er bald ein reicher Mann sein. Darum brauchte er sich nicht mehr zu sorgen, denn Mrs. Harter hatte niemals ein Geheimnis aus ihrer Absicht gemacht.

Elizabeth steckte den Kopf zur Tür herein und teilte ihm mit, dass Mr. Hopkinson gekommen sei und ihn zu sprechen wünsche.

Genau zur rechten Zeit, dachte Charles. Er unterdrückte eine Lust zu pfeifen und zwang sein Gesicht zu dem der Lage angemessenen Ernst. Dann ging er in die Bibliothek hinunter. Er begrüßte den pedantischen alten Herrn, der über ein Vierteljahrhundert hindurch der juristische Berater seiner Tante gewesen war.

Der Notar nahm auf Charles' Einladung hin Platz und begann nach höflichem Räuspern sogleich das Berufliche zu besprechen.

»Ich habe den Sinn des Briefes nicht ganz verstanden, Mr. Ridgeway, den Sie mir schrieben. Sie scheinen anzunehmen, die verstorbene Mrs. Harter habe Sie als ihren Alleinerben eingesetzt?«

Charles starrte ihn an.

»Ja, sicher – meine Tante hat es mir doch selber gesagt.«

»O ja, gewiss. Sie *waren* auch als Alleinerbe eingesetzt.«

»Waren?«

»Das sagte ich. Mrs. Harter schrieb mir aber vor ein paar Tagen, ich solle ihr das Testament am vergangenen Donnerstag wieder zuschicken.«

Charles hatte ein unbehagliches Gefühl, die Vorahnung von etwas Unerfreulichem.

»Zweifellos wird es sich unter ihren Papieren finden lassen«, fuhr der Notar milde fort.

Charles sagte nichts. Er hütete seine Zunge. Er hatte schon Mrs. Harters Papiere sorgfältig durchsucht, um genau zu wissen, dass kein Testament dazwischen lag. Erst nach einigen Minuten, in denen er seine Selbstbeherrschung wieder erlangt hatte, sagte er das. Seine Simme klang unwirklich, und er hatte das Gefühl, kaltes Wasser tropfe seinen Rücken hinunter.

»Hat jemand ihre persönlichen Sachen durchsucht?«, fragte der Notar.

Charles antwortete, dass die Haushälterin, Elizabeth, das getan hätte. Auf Hopkinsons Vorschlag hin wurde Elizabeth gerufen. Sie erschien prompt, mürrisch und aufrecht und beantwortete die Fragen, die man ihr stellte.

Sie hatte die Kleider und alle persönlichen Sachen ihrer Herrin durchsucht. Sie war sicher, dass darunter kein juristisches Dokument gewesen war. Sie wusste, wie das Testament aussah – ihre arme Herrin hatte es am Morgen vor ihrem Tode noch in der Hand gehalten.

»Täuschen Sie sich da auch nicht?«, fragte der Notar scharf.

»Nein, Sir, bestimmt nicht. Sie sagte es mir selbst. Und sie gab mir fünfzig Pfund in Scheinen. Das Testament war in einem länglichen, blauen Umschlag.«

»Ja, das stimmt«, sagte Hopkinson.

»Jetzt fällt mir auch wieder ein«, fuhr Elizabeth fort, »dieses blaue Kuvert lag am Morgen nach ihrem Tod auf diesem Tisch, aber leer. Ich legte es dann auf den Schreibtisch.«

»Ja, ich erinnere mich, es da gesehen zu haben«, bestätigte Charles.

Er stand auf und ging zum Schreibtisch. Nach ein paar Augenblicken kam er mit einem Kuvert in der Hand zurück, das er Hopkinson reichte. Der prüfte es und nickte.

»Das ist der Umschlag, in dem ich ihr das Testament am vergangenen Donnerstag schickte.«

Beide Männer sahen Elizabeth fest an.

»Wünschen Sie noch etwas, Sir?«, fragte sie höflich.

»Nein, im Augenblick nichts mehr, danke«, antwortete der Notar. »Moment mal! Sagen Sie – war im Kamin an jenem Abend Feuer?«

»Ja, Sir, wir machen jeden Abend Feuer.«

»Danke, das genügt.«

Elizabeth verschwand. Charles beugte sich vor, seine zitternde Hand lag noch auf dem Tisch.

»Was denken Sie darüber? Was wollen Sie tun?«

Hopkinson hob die Schultern.

»Da können wir nur hoffen, dass das Testament noch irgendwo auftaucht. Wenn nicht . . .«

»Was dann?«

»Dann, fürchte ich, gibt es nur eine Schlussfolgerung: Ihre Tante ließ sich das Testament schicken, um es zu vernichten. Da sie nicht wollte, dass Elizabeth dadurch etwas verlöre, gab sie ihr die fünfzig Pfund in bar.«

»Aber warum?«, schrie Charles verzweifelt. »Warum denn?«

Hopkinson räusperte sich, trocken und unbeteiligt. »Hatten

Sie – äh – vielleicht eine Auseinandersetzung mit Ihrer Tante, Mr. Ridgeway?«, murmelte er.

Charles schnappte nach Luft.

»Nein, wirklich nicht«, beteuerte er leidenschaftlich. »Wir verstanden uns ausgezeichnet, wir empfanden die aufrichtigste Zuneigung füreinander – bis zum Schluss.«

»Aha.« Hopkinson sah ihn nicht an.

Mit einem Schock wurde Charles klar, dass der Notar ihm nicht glaubte. Wer mochte wissen, was dieser Paragrafenhengst alles ahnte? Vielleicht waren ihm Gerüchte von Charles' Schulden zu Ohren gekommen. Vielleicht dachte er, dass auch seine Tante davon gewusst und ihr Neffe deswegen Streit mit ihr gehabt hatte?

Charles machte die bittersten Minuten seines Lebens durch. Seine Lügen hatte man ihm geglaubt. Jetzt, da er die Wahrheit sagte, wurde an seinen Worten gezweifelt. Welche Ironie des Schicksals!

Natürlich hatte seine Tante das Testament nicht verbrannt, natürlich nicht. Sie hatte es doch in der Hand gehalten . . .

Eine plötzliche Erkenntnis durchzuckte ihn. Wie war doch das Bild? Vor seinem geistigen Auge tauchte es wieder auf . . . Die alte Dame sprang auf, eine Hand auf das Herz gepresst – aus der anderen glitt etwas, segelte etwas Weißes in die rote Glut des Kamins . . .

Charles' Gesicht wurde aschfahl. Er hörte eine heisere Stimme, seine eigene, fragen: »Und wenn das Testament nicht gefunden wird?«

»Dann existiert noch ein früheres von Mrs. Harter. Es ist schon Jahre alt. Darin vermacht Mrs. Harter alles Vermögen ihrer Nichte Miriam Harter, jetzt Miriam Robinson.«

Was sagte der alte Idiot da? Miriam . . .? Miriam mit ihrem komischen Ehemann und ihren vier rotznasigen Gören . . . Sein ganzer kluger Plan – für Miriam?

Das Telefon schrillte grell unmittelbar neben Charles. Er hob den Hörer ab. Es war der Arzt. Seine warme, freundliche Stimme sagte: »Ridgeway, sind Sie's? Sie wollen doch sicherlich den Befund erfahren. Die Autopsie ist gerade beendet worden. Todesursache wie ich vermutet habe. Aber ihr Herz war schon viel schwächer, als ich damals gedacht hatte. Bei allergrößter Vorsicht hätte sie höchstens noch zwei Monate zu leben gehabt. Vielleicht ist es ein Trost für Sie.«

»Verzeihung«, sagte Charles. »Würden Sie das bitte noch einmal sagen?«

»Sie hätte auf jeden Fall nicht mehr länger als zwei Monate leben können«, wiederholte der Arzt ein wenig lauter. »Alles hat auch wieder sein Gutes, mein lieber Junge, sehen Sie . . .«

Charles legte den Hörer langsam auf die Gabel zurück. Mit halbem Bewusstsein hörte er die weit entfernte Stimme des Notars.

»Mein Gott, mein lieber Ridgeway, ist Ihnen nicht wohl? Sind Sie krank?«

Poirot geht stehlen

Seit einiger Zeit fiel mir auf, dass Poirot zusehends unzufriedener und unruhiger wurde. Wir hatten keine interessanten Fälle mehr gehabt, nichts, an dem mein kleiner Freund seinen scharfen Verstand und seine ungewöhnliche Begabung für logische Folgerungen messen konnte. An diesem Morgen warf er die Zeitung mit einem ungeduldigen »Tschah« hin – einem seiner Lieblingsausrufe, der wie das Niesen einer Katze klang.

»Man fürchtet mich, Hastings; die Verbrecher in Ihrem England fürchten mich! Sobald die Katze da ist, wagen sich die Mäuse nicht mehr an den Käse!«

»Ich vermute, dass die meisten nicht einmal von Ihrer Existenz wissen«, entgegnete ich lachend.

Poirot sah mich vorwurfsvoll an. Er bildete sich immer ein, dass die ganze Welt nur an Hercule Poirot denkt und über ihn spricht. Er hatte sich zwar in London einen Namen gemacht, aber ich konnte mir kaum vorstellen, dass seine bloße Existenz in der Verbrecherwelt Schrecken verbreitete.

»Was ist mit dem Raubüberfall von neulich, auf den Juwelier in der Bond Street?«, fragte ich.

»Ein sauberer Coup«, meinte Poirot anerkennend, »obwohl nicht auf meiner Linie. *Pas de finesse, seulement de l'audace!* Ein Mann mit einem bleibeschwerten Spazierstock zertrümmert das Sicherheitsglas eines Juweliersgeschäfts und erwischt ein paar wertvolle Steine. Beherzte Passanten nehmen ihn sofort fest, ein Polizist kommt dazu. Er wird auf frischer Tat samt Juwelen geschnappt und abgeführt. Dann entdeckt man, dass die Steine gefälscht sind. Die echten gab er einem Komplicen – einem der beherzten Passanten. Er wird bestimmt ins Gefängnis wandern, aber wenn er herauskommt, erwartet ihn immerhin ein hübsches kleines Vermögen. Ja, nicht schlecht eingefädelt. Aber ich könnte schwierigere Fälle lösen! Manchmal bedaure ich, Hastings, dass ich so schrecklich moralisch veranlagt bin. Gegen das Gesetz zu handeln müsste zur Abwechslung mal Spaß machen.«

»Kopf hoch, Poirot! Sie wissen, dass Sie in Ihrem Beruf einmalig sind.«

»Aber was gibt's da zu tun?«

Ich schlug die Zeitung auf.

»Hier . . . ein Engländer ist auf geheimnisvolle Weise in Holland ums Leben gekommen«, sagte ich.

»So heißt es immer – und später stellt sich heraus, dass er verdorbenen Büchsenfisch gegessen hat und eines ganz natürlichen Todes starb.«

»Nun, wenn Sie unbedingt schmollen wollen . . .«

»*Tiens!*«, sagte Poirot, der zum Fenster hinübergeschlendert war. »Dort unten auf der Straße geht eine ›dicht verschleierte Dame‹, wie es in Romanen immer so schön heißt. Sie kommt die Stufen hoch und läutet – sie will zu uns. Das könnte interessant werden. Wenn man so jung und hübsch ist wie sie, verschleiert man das Gesicht nicht, außer es handelt sich um eine große Sache.«

Kurz darauf wurde unsere Besucherin eingelassen. Wie Poirot gesagt hatte, war sie tatsächlich tief verschleiert. Es war unmöglich, ihre Züge genau auszumachen, bis sie die schwarze spanische Spitze hob. Dann sah ich, dass Poirot richtig vermutet hatte: unsere Besucherin war besonders hübsch, mit blondem Haar und blauen Augen.

Aus der teuren Schlichtheit ihrer Kleidung schloss ich, dass sie zur obersten Sphäre der Gesellschaft gehörte.

»Monsieur Poirot«, sagte sie mit weicher, melodiöser Stimme, »ich bin in großen Schwierigkeiten. Ich bezweifle zwar, dass Sie mir helfen können, aber ich habe so viel Großartiges von Ihnen gehört, dass ich Sie als meine buchstäblich letzte Hoffnung anflehe, das Unmögliche möglich zu machen.«

»Das Unmögliche gefällt mir immer«, antwortete Poirot. »Erzählen Sie weiter, Mademoiselle, bitte.«

Unser schöner Gast zögerte.

»Aber Sie müssen ganz offen sein«, fügte Poirot hinzu. »Sie dürfen mich über keinen Punkt im Unklaren lassen.«

»Ich vertraue Ihnen«, sagte sie plötzlich. »Haben Sie schon von Lady Millicent Castle Vaughan gehört?«

Ich sah sie mit großem Interesse an. Die Anzeige über Lady Millicents Verlobung mit dem jungen Herzog von Southshire war erst vor einigen Tagen erschienen. Sie war, wie ich wusste, die fünfte Tochter eines armen irischen Adligen, und der Herzog von Southshire war eine der besten Partien Englands.«

»Ich bin Lady Millicent«, fuhr sie fort. »Sie haben vielleicht von meiner Verlobung gelesen. Ich sollte die glücklichste Frau von der Welt sein, aber ach, Monsieur Poirot, ich stecke in entsetzlichen Schwierigkeiten. Es gibt einen Mann, einen schrecklichen Mann – sein Name ist Lavington . . . Ich weiß gar nicht, wie ich es Ihnen sagen soll. Es existiert ein Brief von mir – ich war erst sechzehn damals, und er – er . . .«

»Ein Brief, den Sie diesem Mr. Lavington schrieben?«

»O nein – nicht ihm! Einem jungen Soldaten – ich liebte ihn sehr – er ist im Krieg gefallen.«

»Das tut mir Leid«, sagte Poirot freundlich.

»Es war ein verrückter Brief, ein indiskreter Brief, aber wirklich, Monsieur Poirot, sonst nichts. Nur – es stehen Sätze darin, in denen – die man falsch auslegen könnte.«

»Ach so. Und der Brief gelangte in den Besitz dieses Mr. Lavington?«

»Ja, und jetzt droht er mir, wenn ich nicht eine enorme Summe zahle, die ich ganz unmöglich aufbringen kann, den Brief dem Herzog zu schicken.«

»Dieser Dreckskerl!«, entschlüpfte es mir. »Bitte, entschuldigen Sie, Lady Millicent.«

»Wäre es nicht klüger, alles Ihrem zukünftigen Gatten zu beichten?«

»Ich wage es nicht, Monsieur Poirot. Der Herzog ist ein schwieriger Mensch, eifersüchtig und misstrauisch, und glaubt immer gleich das Schlimmste. Ich könnte genauso gut sofort meine Verlobung lösen.«

»Du meine Güte«, sagte Poirot und zog eine viel sagende Grimasse. »Und was kann ich nun für Sie tun, Mylady?«

»Ich dachte, ich könnte Mr. Lavington vielleicht bitten, Sie zu besuchen. Ich würde ihm sagen, dass ich Sie ermächtigt habe, die Angelegenheit mit ihm zu besprechen. Vielleicht können Sie ihn dazu bringen, seine Forderungen herunterzuschrauben.«

»Von welcher Summe sprach er?«

»Von zwanzigtausend Pfund – eine Unmöglichkeit! Ich fürchte, dass ich nicht einmal tausend aufbrächte.«

»Sie könnten sich vielleicht die Summe im Hinblick auf Ihre bevorstehende Heirat borgen – obwohl ich bezweifle, dass Sie auch nur die Hälfte auftreiben würden. Außerdem – *eh bien,* es widerstrebt mir, dass Sie zahlen sollen! Nein, Hercule Poirots Scharfsinn wird Ihre Feinde vernichten! Schicken Sie mir diesen Mr. Lavington her. Bringt er den Brief mit?«

Lady Millicent schüttelte den Kopf.

»Das glaube ich nicht. Er ist sehr vorsichtig.«

»Vermutlich steht außer Zweifel, dass er ihn auch tatsächlich besitzt?«

»Er zeigte ihn mir, als ich ihn zu Hause aufsuchte.«

»Sie haben ihn besucht? Das war sehr unvorsichtig, Mylady.«

»Ach ja? Ich war so verzweifelt. Ich hoffte, mein Bitten würde ihn erweichen.«

»*Oh, là, là!* Die Lavingtons dieser Welt lassen sich durch Bitten nicht erweichen! Er würde es nur als willkommenen Beweis dafür deuten, wie viel Gewicht Sie dem Dokument beilegen. Wo wohnt der feine Herr?«

»Im ›Buona Vista‹ in Wimbledon. Ich war dort, als es schon dunkel war –« Poirot knurrte. »Ich erklärte ihm, dass ich die Polizei verständigen würde, aber er lachte bloß schrecklich höhnisch. ›Nur zu, Lady Millicent, tun Sie es, wenn Sie es nicht lassen können‹, sagte er.«

»Ja, es ist kaum eine Angelegenheit für die Polizei«, murmelte Poirot. Lady Millicent berichtete weiter:

»»Aber ich glaube, Sie werden klüger sein‹, fuhr er fort. ›Sehen Sie, da ist Ihr Brief – in dieser kleinen chinesischen Schatulle!‹ Er nahm ihn heraus und hielt ihn so, dass ich ihn sehen konnte. Ich versuchte, ihn zu packen, aber er war schneller. Mit einem schrecklichen Lachen faltete er den Brief wieder zusammen und legte ihn in die kleine Holzdose zurück. ›Hier ist er ganz sicher, das verspreche ich Ihnen‹, sagte er, ›und das Kästchen ist so gut versteckt, dass Sie es nie finden!‹ Mein Blick fiel auf den Wandsafe, aber er schüttelte den Kopf. ›Ich habe einen besseren Safe als den da‹, sagte er. Oh, er war abscheulich, Monsieur Poirot! Glauben Sie, Sie können mir helfen?«

»Vertrauen Sie nur Papa Poirot. Ich werde einen Weg finden.«

Versprechungen sind ja gut und schön, dachte ich, während Poirot galant seine elegante Klientin die Treppe hinunterbegleitete, aber es schien mir, dass wir da eine harte Nuss zu knacken hatten. Das sagte ich auch, als Poirot wieder zurückkam. Er nickte.

»Ja – die Lösung springt nicht ins Auge. Er ist schlau, dieser Mr. Lavington. Im Augenblick sehe ich nicht, wie wir ihn überlisten können.«

Am Nachmittag besuchte uns Mr. Lavington, wie vereinbart. Lady Millicent hatte Recht gehabt, als sie ihn als verabscheuungswürdig beschrieb. Ich verspürte ein deutliches Jucken in den Zehen, so begierig war ich, ihn die Treppe hinunterzubefördern. Er plusterte sich auf und gab an, lachte Poirot und seine freundlichen Vorschläge aus und spielte den Überlegenen. Ich konnte mich des Eindrucks nicht erwehren, dass Poirot sich nicht von seiner besten Seite zeigte. Er wirkte entmutigt und wenig überzeugend.

»Nun, Gentlemen«, sagte Lavington, während er seinen Hut

nahm. »Wir scheinen nicht viel weitergekommen zu sein. Der Fall sieht also so aus: Ich lasse Lady Millicent billig davonkommen, weil sie eine so charmante junge Dame ist.« Er lachte höhnisch. »Sagen wir achtzehntausend. Ich reise heute nach Paris – ich habe dort ein kleines Geschäft zu tätigen. Am Dienstag bin ich zurück. Wenn das Geld bis Dienstag Abend nicht gezahlt wird, geht der Brief an den Herzog. Behaupten Sie nicht, dass Lady Millicent das Geld nicht beschaffen kann. Sicher sind einige ihrer vornehmen Freunde gern bereit, sich einer so hübschen Frau gefällig zu erweisen, wenn sie es nur richtig anstellt.«

Ich lief rot an und trat einen Schritt vor, aber mit den letzten Worten war Lavington schon aus dem Zimmer verschwunden.

»Mein Gott!«, rief ich. »Da muss etwas geschehen! Sie scheinen die Sache auf die leichte Schulter zu nehmen, Poirot.«

»Sie haben ein goldenes Herz, mein Freund – aber Ihre grauen Zellen sind in bedauernswertem Zustand. Ich habe nicht den Wunsch, Mr. Lavington mit meinen Fähigkeiten zu beeindrucken. Für je kleinmütiger er mich hält, umso besser.«

»Warum?«

»Es ist merkwürdig«, murmelte Poirot gedankenverloren, »dass ich mir gerade, bevor Lady Millicent kam, wünschte, einmal gegen das Gesetz zu handeln.«

»Wollen Sie bei ihm einbrechen, während er weg ist?«, fragte ich fassungslos.

»Manchmal, Hastings, arbeitet Ihr Hirn doch erstaunlich flink.«

»Vielleicht nimmt er den Brief mit?«

Poirot schüttelte den Kopf.

»Das ist ziemlich unwahrscheinlich. Er hat offenbar ein Versteck in seinem Haus, das er für ganz sicher hält.«

»Wann schreiten wir zur Tat?«

»Morgen Abend. Wir brechen hier um elf Uhr auf.«

Zum verabredeten Zeitpunkt war ich startbereit. Ich hatte mich in einen dunklen Anzug geworfen und einen weichen schwarzen Hut aufgesetzt. Poirot strahlte mich freundlich an.

»Sie haben sich der Rolle entsprechend gekleidet«, bemerkte er. »Wir fahren mit der U-Bahn bis Wimbledon.«

»Nehmen wir denn gar nichts mit? Einbruchswerkzeug oder so?«

»Mein lieber Hastings, Hercule Poirot arbeitet nicht mit so plumpen Methoden.«

Ich trat abgekanzelt den Rückzug an, aber meine Neugier war hellwach.

Es war gerade Mitternacht, als wir den kleinen Vorortgarten von »Buona Vista« betraten. Das Haus war dunkel und still. Poirot ging direkt auf ein Fenster an der Rückseite des Hauses zu, schob das Schiebefenster geräuschlos hoch und bat mich hindurchzusteigen.

»Wieso wussten Sie, dass das Fenster offen ist?«, flüsterte ich, denn es erschien mir sehr unvorsichtig.

»Weil ich heute Morgen den Riegel abgemacht habe.«

»Was?«

»Aber ja, es war ganz einfach. Ich kam her und zeigte eine falsche Visitenkarte vor und eine von Inspektor Japps Dienstkarten. Ich sagte, ich sei auf Empfehlung von Scotland Yard gekommen, um auf Wunsch von Mr. Lavington einbruchsichere Befestigungen anzubringen, während er verreist sei. Die Haushälterin begrüßte dies begeistert. Offenbar haben vor kurzem zwei Einbruchsversuche stattgefunden – unsere kleine Idee ist wohl auch anderen Kunden von Mr. Lavington eingefallen –, aber es ist nichts Wertvolles verschwunden. Ich überprüfte alle Fenster, traf meine kleinen Vorbereitungen, verbot dem Personal, vor morgen die Fenster zu berühren, da sie unter Strom stünden, und zog mich mit Dank zurück.«

»Wirklich, Poirot, Sie sind wunderbar!«

»*Mon ami*, es war ganz einfach. Jetzt an die Arbeit: Das Personal schläft unterm Dach, wir werden es also kaum stören.«

»Ich vermute, der Safe ist irgendwo in eine Wand eingelassen?«

»Wieso Safe? Unsinn! Mr. Lavington ist ein intelligenter Mann. Sie werden sehen, dass er sich ein viel schlaueres Versteck ausgedacht hat. Ein Safe ist das Erste, wonach jeder sucht.«

Dann begannen wir mit einer systematischen Durchsuchung aller Räume. Aber auch nach mehreren Stunden hatten wir noch keinen Erfolg. Ich sah Anzeichen von Ärger auf Poirots Gesicht.

»*Ah, sapristi*, soll sich Hercule Poirot geschlagen geben? Niemals! Nur ganz ruhig, wir wollen einmal überlegen und unsere Schlüsse ziehen. Lassen wir – *enfin!* – unsere kleinen grauen Zellen arbeiten!«

Er schwieg einige Augenblicke und dachte mit zusammengezogenen Augenbrauen heftig nach. Dann stahl sich das grüne Leuchten, das ich so gut kannte, in seine Augen.

»Ich war ein Idiot! Die Küche!«

»Die Küche!«, rief ich. »Aber das ist unmöglich. Wegen des Personals.«

»Stimmt. So würden neunundneunzig von hundert Leuten denken. Und aus genau diesem Grund ist die Küche der ideale Ort. Sie ist voller vertrauter Gegenstände. *En avant*, in die Küche!«

Ich folgte ihm sehr skeptisch und beobachtete, wie er in Brotbüchsen tauchte, Pfannen beklopfte und den Kopf in den Backofen steckte. Schließlich kehrte ich des Beobachtens müde ins Wohnzimmer zurück. Ich war überzeugt, dass wir dort und nur dort das Versteck finden würden. Ich suchte eine weitere Minute, stellte fest, dass es Viertel nach vier war und bald der Tag anbrechen würde, und ging wieder in die Küche zurück.

Zu meinem größten Erstaunen stand Poirot jetzt mitten in der Kohlenkiste, wodurch sein schöner leichter Anzug völlig ruiniert war. Er verzog das Gesicht.

»Nun ja, mein Freund, es ist ganz gegen meine Natur, mich so schmutzig zu machen, aber was wollen Sie?«

»Lavington kann ihn doch nicht in der Kohle vergraben haben?«

»Wenn Sie Ihre Augen benützten, würden Sie merken, dass ich nicht die Kohle durchsuche.«

Dann sah ich, dass auf einem Regal hinter der Kohlenkiste einige Holzscheite aufeinander geschichtet waren. Poirot nahm sie vorsichtig einzeln herunter. Plötzlich rief er: »Ihr Messer, Hastings!«

Ich reichte es ihm. Er schien es in das Holz zu treiben, denn plötzlich teilte sich das Scheit in zwei Hälften. In der Mitte war es ausgehöhlt. Poirot holte eine kleine Holzschatulle chinesischer Herkunft heraus.

»Gut gemacht!«, rief ich hingerissen.

»Sachte, Hastings! Sprechen Sie nicht zu laut. Kommen Sie, wir verschwinden, bevor uns das Tageslicht einholt.«

Er ließ das Kästchen in die Tasche gleiten, stieg leichtfüßig aus der Kohlenkiste und reinigte sich, so gut es ging. Dann verließen wir das Haus auf die gleiche Art, wie wir gekommen waren, und gingen eilig in Richtung London davon.

»Aber was für ein riskantes Versteck!«, rief ich. »Jeder hätte mit dem Scheit Feuer machen können.«

»Jetzt, im Juli, Hastings? Und es lag zuunterst im Holzstoß – ein geniales Versteck. Ah, da ist ein Taxi! Jetzt nach Hause, dann ein Bad und ein erholsamer Schlaf.«

Nach der aufregenden Nacht schlief ich lange. Als ich schließlich gegen ein Uhr ins Wohnzimmer kam, saß Poirot zu meiner Überraschung gelassen in einem Sessel, die chinesische Schatulle offen neben sich, und las den Brief.

Er lächelte mir freundlich zu und wies auf den Brief in seiner Hand.

»Sie hatten Recht, Lady Millicent. Der Herzog hätte ihr diesen Brief nie verziehen! Er enthält einige der außergewöhnlichsten Liebesbeteuerungen, die ich je gelesen habe.«

»Wirklich, Poirot«, sagte ich etwas angewidert, »ich finde, dass Sie den Brief nicht hätten lesen dürfen. Das tut man einfach nicht.«

»Aber Hercule Poirot tut es«, antwortete mein Freund ungerührt.

»Und noch etwas«, fuhr ich fort. »Ich glaube auch nicht, dass die Verwendung von Japps Dienstkarte den allgemeinen Spielregeln entsprach.«

»Aber ich spiele kein Spiel, Hastings. Ich ermittle in einem Fall!«

Ich zuckte die Schultern. Man kann nicht mit einer Überzeugung streiten.

»Schritte auf der Treppe«, sagte Poirot. »Das dürfte Lady Millicent sein.«

Unsere schöne Klientin trat mit ängstlichem Gesichtsausdruck ein, der sich in Freude verwandelte, sobald sie Brief und Dose sah, die Poirot hoch hielt.

»Oh, Monsieur Poirot, wie wundervoll! Wie ist Ihnen das gelungen?«

»Mit ziemlich verwerflichen Methoden, Mylady. Aber Mr. Lavington wird nichts dagegen unternehmen. Ist dies Ihr Brief, ja?«

Sie sah ihn sich genau an.

»Ja. Oh, wie kann ich Ihnen danken? Sie sind ein wunderbarer Mann! Wo war er?«

Poirot erzählte es ihr.

»Wie klug von Ihnen!« Sie betrachtete die kleine Dose, die wieder auf dem Tisch stand. »Ich werde sie als Andenken aufheben.«

»Ich hatte gedacht, Mylady, dass Sie mir erlauben, sie zu behalten – auch als Andenken.«

»Ich hoffe, dass ich Ihnen ein schöneres Erinnerungsgeschenk schicken kann – an meinem Hochzeitstag. Sie werden mich nicht undankbar finden, Monsieur Poirot.«

»Das Vergnügen, Ihnen einen Gefallen zu erweisen, bedeutet mir mehr als ein Scheck – darum erlauben Sie mir, dass ich das Kästchen behalte.«

»O nein, Monsieur Poirot, ich muss es ganz einfach haben«, rief sie lachend.

Sie machte eine Bewegung, aber Poirot war schneller. Seine Hand legte sich auf die Dose.

»Das glaube ich nicht.« Seine Stimme hatte sich verändert.

»Was soll das heißen?« Ihr Ton schien schärfer zu werden.

»Auf jeden Fall erlauben Sie mir, den weiteren Inhalt zu entfernen. Sie werden feststellen, dass das Innere der Dose halbiert wurde. In der oberen Hälfte der kompromittierende Brief, in der unteren –«

Er machte eine flinke Bewegung und streckte die Hand aus. Auf der Handfläche lagen vier große glitzernde Steine und zwei riesige milchig weiße Perlen.

»Die Juwelen, die neulich in der Bond Street gestohlen wurden, nehme ich an«, murmelte Poirot. »Japp wird es uns sagen.«

Zu meinem größten Erstaunen trat Japp persönlich aus Poirots Schlafzimmer.

»Ein alter Freund von Ihnen, glaube ich«, sagte Poirot höflich zu Lady Millicent.

»Verdammt, ich bin reingefallen!«, rief Lady Millicent und war plötzlich eine völlig andere. »Sie schlauer, alter Teufel!« Sie sah Poirot mit beinahe liebevoller Ehrfurcht an.

»Nun, Gertie, meine Liebe«, sagte Japp, »diesmal ist das Spiel wohl aus. Merkwürdig, dass ich dich so bald wieder sehe! Deinen Freund haben wir auch festgenommen, jenen Gentleman, der sich hier als Lavington ausgab. Was den echten Lavington, alias Croker, alias Reed, betrifft, so frage ich mich, wer von eurer Bande ihn in Holland mit dem Messer erledigte. Du dachtest, er trüge die Ware bei sich, nicht wahr? Aber es stimmte nicht. Er hat dich ganz schön reingelegt – er versteckte es in seinem eigenen Haus. Du hast zwei Burschen hingeschickt, die danach suchen sollten, dann hast du Monsieur Poirot geködert. Dank einer erstaunlichen Portion Glück fand er sie.«

»Sie reden gern, was?«, sagte die ehemalige Lady Millicent. »Nun mal langsam. Ich komme friedlich mit. Sie werden nicht behaupten können, dass ich keine perfekte Dame bin. Ta-ta!«

»Die Schuhe passten nicht«, sagte Poirot später träumerisch, während ich vor Überraschung immer noch sprachlos war. »Meine kleinen Beobachtungen in Ihrem England haben mir gezeigt, dass eine Dame, eine richtige Lady, es mit ihren Schuhen immer sehr genau nimmt. Sie hat vielleicht schäbige Kleider an, aber sie trägt immer gute Schuhe. Und diese Lady Millicent hatte ein elegantes, teures Kleid an, aber billige Schuhe. Es war unwahrscheinlich, dass Sie oder ich die echte Lady Millicent persönlich kannten. Sie ist sehr selten in London, und diese Gertie hat eine gewisse oberflächliche Ähnlichkeit mit ihr, sodass man sie leicht verwechseln konnte. Wie gesagt, die Schuhe weckten zuerst meinen Verdacht, und dann war ihre Geschichte – und ihr Schleier – ein bisschen melodramatisch, eh? Von dem chinesischen Kästchen mit dem gefälschten kompromittierenden Brief im Deckel muss die ganze Bande gewusst haben, aber das Holzscheit war des verstorbenen Mr. Lavingtons eigene Idee.

Übrigens, Hastings, ich hoffe, Sie werden nicht noch einmal meine Gefühle so verletzen wie gestern, als Sie behaupteten, ich sei in kriminellen Kreisen unbekannt. *Ma foi*, sie bitten mich sogar um Hilfe, wenn sie nicht mehr weiterwissen!«

Das Geheimnis des blauen Kruges

Jack Hartington war ärgerlich. Er hatte wieder einmal zu hoch geschlagen. Jetzt stand er neben dem Ball und blickte, die Entfernung abschätzend, zum Abschlagmal zurück. Mit einem Seufzer zog er seinen metallenen Golfschläger aus dem Futteral, aber zwei weitere fehlerhafte Schläge vernichteten lediglich ein paar Löwenzahnblüten und ein Büschel Gras.

Mit fünfundzwanzig Jahren seinen Stil im Golf zu verbessern, war nicht leicht, besonders dann nicht, wenn man, wie er, gezwungen war, die meiste Zeit damit zu verbringen, seinen Lebensunterhalt zu verdienen. Fünf und einen halben Tag der Woche musste Jack in einem düsteren Büro schuften. Die Wochenenden waren einzig und allein seiner Passion gewidmet. Um jedoch auch an den Wochentagen seinem geliebten Sport frönen zu können, hatte sich Jack in einem kleinen Hotel in der Nähe des Golfplatzes von Stourton Heath eingemietet. Täglich stand er um sechs Uhr früh auf, um eine Stunde zu trainieren, bevor er den Zug um acht Uhr sechsundvierzig in die Stadt nehmen musste.

Auch mit seinem Spezialschläger hatte er kein Glück. Es war zum Verzweifeln. Immer, wenn der Ball auf eine kurze Distanz geschlagen werden sollte, schoss er mindestens um das Vierfache über sein Ziel hinaus. Jack seufzte, nahm seinen Schläger fest in die Hand und gab sich selber den Befehl: »Linker Arm ganz durchgedrückt, nicht hochschauen!«

Er holte aus und hielt sofort inne, als ein schriller Schrei die Stille des Sommermorgens durchbrach. Er war wie versteinert.

»Mord!«, rief es, »Hilfe! Mord!« Es war eine Frauenstimme, die schließlich in einer Art gurgelndem Seufzer erstarb.

Jack schleuderte seinen Schläger fort und rannte in die Richtung, aus der der Schrei gekommen war. Es musste ganz in der Nähe sein. Dieser Teil des Golfplatzes war unkultiviertes Land, und es gab hier nur wenige Häuser. Eigentlich stand nur ein einziges in der Nähe, ein kleines, malerisches Landhäuschen, das Jack schon oft wegen seiner architektonischen Feinheiten aufgefallen war. Es war durch einen heidekrautbewachsenen Abhang verborgen, er umging ihn, und in weniger als einer Minute stand er vor dem kleinen verschlossenen Tor.

Im Garten stand ein Mädchen, und einen Augenblick lang glaubte Jack, dass sie um Hilfe gerufen hatte. Aber dann änderte er seine Meinung.

Sie hatte einen kleinen Korb mit Unkraut in der Hand. Offenbar hatte sie ihre Arbeit, ein großes Stiefmütterchenbeet zu jäten, gerade beendet. Ihre Augen, bemerkte Jack, waren selbst wie Stiefmütterchen, samtig, weich und dunkel, und mehr violett als blau. In ihrem einfachen lila Leinenkleid sah sie auch aus wie ein Stiefmütterchen.

Das Mädchen blickte Jack mit einem Ausdruck zwischen Verärgerung und Erstaunen an.

»Verzeihung«, sagte der junge Mann, »aber haben Sie eben geschrien?«

»Ich? Nein, wirklich nicht.«

Ihre Überraschung war so echt, dass Jack seine Frage peinlich war. Ihre Stimme war weich und klang mit einem leichten ausländischen Akzent sehr reizvoll.

»Aber Sie müssen es gehört haben!«, rief er aus. »Es kam von irgendwo hier in der Nähe.«

Sie sah ihn verwundert an. »Ich habe überhaupt nichts gehört.«

Jetzt starrte Jack sie an. Es war völlig unmöglich, dass sie diesen gequälten Hilferuf nicht gehört hatte. Und doch strahlte sie eine solche Ruhe aus, dass er nicht glauben konnte, dass sie ihn anlog.

»Was wurde denn gerufen?«, fragte sie.

»Mord, Hilfe, Mord!«

»Mord, Hilfe, Mord«, wiederholte das Mädchen. »Jemand hat sich einen Scherz mit Ihnen erlaubt, Monsieur. Wer könnte hier schon umgebracht werden?«

Jack sah sich um. Er hatte die fixe Idee, irgendwo auf dem Gartenweg eine Leiche zu finden. Er war immer noch überzeugt davon, dass der Schrei, den er gehört hatte, echt gewesen und kein Produkt seiner Einbildung war. Er blickte zu den Fenstern des kleinen Landhauses hoch. Alles schien völlig ruhig und friedlich zu sein.

»Wollen Sie vielleicht unser Haus durchsuchen?«, erkundigte sich das Mädchen ironisch.

Sie war so voller Skepsis, dass Jacks Verwirrung immer größer wurde. Er wandte sich ab.

»Es tut mir Leid«, sagte er. »Der Hilferuf muss von weiter oben aus dem Wald gekommen sein.«

Er zog seine Mütze und ging. Während er über die Schulter zurückblickte, sah er, dass das Mädchen ruhig ihre Gartenarbeit wieder aufgenommen hatte.

Einige Zeit durchstreifte er den Wald, aber er konnte nichts Ungewöhnliches feststellen. Trotzdem, er war so sicher wie zuvor, dass er diesen Schrei vernommen hatte. Schließlich gab er seine Suche auf, eilte zurück nach Hause, um hastig sein Frühstück hinunterzustürzen und den Zug noch rechtzeitig zu erwischen.

Sein Gewissen drückte ihn ein wenig, als er im Zug saß. Hätte er nicht sofort der Polizei melden müssen, was er gehört hatte? Dass er es nicht tat, war einzig und allein der Reaktion des Mädchens zuzuschreiben. Sie hatte ihn ganz sicher verdächtigt, dass er anbändeln wollte. Wahrscheinlich hätte die Polizei das gleiche vermutet. Hatte er den Schrei wirklich gehört?

Mittlerweile war er nicht mehr so sicher wie vorher. Vielleicht war es der Schrei eines Vogels gewesen, den er für eine Frauenstimme gehalten hatten? Ärgerlich verwarf er diesen Gedanken. Es war eine Frauenstimme gewesen, und er hatte sie gehört. Er erinnerte sich, kurz vor dem Schrei auf die Uhr geblickt zu haben. Es war fünfundzwanzig Minuten nach sieben gewesen, wenn er sich recht erinnerte. Das könnte ein brauchbarer Hinweis für die Polizei sein, falls irgendetwas entdeckt werden sollte.

Als er an diesem Abend nach Hause fuhr, studierte er die Abendzeitung sorgfältig, um zu sehen, ob irgendetwas über ein Verbrechen erwähnt war. Er fand nichts, und er wusste nicht, ob er darüber erleichtert oder enttäuscht sein sollte.

Der folgende Morgen war nass, so nass, dass wohl auch der fanatischste Golfspieler seinen Eifer gezügelt hätte. Jack stand in der letzten Minute auf, schlang sein Frühstück hinunter und rannte, um seinen Zug zu erreichen. Wiederum durchsuchte er eifrig die Zeitung. Immer noch kein Bericht über irgendeine grausige Entdeckung. Die Abendzeitung brachte auch nichts. Eigenartig, sagte sich Jack. Aber das wird es sein – ein paar kleine Jungen, die im Wald gespielt haben.

Am nächsten Morgen war er schon früh draußen. Als er an dem kleinen Landhaus vorbeikam, sah er mit einem Seitenblick das Mädchen, das im Garten wieder Unkraut zupfte. Offenbar eine Gewohnheit von ihr.

Er schlug seinen Ball in ihre Nähe, in der Hoffnung, dass sie ihn bemerken würde. Als er auf sein nächstes Ziel zuging, sah er auf die Uhr. »Gerade wieder fünfundzwanzig Minuten nach sieben«, murmelte er. »Ich bin gespannt . . .«

Die Worte erstarben ihm auf den Lippen.

Hinter ihm ertönte der gleiche Schrei, der ihn schon einmal entsetzt hatte. Eine Frauenstimme rief in schrecklicher Bedrängnis:

»Mord! Hilfe! Mord!«

Jack jagte zurück. Das Mädchen mit den Stiefmütterchenaugen stand an der Pforte. Sie hob erstaunt den Kopf, als Jack triumphierend auf sie zulief und ausrief:

»Diesmal haben Sie es aber gehört!«

Sie musterte ihn von oben bis unten, sodass Jack unbehaglich von einem Fuß auf den anderen trat. Er spürte, wie sie vor ihm zurückschreckte, und als er auf sie zuging, sah sie sich ängstlich um, als sei sie bereit, ins Haus zu rennen, um Schutz zu suchen. Sie schüttelte den Kopf und starrte ihn verständnislos an.

»Ich habe überhaupt nichts gehört«, sagte sie.

Es war, als hätte sie ihm einen Schlag versetzt. Sie sagte das so überzeugend, dass er ihr glauben musste. Trotzdem, er konnte es sich nicht eingebildet haben – es konnte nicht sein, nein, es konnte keine Einbildung sein.

Ihre Stimme klang fast ein wenig mitleidig, als sie ihn fragte: »Sie haben wohl früher mal einen Schock erlitten, was?«

Nun begriff er den Ausdruck der Furcht, ihren verstohlenen Blick zum Fenster. Sie glaubte, er habe Halluzinationen.

Und dann, wie eine kalte Dusche, kam ihm der fürchterliche Gedanke: Hatte sie Recht? Litt er wirklich an einer Sinnestäuschung? Entsetzt über diese Möglichkeit, drehte er sich abrupt um und stolperte ohne ein Wort der Erklärung davon. Das Mädchen schaute ihm nach, seufzte und bückte sich kopfschüttelnd, um weiterzujäten.

Jack bemühte sich, die Dinge mit sich selbst ins Reine zu bringen. Wenn ich diesen verdammten Schrei wieder um fünfundzwanzig Minuten nach sieben höre, sagte er sich, steht fest, dass ich irgendeine Halluzination habe. Aber, das wird nicht noch einmal passieren.

Den ganzen Tag über war er nervös. Er ging frühzeitig zu Bett, entschlossen, die Sache am nächsten Morgen aufzuklären.

Es war verständlich, dass er fast die halbe Nacht wach lag und schließlich sogar noch verschlief. Es war schon zwanzig Minuten nach sieben, als er aus dem Hotel herauskam und die Abhänge hinunterrannte. Er sah ein, dass er bis fünfundzwanzig nach sieben den Platz nicht mehr erreichen konnte. Andererseits, wenn dieser Schrei tatsächlich eine Halluzination war, würde er ihn auch woanders hören. Er rannte weiter. Sein Blick klebte auf dem Zifferblatt seiner Armbanduhr.

Fünfundzwanzig nach sieben.

Von weit her kam das Echo einer Frauenstimme. Die Worte waren nicht erkennbar, aber er war überzeugt, es war der gleiche Schrei, den er zuvor gehört hatte, und er kam aus derselben Richtung, irgendwo in der Nähe des kleinen Landhauses.

Eigenartigerweise beruhigte ihn diese Tatsache. Es könnte immerhin ein Schabernack sein. So unwahrscheinlich es schien, aber auch dieses Mädchen selbst könnte sich einen Streich mit ihm erlauben. Er richtete sich resolut auf und nahm einen Schläger aus seiner Golftasche. Er würde die ersten Löcher bis zum Landhaus spielen.

Das Mädchen war, wie gewöhnlich, im Garten. Sie sah zu ihm auf, und als er seine Mütze zog, sagte sie schüchtern:

»Guten Morgen!«

Sie erschien ihm liebenswürdiger als je zuvor.

»Ein schöner Tag, nicht wahr?«, rief Jack munter und verwünschte sich, weil ihm nichts Besseres eingefallen war.

»Ja, wirklich, sehr schön.«

»Gut für den Garten, nehme ich an.«

Das Mädchen lächelte und zeigte dabei faszinierende Grübchen.

»Leider nein. Meine Blumen brauchen Regen. Sehen Sie, sie sind schon ganz vertrocknet.«

Jack fasste dies als Einladung auf und trat an die niedrige Hecke, die den Garten vom Golfplatz trennte.

»Mir scheinen sie in Ordnung«, bemerkte er unbeholfen und wand sich unter dem leicht mitleidigen Blick des Mädchens.

»Die Sonne tut gut, nicht wahr?«, fragte sie. »Die Blumen kann man ja immer noch gießen, aber die Sonne gibt Kraft und erneuert die Gesundheit. Monsieur geht es heute viel besser, wie ich sehe.«

Ihr ermunternder Ton ärgerte Jack.

Verflixt, dachte er, ich glaube, sie versucht mich durch Suggestion zu kurieren.

»Ich bin völlig gesund«, sagte er irritiert.

»Dann ist es ja gut«, antwortete das Mädchen rasch und besänftigend.

Jack hatte das ungewisse Gefühl, dass sie ihm nicht glaubte. Er spielte noch eine Weile und eilte dann zurück zu seinem Frühstück. Während er aß, spürte er – und nicht zum ersten Mal – den forschenden Blick eines Mannes an seinem Nebentisch. Er war ein Herr mittleren Alters mit einem kraftvollen, energischen Gesicht. Er trug einen schmalen dunklen Bart und hatte graue durchdringende Augen. Sein sicheres Auftreten ließ darauf schließen, dass er der höheren Gesellschaftsschicht angehörte. Jack wusste, dass er Lavington hieß und hatte vage Gerüchte über sein Ansehen als Mediziner gehört. Da Jack jedoch kein häufiger Besucher der Harley Street war, hatte ihm dieser Name wenig oder eigentlich gar nichts bedeutet.

Heute Morgen spürte er wieder diese stille Beobachtung. Es erschreckte ihn ein wenig. War ihm sein Geheimnis schon deutlich ins Gesicht geschrieben, so deutlich, dass es jeder sehen konnte? Wusste dieser Mann durch seine berufliche Erfahrung, dass bei ihm irgendetwas nicht stimmte? Jack schauderte bei diesem Gedanken. War es wahr? Wurde er wirklich langsam wahnsinnig? War die ganze Sache tatsächlich eine Halluzination, oder erlaubte sich doch nur jemand einen Scherz mit ihm?

Plötzlich kam ihm eine Idee, wie er der Sache auf die Spur kommen könnte. Bisher war er bei seinen Runden immer allein gewesen. Angenommen, jemand war bei ihm? Dann musste eines von drei Dingen passieren: der Schrei wiederholte sich überhaupt nicht; sie könnten ihn beide hören; oder nur er allein würde ihn hören.

An diesem Abend begann er seinen Plan in die Tat umzusetzen. Lavington war der Mann, den er dazu brauchte. Eine Unterhaltung anzubahnen, war nicht schwer. Dem älteren Mann mochte es vielleicht ganz recht sein. Es war klar, dass Jack ihn aus dem einen oder anderen Grund interessierte. So ergab es sich fast von selbst, dass sie verabredeten, am folgenden Morgen vor dem Frühstück zusammen eine Partie Golf zu spielen.

Kurz vor sieben machten sie sich auf den Weg. Es war ein herrlicher Tag, strahlend und wolkenlos, aber noch nicht zu warm.

Der Doktor spielte gut, Jack jämmerlich. Er dachte nur an den Schrei. Immer wieder schielte er verstohlen auf seine Armbanduhr. Sie erreichten die siebte Markierung – zwischen dieser und dem nächsten Loch lag das Landhaus – ungefähr um zwanzig Minuten nach sieben. Das Mädchen stand, wie immer, im Garten, als sie vorbeikamen. Sie sah nicht auf.

Die beiden Golfbälle lagen im Gras, Jacks in der Nähe des Loches, der des Doktors ein wenig weiter weg.

»Das ist meiner«, sagte Lavington. »Ich glaube, ich muss etwas kräftiger zuschlagen.«

Er bückte sich und schätzte die Strecke ab. Jack starrte auf die Uhr. Es war genau fünfundzwanzig Minuten nach sieben.

Der Ball huschte über das Gras, stoppte vor dem Loch, zögerte und fiel hinein.

»Ein guter Schlag«, lobte Jack. Mit einem Seufzer der Erleichterung schob er seine Uhr am Arm hinauf. Es war nichts geschehen. Der Zauber war gebrochen.

»Wenn es Ihnen nichts ausmacht, eine Minute zu warten«, sagte er, »würde ich mir gern eine Pfeife stopfen.«

Sie verweilten kurze Zeit bei der achten Markierung.

Jack füllte seine Pfeife und zündete sie mit zitternden Händen an. Eine große Last schien ihm von der Seele genommen zu sein.

»Gott, was für ein schöner Tag!«, rief er und genoss die Aussicht.

»Machen Sie weiter. Lavington, Sie sind dran.«

Und dann hörte er es. Gerade in dem Moment, als der Doktor zuschlug. Eine Frauenstimme, schrill und gequält.

»Mord! Hilfe! Mord!«

Die Pfeife fiel Jack aus der Hand. Er schnellte in die Richtung, aus der der Schrei gekommen war. Dann starrte er atemlos auf seinen Begleiter.

Lavington beschattete seine Augen mit der Hand und blickte auf den Rasen.

»Ein bisschen kurz«, sagte er, »aber ich glaube, er ist doch noch hineingerutscht.«

Er hatte nichts gehört!

Die Welt schien sich verkehrt um Jack zu drehen. Er wankte. Als er wieder zu sich kam, lag er auf dem kurz geschnittenen Rasen, und Lavington beugte sich über ihn.

»So, schön ruhig bleiben, es ist ja alles gut!«

»Was ist passiert?«

»Sie wurden ohnmächtig, junger Mann. Zumindest sah es so aus.«

»Mein Gott!«, stöhnte Jack.

»Was ist los? Stimmt etwas nicht mit Ihnen?«

»Ich erzähle es Ihnen gleich, aber zuerst möchte ich Sie etwas fragen.«

Der Arzt zündete seine Pfeife an und setzte sich auf eine Bank.

»Fragen Sie alles, was Sie wollen«, sagte er tröstend.

»Sie haben mich in den letzten paar Tagen beobachtet. Warum?«

Lavington zwinkerte mit den Augen und antwortete: »Das ist eine ziemlich direkte Frage. Ich darf Sie doch anschauen.«

»Halten Sie mich nicht hin. Ich meine es ernst. Warum? Ich habe einen triftigen Grund für diese Frage.«

Lavingtons Gesicht wurde ernst.

»Ich will Ihnen ganz ehrlich antworten. Ich entdeckte an Ihnen alle Anzeichen einer akuten Belastung, unter der Sie zu leiden haben. Selbstverständlich interessierte es mich, herauszufinden, was der Grund hierfür sein könnte.«

»Das kann ich Ihnen leicht erklären«, sagte Jack bitter. »Ich bin auf dem Weg, irrsinnig zu werden.«

Er hielt dramatisch inne, aber da sich Lavington von seiner Enthüllung weniger beeindruckt zeigte, als er es erwartet hatte, wiederholte er:

»Ich sage Ihnen, ich werde wahnsinnig!«

»Seltsam«, murmelte Lavington. »Wirklich, sehr seltsam.«

Jack fühlte etwas wie Ärger in sich hochsteigen.

»Ist das alles, was Ihnen einfällt? Ärzte sind so verdammt gefühllos!«

»Bitte, bitte, mein junger Freund, Sie irren sich. Zunächst einmal praktiziere ich nicht Medizin, obgleich ich darin mein Examen gemacht habe. Genau gesagt, ich bin kein Arzt, das heißt, kein Arzt für den Körper.«

Jack betrachtete ihn neugierig.

»Für den Geist?«

»Ja, ungefähr. Aber genauer gesagt, ich nenne mich einen Doktor der Seele.«

»Aha!«

»Ihrem geringschätzigen Ton entnehme ich, dass Sie damit nicht viel anzufangen wissen. Aber man muss für die Seele doch eine Bezeichnung finden, nicht wahr? Sehen Sie, junger Mann, Seele, das ist nicht nur eine von Geistlichen erfundene religiöse Formulierung. Wir nennen es den Geist oder das Unbewusste. Nehmen Sie jeden anderen Ausdruck, der Ihnen besser gefällt. Sie haben sich vorher an meinen Worten gestoßen, aber ich kann Ihnen versichern, dass es mich wirklich sehr seltsam berührt hat, dass ein so ausgeglichener und normal wirkender junger Mann wie Sie von sich glaubt, er werde wahnsinnig werden.«

»Ich bin schon wahnsinnig. Vollkommen verrückt, jawohl.«

»Entschuldigen Sie, wenn ich das sage, aber ich glaube Ihnen nicht.«

»Ich habe gewisse Wahnvorstellungen.«

»Nach dem Abendessen?«

»Nein, morgens.«

»Das gibt es nicht«, sagte der Arzt und zündete seine Pfeife wieder an.

»Ich sage Ihnen, ich höre Dinge, die sonst niemand hört.«

»Von tausend Menschen kann einer die Monde des Jupiters sehen. Wenn die anderen neunhundertneunundneunzig sie nicht sehen können, so ist das kein Grund, den tausendsten Menschen einen Irren zu nennen.«

»Die Jupitermonde sind eine wissenschaftlich erwiesene Tatsache.«

»Es ist ganz leicht möglich, dass Wahnvorstellungen von

heute schon morgen als wissenschaftliche Tatsachen zu beweisen sind.«

Lavingtons bestimmte Art machte auf Jack Eindruck. Er fühlte sich gleichermaßen getröstet und aufgemuntert. Der Arzt blickte ihn eine Weile aufmerksam an. Dann nickte er.

»So ist's schon besser«, meinte er. »Das Schlimme mit euch jungen Leuten ist, dass ihr so überzeugt seid, außerhalb eurer eigenen Philosophie könne nichts existieren. Und wenn irgendetwas geschieht, das nicht in eure Anschauung passt, gebt ihr einfach auf. Erzählen Sie mir, aus welchem Grund Sie glauben, Sie werden verrückt. Dann werden wir weitersehen.«

Ehrlich und ohne Umschweife berichtete Jack von den Ereignissen.

»Was ich nicht verstehen kann«, schloss er, »ist, dass es heute Morgen um halb acht, also fünf Minuten später, kam.«

Lavington überlegte einen Moment. Dann fragte er:

»Wie spät ist es jetzt auf Ihrer Uhr?«

»Viertel vor acht«, sagte Jack.

»Dann ist es leicht zu erklären. Meine Uhr ist zwanzig vor acht. Ihre wird also fünf Minuten vorgehen. Das ist der interessanteste und wichtigste Punkt für mich. Sogar unschätzbar wichtig.«

»Wieso?«

»Nun, es sieht so aus, als ob Sie am ersten Morgen tatsächlich einen Schrei gehört hätten. Vielleicht war es ein Scherz, vielleicht auch nicht. An den folgenden Morgen suggerierten Sie sich selbst, ihn um die ganz gleiche Zeit wieder zu hören.«

»Ich bin sicher, dass ich ihn wirklich gehört habe.«

»Sie haben sich das nicht bewusst eingeredet. Aber das Unterbewusstsein spielt uns manchmal reichlich komische Streiche. Jedenfalls, diese Erklärung ist nichts wert. Wenn es ein Fall von Selbstsuggestion wäre, dann hätten Sie den Schrei genau dann gehört, als es auf Ihrer Uhr sieben Uhr fünfundzwanzig war.«

»Und nun?«

»Nun liegt es auf der Hand, dass dieser Hilferuf an einen bestimmten Platz und an eine bestimmte Zeit gebunden ist. Der Platz ist die Umgebung des Landhauses, und die Zeit ist fünfundzwanzig Minuten nach sieben.«

»Ja, aber warum sollte ausgerechnet ich derjenige sein, der ihn hört? Ich glaube nicht an Geister und dieses Spuktheater, Geisterbeschwörung und solchen Kram. Weshalb sollte gerade ich den verdammten Schrei hören?«

»Das können wir im Moment noch nicht sagen. Es ist seltsam, dass viele der besten Medien voller Skepsis sind. Nicht die Leute, die an okkulten Phänomenen interessiert sind, haben übernatürliche Kräfte. Manche Menschen sehen und hören Dinge, die andere nicht hören. Wir wissen nicht, warum. Und von zehn wollen es neun nicht hören oder sehen und sind überzeugt, dass sie an Wahnvorstellungen leiden, genau wie Sie.

Es ist wie mit der Elektrizität. Manche Substanzen sind gute Leiter, andere nicht, und lange wussten wir nicht, weshalb, und mussten uns damit zufrieden geben, diese Tatsache zu akzeptieren. Heute wissen wir, weshalb. Eines Tages werden wir auch wissen, warum Sie den Schrei hörten und das Mädchen und ich nicht.

Jedes Ding untersteht einem natürlichen Gesetz. Es gibt in Wirklichkeit nichts Übernatürliches. Diese Gesetze zu finden, die die so genannten psychischen Phänomene beherrschen, wird eine schwere Aufgabe sein. Jeder kleinste Hinweis hilft.«

»Aber was soll ich machen?«, fragte Jack.

Lavington schmunzelte.

»Praktisch, wie ich merke. Nun, mein junger Freund, Sie werden gehen und kräftig frühstücken. Dann werden Sie in die Stadt fahren und sich nicht weiter den Kopf über Dinge zerbrechen, die Sie doch nicht verstehen. Ich andererseits werde ein wenig herumschnüffeln und sehen, was ich über dieses Landhaus da hinten herausfinden kann. Dort liegt das Zentrum des Geheimnisses, darauf möchte ich schwören.«

Jack erhob sich.

»Gut, Sir«, sagte er, »ich gehe. Aber ich meine . . .«

»Ja?«

Jack wurde verlegen.

»Ich bin sicher, dass das Mädchen in Ordnung ist«, murmelte er.

Lawington schien sich zu amüsieren.

»Sie haben mir nicht gesagt, dass es sich um ein hübsches Mädchen handelt. Na, halten Sie die Ohren steif. Ich bin überzeugt, dass das Geheimnis schon bestand, bevor sie herkam.«

Voller Neugierde kam Jack an diesem Abend nach Hause. Er war jetzt so weit, Lavington blind zu vertrauen. Der Arzt hatte die Geschichte so natürlich aufgenommen und so realistisch behandelt, dass Jack tief beeindruckt war.

Sein neuer Freund wartete in der Halle schon auf ihn, als er zum Abendessen herunterkam.

»Etwas Neues, Sir?«, fragte Jack begierig.

»Ich habe mich ein wenig über die verschiedenen Besitzer des Heather-Landhauses erkundigt. Zuerst war es von einem alten Gärtner und seiner Frau bewohnt. Als der Mann starb, ging die Frau zu ihrer Tochter. Dann erwarb es ein Baumeister, modernisierte es und verkaufte es an einen Herrn aus der Stadt, der es als Wochenendhaus benutzte. Ungefähr vor einem Jahr verkaufte er es an Mr. und Mrs Turner. Das muss ein ziemlich eigenartiges Paar gewesen sein, so weit ich feststellen konnte. Er war Engländer, und seine Frau soll eine Halbrussin gewesen sein, sehr schön und sehr exotisch, wie man mir sagte. Sie lebten sehr zurückgezogen, besuchten niemanden und gingen kaum einmal in den Garten hinaus. Das Gerücht geht um, dass sie vor irgendetwas Angst hatten. Aber ich glaube, darauf sollten wir uns nicht verlassen.

Und eines Tages zogen sie ganz plötzlich aus. Sie kamen niemals wieder. Mr. Turner beauftragte lediglich einen Agenten aus London, das Haus und die Möbel so schnell wie möglich zu verkaufen.

Der nächste Besitzer hieß Mr. Mauleverer. Er wohnte tatsächlich nur vierzehn Tage darin, dann inserierte er, dass das Haus möbiliert zu haben sein. Die Leute, denen es jetzt gehört, sind ein schwindsüchtiger französischer Professor und seine Tochter. Sie sind erst zehn Tage dort.«

Jack hatte schweigend zugehört.

»Ich sehe nicht, wie uns das weiterbringen kann. Oder Sie?«, fragte er endlich.

»Ich möchte noch mehr über die Turners wissen«, antwortete Lavington ruhig. »Sie verschwanden so sang- und klanglos, ganz frühmorgens. Soviel ich feststellen konnte, hat niemand ihr Weggehen bemerkt. Mr. Turner ist seidem schon gesehen worden, aber ich kann niemanden finden, der Mrs. Turner je wiedergesehen hätte.«

Jack wurde kreidebleich.

»Das kann nicht sein! Sie meinen doch nicht . . .«, stammelte er.

»Regen Sie sich nicht auf, junger Freund. Der Einfluss eines jeden kurz vor dem Tod, und speziell vor einem gewaltsamen Tod, auf seine Umgebung ist sehr stark. Diese Umgebung mag den Einfluss absorbiert haben, um ihn auf einen passend eingestellten Empfänger wieder auszustrahlen. In diesem Fall auf Sie.«

»Aber warum ich?«, rief Jack rebellierend. »Weshalb nicht jemand anders, der etwas damit anfangen kann?«

»Sie betrachten diese Kraft als intelligent und überlegend. Sie ist blind und mechanisch. Ich glaube selbst nicht an erdgebundene Geister, die zu einem bestimmten Zweck irgendwo spuken. Aber ich habe immer und immer wieder Dinge gesehen, sodass ich kaum mehr glauben kann, dass es reiner Zufall ist. Meiner Meinung nach ist es so eine Art dunkles Umherhasten nach der Gerechtigkeit, eine unterirdische Bewegung blinder Kräfte, die immer verborgen nach dieser Richtung arbeiten.«

Er schüttelte sich, als hätte irgendetwas von ihm Besitz ergriffen und belaste ihn, dann wandte er sich mit einem Lächeln an Jack.

»Lassen Sie uns die Geister verbannen, jedenfalls für heute Abend«, schlug er vor.

Nur zu gern stimmte Jack zu, aber er hatte Mühe, damit fertig zu werden.

Während des Wochenendes stellte Jack selber Nachforschungen an, konnte aber nicht mehr als der Doktor ermitteln. Auf jeden Fall hatte er es aufgegeben, vor dem Frühstück Golf zu spielen. Was dann passierte kam völlig unerwartet.

Als er eines Tages zurückkam, wurde ihm mitgeteilt, dass ihn eine junge Dame sprechen wolle. Zu seiner Überraschung stellte sich heraus, dass es das Mächen aus dem Garten war, das Stiefmütterchen-Mädchen, wie er sie in Gedanken immer genannt hatte. Sie war sehr nervös und durcheinander.

»Ich hoffe, Sie verzeihen mir, Monsieur, dass ich einfach hierher komme, um Sie zu sprechen. Aber ich muss Ihnen etwas erzählen. Ich . . .«

Sie blickte sich unsicher um.

»Gehen wir hier hinein, sagte Jack und führte sie in den Salon des Hotels, ein trostloses Zimmer in rotem Plüsch.

»Bitte, setzen Sie sich doch, Miss . . . Miss . . .«

»Marchaud, Monsieur, Felise Marchaud.«

»Nehmen Sie bitte Platz, Mademoiselle Marchaud, und erzählen Sie mir alles.«

Gehorsam setzte sich Felise. Sie war heute in Dunkelgrün gekleidet, was ihr sehr gut stand. Mehr als je zuvor spürte Jack ihren Charme und ihre Schönheit. Sein Herz schlug schneller, als er sich neben sie setzte.

»Es ist so«, begann Felise. »Wir sind erst kurze Zeit hier. Aber seit unserem Einzug erzählt man uns, in unserem Haus – unserem süßen kleinen Haus – spuke es. Kein Dienstbote will bleiben. Das ist nicht so schlimm – ich kann die Hausarbeit selber machen und auch kochen.«

Engel! dachte der entflammte junge Mann. Sie ist wunderbar. Nach außen hin behielt er den Ausdruck sachlicher Aufmerksamkeit.

»Dieses Reden über Geister«, fuhr Felise fort. »Ich glaube, das ist alles Unsinn – das heißt, bis vor vier Tagen. Monsieur, seit vier Nächten habe ich den gleichen Traum. Eine Dame steht da, sie ist schön, groß und lieblich. In ihren Händen hält sie einen blauen chinesischen Krug. Sie wirkt gequält, sehr gequält, und immer wieder hält sie mir diesen Krug entgegen, als ob sie mich anflehe, irgendetwas damit zu tun. Aber sie kann nicht sprechen, und ich weiß nicht, was sie will. Diesen Traum hatte ich die ersten beiden Nächte. Aber vorletzte Nacht kam noch etwas dazu. Die Dame und der blaue Krug verschwanden, und plötzlich hörte ich ihre Stimme. Ich weiß, es war ihre Stimme, begreifen Sie, Monsieur? Sie rief: ›Mord! Hilfe! Mord!‹

Ich erwachte in Schweiß gebadet. Ich redete mir ein, es sei ein Albtraum und die Worte, die Sie auch hörten, seien ein Zufall. Aber vergangene Nacht kam der Traum wieder. Monsieur, was ist das? Sie haben es doch auch gehört. Was sollen wir tun?«

Felises Gesicht war verstört. Ihre schmalen Hände krampften sich zusammen, und flehentlich blickte sie auf Jack. Er heuchelte eine Unbekümmertheit, die er durchaus nicht empfand.

»Sie müssen keine Angst haben, Mademoiselle Marchaud. Wenn es Ihnen nichts ausmacht, wiederholen Sie die ganze Geschichte vor Dr. Lavington, einem Freund von mir. Er wohnt auch hier.«

Felise erklärte sich einverstanden, und Jack ging, um Lavington zu suchen. Ein paar Minuten später kehrte er mit ihm zurück. Lavington beobachtete das Mächen genau, als Jack sie mit ihm bekannt machte. Mit ein paar tröstenden Worten gelang es ihm, sie zu beruhigen. Dann lauschte er gespannt ihrer Geschichte.

»Äußerst seltsam«, sagte er, als sie fertig war. »Haben Sie mit Ihrem Vater darüber gesprochen?«

Felise schüttelte den Kopf.

»Ich wollte ihn nicht beunruhigen. Er ist immer noch sehr krank.« Ihre Augen füllten sich mit Tränen. »Ich halte alles von ihm fern, was ihn aufregen könnte.«

»Ich verstehe«, sagte Lavington gütig. »Und ich bin froh, dass Sie zu uns gekommen sind, Mademoiselle Marchaud. Hartington hier, wie Sie wissen, hatte ein Erlebnis, das Ihrem sehr ähnlich ist. Ich glaube, dass wir dem Geheimnis nun auf der Spur sind. Fällt Ihnen noch etwas ein?«

Felise machte eine rasche Bewegung.

»Natürlich! Wie dumm von mir. Es ist das Wichtigste der ganzen Geschichte. Schauen Sie, Monsieur, was ich hinter dem Küchenschrank fand.«

Sie zeigte ihnen einen Bogen schmutzigen Zeichenpapiers, auf dem in Wasserfarben die Rohskizze einer Frau zu erkennen war.

Nur eine Kleckserei, aber die Ähnlichkeit war deutlich. Es zeigte eine große blonde Frau mit einem fremdländischen Gesicht. Sie stand an einem Tisch, auf dem ein blauer Prozellankrug stand.

»Ich habe es erst heute Morgen gefunden«, erklärte Felise. »Monsieur, das ist das Gesicht der Frau aus meinem Traum. Und es ist der gleiche Krug.«

»Ungewöhnlich«, meinte Lavington. »Der Schlüssel zu diesem Geheimnis ist ganz offensichtlich der blaue Krug. Mir scheint, es ist ein chinesischer Krug, wahrscheinlich ein sehr alter. Er hat ein eigentümliches Muster.«

»Er ist chinesisch«, erklärte Jack. »Ich habe genau das gleiche Stück in der Sammlung meines Onkels gesehen. Er ist ein leidenschaftlicher Sammler chinesischen Prozellans. Ich erinnere mich, einen solchen Krug vor nicht allzu langer Zeit gesehen zu haben.«

»Der chinesische Krug«, murmelte Lavington. Er versank ein paar Minuten in Gedanken, dann hob er plötzlich den Kopf, und ein seltsames Leuchten trat in seine Augen.

»Hartington, wie lange hat Ihr Onkel diesen Krug schon?«

»Wie lange? Das weiß ich wirklich nicht.«

»Denken Sie nach! Hat er ihn erst kürzlich gekauft?«

»Ich weiß es nicht. Ja . . . ich glaube, ja. Jetzt erinnere ich mich. Ich selbst interessiere mich nicht sehr für Porzellan, aber mir ist so, als hätte er mir diesen Krug als neuesten Zugang seiner Sammlung gezeigt.«

»Ist das weniger als zwei Monate her? Die Turners haben das Heather-Landhaus vor ungefähr acht Wochen verlassen.«

»Ja, ich glaube, es war vor zwei Monaten.«

»Besucht Ihr Onkel manchmal Auktionen?«

»Er fährt von einer Auktion zur anderen.«

»Dann dürfen wir wohl mit Recht annehmen, dass er diesen Krug auf der Versteigerung der Turnerschen Sachen erstand. Ein seltsamer Zufall – oder vielleicht das, was ich das Suchen nach der blinden Gerechtigkeit nenne. Hartington, Sie müssen sofort feststellen, wo Ihr Onkel diesen Krug gekauft hat.«

Jacks Gesicht verzog sich.

»Ich fürchte, das wird nicht möglich sein. Onkel Georg ist nicht in England. Ich weiß nicht einmal, wohin ich ihm schreiben könnte.«

»Wie lange wird er fortbleiben?«

»Mindestens drei bis vier Wochen.«

Es entstand eine Pause. Felise blickte nervös von einem Mann zum andern.

»Gibt es denn nichts, was wir tun können?«, fragte sie mutlos.

»Doch, es gibt etwas«, antwortete Lavington in einem Ton zurückhaltender Erregung. »Es ist vielleicht ungewöhnlich, aber ich glaube, es verspricht Erfolg. Hartington, Sie müssen diesen Krug herbeischaffen. Bringen Sie ihn hierher, und falls Mademoiselle erlaubt, werden wir einen Abend im Heather-Landhaus verbringen und den blauen Krug mitnehmen.«

Jack fühlte wie er eine Gänsehaut bekam.

»Was glauben Sie, was passieren wird?«, fragte er unruhig.

»Ich habe nicht die geringste Ahnung, aber ich glaube ehrlich daran, dass das Geheimnis gelüftet und der Geist vertrieben wird. Höchstwahrscheinlich hat der Krug einen falschen Boden und irgendetwas ist innen versteckt. Wenn kein Phänomen erscheint, müssen wir eben unseren Scharfsinn gebrauchen.«

Felise klatschte in die Hände.

»Das ist eine wunderbare Idee!«, rief sie aus.

Aus ihren Augen leuchtete Enthusiasmus. Jack war nicht annähernd so begeistert, im Gegenteil, innerlich war er sehr beunruhigt, aber nichts hätte ihn bewegen können, diese Tatsache vor Felise zuzugeben. Der Doktor tat so, als wäre sein Vorschlag die natürlichste Sache der Welt.

»Wann können Sie den Krug holen?«, fragte Felise.

»Morgen«, antwortete er widerstrebend.

Es war ihm nicht angenehm, aber er musste die Sache jetzt zu Ende bringen. Bis dahin nahm er sich vor, so wenig wie möglich an den wahnsinnigen Schrei zu denken.

Am folgenden Abend ging er in das Haus seines Onkels und nahm den betreffenden Krug mit. Als er ihn wiedersah, verstärkte sich seine Gewissheit, dass er mit dem auf dem Bild identisch war. Aber so sorgfältig er ihn auch untersuchte, er fand weder einen doppelten Boden noch sonst etwas Außergewöhnliches.

Es war elf Uhr, als er mit Lavington im Heather-Landhaus ankam. Felise hatte schon auf sie gewartet und öffnete leise die Tür, noch bevor sie anklopften.

»Kommen Sie herein«, flüsterte sie. »Mein Vater schläft oben. Wir dürfen ihn nicht aufwecken. Ich habe hier drinnen für Sie Kaffee vorbereitet.«

Sie führte die beiden in ein kleines, gemütlich eingerichtetes Wohnzimmer.

Als Jack den chinesischen Krug aus dem Papier wickelte, keuchte sie:

»Aber ja, das ist er! Ich würde ihn überall wiedererkennen!«

Inzwischen traf Lavington seine Vorbereitungen. Er entfernte alles von einem kleinen Tisch und stellte diesen in die Mitte des Zimmers. Rundherum verteilte er drei Stühle. Auf dem Tisch stand nur noch der blaue Krug.

»Jetzt«, sagte er, »sind wir fertig.«

Sie tranken noch ihren Kaffee, dann befahl der Arzt:

»Schalten Sie das Licht aus, und setzen Sie sich an den Tisch.«

Die anderen gehorchten. Wieder kam Lavingtons Stimme aus der Dunkelheit.

»Denken Sie an nichts – oder an alles. Zwingen Sie Ihre Gedanken nicht. Es ist möglich, dass einer von uns mediale Kräfte besitzt. Wenn das so ist, wird er in Trance fallen. Denken Sie immer daran, es gibt nichts zu befürchten. Bannen Sie die Furcht aus Ihren Herzen, und lassen Sie sich treiben . . . treiben . . .«

Seine Stimme erstarb. Von einer Minute zur anderen schien die Stille unerträglich zu werden. Es war alles gut und schön, wenn Lavington sagte, sie sollten die Angst verscheuchen. Es war nicht Angst, was Jack fühlte – es war Panik. Und er war fest überzeugt, dass Felise genauso empfand. Plötzlich hörte er ihre Stimme, leise und entsetzt.

»Irgendetwas Schreckliches wird geschehen, ich fühle es.«

»Verscheuchen Sie die Angst«, sagte Lavington. »Wehren Sie sich nicht gegen die Kräfte, die auf Sie zukommen.«

Die Dunkelheit schien greifbar zu werden, und die Stille hatte etwas Beklemmendes. Näher und näher kam dieses undefinierbare Gefühl der Bedrohung. Jack fühlte, wie es ihm den Atem nahm, dieses unheilvolle Etwas war sehr nahe.

Dann war alles vorbei. Jack trieb einen Strom hinunter. Seine Lider schlossen sich, Friede . . . Dunkelheit. Als er langsam wieder zu sich kam, war sein Kopf schwer wie Blei. Wo war er? Sonnenschein . . . Vogelgezwitscher. Er lag da und starrte in den Himmel.

Dann fiel ihm plötzlich wieder alles ein. Die Sitzung, das kleine Zimmer, Felise und der Doktor. Was war geschehen?

Er setzte sich auf und sah sich um. Er befand sich in einem kleinen Gehölz, nicht weit von dem Landhaus. Niemand war in der Nähe. Er zog seine Uhr. Zu seinem Erstaunen zeigte sie halb ein Uhr an. Er sprang auf und rannte zu dem Landhaus hinüber. Sie mussten Angst bekommen haben. Vielleicht war er aus der Trance nicht aufgewacht, und sie hatten ihn an die frische Luft gebracht?

Er klopfte laut an die Tür des kleinen Hauses. Aber niemand antwortete, alles blieb still.

Sie müssen weggegangen sein, um Hilfe zu holen, dachte er.

Oder sonst? Jack fühlte, wie eine unergründliche Furcht sich seiner bemächtigte. Was war letzte Nacht geschehen?

So schnell wie möglich eilte er zum Hotel zurück. Er wollte gerade ins Büro, als er einen kolossalen Stoß in die Rippen bekam, der ihn fast zu Boden warf. Verärgert drehte er sich um und sah sich einem weißhaarigen älteren Herrn gegenüber, der ihn fröhlich anschnaubte:

»Hast mich nicht erwartet, mein Junge. Hast mich nicht erwartet, was?«

»Aber Onkel Georg! Ich dachte du wärst meilenweit weg, irgendwo in Italien!«

»Nein, da war ich nicht. Landete gestern Abend in Dover. Ich wollte mit dem Wagen in die Stadt, und auf dem Weg wollte ich dich besuchen. Und was muss ich finden? Die ganze Nacht ausgewesen, hm? Nette Sachen . . .«

»Onkel Georg«, sagte Jack, »ich muss dir die ungewöhnlichste Geschichte der Welt erzählen. Ich wage zu behaupten, dass du sie nicht glauben wirst!«

»Aber ich muss etwas essen. Ich verhungere bereits.«

Zusammen gingen sie zum Speisesaal, und während einer appetitlichen Mahlzeit erzählte er die ganze Geschichte.

»Und Gott weiß, was aus ihnen geworden ist«, beendete er sie.

Sein Onkel schien am Rande eines Schlaganfalls zu sein.

»Der Krug!«, brachte er schließlich hervor. »Der blaue Krug!« Er brüllte:

»Was ist aus dem Krug geworden?«

Jack starrte ihn entgeistert an. Während des Redestroms seines Onkels, der nun folgte, begann er zu begreifen.

»Schmelz, einzig – Edelstein meiner Sammlung – Wert mindestens zehntausend Pfund – Offerte von Hoggenheimer, dem amerikanischen Millionär – nur ein einziges Exemplar in der ganzen Welt – verdammt! Was hast du mit meinem blauen Krug gemacht?«

Jack stürzte aus dem Speisesaal. Er musste Lavington finden. Die junge Dame im Büro blickte ihn kühl an.

»Dr. Lavington ist gestern Nacht abgereist. Er hat eine Nachricht für Sie hinterlassen.« Jack riss das Kuvert auf.

»Mein lieber junger Freund! Ist der Tag des Übernatürlichen vorbei? Nicht ganz, aber Sie sind auch in einer neuen wissenschaftlichen Sprache verkohlt worden. Die besten Grüße von Felise, dem kranken Vater und mir. Wir haben zwölf Stunden Vorsprung. Das sollte ausreichen.

Immer Ihr Ambrose Lavington, Doktor der Seele.«

Der seltsame Fall des
Sir Arthur Carmichael

Nach den Aufzeichnungen des hervorragenden Psychologen
Dr. Edward Carstairs, M. D.

Ich bin mir vollkommen klar, dass man die seltsamen und tragischen Ereignisse, die ich hier niederschreibe, auf zwei völlig verschiedene Weisen betrachten kann. Meine eigene Ansicht darüber stand allerdings immer fest. Man hat mich überredet, die Geschichte ausführlich aufzuzeichnen, und ich glaube wirklich, dass man der Wissenschaft zuliebe verpflichtet ist, derartige seltsame und unerklärliche Tatsachen nicht in Vergessenheit geraten zu lassen.

Was mich zuerst mit dieser Angelegenheit in Kontakt brachte, war ein Telegramm meines Freundes Dr. Settle. Bis auf die Nennung des Namens Carmichael war das Telegramm keineswegs deutlich, aber seiner Aufforderung entsprechend, nahm ich den Zug, der um 12.20 von Paddington nach Wolden in der Grafschaft Herfordshire abging. Der Name Carmichael war mir nicht unbekannt. Obgleich ich den verstorbenen Sir William Carmichael of Wolden in den letzten elf Jahren nicht mehr gesehen hatte, waren wir doch flüchtig miteinander bekannt gewesen. Er hatte, wie ich wusste, einen Sohn, den gegenwärtigen Baronet, der inzwischen ein junger Mann von dreiundzwanzig Jahren sein musste. Dunkel erinnerte ich mich ferner der Gerüchte über Sir Williams zweite Ehe; bis auf einen undeutlichen Eindruck, der für die zweite Lady Carmichael nachteilig war, fielen mir jedoch keine Einzelheiten ein.

Settle erwartete mich am Bahnhof.

»Nett von dir, dass du gekommen bist«, sagte er, als er meine Hand drückte.

»Das ist doch selbstverständlich. Soviel ich begriffen habe, scheint es sich um einen Fall zu handeln, der in mein Gebiet fällt?«

»Haargenau!«

»Also ein Fall von Geisteskrankheit?«, fragte ich. »Hat er irgendwelche besondere Kennzeichen?«

Wir hatten inzwischen mein Gepäck abgeholt, saßen in einem Dogcart und fuhren vom Bahnhof in Richtung »Wolden«, das etwa drei Meilen entfernt war. Settle beantwortete meine Frage zuerst nicht. Dann brach es plötzlich aus ihm heraus.

»Die ganze Geschichte ist vollkommen unbegreiflich! Da ist ein junger Mann, dreiundzwanzig Jahre alt und in jeder Hinsicht durchaus normal. Ein netter, liebenswerter Junge mit nicht mehr als der ihm zustehenden Portion Blasiertheit, vielleicht kein brillanter Intellektueller, aber ein typisches Exemplar des jungen Engländers aus der normalen Oberschicht. Geht eines Abends, gesund und munter wie üblich, zu Bett, und am nächsten Morgen wird er im Dorf aufgegriffen, wo er in halb idiotischem Zustand umherwandert und nicht einmal seine nächsten und liebsten Mitmenschen erkennt.«

»Aha!«, sagte ich interessiert. Dieser Fall versprach tatsächlich, äußert interessant zu werden. »Vollständiger Verlust des Gedächtnisses? Und das passierte . . .?«

»Gestern Vormittag. Am neunten August.«

»Und vorausgegangen ist nichts – kein Schock, soweit dir bekannt ist –, keine Erklärung für diesen Zustand?«

»Nichts.«

Plötzlich wurde ich misstrauisch.

»Verschweigst du mir irgendetwas?«

»N-nein.«

Sein Zögern bestärkte mein Misstrauen.

»Ich muss alles wissen.«

»Mit Arthur hat es nichts zu tun. Es hängt mit – mit dem Haus zusammen.«

»Mit dem Haus«, wiederholte ich erstaunt.

»Du hast dich doch häufig mit derartigen Dingen zu beschäftigen, nicht wahr, Carstairs? Du hast doch selbst so genannte ›Spukhäuser‹ untersucht. Was hältst du von solchen Erscheinungen?«

»In neun von zehn Fällen sind sie reiner Schwindel«, erwiderte ich. »Der zehnte allerdings – nun ja, ich bin dabei auf Phänomene gestoßen, die vom gewöhnlichen materialistischen Standpunkt aus absolut unerklärbar sind. Ich bin überzeugt, dass es gewisse *occulta* gibt.«

Settle nickte. Wir waren gerade in den Park eingebogen. Mit der Peitsche deutete er auf ein flaches weißen Herrenhaus am Abhang des Hügels.

»Das ist das Haus«, sagte er. »Und – irgendetwas steckt in diesem Haus, irgendetwas Unheimliches. Entsetzliches. Wir alle spüren es ... Und ich bin wirklich kein abergläubischer Mensch ...«

»In welcher Art äußert es sich?«, fragte ich.

Er starrte vor sich hin. »Mir wäre es lieber, wenn du es vorher nicht weißt. Verstehst du: Wenn du – unvoreingenommen – hierher kommst – nichts Genaues weißt – und es dann auch siehst – vielleicht ...«

»Gut«, sagte ich, »sicher ist es besser so. Ich wäre allerdings froh, wenn du mir ein bisschen mehr über die Familie erzähltest.«

»Sir William«, sagte Settle, »war zweimal verheiratet. Arthur ist das Kind aus erster Ehe. Vor neun Jahren heiratete er noch einmal, und die gegenwärtige Lady Carmichael ist so etwas wie ein Geheimnis. Sie ist Halbengländerin, und im Übrigen nehme ich an, dass asiatisches Blut in ihren Adern fließt.«

Er verstummte.

»Settle«, sagte ich, »du magst Lady Carmichael nicht.«

Er gab es offen zu. »Das stimmt. Auf mich macht sie immer

den Eindruck, als läge irgendetwas Unheilvolles über ihr. Um aber weiterzuberichten: Von seiner zweiten Frau hatte Sir William ebenfalls ein Kind, auch einen Jungen, der jetzt acht Jahre alt ist. Sir William starb vor drei Jahren, und Arthur erbte Titel und Besitz. Seine Stiefmutter und sein Halbbruder wohnen weiterhin bei ihm in ›Wolden‹. Der Besitz ist, was du auch wissen musst, ziemlich heruntergewirtschaftet. Fast die gesamten Einnahmen Sir Arthurs gehen für die Erhaltung drauf. Mehr als ein paar hundert Pfund konnte Sir William seiner Frau nicht vermachen, aber glücklicherweise ist Arthur mit seiner Stiefmutter immer glänzend ausgekommen, und so war er äußerst froh, dass sie weiterhin bei ihm wohnt. Dann . . .«

»Ja?«

»Vor zwei Monaten verlobte Arthur sich mit Miss Phyllis Patterson, einem bezaubernden Mädchen.« Mit gedämpfter Stimme, in der ein Anflug von Migefühl anklang, fügte er noch hinzu: »Nächsten Monat wollten sie heiraten. Sie ist jetzt hier. Ihren Kummer kannst du dir vorstellen . . .«

Wortlos nickte ich.

Wir fuhren jetzt auf das Haus zu. Zu unserer Rechten fiel der grüne Rasen sanft ab. Und plötzlich erblickte ich ein äußerst reizvolles Bild. Ein junges Mädchen kam langsam über den Rasen zum Haus. Sie trug keinen Hut, und die Sonne steigerte den Glanz ihres wundervollen goldfarbenen Haares. In der Hand trug sie einen großen Korb mit Rosen, und eine wunderschöne Perserkatze strich liebevoll um ihre Füße.

Fragend sah ich Settle an.

»Das ist Miss Patterson«, sagte er.

»Armes Mädchen«, sagte ich, »armes Mädchen. Welch ein Bild: Sie mit den Rosen und der grauen Katze.«

Ich hörte einen leisen Laut und blickte meinen Freund erstaunt an. Die Zügel waren ihm aus den Fingern geglitten, und sein Gesicht war totenblass.

»Was ist los?«, rief ich.

Mühsam fasste er sich.

»Nichts«, sagte er, »nichts . . .«

Wenige Augenblicke später hielten wir vor dem Haus. Ich folgte ihm in das grüne Wohnzimmer, wo der Teetisch gedeckt war.

Eine immer noch schöne Frau mittleren Alters erhob sich bei unserem Eintritt und kam uns mit ausgestreckter Hand entgegen.

»Lady Carmichael, das ist mein Freund Dr. Carstairs.«

Ich kann die instinktive Welle der Abneigung nicht beschreiben, die mich überschwemmte, als ich die mir dargebotene Hand dieser bezaubernden und stattlichen Frau ergriff, die sich mit jener dunklen und sinnlichen Anmut bewegte, aus der Settle auf orientalisches Blut geschlossen hatte.

»Es ist reizend von Ihnen, Dr. Carstairs, dass Sie gekommen sind«, sagte sie mit leiser klangvoller Stimme, »und dass Sie versuchen wollen, uns in unserer großen Schwierigkeit zu helfen.«

Ich gab irgendeine triviale Antwort, und sie reichte mir meine Teetasse.

Wenige Minuten später betrat das Mädchen, das ich draußen auf dem Rasen gesehen hatte, ebenfalls das Zimmer. Die Katze war nicht mitgekommen, aber den Korb mit den Rosen hielt es immer noch in der Hand.

Settle stellte mich vor, und das Mädchen sagte impulsiv:

»Oh, Dr. Carstairs! Dr. Settle hat uns schon so viel von Ihnen erzählt. Und ich habe das sichere Gefühl, dass Sie etwas für den armen Arthur tun können.«

Miss Patterson war wirklich ein überaus reizendes Mädchen, obgleich ihre Wangen blass und ihre Augen von tiefen Schatten umgeben waren.

»Meine liebe junge Dame«, sagte ich tröstend. »Sie dürfen jetzt nicht verzweifeln. Diese Fälle von Gedächtnisschwund oder Persönlichkeitsspaltung sind häufig von sehr kurzer Dauer. In jedem Augenblick kann der Patient die volle Gewalt über sich selbst zurückerlangen.«

Sie schüttelte den Kopf. »Ich kann mir nicht vorstellen, dass es sich um Persönlichkeitsspaltung handelt«, sagte sie. »Dieser Mensch ist etwas ganz anderes als Arthur. Diese Persönlichkeit hat mit ihm überhaupt nichts zu tun. Das ist nicht Arthur. Ich . . .«

Und irgendetwas an dem Ausdruck jener Augen, die auf dem Mädchen ruhten, verriet mir, dass Lady Carmichael für ihre zukünftige Schwiegertochter nicht allzu viel übrig hatte.

Miss Patterson lehnte die Tasse Tee ab, und um die Unterhaltung auf ein unverfängliches Thema zu bringen, sagte ich: »Bekommt Ihr Kätzchen jetzt seine Schale Milch?«

Verwundert blickte sie mich an.

»Das – das Kätzchen?«

»Ja – das Kätzchen, das vor wenigen Augenblicken im Garten bei Ihnen war . . .«

Ein schepperndes Klirren unterbrach mich. Lady Carmichael hatte die Teetasse umgestoßen, und das heiße Wasser ergoss sich auf den Fußboden. Ich behob den Schaden, und Miss Patterson sah Settle fragend an. Settle erhob sich.

»Vielleicht willst du dir den Patienten einmal anschauen, Carstairs?«

Ich folgte ihm sofort. Miss Patterson begleitete uns. Wir gingen die Treppe hoch und Settle holte einen Schlüssel aus der Tasche.

»Manchmal geht er auf und davon«, erklärte er. »Deshalb schließe ich die Tür gewöhnlich ab, wenn ich das Haus verlasse.«

Er steckte den Schlüssel in das Schloß, und wir traten ein. Ein junger Mann saß am Fenster, durch das die letzten Strahlen der untergehenden Sonne breit und gelblich hereinfielen. Er saß merkwürdig ruhig, beinahe zusammengekauert, und jeder Muskel seines Körpers schien entspannt zu sein. Zuerst glaubte ich, unsere Gegenwart wäre ihm gar nicht bewusst, bis ich plötzlich sah, dass er uns gespannt beobachtete, obgleich seine Augenlider sich überhaupt nicht bewegten. Seine Augen blickten zu Boden, als ich ihn ansah, und er blinzelte. Aber er rührte sich nicht.

»Steh auf, Arthur«, sagte Settle aufmunternd. »Miss Patterson und ein Freund von mir wollen dich besuchen.«

Aber der junge Mann am Fenster blinzelte nur. Dennoch merkte ich wenig später, dass er uns wieder beobachtete – heimlich und verstohlen.

»Möchtest du eine Tasse Tee?«, fragte Settle immer noch laut und aufmunternd, als spräche er mit einem Kind.

Er stellte eine Tasse Milch auf den Tisch. Überrascht zog ich die Augenbrauen hoch, und Settle lächelte.

»Eine merkwürdige Sache«, sagte er, »aber er rührt nur noch Milch an.«

Im nächsten Augenblick rollte Sir Arthur sich, ohne sich ungebührlich zu beeilen, auseinander, Glied für Glied, und ging langsam zum Tisch hinüber. Ich merkte plötzlich, dass seine Bewegungen vollkommen lautlos waren und seine Füße beim Gehen kein noch so leises Geräusch verursachten. Und als er den Tisch erreicht hatte, streckte er sich gewaltig, indem er das eine Bein weit nach vorn stellte und das andere nach hinten reckte. Diese Stellung trieb er bis zur äußersten Grenze, und dann gähnte er. Noch nie hatte ich ein derartiges Gähnen erlebt! Es schien sein ganzes Gesicht zu verschlucken.

Dann wandte er seine Aufmerksamkeit der Milch zu und beugte den Kopf zum Tisch hinunter, bis seine Lippen die Flüssigkeit berührten.

Settle beantwortete meinen fragenden Blick.

»Die Hände benutzt er überhaupt nicht mehr. Ist anscheinend in ein primitives Stadium zurückverfallen. Merkwürdig, was?«

Ich spürte, wie Miss Patterson schaudernd bei mir Halt suchte, und beruhigend legte ich meine Hand auf ihren Arm.

Die Milch war schließlich ausgetrunken, und noch einmal reckte Arthur Carmichael sich, um dann mit den gleichen geräuschlosen Schritten zum Fenster zurückzukehren, wo er sich zusammengekauert wieder hinsetzte und uns anblinzelte.

Miss Patterson zog uns in den Korridor hinaus. Sie zitterte am ganzen Körper.

»Oh, Dr. Carstairs!«, rief sie. »Das ist nicht Arthur – das da drinnen ist nicht Arthur! Ich würde es spüren – ich würde es wissen . . .«

Betrübt schüttelte ich den Kopf.

»Der Verstand kann einem manchmal seltsame Streiche spielen, Miss Patterson«, sagte ich.

Ich gestehe, dass der Fall mich irritierte. Er besaß einige ungewöhnliche Züge. Obgleich ich den jungen Carmichael bisher noch nie gesehen hatte, erinnerten mich seine merkwürdige Art des Gehens und die Art, wie er blinzelte, an irgendetwas, das ich nirgend richtig einordnen konnte.

Das Abendessen an jenem Abend war eine schweigsame Angelegenheit, und die Hauptlast der Unterhaltung lag auf Lady Carmichael und mir. Als die Damen sich zurückgezogen hatten, fragte mit Settle, was für einen Eindruck unsere Gastgeberin auf mich machte.

»Ich muss gestehen«, sagte ich, »dass ich ohne Grund und Veranlassung eine starke Abneigung gegen sie empfinde. Du hattest völlig recht damit, dass sie östliches Blut hat, und ich möchte fast sagen, dass sie deutliche okkulte Kräfte besitzt. Sie ist eine Frau von fast magnetischer Anziehungskraft.«

Settle schien etwas sagen zu wollen, beherrschte sich dann jedoch und bemerkte lediglich nach kurzer Pause: »Ihrem kleinen Sohn ist sie restlos ergeben.«

Nach dem Abendessen saßen wir wieder im grünen Wohnzimmer. Wir hatten gerade den Kaffee getrunken und unterhielten uns ziemlich förmlich über die Themen des Tages, als die Katze anfing, vor der Tür jämmerlich zu miauen. Niemand nahm davon Notiz, und da ich Tiere sehr gern habe, erhob ich mich kurz darauf.

»Darf ich das arme Tier hereinlassen?«, fragte ich Lady Carmichael.

Ihr Gesicht wirkte sehr blass, wie mir schien, aber mit dem

Kopf machte sie eine leichte Bewegung, die ich als Zustimmung deutete, sodass ich zur Tür ging und öffnete. Draußen im Korridor war jedoch nichts zu sehen.

»Seltsam«, sagte ich. »Ich hätte schwören können, eine Katze gehört zu haben.«

Als ich zu meinem Sessel zurückging, fiel mir auf, dass alle mich gespannt beobachteten. Irgendwie fühlte ich mich dadurch etwas unbehaglich.

Wir gingen zeitig zu Bett. Settle begleitete mich in mein Zimmer. »Hast du alles, was du brauchst?«, fragte er und sah sich um.

»Ja – danke.«

Immer noch stand er missmutig im meinem Zimmer herum, als wollte er etwas sagen, könnte sich jedoch nicht dazu entschließen.

»Übrigens«, bemerkte ich, »hast du gesagt, dass an diesem Haus etwas Unheimliches wäre. Bis jetzt macht es jedoch einen äußerst normalen Eindruck.«

»Bezeichnest du es etwa als ein fröhliches Haus?«

»Unter den gegebenen Umständen wohl kaum. Offensichtlich ist es von einem großem Kummer überschattet. Aber hinsichtlich irgendwelcher anormalen Einflüsse würde ich ihm jederzeit ein Unbedenklichkeitsattest ausstellen.«

»Gute Nacht«, sagte Settle unvermittelt. »Und angenehme Träume.«

Träumen tat ich allerdings. Miss Pattersons graue Katze schien selbst auf meine Seele einen tiefen Eindruck gemacht zu haben. Zumindest hatte ich das Gefühl, die ganze Nacht nur von diesem elenden Tier geträumt zu haben. Mit einem Ruck aus dem Schlaf hochfahrend, wurde mir plötzlich klar, was diese Katze zwangsweise in meine Gedanken einschaltete: Das Geschöpf saß vor meiner Tür und miaute beharrlich. Unmöglich zu schlafen, solange dieser Lärm andauerte. Ich zündete also meine Kerze an und ging zur Tür. Aber im Korridor vor meinem Zimmer war niemand, obgleich das Miauen weiterging. Ein neuer Gedanke kam mir. Das unglückliche Tier war vielleicht irgendwo eingeschlossen und konnte nicht wieder heraus. Links von meiner Tür war der Korridor zu Ende, und dort lag Lady Carmichaels Zimmer. Ich wandte mich daher nach rechts und hatte gerade erst ein paar Schritte gemacht, als der Lärm plötzlich hinter mir losging. Ich fuhr herum, und dann hörte ich es wieder – diesmal ganz deutlich rechts von mir.

Irgendetwas – wahrscheinlich die kalte Zugluft auf dem Korridor – ließ mich erschauern, und ich kehrte direkt in mein Zimmer zurück. Alles war jetzt still, und bald darauf war ich wieder eingeschlafen – um am Morgen eines strahlenden Sommertages aufzuwachen.

Während ich mich ankleidete, sah ich von meinem Fenster aus den Störenfried meiner Nachtruhe. Die graue Katze schlich langsam und heimlich über den Rasen. Ihr Angriffsziel war meiner Ansicht nach ein kleiner Vogelschwarm, der ganz in der Nähe damit beschäftigt war, laut zu schilpen und sich zu putzen.

Und dann passierte etwas sehr Merkwürdiges. Die Katze kam heran und ging mitten zwischen den Vögeln hindurch, wobei ihr Fell die Vögel beinahe berührte – und sie flogen nicht auf. Ich konnte es nicht begreifen; die Geschichte schien mir unfasslich.

Sie beeindruckte mich so sehr, dass ich beim Frühstück nicht umhin konnte, sie zu erwähnen.

»Wissen Sie eigentlich«, sagte ich zu Lady Carmichael, »dass Sie eine sehr ungewöhnliche Katze besitzen?«

Ich hörte das Klirren einer Tasse auf einer Untertasse und bemerkte, dass Miss Patterson mich – den Mund leicht geöffnet und schnell atmend – erwartungsvoll anstarrte.

Es folgte eine minutenlange Stille, und dann sagte Lady Carmichael in einer deutlich missbilligenden Weise: »Ich glaube, Sie haben sich geirrt. In diesem Haus gibt es keine Katze. Noch nie habe ich eine Katze besessen.«

Es war klar, dass es mir gelungen war, mitten in ein Fettnäpfchen zu treten, und so wechselte ich schnell das Thema.

Aber die Angelegenheit irritierte mich. Warum hatte Lady

Carmichael erklärt, in ihrem Hause gäbe es keine Katze? Gehörte sie vielleicht Miss Patterson, und wurde ihre Anwesenheit der Hausherrin gegenüber verheimlicht? Vielleicht hatte Lady Carmichael eine dieser seltsamen Antipathien gegen Katzen, die man heutzutage so oft antrifft. Diese Erklärung war zwar nicht gerade plausibel, aber es blieb mir im Augenblick nichts anderes übrig, als mich mit ihr zufrieden zu geben.

Unser Patient befand sich noch im gleichen Zustand. Dieses Mal untersuchte ich ihn gründlich und konnte ihn genauer beobachten als am Abend zuvor. Auf meinen Vorschlag hin wurde das Notwendige veranlasst, dass er möglichst oft mit der Familie zusammen sein konnte. Ich hoffte nicht nur, so eine bessere Gelegenheit zu bekommen, ihn zu beobachten, da er weniger auf der Hut sein würde, sondern auch, dass der übliche Tagesablauf irgendeinen Funken von Intelligenz erwecken würde. Sein Verhalten blieb jedoch unverändert. Er war ruhig und fügsam, wirkte beinahe gedankenlos, war jedoch in Wirklichkeit von gespannter und fast unheimlicher Wachsamkeit. Zumindest eines bedeutete allerdings eine Überraschung für mich: Seine innige Zuneigung zur Stiefmutter. Miss Patterson übersah er völlig; aber immer gelang es ihm, so dicht wie möglich neben Lady Carmichael zu sitzen, und einmal sah ich, wie er – ein einfältiger Ausdruck der Liebe – seinen Kopf an ihrer Schulter rieb.

Der Fall machte mir Sorgen. Immer wieder hatte ich jedoch das Gefühl, dass es irgendeinen Hinweis auf die ganze Angelegenheit geben müsste, der mir bisher entgangen war.

»Ein äußerst seltsamer Fall«, sagte ich zu Settle.

»Ja«, sagte er, »und sehr – sehr suggestiv.«

Er blickte mich an, meiner Ansicht nach ziemlich unsicher.

»Sag mal – erinnert Arthur dich vielleicht an irgendetwas?«

Seine Worte waren mir unangenehm, da sie mich an meinen Eindruck vom Vortag erinnerten.

»An was soll er mich erinnern?«, fragte ich.

Er schüttelte den Kopf.

»Vielleicht ist es auch nur Einbildung«, murmelte er, »nichts als Einbildung.«

Und mehr wollte er zu der Angelegenheit nicht sagen.

Alles in allem steckte in dem Fall irgendein Geheimnis. Ich war immer noch ganz besessen von dem verwirrenden Gefühl, jenen Hinweis übersehen zu haben, der den Schlüssel zu allem bildete. Und in einem weniger wichtigen Punkte steckte ebenfalls ein Geheimnis. Ich meine die belanglose Sache mit der grauen Katze. Aus irgendeinem Grund ging die Geschichte mir auf die Nerven. Ich träumte von Katzen und ständig bildete ich mir ein, ihr Miauen zu hören. Hin und wieder sah ich das bildhübsche Tier flüchtig von weitem. Und die Tatsache, dass mit ihm irgendein Geheimnis verbunden war, ärgerte mich maßlos. Einem plötzlichen Impuls folgend, wandte ich mich eines Nachmittags an den Diener, um von ihm zu etwas zu erfahren.

»Können Sie«, sagte ich, »mir vielleicht etwas über die Katze verraten, die ich hier gesehen habe?«

»Über die Katze, Sir?« Er machte einen höflich erstaunten Eindruck.

»Gab es hier – gibt es hier – keine Katze?«

»Ihre Ladyship besaß einmal eine Katze, Sir. Ein sehr hübsches Tier. Sie musste jedoch beseitigt werden. Ein Jammer, denn das Tier war wirklich bildschön.«

»War es eine graue Katze?«, fragte ich langsam.

»Ja, Sir. Eine Perserkatze.«

»Und sie wurde getötet?«

»Ja, Sir.«

»Sind Sie ganz sicher, dass sie getötet wurde?«

»Vollkommen sicher, Sir. Ihre Ladyship wollten den Tierarzt nicht kommen lassen – sondern taten es selbst. Vor knapp einer Woche. Das Tier wurde dann unter der Rotbuche begraben, Sir.«

Nach diesen Worten verließ er das Zimmer und überließ mich meinen Gedanken.

Warum hatte Lady Carmichael so entschieden behauptet, sie hätte nie eine Katze besessen?

Intuitiv hatte ich das Gefühl, diese an sich belanglose Angelegenheit mit der Katze sei in gewisser Weise bedeutungsvoll. Ich fand Settle und nahm ihn beiseite.

»Settle«, sagte ich, »ich möchte dich etwas fragen. Hast du in diesem Haus bisher eine Katze sowohl gesehen als gehört – oder nicht?«

Meine Frage schien ihn keineswegs zu überraschen; er schien sie direkt erwartet zu haben.

»Gehört habe ich sie«, sagte er, »aber gesehen noch nicht.«

»Aber damals bei meiner Ankunft!«, rief ich. »Auf dem Rasen, zusammen mit Miss Patterson!«

Er sah mich fest an.

»Ich sah Miss Patterson über den Rasen gehen. Sonst nichts.«

Ich begann zu begreifen. »Dann«, sagte ich, »ist die Katze . . .«

Er nickte.

»Ich wollte feststellen, ob du – unvoreingenommen – hören würdest, was wir alle hören . . .«

»Ihr anderen hört es also auch?«

Wieder nickte er.

»Es ist seltsam«, murmelte ich nachdenklich. »Bisher habe ich keinen Fall gekannt, in dem eine Katze in einem Haus spukt.«

Ich erzählte ihm, was ich von dem Diener erfahren hatte, und er sagte überrascht: »Das ist mir völlig neu! Das habe ich bisher nicht gewusst.«

»Aber was hat es zu bedeuten?«, fragte ich einigermaßen hilflos.

Er schüttelte den Kopf. »Das weiß der Himmel! Aber eines will ich dir sagen, Carstairs – ich habe Angst. Die – die Stimme hat einen drohenden Klang.«

»Drohend!«, wiederholte ich scharf. »Für wen?«

Er breitete ratlos die Hände aus. »Das kann ich nicht sagen.«

Erst abends, nach dem Essen, erkannte ich die Bedeutung seiner Worte. Wir saßen im grünen Wohnzimmer, wie schon am Abend meiner Ankunft, als es erklang – das laute beharrliche Miauen einer Katze vor der Tür. Aber diesmal klang es unmissverständlich verärgert – ein wütendes Katzenheulen, lang gezogen und drohend. Und dann, als es verstummte, klapperte draußen der messingne Ring, als spielte eine Katze mit ihm.

Settle fuhr zusammen.

»Ich schwöre, daß es keine Einbildung ist«, rief er.

Er lief zur Tür und riss sie auf.

Draußen war nichts zu sehen.

Als er zurückkkam, wischte er sich die Stirn ab. Phyllis war blass und zitterte, Lady Carmichael hingegen war totenblass. Nur Arthur, der – zufrieden wie ein Kind – auf dem Fußboden hockte und seinen Kopf gegen die Knie seiner Stiefmutter gelehnt hatte, war ruhig und unbeeindruckt.

Miss Patterson legte ihre Hand auf meinen Arm, und wir gingen nach oben.

»Oh, Dr. Carstairs«, sagte sie verzweifelt. »Was soll das? Was hat es zu bedeuten?«

»Das wissen wir auch nicht, meine liebe junge Dame«, sagte ich. »Aber ich bin fest entschlossen, es herauszufinden. Sie dürfen jedoch keine Angst haben. Ich bin überzeugt, dass Sie persönlich vollkommen ungefährdet sind.«

Zweifelnd blickte sie mich an. »Das glauben Sie?«

»Ich bin davon überzeugt«, erwiderte ich fest. Ich erinnerte mich der liebevollen Art, wie die Katze um ihre Füße gestrichen war, und hegte nicht die geringsten Befürchtungen. Die Drohung galt nicht ihr.

Eine Zeit lang döste ich vor mich hin, aber schließlich fiel ich in einen unruhigen Schlaf, aus dem ich mit einem Gefühl des Entsetzens aufschrak. Ich hörte ein kratzendes lärmendes Geräusch, als würde Stoff gewaltsam zerrissen oder zerfetzt. Ich sprang aus dem Bett und lief auf den Korridor; im gleichen Augenblick stürzte Settle aus seinem gegenüberliegenden Zimmer. Das Geräusch kam von links.

»Hast du es auch gehört, Carstairs?«, rief er. »Hast du es auch gehört?«

Mit wenigen Schritten waren wir an Lady Carmichaels Tür. Nichts war uns entgegengekommen; das Geräusch war jedoch verstummt. Unsere Kerzen spiegelten sich in der glänzenden Tür von Lady Carmichaels Zimmer. Wir sahen uns an.

»Weißt du, was das war?«, flüsterte er beinahe.

Ich nickte. »Eine Katze hat mit ihren Krallen irgendetwas zerfetzt.«

Ein Schauder überlief mich. Plötzlich schrie ich leise auf und hielt die Kerze, die ich in der Hand hatte, tiefer.

»Sieh dir das an, Settle!«

»Das« war ein Sessel, der an der Wand stand – und sein Sitz war in lange Streifen gerissen und zerfetzt . . .

Wir betrachteten ihn aufmerksam. Settle sah mich an, und ich nickte.

»Katzenkrallen«, sagte er und holte tief Luft. »Unmissverständlich.« Sein Blick wanderte vom Sessel zur verschlossenen Tür. »Die Drohung gilt ihr – Lady Carmichael!«

In dieser Nacht konnte ich nicht mehr schlafen. Die Dinge hatten sich bis zu einem Punkt entwickelt, an dem irgendetwas geschehen musste. Soweit ich die Angelegenheit übersah, gab es nur einen einzigen Menschen, der den Schlüssel zu allem in der Hand hielt. Ich hatte den Verdacht, dass Lady Carmichael mehr wusste, als sie sagen wollte.

Sie war totenblass, als sie am nächsten Morgen herunterkam, und stocherte lustlos auf ihrem Teller herum. Ich war überzeugt, dass nur eiserne Entschlossenheit sie vor einem Zusammenbruch bewahrte. Nach dem Frühstück bat ich sie um eine kurze Unterhaltung. Ich kam sofort zum Thema.

»Lady Carmichael«, sagte ich, »ich habe allen Grund zur Annahme, dass Sie sich in einer sehr ernsten Gefahr befinden.«

»Wirklich?« Herausfordernd und wunderbar unbeteiligt stellte sie diese Frage.

»In diesem Haus«, fuhr ich fort, »befindet sich irgendetwas – ist irgendetwas vorhanden –, das Ihnen sichtlich feindlich gesinnt ist.«

»So ein Unsinn«, murmelte sie erbost. »Als glaubte ich an derartiges Zeug!«

»Der Sessel vor Ihrer Tür«, bemerkte ich trocken, »wurde in der letzten Nacht zerfetzt.«

»Wirklich?« Mit hochgezogenen Augenbrauen spielte sie die Überraschte, aber ich sah, dass das, was ich erzählt hatte, ihr nicht neu war. »Wahrscheinlich irgendein dummer Spaß.«

»Das glaube ich nicht«, erwiderte ich voller Mitgefühl. »Und ich möchte, dass Sie mir jetzt – um Ihretwillen...« Ich verstummte.

»Was soll ich?«, fragte sie.

»Mir alles erzählen, was in dieser Angelegenheit von Bedeutung sein könnte«, sagte ich ernst.

Sie lachte.

»Ich weiß nichts«, sagte sie, »absolut nichts!«

Und kein Hinweis auf die drohende Gefahr konnte sie veranlassen, ihre starre Haltung aufzugeben. Dennoch war ich überzeugt, dass sie in Wirklichkeit sehr viel mehr wusste als wir anderen, dass sie irgendeinen Hinweis besaß, von dem wir nicht das Geringste ahnten. Ich sah jedoch auch, dass es unmöglich war, sie zum Sprechen zu bringen.

Ich beschloss indes, jede nur mögliche Vorsichtsmaßnahme zu ergreifen, da ich überzeugt war, dass sie von einer sehr realen und nahe bevorstehenden Gefahr bedroht war. Bevor sie am folgenden Abend auf ihr Zimmer ging, wurde der ganze Raum von Settle und mir gründlich durchsucht. Außerdem hatten wir abgemacht, dass er und ich abwechselnd im Korridor Wache halten würden.

Ich übernahm die erste Wache, die ohne Zwischenfall vorüberging, und um drei Uhr löste Settle mich ab. Nach der schlaflosen Nacht war ich müde und schlief sofort ein. Und dabei hatte ich einen höchst seltsamen Traum.

Ich träumte, die graue Katze säße am Fußende meines Bettes und ihre Augen wären merkwürdig flehend auf mich gerichtet. Mit der Sicherheit des Träumenden wusste ich auf einmal, dass das Tier mich aufforderte, ihm zu folgen. Das tat ich, und es führte mich die große Treppe hinunter und dann nach rechts, in den gegenüberliegenden Flügel des Hauses und in einen Raum, der offenbar die Bibliothek war. Dort blieb das Tier an der einen Wand stehen und hob dann seine Vorderpfoten hoch und stützte sie auf eines der unteren Bücherregale; dabei blickte es mich wieder mit diesem rührenden bittenden Ausdruck an.

Auf einmal verschwanden Katze und Bibliothek; ich erwachte und stellte fest, dass es bereits Morgen war.

Auch Settles Wache war ohne Zwischenfall verlaufen; dafür interessierte er sich brennend für meinen Traum. Auf mein Verlangen hin führte er mich in die Bibliothek, die in jeder Einzelheit mit meinem Traumbild übereinstimmte. Ich konnte sogar genau auf die Stelle deuten, von der aus das Tier mir den letzten traurigen Blick zugeworfen hatte. Schweigend und verwirrt standen wir beide da. Plötzlich kam mir eine Idee, und ich bückte mich, um die Titel jener Bücher zu lesen, die an dieser einen Stelle standen. Dabei fiel mir auf, dass sich in der Reihe eine Lücke befand.

»Irgendein Buch ist hier herausgenommen worden«, sagte ich zu Settle.

Er beugte sich ebenfalls zu dem Regal hinunter.

»Nanu«, sagte er. »Hier hinten steckt ein Nagel, an dem ein Stück vom Umschlag des fehlenden Buches hängt.«

Sorgfältig löste er den kleinen Papierfetzen ab; das Stück war zwar nicht größer als knappe drei Zentimeter im Quadrat – aber zwei bedeutungsvolle Wörter standen darauf:

»Die Katze . . .«

Wir sahen uns an.

»Jetzt läuft es mir doch kalt über den Rücken«, sagte Settle. »Das ist verdammt unheimlich.«

»Ich würde alles darum geben«, sagte ich, »wenn ich wüsste, welches Buch hier fehlt. Glaubst du, es besteht eine Möglichkeit, es irgendwie herauszubekommen?«

»Veilleicht existiert irgendwo ein Katalog. Vielleicht weiß Lady Carmichael . . .«

Ich schüttelte den Kopf.

»Von Lady Carmichael werden wir nicht das Geringste erfahren.«

»Glaubst du?«

»Davon bin ich überzeugt. Während wir im Dunkeln tappen und uns herumtasten, weiß Lady Carmichael genau Bescheid. Und aus Gründen, die nur sie allein kennt, sagt sie nicht ein einziges Wort. Lieber geht sie das entsetzliche Risiko ein, als ihr Schweigen aufzugeben.«

Der Tag verstrich so ereignislos, dass es mich an die Stille vor dem Sturm erinnerte. Und ich hatte das seltsame Gefühl, die Lösung des Problems stehe dicht bevor. Noch tastete ich völlig im Dunkeln, aber bald würde ich alles erkennen. Die Tatsachen lagen vor aller Augen, klar und deutlich; es bedurfte nur eines kleinen erhellenden Hinweises, der sie zusammenschweißen und ihre Bedeutung zeigen würde.

Und genau das geschah. In der seltsamsten Weise.

Es geschah, als wir – wie gewöhnlich – nach dem Abendessen im grünen Wohnzimmer zusammensaßen. Wir waren sehr schweigsam gewesen – so still, dass eine kleine Maus quer durch das Zimmer rannte. Und im gleichen Augenblick passierte es.

Mit einem einzigen Satz sprang Arthur Carmichael von seinem Sessel. Sein zitternder Körper war pfeilschnell hinter der Maus her. Die Maus war hinter der Wandtäfelung verschwunden; er hockte jedoch geduckt davor, vor Eifer am ganzen Körper bebend, und wartete.

Es war entsetzlich! Noch nie hatte ich dieses lähmende Gefühl verspürt. Jetzt brauchte ich nicht mehr zu grübeln, an was Arthur Carmichael mich mit seinem lautlosen Gang und den wachsamen Augen erinnerte. Wie ein Blitz kam mir plötzlich die Erklärung – wild, unglaubhaft und unfasslich. Ich wies sie als unmöglich zurück, als undenkbar. Aber ich konnte sie nicht aus meinen Überlegungen vertreiben.

Ich kann mich kaum erinnern, was dann noch geschah. Die

ganze Situation wirkte verschwommen und unwirklich. Ich weiß nur, dass wir irgendwie nach oben gingen und uns gegenseitig kurz eine gute Nacht wünschten – beinahe so, als fürchteten wir den Blick des anderen, um in ihm nicht die Bestätigung unserer eigenen Befürchtungen zu entdecken. Settle machte es sich vor Lady Carmichaels Tür bequem, um die erste Wache zu übernehmen, während ich ihn um drei Uhr ablösen sollte. Besondere Befürchtungen für Lady Carmichael hegte ich eigentlich nicht; ich war zu sehr mit meiner fantastischen, unmöglichen Theorie beschäftigt. Ich sagte mir zwar, dass es unmöglich sei – aber fasziniert kehrten meine Gedanken immer wieder zu diesem Punkt zurück.

Und dann zerplatzte plötzlich die Stille der Nacht. Settles Stimme steigerte sich zu einem Schreien; er rief nach mir. Ich stürzte in den Korridor hinaus.

Er hämmerte und trommelte mit aller Kraft an Lady Carmichaels Tür. »Zum Teufel mit dieser Frau!«, schrie er. »Sie hat tatsächlich abgeschlossen!«

»Aber . . .«

»Sie ist drinnen, Menschenskind! Bei ihr drinnen! Hörst du sie denn nicht?«

Durch die verschlossene Tür drang das lang gezogene wütende Jaulen einer Katze. Es folgte ein entsetzlicher Schrei – und noch einer . . . Ich erkannte Lady Carmichaels Stimme.

»Die Tür!«, schrie ich. »Wir müssen sie aufbrechen – sonst ist es zu spät!«

Wir warfen uns mit der Schulter gegen die Tür und versuchten mit aller Kraft, sie einzudrücken. Krachend gab sie nach – und wir fielen beinahe ins Zimmer.

Blutüberströmt lag Lady Carmichael auf ihrem Bett. Selten habe ich einen fürchterlicheren Anblick erlebt. Ihr Herz schlug noch, aber ihre Verletzungen waren entsetzlich, denn an ihrer Kehle war die Haut zerrissen und zerfetzt . . . Am ganzen Körper zitternd flüsterte ich: »Die Krallen . . .« Ein Schauder abergläubischen Entsetzens überlief mich.

Sorgfältig säuberte und verband ich die Verletzungen, und dann schlug ich Settle vor, die Art der Verletzungen lieber für uns zu behalten – insbesondere gegenüber Miss Patterson. Schließlich bestellte ich telegrafisch eine Krankenschwester; das Telegramm sollte aufgegeben werden, sobald das Postamt öffnete. Langsam drang die Morgendämmerung durch das Fenster. Ich blickte auf den Rasen hinunter.

»Zieh dich an und komm mit«, sagte ich unvermittelt zu Settle. »Lady Carmichael ist im Moment gut aufgehoben.«

Wenig später war er bereit, und gemeinsam gingen wir in den Garten hinaus.

»Was hast du vor?«

»Ich will den Kadaver der Katze ausgraben«, sagte ich kurz. »Ich muß es genau wissen . . .«

In einem Geräteschuppen fand ich einen Spaten, und dann machten wir uns unter der großen Blutbuche an die Arbeit. Nach einiger Zeit wurde unsere Mühe belohnt. Erfreulich war es nicht; das Tier war immerhin seit einer Woche tot. Aber ich sah, was ich sehen wollte.

»Das ist die Katze«, sagte ich. »Dieselbe Katze, die ich hier am Tage meiner Ankunft sah.«

Settle schnupperte. Ein Geruch nach bitteren Mandeln war immer noch wahrnehmbar.

»Blausäure«, sagte er.

Ich nickte.

»Was glaubst du?«, fragte er neugierig.

»Dasselbe wie du.«

Meine Vermutung war für ihn nicht neu – in seinen Gedanken war sie, wie ich merkte, auch schon aufgetaucht.

»Das ist unmöglich«, murmelte er. »Einfach unmöglich! Es spricht gegen jegliche Wissenschaft – gegen die Natur . . .« Seine Stimme wurde immer unsicherer und verstummte. »Diese Maus gestern abend«, sagte er. »Aber – mein Gott, das kann doch nicht wahr sein!«

»Lady Carmichael«, sagte ich, »ist eine sehr seltsame Frau. Sie besitzt okkulte Kräfte – hypnotische Kräfte. Ihre Vorfahren stammen tatsächlich aus dem Osten. Wissen wir, welchen Gebrauch sie gegenüber einem schwachen, liebenswerten Wesen wie Arthur Carmichael davon macht? Und vergiss eines nicht, Settle: Wenn Arthur Carmichael hoffnungslos geistesgestört und ihr ergeben bleibt, gehört der ganze Besitz praktisch ihr und ihrem Sohn – du hast selbst gesagt, sie vergöttere ihn. Und außerdem wollte Arthur heiraten!«

»Aber was machen wir jetzt, Carstairs?«

»Im Augenblick nichts«, sagte ich. »Wir können nur versuchen, Lady Carmichael vor der Rache zu schützen.«

Lady Carmichael erholte sich langsam. Ihre Verletzungen heilten von allein so gut, wie man es nur erwarten konnte – wenngleich sie die Narben von diesem Angriff wahrscheinlich bis an ihr Lebensende nicht verlieren würde.

Ich kam mir so hilflos vor wie noch nie. Die Macht, die uns besiegt hatte, war immer noch ungebrochen, unbesiegt, und obgleich sie sich im Augenblick ruhig verhielt, war doch anzunehmen, dass sie nur ihre Zeit abwartete. In einem Punkt war ich fest entschlossen. Sobald Lady Carmichael sich so weit erholt hatte, dass sie transportfähig war, musste sie »Wolden« verlassen. Immerhin bestand die Möglichkeit, dass diese entsetzliche Erscheinung nicht in der Lage war, ihr dann zu folgen. Und so vergingen die Tage.

Den 18. September hatte ich als den Tag festgesetzt, an dem Lady Carmichael weggebracht werden sollte. Am Morgen des 14. September kam es jedoch überraschend zur Krise.

Ich war gerade in der Bibliothek und besprach mit Settle die Einzelheiten von Lady Carmichaels Abreise, als ein aufgeregtes Dienstmädchen in den Raum stürzte.

»O Sir!«, rief sie. »Schnell! Mr. Arthur – er ist in den Teich gefallen! Er stieg in das Boot, und das Boot trieb mit ihm ab, und dabei hat er das Gleichgewicht verloren und ist ins Wasser gefallen! Ich habe es vom Fenster aus gesehen.«

Ich zögerte keinen Augenblick, sondern lief sofort aus dem

Zimmer, gefolgt von Settle. Phyllis stand draußen und hatte den Bericht des Mädchens selbst gehört. Sie lief mit uns hinaus.

»Aber Sie brauchen keine Angst zu haben«, rief sie. »Arthur ist ein ausgezeichneter Schwimmer.«

Ich befürchtete jedoch das Schlimmste und beschleunigte mein Tempo. Die Wasseroberfläche des Teiches war spiegelglatt. Das Boot trieb langsam dahin – aber von Arthur war nichts zu sehen.

Settle riss sich das Jackett herunter und zog seine Schuhe aus.

»Ich gehe in den Teich«, sagte er. »Nimm du den Bootshaken und suche vom zweiten Boot aus. Das Wasser ist nicht tief.«

Die Zeit schien still zu stehen, während wir suchten. Minute folgte auf Minute. Und dann, als wir gerade verzweifelten, fanden wir ihn und brachten den anscheinend leblosen Arthur Carmichael ans Ufer.

Bis an mein Lebensende werde ich den hoffnungslosen, gequälten Ausdruck auf Phyllis' Gesicht nicht vergessen.

»Nicht – nicht . . .« Ihre Lippen weigerten sich, das entsetzliche Wort zu bilden.

»Nein, nein, meine Liebe«, rief ich. »Wir bringen ihn schon wieder zu sich – keine Angst.«

Innerlich hatte ich jedoch kaum noch Hoffnung. Eine halbe Stunde war er unter Wasser gewesen. Ich schickte Settle ins Haus, um vorgewärmte Decken und andere notwendige Dinge zu besorgen, und begann dann mit Wiederbelebungsversuchen.

Angestrengt arbeiteten wir länger als eine Stunde, aber nichts deutete darauf hin, daß noch Leben in Arthur Carmichael war. Mit einer Kopfbewegung bedeutete ich Settle, mich wieder abzulösen, und näherte mich Phyllis.

»Ich fürchte«, sagte ich behutsam, »dass es keinen Sinn hat. Wir können Arthur nicht mehr helfen.«

Sie blieb einen Augenblick stumm, ohne sich zu rühren; und dann warf sie sich plötzlich über den leblosen Körper. »Arthur!«, rief sie verzweifelt. »Arthur! Komm zu mir zurück! Arthur – komm zurück – komm zurück!«

Ihre Stimme verhallte langsam. Plötzlich berührte ich Settles Arm. »Da!«, sagte ich.

Das Gesicht des Ertrunkenen bekam auf einmal eine Spur von Farbe. Ich fühlte seinen Puls.

»Weiter mit der künstlichen Beatmung!«, rief ich. »Er kommt wieder zu sich!«

Die Augenblicke schienen jetzt vorüberzufliegen. Nach wunderbar kurzer Zeit öffneten sich seine Augen.

Und dann entdeckte ich plötzlich auch einen Unterschied: *Das hier waren intelligente Augen, menschliche Augen . . .*

Ihr Blick ruhte auf Phyllis.

»Tag, Phyllis«, sagte er mit schwacher Stimme. »bist du da? Ich dachte, du kämst erst morgen?«

Irgendetwas zu sagen, traute sie sich noch nicht zu; stattdessen lächelte sie ihn nur an. Zunehmend verwirrt sah er sich um.

»Ja – aber wo bin ich denn? Und – richtig miserabel fühle ich mich. Was ist denn mit mir los? Tag, Dr. Settle!«

»Sie wären beinahe ertrunken – das ist los«, erwiderte Settle grimmig.

Sir Arthur schnitt eine Grimasse. »Ich habe früher schon gehört, dass einem hinterher ganz übel ist, wenn man zurück kommt! Aber wie ist es denn passiert? Bin ich etwa im Schlaf gewandelt?«

Settle schüttelte den Kopf.

»Wir müssen ihn ins Haus bringen«, sagte ich und trat einen Schritt näher.

Er starrte mich an, und Phyllis stellte mich vor: »Dr. Carstairs, der augenblicklich hier ist.«

Wir nahmen ihn zwischen uns und machten uns auf den Weg zum Haus. Plötzlich blickte er auf, als wäre ihm irgendetwas eingefallen.

»Sagen Sie, Doktor – bis zum zwölften bin ich doch wieder in Ordnung, nicht wahr?«

»Bis zum zwölften?«, sagte ich langsam. »Meinen Sie vielleicht den 12. August?«

»Ja – nächsten Freitag.«

»Heute ist der 14. September«, sagte Settle unvermittelt.

Seine Verwirrung war nicht zu übersehen.

»Aber – aber ich dachte, heute wäre der 8. August? Dann muß ich also krank gewesen sein?«

Phyllis unterbrach ihn sofort mit ihrer behutsamen Stimme. »Ja«, sagte sie, »du bist sehr krank gewesen.«

Er zog die Stirne kraus. »Das verstehe ich nicht. Als ich gestern abend zu Bett ging, war ich noch kerngesund – das heißt natürlich, wenn es tatsächlich gestern abend war. Und jetzt fällt mir auch ein, dass ich geträumt habe, geträumt . . .« Seine Stirnfalten wurden noch tiefer, während er sich bemühte, sich zu erinnern. »Irgendetwas – was war es denn nur? Irgendetwas Schreckliches – irgendjemand hatte es mir angetan – und ich war wütend – verzweifelt . . . Und dann träumte ich, ich wäre eine Katze – ja, eine Katze! Komisch, nicht? Aber der Traum selbst war gar nicht komisch. Er war – fürchterlich war er! Aber ich kann mich nicht mehr genau erinnern. Wenn ich nachdenke, verfliegt alles.«

Ich legte ihm die Hand auf die Schulter. »Versuchen Sie jetzt nicht erst nachzudenken, Sir Arthur«, sagte ich ernst. »Seien Sie zufrieden – dass Sie es vergessen.«

Irritiert sah er mich an und nickte. Ich hörte, wie Phyllis erleichtert aufatmete. Mittlerweile hatten wir das Haus erreicht.

»Übrigens«, sagte Arthur plötzlich, »wo ist eigentlich Mutter?«

»Sie ist – sie ist krank gewesen«, sagte Phyllis nach kurzem Überlegen.

»Ach! Die arme Mutter!« Seine Stimme verriet ehrliche Besorgnis. »Wo ist sie denn? In ihrem Zimmer?«

»Ja«, sagte ich, »aber vielleicht ist es besser, wenn Sie sie jetzt nicht stören . . .«

Das Wort erstarb mir auf den Lippen. Die Tür des Wohnzimmers öffnete sich, und in ihren Morgenmantel gehüllt, trat Lady Carmichael in die Diele.

Ihre Augen waren starr auf Arthur gerichtet, und wenn ich jemals den Ausdruck vollkommenen, von Schuld beladenen Entsetzens gesehen habe, dann in diesem Augenblick. Vor wahnwitzigem Entsetzen war ihr Gesicht kaum mehr menschlich. Mit der Hand griff sie sich an die Kehle.

In kindlicher Zuneigung machte Arthur einen Schritt auf sie zu.

»Guten Tag, Mutter! Dich hat es also auch erwischt, was? Das tut mir aber wirklich Leid.«

Sie schrak vor ihm zurück; ihre Augen waren weit aufgerissen. Und plötzlich, mit dem Aufschrei einer verfluchten Seele, stürzte sie rücklings durch die offen stehende Tür.

Ich war sofort bei ihr, beugte mich über sie und nickte Settle zu.

»Los«, sagte ich. »Bring ihn vorsichtig nach oben, und komm dann wieder herunter. Lady Carmichael ist tot.«

Nach wenigen Minuten war er wieder da.

»Was ist los?«, fragte er. »Wodurch?«

»Durch einen Schock«, sagte ich verbissen. »Durch den Schock, Arthur Carmichael, den wirklichen Carmichael dem Leben wiedergegeben vor sich zu sehen! Oder, wie ich lieber sagen würde: durch ein Gottesurteil!«

»Du meinst . . .« Er zögerte.

Ich blickte ihm in die Augen, so dass er verstand.

»Leben um Leben«, sagte ich betont.

»Aber . . .«

»O nein! Ich weiß, dass ein seltsamer und unvorhergesehener Zufall es der Seele Arthur Carmichaels ermöglichte, in seinen Körper zurückzukehren. Aber trotzdem ist Arthur Carmichael vorher ermordet worden.«

Fast ängstlich blickte er mich an. »Mit Blausäure?«, fragte er leise.

»Ja«, erwiderte ich. »Mit Blausäure.«

Über das, was wir glaubten, haben Settle und ich nie gesprochen. Aller Wahrscheinlichkeit nach ist es auch unglaubhaft. Entsprechend den orthodoxen Ansichten litt Arthur Carmichael lediglich an Gedächtnisschwund, zerfleischte Lady Carmichael sich den Hals in einem vorübergehenden Anfall von Wahnsinn, und das Auftreten der grauen Katze beruhte auf bloßer Einbildung.

Es existieren jedoch zwei Tatsachen, die meiner Ansicht nach unmissverständlich sind. Da ist einmal der zerfetzte Sessel im Korridor. Der zweite Punkt ist noch bedeutsamer. Tatsächlich wurde der Bibliothekskatalog gefunden, und nach gründlicher Suche zeigte sich, dass es sich bei dem fehlenden Buch um ein altes und seltsames Werk über die Möglichkeiten handelte, menschliche Geschöpfe in Tiere zu verwandeln!

Und schließlich noch etwas. Dankbar kann ich heute sagen, dass Arthur nichts davon weiß. Phyllis hat das Geheimnis dieser Wochen in ihr Herz eingeschlossen, und ich bin überzeugt, dass sie es ihrem Mann nie verraten wird, den sie aufrichtig liebt und der beim Erklingen ihrer Stimme über die Grenze des Grabes wieder zurückkehrte.

Rolltreppe ins Grab

1

Silas Hamer bekam es zum ersten Mal an einem winterlichen Abend im Februar zu hören. Er und Dick Borrow waren nach einem Essen, das Bernard Seldon, der Nervenspezialist, gegeben hatte, nach Hause spaziert. Borrow war ungewöhnlich schweigsam gewesen, und Silas Hamer hatte ihn mit einiger Neugier gefragt, worüber er denn nachdächte. Borrows Antwort war anders als erwartet.

»Ich dachte gerade, dass von all diesen Männern heute abend nur zwei von sich behaupten können, glücklich zu sein. Und diese beiden, komisch genug, sind du und ich!«

Das Wort »komisch« war angemessen, denn zwei Männer konnten gar nicht unterschiedlicher sein als Richard Borrow, der viel beschäftigte Pfarrer vom Ostende der Stadt, und Silas Hamer, der aalglatte, selbstgefällige Mann, der seine Millionen mit seiner Kenntnis von Haushaltswaren erworben hatte.

»Es ist merkwürdig, weißt du«, Borrow dachte laut, »ich glaube, du bist der einzige zufriedene Millionär, den ich je getroffen habe.«

Hamer schwieg einen Moment lang. Als er wieder zu sprechen begann, klang seine Stimme verändert.

»Ich war ein armseliger, vor Kälte schlotternder kleiner Zeitungsjunge. Damals wollte ich – jetzt habe ich es erreicht – Geld für Komfort und Luxus, nicht seine Macht. Nicht, um damit zu herrschen, sondern um es verschwenderisch auszugeben – für mich selbst. Ich bin ehrlich, was das betrifft, siehst du. Mit Geld kann man alles kaufen, sagt man. Das stimmt. Und weil ich mir alles das kaufen kann, was ich mir wünsche, deshalb bin ich zufrieden. Ich bin Materialist, Borrow, ein Materialist durch und durch.«

Das grelle, blendende Licht der erleuchteten Hauptverkehrsstraße bestätigte sein Glaubensbekenntnis. Die gedrungene Gestalt Silas Hamers wirkte in dem schweren, pelzgefütterten Mantel noch breiter, und das weiße Licht unterstrich die dicken Fleischrollen unterhalb seines Kinns. Im Gegensatz dazu spazierte neben ihm Dick Borrow mit schmalem asketischem Gesicht und den glühenden Augen eines Fanatikers.

»Du bist es«, ergänzte Hamer mit Nachdruck, »den ich nicht verstehen kann.«

Borrow lächelte.

»Ich lebe mitten im Elend, in Armut und Hunger – in allen Krankheiten des Fleisches. Nur eine Vision beherrscht mich und hält mich aufrecht. Es ist nicht leicht, dies zu verstehen – und ich nehme nicht an, dass du an Visionen glaubst. Dies ist aber meine Art von Glück.«

»Nein, daran glaube ich nicht«, sagte Silas Hamer überzeugt. »Ich glaube nur an das, was ich sehen und hören und berühren kann.«

»Ganz recht. Darin besteht der Unterschied zwischen uns. Nun denn, auf Wiedersehen, jetzt verschlingt mich die Erde.

Sie hatten den Eingang zu der erleuchteten U-Bahn-Station, von der aus Borrow nach Hause fuhr, erreicht.

Hamer ging allein weiter. Er war froh über seinen Entschluss, den Wagen heute Abend fortgeschickt zu haben; so konnte er zu Fuß nach Hause gehen. Die Luft war scharf und frostig, seine Sinne nahmen voller Wohlbehagen die umhüllende Wärme seines pelzgefütterten Mantels wahr.

Er blieb einen Augenblick auf dem Bürgersteig stehen, bevor er die Straße überquerte. Ein mächtiger Autobus bahnte sich den Weg auf ihn zu. Hamer empfand das Gefühl unendlicher Muße und wartete, dass er vorbeifuhr. Wenn er noch vor ihm hinübergehen wollte, müsste er sich beeilen – und Eile war ihm verhasst.

Eine volltrunkene menschliche Gestalt schwankte an ihm vorbei auf die Fahrbahn. Hamer sah noch, wie der Autobus vergeblich auswich, dann hörte er einen grässlichen Schrei, und sein Blick blieb fassungslos – sein Entsetzen wuchs progressiv – auf einem formlosen, schlaffen Lumpenhaufen mitten auf der Straße haften.

Eine Menschenmenge sammelte sich wie von einem Magneten angezogen. Ein Polizist und der Fahrer des Busses bildeten den Mittelpunkt des Gedränges. Aber Hamers Blicke zog die Suggestivkraft des Grauens auf das leblose Bündel, das einmal ein Mensch gewesen war – ein Mensch wie er selbst. Hamer schauderte, als sei er selbst bedroht.

»Machen Sie sich keine Vorwürfe, Mann«, bemerkte ein primitiv aussehender Mann an seiner Seite. »Sie hätten es doch nicht verhindern können. Der war eben fällig.«

Hamer starrte den Mann an. Der Gedanke, dass es vielleicht im Bereich seiner Möglichkeit gelegen hatte, den Mann zurückzureißen, war ihm – wenn er ehrlich war – noch gar nicht gekommen. Verächtlich wies er diese absurde Mutmaßung von sich. Wenn er selbst so töricht gewesen wäre, würde er jetzt . . . Hamers Gedanken brachen abrupt ab, und er ging von der Menge fort. Er fühlte, wie er innerlich fror, zitterte vor einer namenlosen, unauslöschlichen Angst. Er war gezwungen, sich selbst zuzugeben, dass er auf einmal Angst, entsetzliche Angst vor dem Tod hatte – vor jenem Tod, der mit grässlicher Schnelligkeit und gewissenloser Gewissheit zu Armen und Reichen gleichermaßen kam . . .

Hamer ging schneller, doch die neue Angst blieb in ihm, sie hatte ihn in ihrem kalten und schaurigen Griff.

Er wunderte sich über sich selbst, denn er wusste, dass er von Natur aus kein Feigling war. Vor fünf Jahren, überlegte er, hätte ihn diese Angst noch nicht anfallen können. Damals war das Leben noch nicht so süß gewesen . . . Ja, das war es! Die Liebe zum Leben war der Schlüssel des Geheimnisses. Der Lebensgenuss hatte für ihn seinen Höhepunkt erreicht; er sah nur eine Bedrohung: den Tod, den Zerstörer!

Hamer bog aus der Hauptverkehrsstraße in eine schmale Seitengasse ab, die von hohen Mauern eingefasst war. Sie bot eine Abkürzung zu dem Platz, an dem sein Haus lag, das für seine Kunstschätze bekannt war.

Die Geräusche der Straßen wurden hinter Hamer immer schwächer und erstarben ganz; nur das weiche Auftreten seiner Schuhe war noch zu hören. Und dann kam aus dem Dunkel vor ihm ein anderer Ton.

Ein Mann saß gegen die Mauer gelehnt und spielte Flöte. Sicherlich einer der vielen Straßenmusikanten; warum hatte er sich diesen einsamen Ort ausgesucht? Wahrscheinlich fürchtete er zu dieser Nachtzeit die Polizei ... Hamers Überlegungen wurden unterbrochen, als er mit Schrecken bemerkte, dass der Mann keine Beine mehr hatte. Ein Paar Krücken lehnten an der Mauer neben ihm. Hamer sah jetzt auch, dass es keine Flöte war, die er blies, sondern ein fremdartiges Instrument, dessen Töne höher und klarer waren als die einer Flöte.

Der Mann spielte weiter. Er bemerkte Hamers Herannahen nicht. Der Musikant hatte den Kopf weit zurückgeworfen, das Gesicht war dem Himmel zugewandt, als ob er sich an seiner eigenen Musik erfreute; die Töne entflogen seinem Instrument klar und fröhlich, stiegen höher und höher ...

Es war eine eigenartige Melodie – besser ein Gespräch, es war überhaupt keine Melodie, ein einfacher Satz, der langsamen Weise des Violinparts aus »Rienzi« nicht unähnlich. Sie wurde wieder und wieder gespielt, lief von Schlüssel zu Schlüssel, von Harmonie zu Harmonie, immer steigend, und erreichte bei jedem Mal eine größere und grenzenlosere Freiheit.

Hamer hatte nie etwas ähnlich Schönes gehört. Es war eine besondere Eigenart darin, etwas Inspirierendes – etwas, das nach oben strebte ... Hamer hielt sich krampfhaft mit beiden Händen an einem Vorsprung der Mauer neben sich fest. Er war sich nur einer Sache bewusst – er musste sich festhalten, koste es, was es wolle: Er musste sich festhalten ...

Plötzlich wurde er gewahr, dass die Musik aufgehört hatte.

Der Mann ohne Beine griff nach seinen Krücken. Da stand er, Silas Hamer, und krallte sich noch immer wie ein Mondwandler an einem Steinvorsprung fest, allein aus dem einfachen Grund, weil er die widerspenstige Empfindung hatte – lächerlich, wenn man darüber nachdachte –, als erhebe er sich vom Boden, als trüge ihn die Musik nach oben . . .

Er lachte. Was für eine idiotische Vorstellung! Natürlich hatten seine Füße keinen Moment lang den Boden verlassen, welch merkwürdige Halluzinationen. Das rasche Aufschlagen von Holzstangen auf dem Bürgersteig sagte ihm, dass der Krüppel davonhumpelte. Hamer sah ihm nach, bis die Gestalt des Mannes von der Dunkelheit verschluckt war. Komischer Kauz!

Langsam setzte Hamer seinen Weg fort; doch er konnte die Gedanken an dieses merkwürdige Gefühl, den Boden unter den Füßen zu verlieren, nicht loswerden.

Und dann, einem plötzlichen Impuls folgend, machte er kehrt und folgte eilig dem Mann, der in die andere Richtung gegangen war. Der Mann konnte noch nicht weit sein – Hamer würde ihn bald eingeholt haben.

Er rief, sobald er der verstümmelten Gestalt ansichtig geworden war, indem er langsamer weiterging: »Hallo, Moment mal!«

Der Mann hielt inne, bewegungslos, bis er eingeholt war. Eine Straßenlaterne brannte genau über seinem Kopf und erleuchtete jeden seiner Gesichtszüge. Silas Hamer hielt unwillkürlich den Atem an, so überrascht war er. Der Mann besaß einen einmalig schönen Kopf – den schönsten, den Hamer je gesehen hatte. Sein Alter war nicht zu bestimmen; sicherlich war er kein junger Mann mehr, und doch waren die vorherrschenden Ausdruckszüge Jugend und Kraft in leidenschaftlicher Intensität.

Hamer fand es sonderbar schwierig, eine Unterhaltung zu beginnen.

»Schauen Sie«, sagte er linkisch, »ich möchte gern wissen, was Sie da gerade gespielt haben.«

Der Mann lächelte . . . Mit seinem Lächeln schien plötzlich die Welt in lauter Fröhlichkeit getaucht.

»Es war ein altes Lied, ein sehr altes Lied – Jahre alt . . . Jahr-hunderte alt.«

Er sprach mit eigentümlicher Reinheit und Deutlichkeit der Formulierung, wobei er jede Silbe gleichermaßen als kostbar betonte. Er war offensichtlich kein Engländer. Hamer konnte seine Nationalität nicht erraten.

»Sie sind kein Engländer, nicht wahr? Woher kommen Sie?«

Wieder das breite, fröhliche Lächeln.

»Ich bin über das Meer gekommen, Sir – vor langer Zeit – sehr langer Zeit.«

»Sie müssen einen bösen Unfall gehabt haben. War das vor kurzem?«

»Es ist schon einige Zeit her, Sir.«

»Ein schlimmes Unglück, beide Beine zu verlieren.«

»Es war gut so«, sagte der Mann ruhig. Er wandte seine Augen in feierlichem Ernst seinem Befrager zu. »Sie waren böse.«

Hamer gab ihm einen Shilling in seine Hand und ging fort. Er war verwirrt und wusste mit der Antwort nichts anzufangen. Wie komisch, so zu sprechen. Wahrscheinlich eine Amputation wegen einer Krankheit, aber – wie sonderbar das geklungen hatte: »Sie waren böse.«

Hamer ging gedankenverloren nach Hause. Er versuchte vergeblich, den Vorfall zu vergessen. Als er im Bett lag und sich die ersten Anzeichen von Schläfrigkeit bemerkbar machten, hörte er die Turmglocke in der Nachbarschaft eins schlagen. Ein klarer Schlag, dann Ruhe, die durch einen schwachen, bekannten Ton unterbrochen wurde . . . Langsam kroch die Erinnerung in sein Bewusstsein. Hamer spürte, wie sein Herz schneller schlug. Es war der Mann aus der Seitenstraße, irgendwo spielte er wieder – nicht weit entfernt.

Die Töne kamen fröhlich, die langsame Wendung mit ihrem lustigen Ruf, derselbe jagende kleine Satz . . .

»Es ist unheimlich«, murmelte Hamer, »es ist unheimlich. Es hat Flügel . . .«

Klarer und klarer, höher und höher, jeder Ton erhob sich über den vorhergehenden, Hamer war ergriffen. Diesmal wehrte er sich nicht, er gab sich dem hin . . . hoch . . . hinauf . . . Die Wellen der Töne schwangen höher und höher . . . Triumphierend und frei stiegen sie gen Himmel.

Höher und höher . . . Sie hatten die Grenzen irdischer Töne überstiegen, doch sie setzten sich fort – aufsteigend, immer noch aufsteigend . . . Würden sie ihr höchstes Ziel erreichen, die vollkommene Erlösung?

Dann zog ihn etwas herunter, etwas Großes, Schweres und Sichfestklammerndes. Es zog ihn rücksichtslos wieder zur Erde herunter . . .

Hamer lag im Bett und schaute zum Fenster. Während er schwer und schmerzlich atmete, streckte er seinen Arm aus dem Bett heraus. Diese Bewegung kam ihm merkwürdig schwierig vor. Die Weichheit des Bettes war bedrückend, bedrückend auch die schweren Vorhänge vor dem Fenster, die die Luft aussperrten. Die Zimmerdecke schien auf ihn herabzustürzen. Er fühlte sich beengt und unfrei. Er rührte sich leicht unter der Bettdecke, und das Gewicht seines eigenen Körpers erschien ihm als das Erdrückendste von allem . . .

2

»Ich möchte Ihren Rat hören, Seldon.«

Seldon stieß seinen Stuhl ein paar Zentimeter vom Tisch ab. Er hatte sich schon insgeheim nach dem Grund dieses Essens zu zweit gefragt. Er hatte Hamer seit dem vergangenen Winter kaum mehr gesehen und heute Abend bemerkte er eine undefinierbare Veränderung an seinem Freund.

»Wissen Sie, es ist ganz einfach das«, sagte der Millionär, »ich mache mir Sorgen um mich selbst.«

Seldon lächelte, als er ihn über den Tisch hinweg ansah.

»Sie sehen aus, als ob Sie Bäume ausreißen möchten.«

»Das ist es nicht«, Hamer hielt einen Moment lang inne, dann fügte er ruhig hinzu: »Ich fürchte, ich werde wahnsinnig.«

Der Nervenspezialist blickte plötzlich mit unverhohlenem Interesse auf. Er goss sich langsam ein Glas Portwein ein, bevor er ruhig fragte, indem er den anderen scharf ansah: »Wie kommen Sie darauf?«

»Auf Grund eines Erlebnisses – auf Grund von etwas Unerklärlichem, Unglaublichem. Es kann nicht wahr sein, daher bleibt nur die Möglichkeit: Ich muss offenbar wahnsinnig werden.«

»Lassen Sie sich Zeit«, sagte Seldon, »erzählen Sie mir erst mal von dem Erlebnis.«

»Ich glaube nicht an das Übernatürliche«, begann Hamer. »Ich habe nie daran geglaubt. Aber das . . . Nun, es ist am besten, wenn ich Ihnen die ganze Geschichte von Anfang an erzähle. Es begann im vergangenen Winter, genau an dem Abend, als ich bei Ihnen zu Abend gegessen hatte.«

Dann erzählte er kurz und genau die Erlebnisse während seines Heimwegs und die merkwürdige Wirkung, die sie auf ihn gehabt hatten.

»So fing alles an. Ich kann es nicht genau beschreiben – dieses Gefühl, ich meine aber, es war wundervoll! So ganz anders als alles, was ich bisher gefühlt und geträumt habe. Seitdem ist es so weitergegangen. Nicht jede Nacht, nur hin und wieder. Die Musik – das Gefühl, empor getragen zu werden; dieser aufsteigende Flug und dann der schreckliche Zug nach unten, das Heruntergezogenwerden zur Erde zurück, anschließend die Schmerzen, die echten körperlichen Schmerzen des Erwachens. Es ist so, als ob man von einem hohen Berg herabkäme. Sie kennen doch den beklemmenden Druck in den Ohren, nicht? Ja, das ist genau dasselbe, nur schlimmer – dazu ein bedrückendes Empfinden der eigenen Schwere, als wäre man gefangen, als würde man gewürgt . . .«

Hamer unterbrach sich, es entstand eine Pause.

»Meine Dienstboten denken, ich bin verrückt geworden. Ich

konnte das Dach und die Wände nicht mehr ertragen – ich ließ mir einen Platz auf dem Dach, oben auf dem Haus, herrichten; direkt unter freiem Himmel, ohne jedes Möbelstück, da wurden die Häuser um mich herum zum gleichen Alpdruck. Das offene Land ist es, was ich mir wünsche, wo man atmen kann . . .« Er sah Seldon an. »Nun, was sagen Sie dazu? Können Sie mir das erklären?«

»Hm«, machte Seldon. »Ein ganzer Haufen von Erklärungen. Sie sind hypnotisiert worden, aber Sie haben sich selbst hypnotisiert. Ihre Nerven funktionieren nicht mehr richtig. Es kann auch ganz einfach nur ein Traum sein.«

Hamer schüttelte den Kopf. »Keine von diesen Erklärungen passt.«

»Dann gibt es noch andere«, sagte Seldon langsam, »aber die sind nicht allgemein anerkannt.«

»Würden *Sie* sie anerkennen?«

»Im großen und ganzen, ja! Es gibt viel, was wir nicht verstehen und was wir unmöglich auf normale Weise erklären können. Unsere Wissenschaft ist noch nicht so weit, aber sie kann täglich etwas herausfinden. Aber bis es so weit ist, bin ich der Ansicht, man sollte sich nicht aus Voreingenommenheit dem verschließen.«

»Was raten Sie mir?«, fragte Hamer nach einer Pause des Schweigens.

Seldon beugte sich lebhaft vor. »Eine von mehreren Möglichkeiten: Verlassen Sie London, suchen Sie Ihr offenes Land auf. Vielleicht hören die Träume dort auf.«

»Das kann ich nicht«, sagte Hamer schnell. »Es ist so weit gekommen, dass ich ohne sie nicht mehr leben kann. Ich will ohne sie nicht mehr leben!«

»Aha. Ich hatte so etwas schon geahnt. Eine andere Möglichkeit: Finden Sie diesen Burschen, diesen Krüppel. Sie haben ihm bis jetzt alle möglichen übernatürlichen Attribute zugesprochen. Reden Sie mit ihm. Brechen Sie den Zauber!«

Wieder schüttelte Hamer den Kopf.

»Warum denn nicht?«

»Ich habe Angst«, sagte Hamer einfach.

Seldon machte eine ungeduldige Handbewegung.

»Glauben Sie nicht blind daran. Diese Melodie, das Lied, womit all das anfängt, wie ist sie?«

Hamer summte sie vor sich hin, und Seldon hörte mit verwundertem Stirnrunzeln zu.

»Fast wie aus der Ouvertüre von ›Rienzi‹. Darin ist etwas Emporsteigendes – es hat wirklich Flügel. Aber ich werde dabei nicht von der Erde hoch gehoben. Übrigens – diese Flüge, die Sie erleben – sind sie immer gleich?«

»Nein, nein«, Hamer beugte sich eifrig vor. »Sie entwickeln sich. Jedesmal sehe ich etwas mehr. Es ist schwierig, das zu erklären. Sehen Sie, ich bin mir immer bewusst, einen gewissen Punkt zu erreichen – die Musik trägt mich dahin, nicht direkt, aber durch eine Folge von Wellen, von denen eine immer höher ist als die vorhergehende, bis zum nächsten Punkt, über den hinaus es nicht mehr weiter geht. Da bleibe ich, bis ich heruntergezogen werde. Es ist nicht eigentlich ein Ort, eher ein Zustand . . . Nicht sofort, erst etwas später verstand ich, dass es da um mich herum noch andere Dinge gab, die nur darauf warteten, von mir aufgenommen zu werden, wenn ich erst dazu fähig war. Denken Sie an eine junge Katze. Sie hat Augen, kann aber zuerst nichts sehen. Sie ist blind und muss erst lernen, zu sehen. Genauso war es auch bei mir. Die Augen und Ohren der Sterblichen waren für mich nicht die richtigen, doch es gab etwas Entsprechendes dafür, das noch nicht entwickelt war – etwas, das überhaupt nicht körperlich ist. Ganz langsam, Schritt für Schritt, wuchs es . . . Da gab es Gefühle des Lichts . . . von Klängen . . . dann von Farbe . . . alles vage und nicht formulierbar. Es war mehr das Wissen um die Dinge als ihre Wahrnehmung durch Sehen oder Hören. Zuerst war es Licht, das stärker und klarer wurde – später Sand, große Strecken von rötlichem Sand . . . und hier und da gerade lange Linien von Wasser wie Kanälen . . .«

Seldon holte tief Atem. »Kanäle? Das ist interessant. Erzählen Sie weiter.«

»Alle diese Dinge waren unwichtig – sie zählten nicht lange. Die wirklichen Dinge waren jene, die ich nicht sehen, aber hören konnte . . . Es war ein Geräusch wie das Rauschen von Flügeln – irgendwie war es prachtvoll! Hier gibt es nichts Ähnliches. Dann kam eine andere Pracht – ich sah sie: die Flügel! O Seldon, diese Flügel!«

»Was sind das für Flügel? Menschen-, Engels- oder Vogelflügel?«

»Ich weiß es nicht. Das konnte ich noch nicht sehen – nur die Farbe von ihnen: Flügelfarbe. Hier gibt es so etwas nicht. Es ist eine wundervolle Farbe.«

»Flügelfarbe?«, wiederholte Seldon. »Wie sieht sie aus?«

Hamer spreizte ungeduldig die Hände. »Wie soll ich sie Ihnen erklären? Erklären Sie die Farbe Blau einmal einem Blinden. Es ist eine Farbe, die Sie noch nie gesehen haben – Flügelfarbe!«

»Aha.«

»Das ist alles. Bis dahin bin ich jetzt gekommen. Und jedesmal wurde das Zurückkommen schlimmer – schmerzlicher: Ich kann es nicht verstehen. Ich bin überzeugt davon, dass mein Körper das Bett niemals verlässt. An dem Punkt, den ich erreiche, bin ich überzeugt, gar keine körperliche Gegenwart mehr zu haben. Warum tut es dann aber so verflucht weh?«

Seldon schüttelte schweigend den Kopf.

»Es ist etwas Entsetzliches – dieses Zurückkommen. Der Zug nach unten – dann der Schmerz in jedem Glied und jedem Nerv; meine Ohren fühlen sich an, als wollten sie platzen. Dann drückt das Gewicht von allem sowie das grauenhafte Gefühl, eingekerkert zu sein. Ich brauche Licht, Luft, Raum – vor allem Raum, um atmen zu können. Und ich will Freiheit!«

»Was ist mit den Dingen, die Ihnen soviel bedeutet haben?«, fragte Seldon.

»Das ist ja das Schlimme. Daran liegt mir noch ebenso viel wie vorher, wenn nicht noch mehr. Diese Dinge, wie Komfort, Luxus, Vergnügen, scheinen der entgegengesetzte Pol zu den Flügeln zu sein. Es ist ein ewiger Kampf zwischen ihnen. Ich weiß nicht, wie dieser Kampf ausgehen wird.«

Seldon saß schweigend da. Die merkwürdige Erzählung, der er zugehört hatte, war wirklich fantastisch. War das alles Selbsttäuschung, wilde Halluzination – oder gab es die Möglichkeit, dass sie wahr war? Und wenn es die Wahrheit war, warum ausgerechnet bei Hamer? Ausgerechnet bei diesem Materialisten, bei dem Mann, der das Fleisch liebte und den Geist leugnete. Von diesem Mann hätte man annehmen können, er sei der Letzte, dem die Gesichter einer anderen Welt zuteil würden.

Über den Tisch hinweg beobachtete ihn Hamer ängstlich.

»Ich nehme an, dass Sie nur abwarten können. Warten und sehen, was weiter geschieht«, sagte Seldon langsam.

»Ich kann nicht! Ich sagte doch, ich kann nicht! Aus Ihren Worten geht hervor, dass Sie das alles nicht verstanden haben. Ich werde in zwei Teile zerrissen. Dieser fürchterliche Kampf, dieser tötende, immerwährende Kampf zwischen . . . zwischen . . .« Hamer zögerte.

». . . dem Fleischlichen und dem Geist?«, folgerte Seldon.

Hamer starrte dumpf vor sich hin. »Vielleicht kann man es so nennen. Jedenfalls ist es unerträglich . . . Ich kann nicht frei werden . . .«

Bernard Seldon schüttelte wieder den Kopf. Dieses Unerklärliche hielt ihn gefangen. Er machte einen weiteren Vorschlag.

»Wenn ich an Ihrer Stelle wäre«, riet er, »würde ich mir den Krüppel schnappen.«

Doch als er später heimging, flüsterte er vor sich hin: »Kanäle . . . Ich möchte bloß wissen . . .?«

3

Silas Hamer verließ das Haus am nächsten Morgen mit einer neuen Entschlossenheit im Schritt. Er hatte den Entschluss gefasst, Seldons Rat zu befolgen und den Mann ohne Beine zu finden. Insgeheim war er bei sich überzeugt, dass er umsonst suchen und dass der Mann ebenso vollständig verschwunden sein würde, als hätte ihn die Erde verschluckt.

Die Gebäude zu beiden Seiten der Nebenstraße traf noch kein Sonnenlicht. Sie lagen dunkel und geheimnisvoll da. Nur an einer Stelle, in der Mitte der Nebenstraße, war die Mauer durchbrochen, und dort fiel ein Strahl von goldenem Licht auf eine Gestalt, die auf der Erde saß. Das war der Mann!

Das Flöteninstrument lehnte an der Wand neben seinen Krücken, und er bemalte die Platten des Fußweges mit bunter Kreide. Zwei seiner Zeichnungen waren fertig: Waldszenen von wunderbarer Schönheit und Feinheit, sich wiegende Bäume und ein sich schlängelnder Bach, der zu fließen schien.

Wieder kamen Hamer Zweifel. War dieser Mann nur ein Straßenmusikant, ein Lebenskünstler? War er mehr?

Da schrie der Millionär plötzlich wild und wütend: »Wer bist du? In Gottes Namen, wer bist du?«

Die Augen des Mannes trafen die seinen, lächelnd.

»Warum antworten Sie nicht? Sprechen Sie, Mann, sprechen Sie!«

Da sah Hamer, dass der Mann mit unglaublicher Schnelligkeit mit der Kreide über eine leere Steinplatte fuhr. Hamer folgte seiner Bewegung mit den Augen. Ein paar gewagte Striche, riesige Bäume nahmen Formen an. Auf einem Felsblock sitzend – ein Mann, der ein flötenähnliches Instrument blies, der ein merkwürdig schönes Gesicht hatte – und Ziegenbeine!

Der Krüppel hatte eine schnelle Bewegung gemacht. Der Mann saß noch immer auf dem Felsen, aber die Ziegenbeine waren verschwunden. Wieder trafen seine Augen die von Hamer.

»Sie waren böse«, sagte er.

Hamer starrte ihn an, fasziniert. Das Gesicht vor ihm war das Gesicht auf dem Bild, doch auf unglaubliche Art verschönt – von allem gereinigt, bis auf eine intensive und köstliche Lebensfreude.

Hamer wandte sich ab und floh die Seitenstraße hinunter ins helle Sonnenlicht. Immer wieder sagte er vor sich hin: »Es ist unmöglich. Ich bin wahnsinnig, ich träume!« Aber das Gesicht jagte ihn – das Gesicht des Pan . . .

Hamer ging in den Park und setzte sich auf einen Stuhl. Es war eine ruhige Stunde. Ein paar Kindermädchen saßen mit den ihnen anvertrauten Sprösslingen im Schatten der Bäume, hier und da lagen im Grün verstreut wie kleine Inseln im Meer die klobigen Formen menschlicher Wesen . . .

Die Worte »zerlumpter Vagabund« waren für Hamer gleichbedeutend mit Elend gewesen. Jetzt plötzlich beneidete er sie.

Sie erschienen ihm von allen Geschöpfen die wirklich freien. Die Erde unter ihnen, der Himmel über ihnen, die Welt, sie zu durchwandern – sie waren durch nichts eingekerkert, lagen in keinen Ketten.

Wie ein Blitz durchfuhr es ihn, dass das, was ihn so schmerzlich fesselte, das war, wofür er gearbeitet und das er über alles gesetzt hatte: Wohlstand, Reichtum! Er hatte es für das Stärkste auf Erden gehalten, und jetzt, da er in seinem eigenen goldenen Käfig saß, entdeckte er die Bedeutung jener Worte. Es war sein Geld, das ihn fesselte, gefangen hielt.

Aber war es wirklich nur das? Gab es eine noch tiefere und klarere Wahrheit, die er bislang nicht gesehen hatte?

War es das Geld, oder war es seine eigene Liebe zum Geld? Er war gefesselt von Ketten, die er sich selbst geschmiedet hatte, nicht der Reichtum selbst, sondern seine Liebe zum Reichtum war seine Kette.

Plötzlich erkannte er deutlich die zwei Kräfte, die an ihm zogen: die schwere Macht des Materialismus, die ihn einschloss und umgab, und der klare, befehlende Ruf – den er selbst als den Ruf der Flügel bezeichnet hatte.

Während die eine Kraft kämpfte und sich an ihn klammerte, verachtete die andere den Kampf und beugte sich keinem Krieg. Sie rief ihn nur – unaufhörlich . . . Er hörte es so deutlich, dass er jedes ihrer Worte vernahm.

»Du kannst mit mir nicht handeln«, schien sie zu sagen, »denn ich stehe über allen Dingen. Wenn du meinem Ruf folgen willst, musst du alles andere aufgeben und die Kraft abschneiden, die dich festhält. Nur der Freie kann mir folgen . . .«

»Ich kann nicht«, schrie Hamer. »Ich will nicht!«

Ein paar Leute wandten den Kopf nach dem großen dicken Mann, der mit sich selbst redete.

Man verlangte von ihm Verzicht auf das, was ihm am liebsten war, das ein Teil seiner selbst war. Hamer dachte an den Mann ohne Beine . . .

4

»Was um Himmels willen führt dich zu mir?«, fragte Borrow.

Tatsächlich war das ärmliche Ostende der Stadt ein ungewöhnlicher Hintergrund für Hamer.

»Ich habe schon eine ganze Menge Predigten gehört«, sagte der Millionär, »in denen aufgezählt wurde, was alles getan werden könnte, wenn Leute wie du die Geldmittel dazu hätten. Ich bin heute zu dir gekommen, um dir zu sagen: Du kannst diese Geldmittel haben.«

»Sehr nobel von dir«, antwortete Borrow, einigermaßen verwundert. »Eine größere Unterstützung?«

Hamer lächelte trocken. »Das kann man wohl sagen . . . Bis auf den letzten Penny das, was ich habe.«

»Wie bitte?«

Hamer erklärte die Einzelheiten in seiner kurzen, geschäftlichen Art. In Borrows Kopf begann es sich wild zu drehen.

»Du meinst also – du meinst wirklich, dass du dein gesamtes

Vermögen den Armen dieses Stadtviertels zukommen lassen und mich als deinen Verwalter einsetzen willst?«

»Genau das.«

»Aber warum denn?«

»Das kann ich dir nicht erklären«, sagte Hamer langsam. »Erinnerst du dich noch an unser letztes Gespräch über Visionen im vergangenen Februar? Also gut – eine solche Vision hat mich in Besitz genommen.«

»Das ist großartig!«

Borrow beugte sich vor, seine Augen leuchteten.

»Ach, so großartig ist das nun auch wieder nicht«, erwiderte Hamer unwirsch. »Ich schere mich einen Dreck um mein Eigentum in diesem Ostlondon. Alles, was die hier haben wollen, sind die Moneten. Ich war selbst arm genug, weiß das also. Ich habe mich aus der Armut herausgearbeitet. Aber jetzt will ich mein Geld loswerden, und diese blöde Gesellschaft soll es nicht haben. Du bist ein Mann, dem ich vertraue. Füttere Leiber oder Seelen damit – ersteres ist besser. Ich bin auch hungrig gewesen. Mach damit, was du willst.«

»So etwas hat es meines Wissens nie vorher gegeben«, stammelte Borrow.

»Alles ist fix und fertig abgemacht«, fuhr Hamer fort. »Meine Rechtsanwälte haben die Einzelheiten festgelegt, ich habe bereits unterschrieben. Ich war fleißig in den letzten vierundzwanzig Tagen, glaub mir. Es ist ebenso schwierig, sein Vermögen loszuwerden, wie eines zu erwerben.«

»Aber du hast doch hoffentlich etwas behalten?«

»Nicht einen Penny«, sagte Hamer gut gelaunt. »Das heißt, das stimmt nicht ganz. Ich habe noch einen in meiner Hosentasche.« Er lachte. Er sagte seinem verstörten Freund »Auf Wiedersehen« und verließ die Pfarrei.

Hamer ging durch schmale, übel riechende Gassen. Die Worte, die er gerade noch heiter ausgesprochen hatte, klangen in seinen Ohren nach mit dem schmerzlichen Gefühl des Verlustes. »Nicht einen Penny!« Er hatte nichts von all seinem Reichtum behalten. Jetzt bekam er Angst – vor der Armut, dem Hunger, der Kälte. Der Verzicht hatte für ihn keine Süße.

Doch er wusste, dass er das lastende Gewicht und die bedrohenden Dinge weggeschafft hatte. Er war nicht mehr bedrückt und fühlte sich nicht mehr unfrei. Das Lösen der Ketten hatte ihn geängstigt und erschreckt, doch die Vision der Freiheit war da, um ihn zu stärken. Seine materiellen Bedürfnisse konnten den Ruf vielleicht abschwächen, töten konnten sie ihn nicht, denn er wusste, dass es etwas Unsterbliches war, das nicht untergehen konnte.

In der Luft lag ein Hauch von Herbst, und der Wind blies kalt. Er spürte die Kälte und zitterte, er war auch hungrig – hatte vergessen, zu Abend zu essen. Das brachte ihm seine Zukunft vor Augen. Es war unglaublich, dass er alles aufgegeben hatte: das leichte Leben, den Komfort, die Wärme. Sein Körper schrie danach. Doch dann überkam ihn wieder das frohe und loslösende Gefühl der Freiheit.

Hamer zögerte. Er war nahe an den Eingang einer U-Bahn-Station gekommen. Er hatte einen Penny in seiner Hosentasche. Ihm kam der Gedanke, zu dem Park zu fahren, wo er die herumliegenden Vagabunden beobachtet hatte – vor vierundzwanzig Tagen. Er plante seine Zukunft nach Laune. Er glaubte ernstlich, dass er jetzt wahnsinnig war. Gesunde Menschen handelten bestimmt nicht so, wie er es tat. Doch wenn es so war, dann war Wahnsinn eine wundervolle und erstaunliche Sache.

Jetzt würde er das offene Land aufsuchen – diesen Park, es lag für ihn eine besondere Bedeutung darin, ihn mit der U-Bahn zu erreichen. Die U-Bahn verkörperte für ihn die Gräuel des Grabes, des abgeschlossenen Lebens . . . Er würde ihrer Gefangenschaft entsteigen, in das weite Grün und zu den Bäumen, die das bedrohende Gewicht der Häuser verbargen.

Die Rolltreppe zog ihn schnell und unbarmherzig in die Tiefe. Die Luft war schwer und leblos. Er stand am äußersten Ende des Bahnsteigs, von der Menschenmenge so weit wie möglich entfernt. Zu seiner Linken war das Tunnelloch, durch das der Zug schlangenähnlich jeden Augenblick hervorkommen musste. Er empfand den Ort als böse. Es war niemand in seiner Nähe, nur ein mickriger junger Kerl, der auf der Bank saß und – wie es schien – betrunken und stumpfsinnig war.

Aus der Ferne hörte man schwach das drohende Heranrollen des Zuges. Der Betrunkene erhob sich von der Bank und schwankte unsicher an Hamers Seite, wo er am Rand des Bahnsteigs stehenblieb und in den Tunnel stierte.

Da – es geschah unglaublich schnell – verlor er das Gleichgewicht und fiel vornüber.

Hunderte Gedanken huschten gleichzeitig durch Hamers Kopf. Er sah das formlose Lumpenbündel, das vom Autobus überfahren worden war, und hörte eine heisere Stimme sagen: »Machen Sie sich keine Vorwürfe, Mann. Sie hätten es doch nicht verhindern können.« Gleichzeitig kam die Erkenntnis, dass dieses Leben nur gerettet werden konnte, wenn er es selbst rettete. Das schoss mit blitzartiger Geschwindigkeit durch seinen Kopf. Er nahm eine kristallklare, ruhige Gewissheit seiner Gedanken wahr.

Ihm blieb weniger als eine Sekunde, sich zu entscheiden. In diesem Moment wusste er, dass seine Angst vor dem Tode unvermindert groß war. Er hatte entsetzliche Angst. Außerdem – war seine Hoffnung vergebens? Ein sinnloses Wegwerfen zweier Leben gleichzeitig.

Zum Entsetzen der Zuschauer am anderen Ende des Bahnsteigs lag keine Atempause zwischen dem Fall des jungen Burschen und dem folgenden Sprung des Mannes, und gleichzeitig bog der Zug, aus der Kurve des Tunnels kommend – machtlos, noch rechtzeitig zu bremsen –, ins Licht des U-Bahnhofs ein.

Schnell riss Hamer den Jungen mit seinen Armen hoch. Kein natürlicher Impuls der Tapferkeit trieb ihn. Sein zitterndes Fleisch gehorchte dem Befehl eines fremden Geistes, der ein Opfer forderte. Mit letzter Kraft schleuderte Hamer den Burschen nach oben auf den Bahnsteig, während er selbst fiel . . .

Dann starb plötzlich seine Angst. Die materielle Welt hielt

ihn nicht länger fest. Hamer war von seinen Fesseln befreit. Er vermeinte noch einen Moment lang das fröhliche Flöten des Pan zu hören. Dann war – alles andere überdröhnend – das frohe Rauschen unzähliger Flügel, ihn einhüllend und umkreisend, da.

Die Puppe der Schneiderin

Die Puppe lag in einem tiefen samtbezogenen Sessel. Im Zimmer herrschte Halbdunkel; der Himmel über London war wolkenverhangen. In dem graugrünen Dämmerlicht schienen die salbeigrünen Möbelbezüge, die Vorhänge und die Teppiche farblich miteinander zu verschmelzen. Auch die Puppe war eins mit ihrem Hintergrund. Mit bemaltem Maskengesicht, die langen, schlaksigen Glieder von sich gestreckt, ruhte sie regungslos in ihrem grünsamtenen Kleid und ihrer Samtkappe. Sie war keine gewöhnliche Puppe, wie Kinder sie kennen. Sie war eine Luxuspuppe, Spielzeug reicher Frauen, ein Ziergegenstand, der neben dem Telefon zu sitzen pflegt, oder zwischen Sofakissen. Wie sie so da lag, leblos und doch sonderbar lebendig, glich sie einem dekadenten Produkt des zwanzigsten Jahrhunderts.

Sybil Fox, die mit einigen Schnittmustern und einem Entwurf ins Zimmer geeilt kam, blickte mit einem leichten Gefühl der Überraschung und Verwirrung auf die Puppe. Sie wunderte sich – aber worüber sie sich auch wunderte, es nahm in ihren Gedanken keine konkrete Gestalt an. Stattdessen dachte sie: Wo mag bloß das blaue Samtschnittmuster hingeraten sein? Wo habe ich es nur hingetan? Eben hatte ich es noch, das weiß ich ganz bestimmt. Sie trat vor die Tür und rief durchs Treppenhaus nach oben zum Atelier.

»Elsbeth! Elsbeth! Haben Sie das blaue Schnittmuster oben? Mrs. Fellows-Brown kann jede Minute hier sein.«

Sie ging in das Zimmer und schaltete die Lichter an. Dabei warf sie abermals einen Blick auf die Puppe. »Also, wo zum Kuckuck – ach, da ist es ja.« Sie hob das Schnittmuster vom Boden auf, wohin es ihr aus der Hand geglitten war. Aus dem Treppenhaus ertönte das übliche Knarren, als der Fahrstuhl anhielt, und gleich darauf kam Mrs. Fellows-Brown, begleitet von ihrem Pekinesenhündchen, ins Zimmer geschnauft, einer Dampflok ähnlich, die würdevoll in einen Landbahnhof einfährt.

»Es wird gleich anfangen zu gießen«, verkündete sie. »Regelrecht zu gießen!«

Sie streifte Handschuhe und Pelz ab. Alicia Coombe kam ins Zimmer. In letzter Zeit kam sie nicht immer, sondern nur noch, wenn besondere Kundinnen erschienen, und Mrs. Fellows-Brown war eine besondere Kundin.

Elsbeth, die Direktrice des Ateliers, brachte das Kleid von oben, und Sybil streifte es Mrs. Fellows-Brown über den Kopf.

»So«, sagte sie. »Es steht Ihnen wirklich ausgezeichnet. Eine entzückende Farbe, nicht wahr?«

Alicia Coombe lehnte sich ein wenig in ihrem Stuhl zurück und betrachtete prüfend das Kleid.

»Ja«, sagte sie. »Ich finde, es ist gut geworden. Doch, entschieden gelungen.«

Mrs. Fellows-Brown drehte sich zur Seite und betrachtete sich im Spiegel.

»Ich muss sagen, Ihre Sachen kaschieren immer fabelhaft meinen Po.«

»Sie sind jetzt aber viel schlanker als vor drei Monaten«, versicherte ihr Sybil.

»Das bin ich eben nicht«, entgegnete Mrs. Fellows-Brown, »obwohl ich gestehen muss, in dem Kleid hier sieht es tatsächlich so aus. Irgendwie haben Ihre Sachen einen Schnitt, der meinen Po schrumpfen lässt. Ich sehe fast so aus, als hätte ich keinen – das heißt, eben nur den üblichen, wie ihn die meisten Menschen haben.« Sie seufzte und strich sich behutsam über den störenden Körperteil. »Der war immer ein gewisses Problem für mich. Natürlich konnte ich ihn viele Jahre einfach einziehen, wissen Sie, indem ich meine Vorderseite rausstreckte. Aber das geht jetzt nicht mehr, denn jetzt habe ich zu dem Po obendrein auch noch einen Bauch. Und ich meine – na ja, man kann schließlich nicht beides auf einmal einziehen, nicht wahr?«

»Sie sollten mal einige meiner Kundinnen sehen!«, tröstete sie Alicia Coombe.

Mrs. Fellows-Brown probierte beide Versionen.

»Ein Bauch ist schlimmer als ein Po«, stellte sie fest. »Es fällt mehr auf. Oder vielleicht bildet man sich das auch nur ein, weil man den Leuten die Vorderseite zukehrt, wenn man mit ihnen redet, und sie einem in dem Moment nicht auf den Po schauen können, aber auf den Bauch. Na jedenfalls, ich hab's mir zur Regel gemacht, den Bauch einzuziehen und den Po sozusagen Po sein zu lassen.« Sie verdrehte den Hals noch weiter nach hinten und sagte dann plötzlich: »Also, Ihre Puppe dort, die verursacht mir eine richtige Gänsehaut! Wie lange haben Sie die schon?«

Sybil blickte unsicher zu Alicia Coombe, deren Gesicht einen verblüfften, aber auch irgendwie bekümmerten Ausdruck angenommen hatte.

»Ich weiß nicht genau . . . eine ganze Weile, glaube ich – ich kann mir einfach nichts mehr merken. Es ist schrecklich in letzter Zeit – ich *kann* mir nichts mehr merken. Sybil, wie lange haben wir sie schon?«

»Ich weiß nicht«, antwortete Sybil kurz.

»Nun«, erklärte Mrs. Fellows-Brown, »*mir* verursacht sie eine Gänsehaut. Direkt gruselig! Ich finde, sie sieht aus, als würde sie uns alle beobachten und sich dabei ins Fäustchen lachen. Also, ich an Ihrer Stelle würde sie weg tun!« Sie schauderte leicht zusammen. Dann stürzte sie sich wieder in schneidertechnische Details. Sollte sie die Ärmel vielleicht zwei Zentimeter kürzer machen oder nicht! Und wie stand es mit der Länge? Nachdem alle diese wichtigen Punkte zur Zufriedenheit geregelt waren, schlüpfte Mrs. Fellows-Brown wieder in ihre eigenen Kleider und machte sich zum Gehen bereit. Als sie an der Puppe vorbeikam, wandte sie noch einmal den Kopf.

»Nein«, erklärte sie mit Nachdruck. »Ich kann diese Puppe

nicht leiden. Sie sieht mir zu sehr danach aus, als *gehörte* sie hierher. Es ist irgendwie ungesund.«

»Was sollte das jetzt heißen?«, fragte Sybil, während Mrs. Fellows-Brown über die Treppe nach unten verschwand.

Ehe Alicia Coombe antworten konnte, tauchte Mrs. Fellows-Brown wieder auf und streckte den Kopf zur Tür herein.

»Du meine Güte, ich habe wahrhaftig Fou-Ling vergessen. Wo bist du, Schnuckelchen? Na, so etwas!«

Sie starrte auf den Pekinesen, und die beiden anderen Frauen taten es ihr nach. Fou-Ling saß neben dem grünen Samtsessel und glotzte unverwandt auf die schlaffe Gestalt der Puppe, die darauf ruhte. Sein kleines Gesicht mit den hervorquellenden Augen war ausdruckslos, es zeigte weder Vergnügen noch Abneigung. Er glotzte ganz einfach.

»Na, komm schon, bist doch Mamas Liebling«, flötete Mrs. Fellows-Brown.

Mamas Liebling nahm nicht die geringste Notiz von ihr.

»Er wird jeden Tag unfolgsamer«, bemerkte Mrs. Fellows-Brown in einem Ton, als hebe sie eine Tugend hervor. »Komm schon, Fou-Ling. Fressi-Fressi. Feines Leberchen.«

Fou-Ling drehte den Kopf um ein paar Zentimeter zu seiner Herrin herum und wandte sich dann verachtungsvoll wieder der Puppe zu.

»Sie hat wahrhaftig großen Eindruck auf ihn gemacht«, stellte Mrs. Fellows-Brown fest. »Ich glaube nicht, dass sie ihm schon früher aufgefallen ist. Mir übrigens auch nicht. War sie schon da, als ich das letzte Mal kam?«

Die beiden anderen Frauen wechselten einen Blick. Diesmal nahm Sybils Gesicht einen fragenden Ausdruck an, und Alicia Coombe erwiderte stirnrunzelnd: »Ich habe Ihnen ja schon gesagt – ich kann mir in letzter Zeit nichts mehr merken. Wie lange haben wir sie denn nun eigentlich, Sybil?«

»Wo kommt sie her?«, fragte Mrs. Fellows-Brown. »Haben Sie sie gekauft?«

»O nein.« Irgendwie war Alicia Coombe bei dieser Idee schockiert. »O *nein*. Vermutlich hat sie mir jemand geschenkt.« Sie schüttelte den Kopf. »Es ist zum Verrücktwerden!«, stieß sie hervor. »Absolut zum Verrücktwerden, wenn einem sofort alles wieder entfällt.«

»Nun sei nicht albern, Fou-Ling«, rief Mrs. Fellows-Brown streng. »Komm sofort hierher. Na, dann werde ich dich eben tragen.«

Sie hob ihn hoch. Fou-Ling stieß ein jämmerlich protestierendes Kläffen aus. Während sie ihn aus dem Zimmer trug, drehte er sein glotzäugiges Gesichtchen über das flaumige Schulterteil hinweg nach hinten und starrte weiterhin mit ungeheurer Konzentration auf die Puppe im Sessel.

»Also, bei der Puppe da«, sagte Mrs. Groves, »da läuft's einem richtig kalt den Rücken runter, jawohl.«

Mrs. Groves war die Putzfrau. Sie war soeben damit fertig geworden, rückwärts rutschend wie ein Krebs den Fußboden zu wischen. Nun stand sie aufrecht und bewegte sich gemächlich mit einem Staubtuch durchs Zimmer.

»Komisches Ding«, fuhr sie fort. »Ist mir eigentlich erst gestern aufgefallen. Und dann direkt schlagartig sozusagen.«

»Sie gefällt Ihnen nicht?«, fragte Sybil.

»Ich sag Ihnen doch, Mrs. Fox, wenn ich sie anschaue, läuft's mir kalt den Rücken runter. Irgend was ist mit der nicht richtig, verstehen Sie. Diese langen Schlackerbeine, und wie sie da hockt, und dieser tückische Blick, den sie in den Augen hat. Ich sage Ihnen, mit der stimmt was nicht.«

»Sie haben bisher nie etwas über sie gesagt«, wandte Sybil ein.

»Ich sag Ihnen doch, sie ist mir nie aufgefallen – bis heute morgen . . . Na sicher, ich weiß, dass sie schon 'ne ganze Weile hier ist, aber –« Sie hielt inne, und ein nachdenklicher Ausdruck huschte über ihr Gesicht. »Die könnte einem nachts im Traum erscheinen.« Damit suchte sie ihre Putzutensilien zusammen, verließ den Raum, wo die Anproben stattfanden, und ging durchs Treppenhaus ins gegenüberliegende Zimmer.

Sybil betrachtete die ruhende Puppe. Ihre Miene nahm einen Ausdruck wachsender Verblüffung an. Als Alicia Coombe ins Zimmer trat, fuhr Sybil abrupt herum.

»Miss Coombe, nun mal im Ernst, seit wann haben wir dieses Geschöpf?«

»Was, die Puppe? Meine Liebe, Sie wissen doch, dass ich so vergesslich geworden bin. Gestern – also es ist einfach zu albern! Ich wollte zu diesem Vortrag gehen und war noch nicht halb die Straße hinunter, als ich plötzlich merkte, dass ich vergessen hatte, wo ich hin wollte. Ich überlegte hin und her. Schließlich sagte ich mir, bestimmt wollte ich zu Fortnums. Ich erinnerte mich, dass ich bei Fortnums etwas hatte besorgen wollen. Also, ob Sie es glauben oder nicht, erst als ich längst wieder zu Hause war und meinen Tee trank, da fiel mir der Vortrag wieder ein. Selbstverständlich habe ich immer gehört, dass man mit fortschreitendem Alter allmählich senil wird, aber bei mir geht das viel zu schnell. Jetzt habe ich schon wieder vergessen, wo ich meine Handtasche hingetan habe – und meine Brille auch. Wo habe ich bloß die Brille hingelegt? Gerade eben hatte ich sie noch – ich las etwas in der *Times*.«

»Die Brille liegt hier auf dem Kaminsims.« Sybil reichte sie Alicia Coombe. »Woher haben Sie die Puppe? Wer hat sie Ihnen geschenkt?«

»Auch das ist mir total entfallen. Vermutlich hat sie mir irgendjemand gegeben oder zugeschickt ...« Aber eigentlich scheint sie mir sehr gut in das Zimmer zu passen, nicht wahr?«

»Ein bisschen zu gut, finde ich«, sagte Sybil. »Das Komische ist, auch *ich* kann mich nicht erinnern, wann ich sie zum ersten Mal dort gesehen habe.«

»Nun nehmen Sie sich bloß kein Beispiel an mir«, ermahnte sie Alicia Coombe. »Sie sind schließlich noch jung.«

»Nein, wirklich, Miss Coombe, ich weiß es nicht mehr. Gestern, da habe ich sie mir angesehen und dabei gedacht, die hat so was – also, ich finde, Mrs. Grooves hat ganz recht – so was Unheimliches an sich. Und dann dachte ich mir, das habe ich ja schon mal gedacht, und dann habe ich versucht, mich zu besinnen, wann das war, und – also ich wusste es einfach nicht mehr! Irgendwie war es so, als hätte ich sie noch nie zuvor gesehen – aber andererseits kam es mir nicht so vor. Mir war, als wäre sie schon seit langer Zeit hier, aber als hätte ich sie gerade erst bemerkt.«

»Vielleicht kam sie eines Tages auf einem Besenstiel durchs Fenster hereingeflogen«, meinte Alicia Coombe. »Jedenfalls, jetzt gehört sie hierher.« Sie blickte sich um. »Man könnte sich den Raum kaum ohne sie vorstellen, nicht wahr?«

»Nein«, bestätigte Sybil mit einem leichten Schaudern, »aber ich wünschte mir, ich könnte es.«

»Sie könnten was?«

»Mir den Raum ohne sie vorstellen.«

»Wollen wir hier eigentlich alle verrückt spielen wegen dieser Puppe?«, rief Alicia Coombe ungeduldig. »Was ist denn verkehrt an dem armen Ding? Für mich sieht sie aus wie eine verwelkte Kohlstaude, aber vielleicht«, fügte sie hinzu, »liegt das daran, dass ich meine Brille nicht aufhabe.« Sie setzte sich die Brille auf die Nase und blickte die Puppe fest an. »Ja, jetzt verstehe ich, was Sie meinen. Sie ist tatsächlich ein bisschen unheimlich . . . Traurig sieht sie aus, aber – irgendwie auch hinterhältig und ziemlich energisch dazu.«

»Komisch«, meinte Sybil, »dass Mrs. Fellows-Brown eine so heftige Abneigung gegen sie gefasst hat.«

»Ach, das ist eine, die nie ein Blatt vor den Mund nimmt.«

»Aber es ist eigenartig«, beharrte Sybil, »dass ausgerechnet diese Puppe einen solchen Eindruck auf sie gemacht haben soll.«

»Oh, manchmal überfallen einen ganz plötzlich solche Antipathien.«

»Vielleicht«, sagte Sybil mit einem leichten Auflachen, »war die Puppe bis gestern tatsächlich noch nicht da . . . Vielleicht ist sie – ist sie einfach durchs Fenster geflogen, wie Sie sagten, und hat sich hier häuslich niedergelassen.«

»Nein«, entgegnete Alicia Coombe, »ich bin mir sicher, sie ist schon seit einer ganzen Weile da. Vielleicht ist sie bloß erst gestern sichtbar geworden.«

»So kommt es mir ebenfalls vor«, bestätigte Sybil, »als wäre sie schon seit einer ganzen Weile da ... aber trotzdem kann ich mich nicht erinnern, sie vor dem gestrigen Tag direkt wahrgenommen zu haben.«

»Nun machen Sie aber einen Punkt, meine Liebe«, rief Alicia Coombe energisch. »Mir wird ganz sonderbar bei Ihrem Gerede; es läuft mir schon richtig kalt den Rücken hinunter. Bitte, steigern Sie sich nur nicht in irgendwelchen übersinnlichen Quatsch hinein, wegen dieser Puppe.« Sie ergriff die Puppe, schüttelte sie aus, richtete ihre Schultern gerade und setzte sie in einen anderen Sessel. Sofort sackte die Puppe leicht zusammen und streckte die Glieder.

»Sie ist nicht ein bisschen naturgetreu«, sagte Alicia Coombe und starrte dabei wie gebannt auf die Puppe. »Und trotzdem wirkt sie auf eine komische Weise lebendig, nicht wahr?«

»Oh, hab ich mich erschrocken«, rief Mrs. Groves, während sie staubwischend durch den Vorführraum ging. »Derartig, dass – ich eigentlich gar nicht mehr gern in den Anproberaum gehe.«

»Wobei haben Sie sich so erschrocken?«, fragte Miss Coombe, die an einem Schreibtisch in der Ecke saß und verschiedene Kundenkonten bearbeitete, zerstreut. »Diese Person«, fuhr sie mehr zu sich als zu Mrs. Groves gewandt, fort, »bildet sich ein, sie kann jedes Jahr zwei Abendkleider, drei Cocktailkleider und ein Kostüm bestellen, ohne mir je einen Penny dafür zu bezahlen! Also wirklich, Leute gibt's!«

»Bei der Puppe«, antwortete Mrs. Groves.

»Was, schon wieder unsere Puppe?«

»Jawohl. Wie die da am Schreibtisch sitzt, genau wie ein echter Mensch. Huch, hab ich mich erschrocken!«

»Wovon reden Sie da eigentlich?«

Alicia Coombe sprang auf, ging mit langen Schritten durchs Zimmer, über den kleinen Vorplatz im Treppenhaus und in den gegenüberliegenden Raum – den Anproberaum. In einer Ecke davon stand ein zierlicher Sheratonschreibtisch, und dort, auf einem herbeigerückten Stuhl, die langen, schlaffen Arme auf der Schreibplatte, saß die Puppe.

»Da scheint sich irgendjemand einen Spaß geleistet zu haben«, bemerkte Alicia Coombe. »Was für eine Schnapsidee, diese Puppe so dorthin zu setzen. Sie sieht tatsächlich ganz wie lebendig aus.«

In dem Augenblick kam Sybil Fox mit einem Kleid, das an diesem Vormittag anprobiert werden sollte, die Treppe herunter.

»Kommen Sie her, Sybil. Sehen Sie sich das an, jetzt sitzt unsere Puppe schon an meinem Privatschreibtisch und schreibt Briefe.«

Die beiden Frauen standen da und schauten.

»Wirklich«, sagte Alicia Coombe schließlich, »das ist doch zu albern! Ich möchte wissen, wer sie dort hingesetzt hat. Waren Sie das?«

»Nein«, entgegnete Sybil. »Es muss eins von den Mädchen oben gewesen sein.«

»Ein recht törichter Scherz eigentlich.« Alicia Coombe nahm die Puppe vom Schreibtisch und warf sie wieder aufs Sofa.

Sybil legte das Kleid vorsichtig über einen Stuhl, dann ging sie hinaus und die Treppe zum Atelier hinauf.

»Ihr kennt doch diese Puppe«, begann sie, »die Samtpuppe in Miss Coombes Zimmer unten – im Anproberaum?«

Die Direktrice und drei der Mädchen blickten auf.

»Ja, Miss, natürlich kennen wir die.«

»Wer von euch hat sie heute morgen zum Spaß an den Schreibtisch gesetzt?«

Die drei Mädchen starrten sie an, dann sagte Elsbeth, die Direktrice: »Sie an den Schreibtisch gesetzt? Na, ich bestimmt nicht.«

»Ich auch nicht«, erklärte eines von den Mädchen.

»Und du, Marlene?« Marlene schüttelte den Kopf.

»Vielleicht doch ein kleiner Scherz von Ihnen, Elsbeth?«

»Nein, wirklich!«, entgegnete Elsbeth, eine strenge Frau, die aussah, als müsste sie eigentlich ständig den Mund voller Stecknadeln haben. »Ich habe Besseres zu tun, als mit Puppen herumzuspielen und sie an Schreibtische zu setzen.«

»Nun hört doch mal«, sagte Sybil, und zu ihrer eigenen Überraschung zitterte ihre Stimme leicht, »es war ja – es war ja ein ganz gelungener Scherz, ich würde eben bloß gern wissen, wer es gewesen ist.«

Die drei Mädchen wurden ärgerlich.

»Wir haben Ihnen doch gesagt, Mrs. Fox, keine von uns ist es gewesen, stimmt's, Marlene?«

»Also, ich war's nicht, und wenn Nellie und Margaret sagen, sie waren's auch nicht, na, dann war's keine von uns.«

»Meine Antwort darauf haben Sie bereits gehört«, erklärte Elsbeth. »Um was geht es bei der ganzen Sache überhaupt, Mrs. Fox?«

»Es kam mir bloß so merkwürdig vor«, sagte Sybil langsam.

»Vielleicht war es Mrs. Groves?«, meinte Elsbeth.

Sybil schüttelte den Kopf. »Mrs. Groves kann's nicht gewesen sein. Sie hat selbst einen Heidenschreck bekommen.«

»Ich komme mit hinunter und sehe es mir selber an«, sagte Elsbeth.

»Jetzt ist sie nicht mehr dort«, erwiderte Sybil. »Miss Coombe hat sie vom Schreibtisch weggenommen und wieder aufs Sofa gelegt. Also –« Sie machte eine kurze Pause. »Ich meine nach wie vor, es muss sie jemand auf den Stuhl vor den Schreibtisch gesetzt haben – fand das wohl witzig, nehme ich an. Und – und ich verstehe nicht, warum die Betreffende das nicht zugeben will.«

»Ich hab's Ihnen schon zweimal gesagt, Mrs. Fox«, erklärte Margaret. »Ich sehe nicht ein, wieso Sie uns immerzu vorwerfen, wir würden lügen. Keine von uns würde so etwas Dummes tun.«

»Ich bitte um Entschuldigung«, sagte Sybil rasch. »Ich wollte euch nicht kränken. Aber – aber wer könnte es bloß sonst gewesen sein?«

»Vielleicht ist sie aufgestanden und selber dorthin gegangen.« Marlene kicherte.

Aus irgendeinem Grund hörte Sybil diese Erklärung nicht gern.

»Ach, ist ja sowieso alles Unfug«, rief sie und ging wieder die Treppe hinunter.

Alicia Coombe kramte leise summend im Zimmer herum, als Sybil hereinkam.

»Ich habe schon wieder meine Brille verlegt«, verkündete sie, »aber eigentlich schadet es nichts. Ich will momentan gar nichts sehen. Das Dumme ist dabei freilich, wenn man so blind ist wie ich, dass, wenn man seine Brille verlegt und keine andere hat, die man aufsetzen kann, um sie wiederzufinden, man sie nicht wiederfinden kann, weil man sie nicht sieht.«

»Ich suche sie«, sagte Sybil. »Eben hatten Sie sie ja noch.«

»Ich war kurz nebenan, als Sie nach oben gingen. Wahrscheinlich habe ich sie mit hinübergenommen.«

Sie ging in das andere Zimmer hinüber.

»So etwas Lästiges«, rief Alicia Coombe. »Ich möchte die Abrechnungen fertig durchgeben. Aber wie kann ich das, wenn ich meine Brille nicht habe.«

»Ich laufe hinauf und hole Ihnen Ihre Ersatzbrille aus dem Schlafzimmer«, schlug Sybil vor.

»Ich habe im Moment keine Ersatzbrille.«

»Nanu, was ist denn damit passiert?«

»Tja, ich glaube, ich hab sie gestern liegen gelassen, als ich beim Lunch war. Ich hab schon dort angerufen, und in den beiden Geschäften, in denen ich war, auch.«

»Du liebe Zeit!«, rief Sybil. »Sie werden sich wohl drei Brillen anschaffen müssen.«

»Wenn ich drei Brillen hätte«, entgegnete Alicia Coombe, »dann würde ich bestimmt mein ganzes Leben damit zubringen, nach der einen oder anderen zu suchen. Nein, ich glaube wirklich, es ist am besten, nur eine einzige zu haben. Dann *muss* man so lange suchen, bis man sie findet.«

»Na, irgendwo wird sie schon sein«, sagte Sybil. »Sie sind ja außer in diesen beiden Räumen nirgends gewesen. Hier ist sie bestimmt nicht, also müssen Sie sie drüben im Anproberaum verlegt haben.«

Sie ging hinüber und schaute sich überall gründlich um. Schließlich, als letzte Möglichkeit, hob sie die Puppe vom Sofa auf.

»Ich hab sie«, rief sie.

»Oh, wo war sie, Sybil?«

»Unter unserer liebreizenden Puppe. Wahrscheinlich haben Sie sie dort hingelegt, als Sie die Puppe wieder aufs Sofa setzten.«

»Das habe ich nicht. Ich bin ganz sicher.«

»Oh«, rief Sybil gereizt, »dann hat sie wohl die Puppe genommen und vor Ihnen versteckt.«

»Wissen Sie«, sagte Alicia, während sie die Puppe nachdenklich betrachtete, »eigentlich würde ich ihr das direkt zutrauen. Sie sieht sehr intelligent aus, finden Sie nicht, Sybil?«

»Ich glaube nicht, dass mir ihr Gesicht gefällt. Sie sieht aus, als wüsste sie etwas, was wir nicht wissen.«

»Finden Sie nicht, dass sie irgendwie traurig und süß aussieht?«, fragte Alicia Coombe bittend, aber ohne Überzeugung.

»Ich finde sie nicht im Geringsten süß«, erwiderte Sybil unwirsch.

»Nein . . . vielleicht haben Sie Recht . . . Na gut, machen wir weiter. Lady Lee wird in zehn Minuten hier sein. Ich will nur eben noch diese Rechnungen fertig machen und zur Post geben.«

»Mrs. Fox! Mrs. Fox!«

»Ja, Margaret?«, fragte Sybil. »Was gibt's?«

Sybil stand über einen Tisch gebeugt und war damit beschäftigt, ein Stück Satin zuzuschneiden.

»Oh, Mrs. Fox, es ist schon wieder diese Puppe. Ich habe das braune Kleid runtergebracht, wie Sie mir aufgetragen haben, und da sitzt die Puppe schon wieder am Schreibtisch. Und ich war das nicht – keine von uns war's. Bitte, Mrs. Fox, wir würden so etwas bestimmt nicht machen.«

Sybils Schere rutschte ein Stück zur Seite.

»Da«, rief sie ärgerlich. »Sehen Sie nur, was jetzt passiert ist. Na ja, ist wohl nicht so arg. Also, was ist mit der Puppe?«

»Sie sitzt schon wieder am Schreibtisch!«

Sybil ging hinunter in den Anproberaum. Die Puppe saß in der gleichen Haltung am Schreibtisch wie zuvor.

»Du weißt wohl genau, was du willst, was?«, sagte Sybil zu ihr.

Dann nahm sie sie ohne weiteres Federlesens hoch und setzte sie wieder aufs Sofa.

»Da ist dein Platz, mein Mädchen«, sagte sie. »Da bleibst du.«

Sie ging in das Zimmer gegenüber.

»Miss Coombe.«

»Ja, Sybil?«

»Hier treibt tatsächlich jemand einen Schabernack mit uns. Diese Puppe saß doch schon wieder am Schreibtisch.«

»Wer, glauben Sie, setzt sie dorthin?«

»Es muss eines von den drei Mädels oben sein. Findet das Ganze wohl wunders wie spaßig. Natürlich werden sie alle Stein und Bein schwören, dass sie es nicht gewesen sind.«

»Wer ist es, was glauben Sie – Margaret?«

»Nein, nicht Margaret. Das glaube ich nicht. Sie sah selbst ganz merkwürdig aus, als sie hereinkam und es mir sagte. Ich tippe auf diese ewig kichernde Marlene.«

»Auf jeden Fall ist es sehr albern, so etwas zu tun.«

»Allerdings – idiotisch«, sagte Sybil. »Aber«, fügte sie grimmig hinzu, »ich werde der Sache ein Ende bereiten.«

»Wie wollen Sie das anfangen?«

»Warten Sie es ab.«

An diesem Abend sperrte Sybil beim Weggehen den Anproberaum von außen ab.

»Ich sperre diese Tür jetzt zu«, verkündete sie, »und nehme den Schlüssel mit.«

»Ach, ich verstehe«, meinte Alicia leicht belustigt. »Sie fangen an zu glauben, ich selber sei es gewesen, nicht wahr? Sie glauben, ich sei so zerstreut, dass ich hineingehe, um etwas zu schreiben, aber statt meiner die Puppe an den Schreibtisch setze, damit sie für mich schreibt. Ist das Ihre Vorstellung? Und dass ich hinterher das Ganze vergesse?«

»Nun ja, es wäre eine Möglichkeit«, räumte Sybil ein.

»Auf jeden Fall werde ich dafür sorgen, dass heute Nacht hier kein alberner Schabernack getrieben wird.«

Am nächsten Morgen ging Sybil nach ihrer Ankunft als allererstes in den Anproberaum. Entschlossen sperrte sie die Tür auf und marschierte hinein. Mrs. Groves wartete bereits, Besen und Staublappen in der Hand, mit gekränkter Miene im Treppenhaus.

»So, jetzt werden wir mal sehen!«, sagte Sybil.

Dann zuckte sie zusammen und zog scharf die Luft ein.

Die Puppe saß am Schreibtisch.

»Puh!«, flüsterte Mrs. Groves hinter ihn. »Das ist direkt unheimlich! Jawohl! Aber, aber, Mrs. Fox, Sie sehen ja ganz blass aus, als ob Ihnen übel wäre. Ein Schnäpschen, das würde Ihnen jetzt gut tun. Wissen Sie, ob Miss Coombe ein Schlückchen oben hat?«

»Mir fehlt nichts«, sagte Sybil abwehrend.

Sie ging auf die Puppe zu, hob sie vorsichtig hoch und trug sie durchs Zimmer.

»Da hat Ihnen schon wieder einer 'nen dummen Streich gespielt«, meinte Mrs. Groves.

»Ich verstehe nicht, wie sie das diesmal fertig gebracht haben sollen«, sagte Sybil langsam. »Ich habe diese Tür gestern Abend abgesperrt. Sie wissen ja selbst, dass niemand hineinkonnte.«

»Vielleicht hat noch jemand 'nen Schlüssel«, wandte Mrs. Groves ein.

»Das glaube ich nicht«, entgegnete Sybil. »Wir haben uns bisher nie die Mühe gemacht, diese Tür abzuschließen. Es ist einer von diesen altmodischen Schlüsseln, und es gibt nur einen davon.«

»Vielleicht passt der andere Schlüssel auch – der von der Tür gegenüber.«

Nacheinander probierten sie sämtliche Schlüssel im Atelier aus, aber keiner passte in die Tür zum Anproberaum.

»Es ist wirklich rätselhaft«, bemerkte Sybil, als sie später zusammen beim Mittagessen saßen.

Alicia Coombe sah beinahe erfreut aus.

»Meine Liebe«, sagte sie, »ich finde es einfach phantastisch. Ich meine, wir sollten es diesen PSI-Leuten mitteilen. Wissen Sie, vielleicht schicken die uns einen Prüfer – ein Medium oder so jemanden –, um festzustellen, ob an dem Zimmer irgendetwas Besonderes ist.«

»Es scheint Sie gar nicht zu stören«, sagte Sybil.

»Ach, in gewisser Weise macht es mir sogar Spaß«, erklärte Alicia Coombe. »Wissen Sie, in meinem Alter findet man es ganz lustig, wenn etwas geschieht! Trotzdem – nein«, fügte sie nachdenklich hinzu, »eigentlich gefällt es mir doch nicht so sehr. Ich meine, diese Puppe nimmt sich allmählich wirklich zu viel heraus, nicht wahr?«

An diesem Abend sperrten Sybil und Alicia Coombe die Tür abermals von außen ab.

»Ich glaube noch immer«, sagte Sybil, »dass man uns vielleicht doch an der Nase herumführt, wenn ich auch nicht recht einsehe, warum . . .«

»Glauben Sie, die Puppe wird morgen früh wieder am Schreibtisch sitzen?«, fragte Alicia forschend.

»Ja«, antwortete Sybil, »das glaube ich.«

Aber sie irrten sich. Die Puppe saß nicht am Schreibtisch. Sie kauerte stattdessen auf der Fensterbank und schaute auf die Straße hinunter. Und wieder war ihre Haltung von außergewöhnlicher Natürlichkeit.

»Das Ganze ist furchtbar albern, finden Sie nicht?«, sagte Alicia Coombe, als sie an diesem Nachmittag während einer Arbeitspause rasch eine Tasse Tee tranken. Sie waren stillschweigend übereingekommen, dies nicht wie gewöhnlich im

Anproberaum, sondern in Alicia Coombes Zimmer gegenüber zu tun.

»Albern inwiefern?«

»Nun, ich will sagen, es gibt eigentlich nichts Greifbares. Bloß eine Puppe, die immerfort an einem anderen Platz sitzt.«

Im Verlauf der folgenden Tage schien diese Feststellung noch zutreffender. Es geschah nun nicht mehr nur des Nachts, dass die Puppe ihren Platz wechselte. Alle Augenblicke konnte es jetzt passieren, dass man, selbst wenn man den Anproberaum nur für ein paar Minuten verließ, bei der Rückkehr die Puppe an einer anderen Stelle vorfand. Es konnte sein, dass man sie auf dem Sofa sitzend zurückgelassen hatte und sie danach auf einem Stuhl entdeckte. Dann saß sie wiederum auf einem anderen Stuhl. Manchmal pflegte sie auch auf der Fensterbank zu sitzen, oder wieder am Schreibtisch.

»Sie wechselt ihren Platz, wie es ihr beliebt«, sagte Alicia Coombe. »Und ich glaube, Sybil, ich *glaube,* es macht ihr Spaß.«

Die beiden Frauen standen und blickten hinab auf die regungslos daliegende Gestalt in ihrem weichen, schmiegsamen Samtkleid und dem Gesicht aus bemalter Seide.

»Dabei besteht das Ganze aus nichts als ein paar Samt- und Seidenflicken und ein paar Tupfen Farbe«, fuhr Alicia in gezwungenem Ton fort. »Wissen Sie, eigentlich könnten wir – hm – könnten wir sie wegtun.«

»Was meinen Sie, wegtun?« Sybils Stimme klang fast schockiert.

»Na ja«, meinte Alicia, »wir könnten sie ins Feuer werfen, wenn wir ein Feuer hätten. Sie verbrennen, meine ich, wie eine Hexe . . . Aber natürlich«, fügte sie nüchtern hinzu, »könnten wir sie auch einfach in die Abfalltonne werfen.«

»Ich glaube nicht, dass das ginge«, erwiderte Sybil. »Wahrscheinlich würde sie irgendwer aus der Tonne herausholen und zurückbringen.«

»Oder wir könnten sie irgendwo hinschicken«, schlug Alicia Coombe vor. »Sie wissen schon, an einen von diesen Vereinen, die einem ständig Bettelbriefe schreiben – zum Verkaufen oder für einen Basar. Ich denke, das wäre die beste Idee.«

»Ich weiß nicht«, sagte Sybil. »Ich hätte beinahe Angst, das zu tun.«

»Angst?«

»Nun ja, ich glaube, sie würde zurückkommen.«

»Sie meinen, sie würde *hierher* zurückkommen?«

»Ja.«

»Wie eine Brieftaube?«

»Ja, genau so.«

»Wir werden hier doch hoffentlich nicht alle langsam närrisch, oder?«, meinte Alicia Coombe. »Vielleicht bin auch ich inzwischen total verkalkt, und Sie wollen mir bloß nicht widersprechen. Ist es so?«

»Nein«, antwortete Sybil. »Aber ich habe ekelhafte Angst – ich habe das scheußliche Gefühl, dass die Puppe uns überlegen ist.«

»Was? Dieses Bündel Lumpen?«

»Jawohl, dieses grässliche, schlappe Bündel Lumpen. Denn sehen Sie, sie ist so entschlossen.«

»Entschlossen?«

»Ihren Willen durchzusetzen. Das ist jetzt *ihr* Zimmer, wissen Sie.«

»Ja.« Alicia Coombe blickte sich um. »Das stimmt. Eigentlich war das von Anfang an so, wenn man sich's recht überlegt – die Farben und all das . . . Ich dachte immer, sie passt so gut hier herein, aber es ist das Zimmer, das zu ihr passt. Ich muss allerdings sagen«, fuhr sie mit einem Anflug von Härte fort, »es ist schon ein starkes Stück, dass eine Puppe einfach so daherkommt und von den Dingen Besitz ergreift. Sie wissen, dass Mrs. Groves nicht mehr hier drinnen sauber machen will.«

»Sagt sie, sie hätte Angst vor der Puppe?«

»Nein. Sie hat nur immer irgendeine Ausrede.« Dann fügte Alicia mit einem Unterton von Panik hinzu: »Was sollen wir tun, Sybil? Diese Geschichte macht mich ganz fertig, wissen Sie. Ich bin seit Wochen nicht mehr fähig, ein Kleid zu entwerfen.«

»Ich kann mich auch nicht richtig aufs Zuschneiden konzentrieren«, gestand Sybil. »Ich mache ständig die dümmsten Fehler. Vielleicht«, setzte sie zögernd hinzu, »wäre Ihre Idee, an die PSI-Leute zu schreiben, doch nicht so übel.«

»Wir würden uns nur lächerlich machen«, entgegnete Alicia Coombe. »Es war nicht ernst gemeint. Nein, ich fürchte, wir werden so weitermachen müssen bis . . .«

»Bis was?«

»Ach, ich weiß nicht.« Alicia lachte unsicher.

Am folgenden Tag fand Sybil, als sie ins Atelier kam, die Tür zum Anproberaum verschlossen.

»Miss Coombe, haben Sie den Schlüssel? Haben Sie gestern Abend hier zugeschlossen?«

»Ja«, erwiderte Alicia Coombe, »ich habe diese Tür abgeschlossen und sie bleibt abgeschlossen.«

»Wie meinen Sie das?«

»Ich meine lediglich, dass ich das Zimmer aufgegeben habe. Wir brauchen keine zwei Räume. Wir können die Anproben auch hier drinnen machen.«

»Aber es ist doch Ihr eigenes privates Wohnzimmer.«

»Ach, ich brauche es nicht mehr. Ich habe ein sehr hübsches Schlafzimmer. Daraus kann ich sehr gut ein Wohnschlafzimmer machen, nicht wahr?«

»Wollen Sie damit sagen, dass Sie wirklich nie wieder in diesen Raum gehen werden?«, fragte Sybil ungläubig.

»Genau das wollte ich sagen, ja.«

»Aber – aber wie ist es mit dem Saubermachen? Es wird doch bald fürchterlich aussehen da drinnen.«

»Soll es doch!«, rief Alicia Coombe. »Wenn dieses Zimmer nun schon mal von einer spukenden Puppe heimgesucht wird, na gut – soll sie es behalten. Und es selber sauber machen.« Und sie fügte hinzu: »Die hasst uns nämlich.«

»Was soll das heißen?«, fragte Sybil. »Die Puppe *hasst* uns?«

»Ja«, erwiderte Alicia. »Haben Sie das nicht gewusst? Sie müssen es gewusst haben. Sie müssen es ihr doch angesehen haben.«

»Ja«, sagte Sybil nachdenklich, »ich glaube schon. Ich glaube, ich habe das von Anfang an gespürt – dass sie uns hasste und uns von dort vertreiben wollte.«

»Sie ist eine boshafte kleine Person«, bestätigte Alicia Coombe. »Immerhin, jetzt dürfte sie ja zufrieden sein.«

Danach wurde es etwas friedlicher. Alicia Coombe verkündete ihren Angestellten, dass sie vorläufig den Anproberaum nicht mehr benützen werde – es seien zu viele Zimmer zum Staubwischen und Saubermachen, erklärte sie.

Es half ihr allerdings kaum, als sie am Abend des gleichen Tages mit anhörte, wie eine der Näherinnen zu einer anderen sagte: »Jetzt ist sie wirklich übergeschnappt, unsere Miss Coombe. Ich hab mir ja schon immer gedacht, dass sie ein bisschen plemplem sein muss – so wie sie ständig alles verliert und vergisst. Aber jetzt ist's ganz aus, was? Sie spielt ja richtig gehend verrückt wegen dieser Puppe da unten.«

»Oh, du glaubst doch nicht etwa, sie wird echt überschnappen?«, gab das andere Mädchen zurück. »So dass sie vielleicht mit dem Messer auf uns losgeht oder so?«

Sie gingen schwatzend weiter, und Alicia richtete sich entrüstet in ihrem Sessel auf. Überschnappen – unerhört! Dann sagte sie resignierend zu sich selbst: »Wenn Sybil nicht wäre, würde ich wahrscheinlich selber glauben, dass ich bald überschnappe. Aber ich und Sybil und Mrs. Groves – wir alle drei – na, es muss doch etwas dran sein. Bloß eines kann ich mir nicht vorstellen, wie soll das enden?«

Drei Wochen später sagte Sybil zu Alicia Coombe: »Irgendwann müssen wir einmal in dieses Zimmer.«

»Warum?«

»Na, ich meine, es muss doch in einem schauderhaften Zustand sein. Wir sollten bloß mal kurz Staub wischen und ausfegen und dann wieder zusperren.«

»Ich würde es viel lieber abgeschlossen lassen und nicht mehr hineingehen«, wandte Alicia Coombe ein.

»Also wissen Sie«, sagte Sybil, »Sie sind ja noch abergläubischer als ich.«

»Mag sein. Ich war viel eher dazu bereit, an all diese Dinge zu glauben als Sie, aber am Anfang, wissen Sie, da – fand ich es sonderbarerweise irgendwie aufregend. Ach, ich weiß nicht. Ich habe einfach Angst und möchte dieses Zimmer lieber nicht mehr betreten.«

»Ich schon«, entgegnete Sybil, »und ich tu's auch.«

»Wissen Sie was?«, sagte Alicia Coombe. »Sie sind einfach neugierig, das ist alles.«

»Also meinetwegen, dann bin ich eben neugierig. Ich möchte gern sehen, was die Puppe gemacht hat.«

»Ich glaube immer noch, es wäre viel besser, sie in Ruhe zu lassen«, sagte Alicia. »Jetzt, wo wir nicht mehr in das Zimmer gehen, ist sie zufrieden. Lassen Sie es lieber dabei.« Sie seufzte gereizt. »Was reden wir bloß für einen Unsinn!«

»Ja, ich weiß, dass wir Unsinn reden, aber wenn Sie mir verraten können, wie wir nicht Unsinn reden sollen – also los, geben Sie mir den Schlüssel.«

»Schon gut, schon gut.«

»Ich glaube, Sie haben Angst, ich könnte sie rauslassen oder so. Ich denke mir, die ist von der Sorte, die durch Fenster und Türen gehen kann.«

Sybil sperrte die Tür auf und ging hinein.

»Wie furchtbar merkwürdig!«

»Was ist merkwürdig?«, fragte Alicia Coombe, während sie ihr über die Schulter spähte.

»Das Zimmer scheint fast überhaupt nicht staubig. Man möchte doch meinen, nachdem es so lange abgeschlossen war . . .«

»Ja, das ist allerdings merkwürdig.«

»Da ist sie«, sagte Sybil.

Die Puppe war auf dem Sofa. Sie lag nicht in ihrer gewöhnlichen schlaffen Haltung da. Sie saß aufrecht, ein Kissen im Rücken, und sah aus wie die Dame des Hauses, die sich anschickt, ihre Gäste zu empfangen.

»Na, die scheint sich hier ja richtig eingelebt zu haben, was?«, bemerkte Alicia Coombe. »Ich habe fast das Gefühl, ich müsste mich entschuldigen, dass wir hereingekommen sind.«

»Gehen wir«, stieß Sybil hervor.

Sie ging rückwärts hinaus, zog die Tür hinter sich zu und sperrte wieder ab.

Die beiden Frauen sahen einander an.

»Ich wüsste gern«, sagte Alicia Coombe, »warum wir uns dabei so fürchten . . .«

»Du liebe Güte, wer würde sich da nicht fürchten?«

»Ich meine, was passiert schließlich schon? Eigentlich gar nichts – bloß dass eine Art Marionettenpuppe im Zimmer herumbewegt wird. Ich nehme an, es ist gar nicht die Puppe selbst – es ist ein Poltergeist.«

»Das ist eine Idee.«

»Ja, aber eigentlich glaube ich nicht dran. Ich glaube, es ist – es ist doch die Puppe.«

»Wissen Sie auch ganz bestimmt nicht mehr, wo sie wirklich hergekommen ist?«

»Ich habe nicht die leiseste Ahnung. Und je länger ich darüber nachdenke, desto mehr bin ich davon überzeugt, dass ich sie nicht gekauft und dass sie mir auch niemand geschenkt hat. Ich glaube, sie ist – na ja, sie ist einfach gekommen.«

»Meinen Sie, sie wird – je wieder weggehen?«

»Eigentlich«, erwiderte Alicia, »sehe ich nicht recht, warum. Sie hat ja alles, was sie will.«

Aber anscheinend hatte die Puppe doch nicht alles, was sie wollte. Am nächsten Tag, als Sybil in den Vorführraum ging, hielt sie plötzlich den Atem an. Dann rief sie die Treppe hinauf.

»Miss Coombe, Miss Coombe, kommen Sie bitte mal herunter.«

»Was ist los?«

Alicia Coombe, die spät aufgestanden war, kam etwas mühselig die Treppe herunter. Sie hatte Rheumatismus im linken Knie.

»Was ist denn mit Ihnen los, Sybil?«

»Sehen Sie her. Sehen Sie, was jetzt passiert ist?«

Sie standen in der Tür zum Vorführraum. Auf einem Sofa saß, lässig an die Armstütze gelehnt, die Puppe.

»Sie ist ausgebrochen«, rief Sybil. »Sie ist aus dem Zimmer drüben ausgebrochen! Sie will auch dieses Zimmer haben.«

Alicia Coombe ließ sich neben der Tür auf den Boden nieder. »Am Ende«, sagte sie, »wird sie wahrscheinlich das ganze Atelier haben wollen.«

»Gut möglich.«

»Du widerwärtiges, hinterhältiges, boshaftes Geschöpf«, schrie Alicia die Puppe an. »Warum kommst du zu uns und belästigst uns so? Wir wollen dich nicht haben.«

Es kam ihr so vor, und Sybil ging es geradeso, als ob sich die Puppe ganz leicht bewegte. Es war, als ob sie ihre Glieder noch ein bisschen lässiger von sich streckte. Einer ihrer langen Arme ruhte auf der Sofalehne, und es schien, als ob ihr Gesicht, halb verborgen, darunter hervorspähte. Und es war ein listiger, boshafter Blick.

»Ein grässliches Ding«, stieß Alicia hervor. »Ich halte das nicht mehr aus! Ich halte es nicht mehr länger aus!«

Plötzlich rannte sie zu Sybils völliger Überraschung quer durchs Zimmer auf die Puppe zu, packte sie, lief zum Fenster, riss es auf und schleuderte die Puppe hinaus auf die Straße. Sybil rang nach Luft und stieß einen leisen Schreckensschrei aus.

»Oh, Alicia, das hätten Sie nicht tun dürfen!«

»Ich musste etwas tun«, keuchte Alicia Coombe. »Ich konnte es einfach nicht mehr aushalten.«

Sybil trat neben sie ans Fenster. Drunten auf den Pflastersteinen lag die Puppe mit gespreizten Gliedern, das Gesicht nach unten.

»Sie haben sie umgebracht«, flüsterte Sybil.

»Reden Sie kein dummes Zeug ... Wie kann ich etwas umbringen, das aus ein paar Stofffetzen besteht. Sie ist ja nicht lebendig.«

»Sie ist grässlich lebendig«, sagte Sybil.

Alicia hielt plötzlich den Atem an.

»Um Himmels willen. Das Kind dort . . .«

Ein kleines zerlumptes Mädchen stand neben der Puppe auf dem Bürgersteig. Es blickte die Straße entlang – eine Straße, die zu dieser Morgenstunde noch nicht übermäßig belebt war, obgleich schon ein paar Autos fuhren. Dann bückte sich das Kind anscheinend befriedigt, hob die Puppe auf und rannte über die Straße.

»Halt, halt!«, rief Alicia.

Sie drehte sich zu Sybil herum.

»Das Kind darf die Puppe nicht mitnehmen. Das darf es nicht! Diese Puppe ist gefährlich – sie ist böse. Wir müssen es aufhalten.«

Es waren jedoch nicht sie, die das Kind aufhielten. Es war der Verkehr. In diesem Augenblick kamen drei Taxis aus der einen Richtung und zwei Lieferwagen aus der anderen. Das Mädchen war auf einer Verkehrsinsel in der Fahrbahnmitte gefangen. Sybil rannte die Treppe hinunter, und Alicia Coombe folgte ihr. Sich zwischen einem Lieferwagen und einem Personenauto hindurchschlängelnd, erreichte Sybil, dicht gefolgt von Alicia Coombe, die Verkehrsinsel, bevor das Mädchen durch die vorbeifahrenden Autos die gegenüberliegende Fahrbahn überqueren konnte.

»Du kannst diese Puppe nicht mitnehmen«, sagte Alicia Coombe. »Gib sie mir zurück.«

Das Kind blickte sie an. Es war ein mageres kleines Mädchen von etwa acht Jahren, das leicht schielte. Sein Gesicht war trotzig.

»Warum soll ich sie dir geben?«, fragte es. »Hast sie doch aus dem Fenster geworfen, ich hab's genau gesehen. Wenn du sie aus dem Fenster wirfst, dann willst du sie nicht haben, also gehört sie jetzt mir.«

»Ich kaufe dir eine andere Puppe«, sagte Alicia beschwörend. »Wir gehen in einen Spielwarenladen – in welchen du willst, und ich kaufe dir die schönste Puppe, die wir finden können. Aber gib mir diese hier zurück.«

»Ich will nicht«, sagte das Kind.

Seine Arme legten sich beschützend um die Samtpuppe.

»Du musst sie zurückgeben«, befahl Sybil. »Sie gehört dir nicht.«

Sie streckte die Hand aus, um dem Kind die Puppe wegzunehmen. Da stampfte die Kleine mit dem Fuß auf, drehte sich um und rief mit schriller Stimme: »Das tu ich nicht! Das tu ich nicht! Das tu ich nicht! Sie gehört mir ganz allein. Ich hab sie lieb. Ihr habt sie nicht lieb. Ihr hasst sie. Wenn ihr sie nicht hassen würdet, würdet ihr sie nicht aus dem Fenster geworfen haben. Ich hab sie lieb, sag ich euch, und das will sie. Sie will lieb gehabt werden.«

Und damit rannte das Kind, sich wie ein Aal zwischen den Fahrzeugen hindurchwindend, quer über die Straße und war in einer engen Gasse verschwunden, ehe sich die beiden Frauen entschließen konnten, ihm durch den Verkehr hindurch zu folgen.

»Sie ist weg«, sagte Alicia.

»Sie hat gesagt, die Puppe will lieb gehabt werden.«

»Vielleicht – vielleicht hat sie das die ganze Zeit gewollt... lieb gehabt werden...«

Mitten im Straßenverkehr von London standen die beiden Frauen und starrten einander erschrocken an.

SOS

»Ah!«, sagte Mr. Dinsmead beifällig.

Er trat ein paar Schritte zurück und betrachtete prüfend den runden Tisch. Das grobe weiße Tischtuch, Messer, Gabeln und das Geschirr schimmerten im Feuerschein.

»Ist – ist alles fertig?«, fragte Mrs. Dinsmead zögernd.

Sie war eine kleine, verblühte Frau mit farblosem Gesicht und schütterem, straff aus der Stirn gekämmtem Haar. Sie war ständig nervös.

»Alles ist fertig«, sagte ihr Mann mit einer Art grimmiger Freundlichkeit.

Er war groß, hielt den Rücken gebeugt und hatte ein breites rotes Gesicht. Seine Schweinsäuglein schauten blinzelnd unter buschigen Brauen hervor, und sein großer Schädel war völlig kahl.

»Limonade?«, fragte Mrs. Dinsmead beinahe flüsternd.

Ihr Mann schüttelte den Kopf.

»Tee. Das ist in jeder Beziehung besser. Schau dir doch das Wetter an, es regnet in Strömen, der Wind heult. An einem solchen Abend braucht man eine Tasse guten, heißen Tee zum Essen.«

Er zwinkerte scherzhaft und betrachtete wieder den Tisch.

»Ich möchte ein paar Eier, kaltes Corned beef, Brot und Käse zum Abendessen. Los, Mutter, sieh zu, dass es fertig wird! Charlotte wartet schon in der Küche und wird dir helfen.«

Mrs. Dinsmead stand auf, wobei sie sorgfältig die Wolle ihres Strickzeugs aufrollte. »Sie ist zu einem sehr hübschen Mädchen herangewachsen«, sagte sie leise. »Zu einer lieblichen Schönheit würde ich sagen.«

»Ah!«, rief Mr. Dinsmead. »Sie ist das Ebenbild ihrer Mutter. Und jetzt beeil dich, wir wollen keine Zeit mehr verlieren.«

Er ging eine Weile im Zimmer hin und her und summte vor sich hin. Einmal trat er ans Fenster und schaute hinaus. »Ein schlimmes Wetter«, sagte er zu sich selbst. »Es ist unwahrscheinlich, dass sich heute Abend ein Besucher zu uns verirrt.«

Dann verließ er den Raum.

Etwa zehn Minuten später kam Mrs. Dinsmead wieder herein. Sie trug eine Platte mit Spiegeleiern. Hinter ihr gingen ihre beiden Töchter mit dem übrigen Essen. Mr. Dinsmead und sein Sohn Johnnie bildeten den Schluss. Mr. Dinsmead setzte sich auf den Platz des Hausherrn.

»Und segne, was du uns bescheret hast, und so weiter«, sagte er humorvoll. »Gesegnet sei auch der Mann, der die Konserve erfunden hat. Ich möchte wissen, was wir in unserer Einöde ohne Konserven anfangen würden, wenn der Fleischer wieder mal vergisst, auf seiner Wochenrunde bei uns hereinzuschauen.«

Geschickt schnitt er das Corned beef in Scheiben.

»Ich frage mich nur, wem es wohl eingefallen sein mag, ein Haus wie dieses zu bauen, meilenweit von jeder anderen menschlichen Behausung entfernt«, sagte seine Tochter Magdalen verdrießlich. »Wir kriegen nie eine Menschenseele zu sehen.«

»Ja«, sagte ihr Vater, »nie eine einzige Menschenseele.«

»Ich kann nicht begreifen, warum du's gekauft hast, Vater«, sagte Charlotte.

»Wirklich nicht, mein Mädchen? Nun, ich hatte meine Gründe – ich hatte meine Gründe!« Er warf seiner Frau einen verstohlenen Blick zu, doch sie runzelte nur die Stirn.

»Außerdem spukt es hier«, sagte Charlotte. »Um keinen Preis der Welt würde ich allein in diesem Haus schlafen.«

»So ein Unsinn!«, antwortete ihr Vater. »Du hast noch nie etwas gesehen, oder? Gib es zu!«

»Gesehen vielleicht nicht, aber . . .«

»Aber was?«

Charlotte antwortete nicht, aber sie schauderte leicht.

Eine heftige Bö peitschte den Regen gegen die Fenster, und Mrs. Dinsmead ließ einen Löffel fallen, dass es klirrte.

»Du bist doch nicht etwa nervös, Mutter?«, fragte Mr. Dinsmead. »Es ist eine schlimme Nacht, sonst nichts. Hab keine Angst, hier an unserem Kamin sind wir sicher, und kein Mensch wird uns stören. Es wäre ein wahres Wunder, wenn jetzt jemand käme. Und Wunder gibt es nicht. Nein«, fügte er mit einem Unterton sonderbarer Befriedigung hinzu, als spräche er zu sich selbst, »Wunder gibt es nicht.«

Kaum hatte er die Worte ausgesprochen, klopfte es an die Haustür. Mr. Dinsmead schien zu erstarren. »Wer kann das sein?«, murmelte er.

Mrs. Dinsmead stieß einen leisen, wimmernden Schrei aus und zog sich den Schal enger um die Schultern. Magdalens Gesicht bekam etwas Farbe, sie beugte sich vor und sagte zu ihrem Vater: »Das Wunder ist geschehen. Geh lieber aufmachen und lass denjenigen herein, der draußen steht – wer es auch ist.«

Zwanzig Minuten früher hatte Mortimer Cleveland im Nebel und strömenden Regen dagestanden und seinen Wagen betrachtet. Das war wirklich ein verdammtes Pech! Zwei Reifenpannen innerhalb von zehn Minuten, und da war er nun, gestrandet, meilenweit von irgendwo, mitten in den kahlen Wiltshire Downs, die lange Nacht vor sich und nirgends eine Zuflucht. Doch es geschah ihm Recht, warum hatte er versucht, die Abkürzung zu nehmen? Wäre er nur auf der Hauptstraße geblieben! Jetzt hatte er sich in den Hügeln auf einem Feldweg verfahren, saß mit dem Wagen fest und hatte keine Ahnung, ob es in der Nähe überhaupt ein Dorf gab.

Beunruhigt schaute er sich um und auf einmal entdeckte er über sich auf dem Hügel einen Lichtschimmer. Im nächsten Moment verschwand er wieder im Nebel, aber Cleveland wartete geduldig und sah kurz darauf das Licht zum zweiten Mal. Nachdem er kurz überlegt hatte, begann er den Hügel hinaufzusteigen.

Bald hatte er den Nebel hinter sich gelassen und stellte fest, dass der Lichtschein aus dem Fenster eines kleinen Hauses fiel.

Dort gewährte man ihm ganz gewiss Unterkunft. Cleveland beschleunigte den Schritt und senkte den Kopf, um sich gegen den wütenden Angriff von Wind und Regen zu stemmen, die sich größte Mühe gaben, ihn zurückzutreiben.

Cleveland war auf seine Weise eine Berühmtheit, obwohl zweifellos die Leute in der Überzahl waren, die weder seinen Namen kannten noch wussten, was er geleistet hatte. Er war eine Autorität auf dem Gebiet der Erforschung des menschlichen Geistes und hatte zwei hervorragende Bücher über das Unbewusste geschrieben. Er war Mitglied der »Gesellschaft zur Erforschung des Übersinnlichen« und beschäftigte sich auch mit Okkultismus, soweit er seine eigenen Erkenntnisse und Forschungen berührte.

Er war von Natur aus besonders empfänglich für Stimmungen und hatte diese Gabe durch zielbewusste Schulung noch weiter ausgebildet. Als er das kleine Haus schließlich erreicht hatte und an die Tür klopfte, empfand er Erregung, eine immer größer werdende Neugier, als seien alle seine Sinne plötzlich aufs Höchste angespannt.

Er hatte deutliches Stimmengemurmel gehört, aber nachdem er geklopft hatte, trat Stille ein. Dann wurde ein Stuhl zurückgeschoben. Kaum eine Minute später riss ein ungefähr fünfzehnjähriger Junge die Tür auf. Über seine Schulter hinweg blickte Cleveland direkt in ein erleuchtetes Zimmer.

Die Szene erinnerte ihn an das Gemälde eines niederländischen Meisters. Ein runder, zum Essen gedeckter Tisch, eine Familie, die sich an diesem Tisch versammelt hatte, ein paar flackernde Kerzen und über allem der glühende Schein des Kaminfeuers. Der Vater, ein großer, breiter Mann, saß an der einen Seite des Tisches, ihm gegenüber eine kleine, farblose Frau mit einem verängstigten Gesicht. Der Tür zugewandt saß ein Mädchen. Sie sah Cleveland an. Ihre erschrockenen Augen schauten direkt in die seinen, und ihre Hand, die eben die Tasse an die Lippen heben wollte, hielt mitten in der Bewegung inne.

Sie war, das sah Cleveland sofort, ein schönes Mädchen und

ein höchst ungewöhnlicher Typ. Ihr rotgoldenes Haar umgab ihr Gesicht wie eine Wolke, ihre sehr weit auseinander stehenden Augen waren von reinem Grau. Sie hatte den Mund und das Kinn einer frühitalienischen Madonna.

Einen Augenblick herrschte tödliche Stille. Dann trat Cleveland ins Zimmer und erklärte seine missliche Lage. Als er seine banale Geschichte zu Ende erzählt hatte, folgte wieder eine rätselhafte Pause. Schließlich stand der Vater auf, doch es sah aus, als müsse er sich dazu zwingen.

»Kommen Sie herein, Sir – Mr. Cleveland, wenn ich richtig verstanden habe?«

»So heiße ich«, erwiderte Cleveland lächelnd.

»Ah! Ja. Also herein mit Ihnen, Mr. Cleveland! Bei einem solchen Wetter jagt man keinen Hund auf die Straße, nicht wahr? Kommen Sie ans Feuer. Mach die Tür zu, Johnnie! Steh nicht die halbe Nacht dort herum.«

Cleveland trat näher und setzte sich auf einen hölzernen Hocker neben dem Kamin. Johnnie machte die Tür zu.

»Dinsmead ist mein Name«, sagte der Hausherr. Er war jetzt sehr freundlich. »Das ist meine Frau, und die beiden Mädchen sind meine Töchter, Charlotte und Magdalen.«

Zum ersten Mal sah Cleveland das Gesicht des Mädchens, das ihm den Rücken zugekehrt hatte. Sie war, obwohl ihre Schönheit von ganz anderer Art war, genauso reizvoll wie ihre Schwester. Sehr dunkel, mit einem Gesicht von marmorner Blässe, einer zarten, leicht gebogenen Nase und einem ernsten Mund. Es war eine erstarrte, strenge und beinahe beängstigende Schönheit. Nachdem ihr Vater sie dem Gast vorgestellt hatte, neigte sie den Kopf und sah ihn mit einem forschenden Blick an. Es war, als schätze sie ihn ab, messe ihn mit dem Maß ihres jungen Verstandes.

»Möchten Sie einen Schluck trinken, Mr. Cleveland?«

»Besten Dank«, antwortete Mortimer. »Eine Tasse Tee genügt mir völlig.«

Mr. Dinsmead zögerte eine Weile, nahm dann die fünf Tassen, eine nach der anderen, und goss sie in einen leeren Krug.

»Der Tee ist kalt«, sagte er schroff. »Mach uns frischen, ja, Mutter?«

Mrs. Dinsmead erhob sich rasch und hastete mit der Teekanne hinaus. Cleveland hatte den Eindruck, dass sie froh war, das Zimmer verlassen zu können. Der frische Tee war bald fertig, und dem unerwarteten Gast wurde außerdem ein komplettes Abendessen aufgedrängt.

Der Hausherr redete und redete. Er war überschwänglich, leutselig, geschwätzig. Er erzählte dem Fremden alles über sich. Er hatte sich kürzlich aus dem Baugewerbe zurückgezogen – ja, er hatte recht anständig verdient. Er und seine Frau hätten gemeint, ein bisschen Landluft könne nicht schaden. Sie hatten bisher noch nie auf dem Land gelebt. Es war natürlich nicht die richtige Jahreszeit, die sie sich ausgesucht hatten, jetzt im Oktober, November, aber sie hatten nicht warten wollen. »Das Leben ist eine recht unsichere Sache, nicht wahr, Sir?« Und sie hatten dieses kleine Haus gekauft. Acht Meilen vom nächsten Nachbarn und neunzehn Meilen von der nächsten Ortschaft entfernt, die man mit einiger Berechtigung eine Stadt nennen konnte. Nein, sie beklagten sich nicht. Die Mädchen fanden es ein bisschen öde, aber er und seine Frau genossen die Ruhe.

Er redete und redete und hypnotisierte Cleveland fast mit seiner leicht dahinplätschernden Wortflut. Ganz gewiss war nichts Ungewöhnliches hier zu finden, nur ziemlich alltägliche Häuslichkeit. Und doch hatte Cleveland bei seinem ersten Blick ins Innere dieses Hauses etwas anderes gespürt, eine nervöse Spannung, die von einem dieser vier Menschen ausging – er wusste nicht, von welchem. Doch das war purer Unsinn! Seine Nerven spielten verrückt. Sein plötzliches Auftauchen hatte sie erschreckt, mehr steckte nicht dahinter.

Er fragte zurückhaltend, ob er vielleicht im Haus übernachten könne, und man forderte ihn bereitwillig zum Bleiben auf.

»Sie müssen mit uns vorlieb nehmen, Mr. Cleveland, Sie finden meilenweit kein anderes Haus. Wir haben ein Zimmer für Sie, und obwohl mein Pyjama Ihnen vielleicht ein bisschen zu weit sein wird, ist er besser als nichts, und Ihre Sachen können bis zum Morgen trocknen.«

»Das ist sehr freundlich von Ihnen.«

»Nicht der Rede wert«, entgegnete der Hausherr herzlich. »Wie ich vorhin schon sagte, würde man in einer solchen Nacht keinen Hund auf die Straße jagen. Magdalen, Charlotte, geht hinauf und bringt das Zimmer in Ordnung.«

Die beiden Mädchen verließen den Raum. Kurz darauf hörte Cleveland sie oben hin und her gehen.

»Ich verstehe sehr gut, dass zwei so anziehende junge Mädchen wie Ihre Töchter es hier öde und langweilig finden«, sagte er.

»Sind beide bildhübsch, wie?«, sagte Mr. Dinsmead mit väterlichem Stolz. »Nicht wie ihre Mutter und ich. Wir sind einfache Leute, aber wir hängen sehr aneinander, das kann ich Ihnen sagen, Mr. Cleveland. Eh, Maggie, ist es nicht so?«

Mrs. Dinsmead lächelte steif. Sie hatte wieder angefangen zu stricken. Ihre Nadeln klapperten geschäftig. Sie strickte sehr schnell.

Bald darauf meldeten die Mädchen, das Zimmer sei bereit. Cleveland bedankte sich noch einmal und erklärte, er wolle jetzt schlafen gehen.

»Habt ihr ihm eine Wärmflasche ins Bett gelegt?«, fragte Mrs. Dinsmead, die sich plötzlich auf ihre Hausfrauenpflichten besann.

»Ja, Mutter, zwei sogar.«

»Das ist recht«, sagte Dinsmead. »Geht mit ihm hinauf, Mädchen, und kümmert euch um ihn, falls er noch einen Wunsch hat.«

Die Kerze in die Höhe haltend, stieg Magdalen vor Cleveland die Treppe hinauf. Charlotte ging hinter ihm. Das Zimmer war freundlich, klein und hatte eine schräge Wand, das Bett sah bequem aus. Die ziemlich staubigen Möbel waren aus altem Mahagoni. In der Waschschüssel stand ein Krug mit heißem Wasser, und über einem Stuhl lag ein rosafarbener Pyjama von üppigen

Ausmaßen. Das Bett war gemacht und die Decke zurückgeschlagen.

Magdalen ging zum Fenster und prüfte, ob es ordentlich geschlossen war. Charlotte überzeugte sich mit einem letzten Blick, dass auf dem Waschtisch nichts fehlte. Dann blieben beide ein wenig unsicher an der Tür stehen.

»Gute Nacht, Mr. Cleveland. Haben Sie auch wirklich alles?«

»Ja, besten Dank, Miss Magdalen. Es ist mir ein bisschen peinlich, weil ich Ihnen beiden so viel Mühe mache. Gute Nacht.«

»Gute Nacht.«

Sie gingen hinaus und schlossen die Tür hinter sich. Cleveland war allein. Langsam und nachdenklich zog er sich aus. Nachdem er sich in Mr. Dinsmeads rosafarbenen Schlafanzug gehüllt hatte, sammelte er seine nassen Sachen ein und legte sie vor die Tür. Sein Gastgeber hatte ihn darum gebeten. Aus dem Erdgeschoss hörte er noch immer das Dröhnen von Dinsmeads Stimme.

Was für ein Schwätzer dieser Mann doch war! Alles in allem ein merkwürdiger Mensch – aber eigentlich hatte die ganze Familie etwas Merkwürdiges an sich. Oder bildete er sich das nur ein?

Langsam kehrte er in sein Zimmer zurück und schloss die Tür. In Gedanken versunken blieb er neben dem Bett stehen. Und dann zuckte er zusammen . . .

Der Mahagonitisch neben dem Bett war mit Staub bedeckt, und jemand hatte deutlich sichtbar drei Buchstaben in den Staub geschrieben: SOS.

Er starrte die drei Buchstaben an, als traue er seinen Augen nicht. Sie waren eine Bestätigung seiner unklaren Vermutungen und Ahnungen. Er hatte also Recht. Irgendetwas stimmte nicht in diesem Haus.

SOS. Ein Hilferuf. Doch wer hatte ihn in den Staub geschrieben? War es Magdalen oder Charlotte gewesen? Sie hatten, wie er sich erinnerte, beide kurz vor dem Tisch gestanden. Wer hatte heimlich diese drei Buchstaben in den Staub gemalt?

Er sah die beiden Mädchen wieder vor sich. Magdalens Gesicht, dunkel und unnahbar, und Charlottes Gesicht, wie er es das erste Mal gesehen hatte: großäugig, etwas Unergründliches im Blick ...

Wieder ging er zur Tür und öffnete sie. Mr. Dinsmeads dröhnende Stimme war nicht mehr zu hören. Es war still im Haus.

Heute kann ich nichts mehr tun, dachte Cleveland. Morgen – nun ja, wir werden sehen ...

Cleveland erwachte früh. Er ging hinunter ins Wohnzimmer und dann in den Garten. Nach dem Regen war der Morgen frisch und klar. Außer ihm war noch jemand so früh aufgestanden. Charlotte lehnte am Ende des Gartens am Zaun und blickte auf die hügelige Landschaft der Downs. Clevelands Puls begann zu hämmern, während er auf sie zuging. Von Anfang an war er insgeheim davon überzeugt gewesen, dass die Botschaft von Charlotte stammte. Als er auf sie zutrat, wandte sie sich um und wünschte ihm einen guten Morgen. Ihr Blick war offen und kindlich und verriet keine Spur eines heimlichen Einverständnisses.

»Einen schönen guten Morgen«, erwiderte Cleveland lächelnd. »Was für ein Unterschied zu gestern Abend!«

»Wie Recht Sie haben.«

Cleveland brach von einem in der Nähe stehenden Baum einen Zweig ab und begann, als habe er nichts Besseres zu tun, etwas in den glatten Sand zu seinen Füßen zu malen. Er schrieb ein S, dann ein O und wieder ein S und beobachtete Charlotte dabei genau. Doch wieder entdeckte er keinen Funken Verständnis bei ihr.

»Wissen Sie, was diese Buchstaben bedeuten?«, fragte er übergangslos.

Charlotte zog leicht die Stirn kraus. »Ist das nicht das Signal, das Schiffe – Dampfer funken, wenn sie in Seenot geraten sind?«

Cleveland nickte. »Jemand hat es gestern Abend auf den Tisch neben meinem Bett geschrieben«, sagte er ruhig. »Ich dachte, dass Sie es vielleicht gewesen sind.«

Sie sah ihn mit großäugigem Erstaunen an. »Ich? O nein!«

Dann hatte er sich also geirrt. Er fühlte die Enttäuschung wie einen scharfen Stich. Es war so sicher gewesen – so völlig sicher. Es geschah nicht oft, dass seine Intuition ihn täuschte.

»Sie waren es bestimmt nicht?«, fragte er hartnäckig.

»Nein, bestimmt nicht.«

Sie machten kehrt und gingen langsam auf das Haus zu. Charlotte schien irgendetwas zu beschäftigen. Auf seine wenigen Bemerkungen antwortete sie nur zerstreut.

Plötzlich sagte sie leise und hastig: »Es – es ist wirklich merkwürdig, dass Sie nach diesen Buchstaben fragten. Ich habe sie natürlich nicht geschrieben, aber – ich hätte es sehr leicht tun können.«

Er blieb stehen und sah sie an, und sie fuhr rasch fort: »Es klingt albern, ich weiß, aber ich hatte Angst, so schreckliche Angst, und als Sie gestern Abend kamen, schien mir das wie – wie eine Antwort zu sein.«

»Wovor haben Sie Angst?«, fragte er.

»Ich weiß es nicht.«

»Sie wissen es nicht?«

»Ich glaube, es ist das Haus. Seit wir eingezogen sind, ist diese Angst in mir gewachsen und gewachsen. Alle scheinen irgendwie verändert. Vater, Mutter und Magdalen, alle sind anders.«

Cleveland antwortete nicht sofort, und dann sprach Charlotte auch schon weiter: »Wissen Sie, dass es in diesem Haus angeblich spukt?«

»Was?« Sein Interesse wurde immer größer.

»Ja, ein Mann hat hier seine Frau ermordet, vor – oh, es ist schon einige Jahre her. Wir haben es erst erfahren, als wir schon hier wohnten. Vater sagt, Gespenster seien nichts als Unsinn, aber ich – weiß nicht . . .«

Cleveland überlegte schnell. »Sagen Sie«, fragte er sachlich, »wurde der Mord in dem Zimmer verübt, in dem ich heute Nacht schlief?«

»Darüber weiß ich nichts«, antwortete Charlotte.

»Wäre es möglich –«, sagte Cleveland halb zu sich selbst. »Ja, so könnte es gewesen sein.«

Sie sah ihn verständnislos an.

»Miss Dinsmead«, sagte Cleveland freundlich, »hatten Sie je Anlass zu glauben, dass Sie über mediale Fähigkeiten verfügen?«

Sie starrte ihn nur wortlos an.

»Ich denke, Sie wissen, dass Sie gestern Abend dieses SOS geschrieben haben. Ganz unbewusst, natürlich. Ein Verbrechen verunreinigt gewissermaßen die Atmosphäre. Das kann sich auf einen empfindsamen Menschen wie Sie so auswirken. Sie haben die Gefühle und die Eindrücke des Opfers nachvollzogen. Vor vielen Jahren schrieb vielleicht jene Frau SOS auf die Tischplatte, und Sie haben gestern Abend nur wiederholt, was sie damals tat.«

Charlottes Gesicht hellte sich auf. »Ich verstehe«, sagte sie. »Glauben Sie wirklich, das ist die Erklärung?«

Jemand rief aus dem Haus nach ihr, und sie ging hinein, während Cleveland seinen Spaziergang durch den Garten fortsetzte. War er mit dieser Lösung zufrieden? Schloss sie alle Tatsachen ein, die er kannte? Erklärte sie auch die Spannung, die er gestern Abend beim Betreten des Hauses gespürt hatte?

Vielleicht, und doch hatte er noch immer das sonderbare Gefühl, dass sein plötzliches Erscheinen fast so etwas wie Bestürzung ausgelöst hatte. Ich darf mich von solchen übersinnlichen Erklärungen nicht irreführen lassen, dachte er. Sie mag für Charlotte zutreffen, aber nicht für die anderen. Mein Auftauchen hat sie schrecklich aufgeregt, alle außer Johnnie. Was es auch ist, Johnnie ist nicht daran beteiligt.

Davon war er fest überzeugt. Merkwürdig, dass er es so sicher wusste, doch so war es nun einmal.

In diesem Augenblick tauchte der Junge aus dem Haus auf und kam dem Gast entgegen. »Das Frühstück ist fertig«, sagte er verlegen. »Kommen Sie bitte mit rein.«

Cleveland fiel auf, dass Johnnie fleckige und verfärbte Finger hatte. Der Junge bemerkte seinen Blick und lachte leise.

»Ich spiele dauernd mit Chemikalien herum, wissen Sie«, sagte er. »Es macht meinen Vater manchmal ziemlich wütend. Ich soll Maurer lernen, aber ich möchte Chemie studieren und in die Forschung gehen.«

Mr. Dinsmead erschien an dem Fenster vor ihnen, breit, wohlwollend, lächelnd, und bei seinem Anblick erwachten in Cleveland wieder Misstrauen und Feindseligkeit. Mrs. Dinsmead hatte schon am Tisch Platz genommen. Sie wünschte ihm mit ihrer farblosen Stimme »guten Morgen«, und wieder hatte er den Eindruck, dass sie sich aus irgendeinem Grund vor ihm fürchtete.

Magdalen kam als Letzte herein. Sie nickte ihm kurz zu und setzte sich ihm dann gegenüber. »Haben Sie gut geschlafen?«, fragte sie plötzlich. »War das Bett bequem?«

Sie sah ihn sehr ernst an, und als er ihre Fragen höflich bejahte, merkte er, dass so etwas wie der Schatten einer Enttäuschung über ihr Gesicht huschte. Was hatte sie wohl von ihm zu hören erwartet?

Cleveland wandte sich an seinen Gastgeber. »Ihr Sohn scheint sich ja sehr für die Chemie zu interessieren«, sagte er liebenswürdig.

Seinen Worten folgte ein lautes Klirren. Mrs. Dinsmead hatte ihre Teetasse fallen lassen.

»Aber, aber, Maggie!«, sagte ihr Mann.

Cleveland schien es, als enthalte Dinsmeads Stimme eine Ermahnung, eine Warnung. Dann wandte der Hausherr sich seinem Gast zu und sprach flüssig über die Vorzüge des Baugewerbes und darüber, dass man halbwüchsigen Jungen nicht ihren Willen lassen dürfe.

Nach dem Frühstück ging Cleveland allein in den Garten und rauchte. Allmählich wurde es Zeit, dass er die Dinsmeads verließ. Es war etwas anderes, ob man für eine Nacht ein Obdach suchte oder die gewährte Gastfreundschaft ohne Grund über Gebühr in Anspruch nahm. Und welchen Grund hätte er nennen können? Dennoch hatte er absolut keine Lust, sich zu verabschieden.

Die Frage, wie er das Problem lösen könnte, ließ ihn nicht los, und ganz in Gedanken schlug er einen Weg ein, der um das Haus herumführte. Seine Schuhe hatten Kreppsohlen und machten wenig oder gar kein Geräusch. Als er am Küchenfenster vorbeikam, hörte er Dinsmead drinnen sprechen, und was er sagte, erregte sofort Clevelands Aufmerksamkeit.

»Es ist ein ziemlicher Haufen Geld«, sagte der Hausherr.

Mrs. Dinsmead antwortete, doch ihre Stimme war zu leise, sodass Cleveland nicht verstand, was sie sagte.

»Fast sechzigtausend Pfund, hat der Anwalt gesagt«, entgegnete Dinsmead.

Cleveland hatte nicht lauschen wollen, war aber, als er weiterging, sehr nachdenklich. Durch diese Bemerkung über Geld schien die Situation festere Umrisse anzunehmen. Auf diese oder jene Weise ging es um sechzigtausend Pfund, das machte die Dinge klarer – und hässlicher.

Magdalen kam aus dem Haus, doch die Stimme ihres Vaters rief sie beinahe sofort zurück, und sie ging wieder hinein. Kurz darauf schloss Dinsmead sich seinem Gast an.

»Einen so schönen Morgen wie heute gibt es selten«, sagte er. »Ich hoffe nur, Ihr Wagen hat in der Nacht nicht noch mehr Schaden genommen.«

Er möchte herausfinden, wann ich verschwinde, dachte Cleveland. Dann bedankte er sich noch einmal für die Gastfreundschaft.

»Nicht der Rede wert, nicht der Rede wert«, sagte Mr. Dinsmead.

Magdalen und Charlotte verließen das Haus und schlenderten Arm in Arm zu einer etwas entfernt stehenden grob behauenen Bank. Der dunkle und der rotblonde Kopf waren ein reizvoller Gegensatz, und Mortimer sagte aus einem Impuls heraus: »Ihre beiden Töchter sind sich sehr unähnlich, Mr. Dinsmead.«

Der Hausherr, der eben seine Pfeife anzünden wollte, zuckte heftig mit der Hand und ließ das Streichholz fallen.

»Finden Sie?«, fragte er. »Ja, nun, vermutlich stimmt es.«

Da kam Cleveland eine blitzartige Erkenntnis. »Aber natürlich sind nicht beide Ihre Töchter«, sagte er gelassen.

Er merkte, dass Dinsmead ihn ansah, einen Augenblick zögerte und dann einen Entschluss fasste.

»Das haben Sie sehr gut beobachtet, Sir«, sagte er. »Ja, die eine wurde von uns adoptiert. Wir haben sie als Baby zu uns genommen und wie unsere eigene Tochter großgezogen. Sie ahnt die Wahrheit nicht, wird sie aber bald erfahren müssen.« Er seufzte.

»Handelt es sich um eine Erbschaft?«, fragte Cleveland.

Dinsmead warf ihm einen misstrauischen Blick zu, schien jedoch zu der Ansicht zu gelangen, dass Ehrlichkeit das beste sei. Seine Haltung bekam in ihrer Offenheit fast etwas Angriffslustiges.

»Wie sonderbar, dass Sie das sagen, Sir.«

»Ein Fall von Telepathie, was?« Cleveland lächelte.

»Die Sache ist die, Sir. Wir haben sie gegen Bezahlung bei uns aufgenommen, um der Mutter einen Gefallen zu tun und weil wir Geld brauchten, da ich damals gerade meine Baufirma gründete. Vor ein paar Monaten entdeckte ich in einer Zeitung eine Anzeige, und mir schien, dass es sich bei dem gesuchten Kind nur um unsere Magdalen handeln konnte. Ich habe die Anwälte aufgesucht, und es wurde eine Menge hin und her geredet. Sie waren misstrauisch, und das, was man ruhig sagen kann, nicht ohne Grund, doch inzwischen ist alles geklärt. Ich fahre nächste Woche mit ihr nach London, aber bis jetzt weiß sie von der ganzen Sache noch nichts. Ihr Vater war offensichtlich ein reicher jüdischer Geschäftsmann, der erst ein paar Monate vor seinem Tod von der Existenz des Kindes erfuhr. Er beauftragte ein paar Detektive, seine Tochter zu suchen, und hinterließ ihr für den Fall, dass sie gefunden würde, sein ganzes Vermögen.«

Cleveland hörte sehr aufmerksam zu. Er hatte keinen Grund, Mr. Dinsmeads Geschichte anzuzweifeln. Sie war die Erklärung für Magdalens dunkle Schönheit und vielleicht sogar für ihr unnahbares Wesen. Trotzdem – obwohl die Geschichte selbst wahr sein konnte, steckte mehr dahinter. Dinsmead hatte irgendetwas verschwiegen. Doch Cleveland hatte nicht die Absicht, ihn misstrauisch zu machen. Im Gegenteil.

»Eine sehr interessante Geschichte, Mr. Dinsmead«, sagte er. »Ich beglückwünsche Miss Magdalen. Als Erbin und von solcher Schönheit hat sie ein schönes Leben vor sich.«

»Das hat sie«, pflichtete ihr Vater ihm mit Wärme bei, »und sie ist auch ein ungewöhnlich braves Mädchen, Mr. Cleveland.«

»Also«, sagte Cleveland, »ich muss jetzt wohl aufbrechen. Lassen Sie mich Ihnen noch einmal für Ihre Gastfreundschaft danken, Mr. Dinsmead. Sie kam genau im richtigen Augenblick.«

In Begleitung seines Gastgebers ging er ins Haus zurück, um sich von Mrs. Dinsmead zu verabschieden. Sie stand am Fenster, kehrte ihnen den Rücken zu und hörte sie nicht eintreten. »Mr. Cleveland ist da und möchte Lebewohl sagen, Mutter.«

Mrs. Dinsmead zuckte nervös zusammen, fuhr herum und ließ etwas fallen, das sie in der Hand gehalten hatte. Cleveland hob es auf. Es war eine Miniatur von Charlotte, in einem Stil gemalt, der vor etwa fünfundzwanzig Jahren modern gewesen war. Er bedankte sich auch bei Mrs. Dinsmead, und wieder fiel ihm ihre verängstigte Miene auf. Sie senkte halb die Lider und warf ihm einen verstohlenen Blick zu.

Die beiden Mädchen waren nirgends zu sehen, doch es gehörte zu Clevelands Plan, so zu tun, als sei er nicht besonders interessiert daran, sich auch von ihnen zu verabschieden. Außerdem hatte er eine ganz bestimmte Vermutung, die sich bald als richtig erweisen sollte. Er war auf dem Weg zu seinem Wagen etwa eine halbe Meile den Hügel hinuntergegangen, als sich auf der einen Seite des Pfades die Büsche teilten und Magdalen heraustrat.

»Ich musste Sie noch einmal sehen«, sagte sie.

»Ich habe Sie erwartet«, erwiderte Cleveland. »Sie waren es doch, die gestern Abend SOS auf die Tischplatte schrieb, nicht wahr?«

Magdalen nickte.

»Warum?«, fragte Cleveland freundlich.

Sie wandte sich zur Seite und begann Blätter von einem Strauch abzureißen. »Ich weiß es nicht«, sagte sie. »Ich weiß es wirklich nicht.«

»Erzählen Sie.«

Magdalen holte tief Atem. »Ich bin eine praktisch denkende Person«, sagte sie, »ich bilde mir keine Dinge ein und neige nicht zu Übertreibungen. Sie, das weiß ich, glauben an Geister und Gespenster. Ich nicht. Und wenn ich Ihnen sage, dass in diesem Haus«, sie wies den Hügel hinauf, »etwas nicht geheuer ist, dann meine ich damit, dass man es ganz deutlich spüren kann. Es ist nicht nur ein Echo der Vergangenheit. Es fing schon als, als wir herkamen. Jeden Tag wird es schlimmer. Vater ist verändert, Mutter ist verändert, Charlotte ist verändert . . .«

»Ist Johnnie verändert?«, fiel Cleveland ihr ins Wort.

Mit wachsendem Verstehen im Blick sah Magdalen ihn an. »Nein«, sagte sie, »wenn ich genau überlege – Johnnie ist wie immer. Er ist der einzige, der von allem unberührt bleibt. Auch gestern Abend beim Tee war er wie immer.«

»Und Sie?«, fragte Mortimer.

»Ich hatte Angst – entsetzliche Angst, wie ein Kind, und ich wusste nicht, wovor. Vater benahm sich so seltsam. Ich finde kein anderes Wort dafür – er war seltsam. Er redete über Wunder, und ich betete – betete wirklich darum, dass ein Wunder geschehen möge. Und dann klopften Sie an die Haustür.«

Sie brach unvermittelt ab und musterte ihn herausfordernd. »Ich komme Ihnen wohl ziemlich verrückt vor«, sagte sie dann.

»Nein«, erwiderte Cleveland, »im Gegenteil, ich halte Sie für äußerst vernünftig. Alle vernünftigen Leute spüren eine nahende Gefahr.«

»Sie verstehen mich nicht«, sagte Magdalen, »ich hatte keine Angst um mich . . .«

»Um wen dann?«

Doch wieder schüttelte sie nur verwirrt den Kopf. »Ich weiß es nicht. Als ich das SOS schrieb, geschah es ganz impulsiv. Ich hatte die zweifellos lächerliche Idee, dass ich nicht mit Ihnen sprechen dürfte. Dass die anderen es nicht erlauben würden, meine ich. Ich weiß nicht, um was ich Sie eigentlich bitten wollte und was Sie tun sollten. Ich weiß es auch jetzt nicht.«

»Macht nichts«, sagte Cleveland. »Ich tue es trotzdem.«

»Was denn?«

Cleveland lächelte leicht. »Nachdenken.«

Sie sah ihn zweifelnd an.

»Ja«, sagte Cleveland, »auf diese Weise kann man viel erreichen, mehr als Sie für möglich halten. Sagen Sie, haben Sie gestern vor dem Abendessen zufällig ein Wort oder einen Satz gehört, der Ihnen besonders auffiel?«

Magdalen runzelte die Stirn. »Ich glaube nicht«, antwortete sie. »Das heißt, ich habe gehört, wie mein Vater zu meiner Mutter sagte, Charlotte sei ihr Ebenbild, und dann lachte er irgendwie komisch – aber daran ist doch nichts merkwürdig, oder?«

»Nein«, entgegnete Cleveland langsam, »nichts. Außer dass Charlotte ihrer Mutter nicht ähnlich sieht.« Er blieb ein paar Sekunden in Gedanken versunken stehen, blickte dann auf und bemerkte, dass Magdalen ihn unsicher beobachtete. »Gehen Sie nach Hause, Kind«, sagte er, »und machen Sie sich keine Sorgen! Überlassen Sie alles mir!«

Gehorsam lief sie den Weg zurück, auf das Haus zu. Cleveland schlenderte ein Stückchen weiter und legte sich ins Gras. Er schloss die Augen, verbannte alle bewussten Gedanken und Überlegungen aus seinem Kopf und ließ die Bilder an seinem geistigen Auge vorüberziehen, wie sie ihm gerade einfielen.

Johnnie. Immer wieder kam er auf Johnnie zurück. Johnnie, völlig arglos, völlig unberührt von dem Netz aus Misstrauen und Intrigen, aber trotzdem der Angelpunkt, um den sich alles drehte. Er erinnerte sich an das laute Klirren, mit dem Mrs. Dinsmeads Teetasse heute Morgen auf der Untertasse zerbrochen war. Warum war sie so erregt gewesen? Wegen seiner beiläufigen Bemerkung, dass der Junge gern mit Chemikalien experimentierte? In jenem Augenblick hatte er nicht auf Mr. Dinsmead geachtet, doch jetzt sah er ihn deutlich vor sich: Er saß da, und die Hand, mit der er die Teetasse an die Lippen führen wollte, schwebte wie erstarrt in der Luft.

Das brachte ihn zu Charlotte zurück. Als sich am vergangenen Abend die Tür geöffnet hatte, hatte sie ihn über den Rand ihrer Teetasse hinweg angestarrt. Und diese Erinnerung führte sehr schnell zu einer anderen. Zu Mr. Dinsmead, wie er eine Tasse nach der anderen ausgoss und sagte: »Dieser Tee ist kalt.«

Jetzt fiel ihm ein, dass es aus den Tassen noch gedampft hatte. So kalt konnte der Tee also nicht gewesen sein!

Ein bestimmter Gedanke begann sich in seinem Kopf zu regen. Die Erinnerung an eine Geschichte, die er vor nicht allzu langer Zeit gelesen hatte, irgendwann im vergangenen Monat musste es gewesen sein. Eine ganze Familie war durch den Leichtsinn eines Sohnes vergiftet worden. Ein Päckchen mit Arsen hatte im Küchenschrank gelegen. Durch ein Loch im Brett war Gift auf das darunter liegende Brot gerieselt. Cleveland hatte in der Zeitung über den Fall gelesen. Und Mr. Dinsmead wahrscheinlich auch.

Die Dinge wurden allmählich klarer . . .

Eine halbe Stunde später stand Mortimer Cleveland energisch auf.

Im Haus auf dem Hügel war es wieder Abend geworden. Es gab verlorene Eier und Schweinskopfsülze aus der Büchse. Bald darauf brachte Mrs. Dinsmead auch die große Teekanne aus der Küche herein. Die Familie setzte sich um den runden Tisch.

»Was für ein Unterschied zum Wetter von gestern«, sagte Mrs. Dinsmead und sah zum Fenster.

»Ja«, bestätigte Mr. Dinsmead, »heute Abend ist es so still, dass man eine Stecknadel fallen hören könnte. Also, Mutter, schenk ein!«

Mrs. Dinsmead füllte die Tassen und reichte sie weiter. Als sie die Teekanne abstellte, stieß sie plötzlich einen leisen Schrei aus und presste die Hand auf die Brust. Mr. Dinsmead fuhr auf seinem Stuhl herum und sah in die Richtung, in die ihre entsetzten Augen blickten. Auf der Schwelle stand Mortimer Cleveland.

Mit freundlicher und um Entschuldigung bittender Miene trat er ein. »Ich fürchte, ich habe Sie erschreckt«, sagte er. »Aber ich musste zurückkommen, um etwas zu holen.«

»Sie mussten zurückkommen, um etwas zu holen?«, rief Mr. Dinsmead mit rotem Gesicht. »Was wollen Sie denn holen, wenn ich fragen darf?«

»Ein bisschen Tee«, antwortete Cleveland.

Mit einer raschen Bewegung zog er etwas aus der Tasche, nahm eine Tasse vom Tisch und schüttete ein wenig von ihrem Inhalt in ein Reagenzglas, das er in der linken Hand hielt.

»Was – was tun Sie da?«, fragte Mr. Dinsmead keuchend. Sein Gesicht war kreideweiß geworden, die dunkle Röte wie von Zauberhand ausgelöscht. Mrs. Dinsmead stieß einen hohen, dünnen Angstschrei aus.

»Sie lesen doch Zeitung, Mr. Dinsmead? Ich bin überzeugt, dass Sie es tun. Manchmal liest man Berichte darüber, dass ganze Familien vergiftet wurden, der eine überlebt, der andere nicht. In unserem Fall würde ein Familienmitglied nicht überleben. Zuerst würde man natürlich der Schweinskopfsülze die Schuld geben, doch angenommen, Ihr Arzt ist ein misstrauischer Mensch, der Ihnen die Theorie, die Konserve müsse verdorben gewesen sein, nicht abnimmt? In Ihrem Küchenschrank liegt ein Päckchen Arsen, auf dem Brett darunter ein Päckchen Tee. Im oberen Brett ist ein sehr praktisches Loch, was wäre da natürlicher als die Vermutung, das Arsen sei durch einen entsetzlichen Zufall in den Tee gelangt? Man würde Ihrem Sohn Johnnie Leichtsinn vorwerfen, mehr würde nicht geschehen.«

»Ich – ich weiß nicht, was Sie meinen!« Dinsmead bekam noch immer keine Luft.

»Ich glaube, Sie wissen es sehr gut.« Cleveland nahm eine zweite Tasse und füllte ein zweites Reagenzglas. Auf das eine klebte er ein rotes und auf das andere ein blaues Etikett.

»Das Glas mit dem roten Etikett enthält Tee aus der Tasse Ihrer Tochter Charlotte, das andere Tee aus der Ihrer Tochter Magdalen. Ich bin bereit zu schwören, dass ich im ersten Glas vier- oder fünfmal so viel Arsen finden werde wie im zweiten.«

»Sie sind verrückt«, sagte Dinsmead.

»Ach, du meine Güte, nein, das bin ich wirklich nicht. Sie haben mir heute erzählt, Mr. Dinsmead, Magdalen sei nicht Ihre eigene Tochter. Sie haben gelogen. Magdalen ist Ihre Tochter. Denn Charlotte ist das Kind, das Sie adoptierten. Charlotte sieht ihrer Mutter so ähnlich, dass ich, als ich heute die Miniatur dieser Mutter in der Hand hielt, zunächst glaubte, es sei ein Bild von Charlotte selbst. Ihre eigene Tochter, Mr. Dinsmead, sollte das Vermögen erben, und da es sicherlich nicht möglich gewesen wäre, Ihre angeblich leibliche Tochter ständig vor der Welt zu verstecken, und da jemand, der Charlottes Mutter gekannt hatte, das Geheimnis dank der großen Ähnlichkeit vielleicht durchschauen würde, entschlossen Sie sich – nun ja, zu einem bisschen weißen Arsen auf dem Boden einer Teetasse.«

Mrs. Dinsmead stieß plötzlich ein hohes gackerndes Gelächter aus und wiegte sich in einem Anfall von wilder Hysterie hin und her. »Tee«, quietschte sie, »das hat er gesagt! Tee und nicht Limonade.«

»Halt den Mund!«, schrie ihr Mann wütend.

Cleveland merkte, wie Charlotte ihn über den Tisch hinweg mit großen Augen erstaunt ansah. Dann spürte er eine Hand auf seinem Arm, und Magdalen zog ihn außer Hörweite.

»Diese –« sie wies auf die Reagenzgläser, »Vater . . . Sie werden doch nicht . . .«

Cleveland legte ihr die Hand auf die Schulter. »Mein Kind«, sagte er, »Sie glauben nicht an Vergangenes. Ich schon. Ich glaube an die Atmosphäre dieses Hauses. Wäre Ihr Vater nicht hierhergezogen, hätte er sich vielleicht – ich sage vielleicht! – diesen Plan nie ausgedacht. Ich behalte die beiden Reagenzgläser, um Charlotte jetzt und in Zukunft zu schützen. Weiter werde ich nichts unternehmen, aus Dankbarkeit, wenn Sie so wollen für diese Hand, die SOS auf eine staubige Tischplatte schrieb.«

Die letzte Sitzung

Raoul Daubreuil überquerte die Seine und summte eine kleine Melodie vor sich hin. Er war ein gut aussehender junger Franzose von ungefähr zweiunddreißig Jahren, mit frischer Gesichtsfarbe und einem kleinen schwarzen Schnurbart. Er war Ingenieur von Beruf. Pünktlich erreichte er das *Cardonet* und betrat es durch eine Tür, über der die Nummer 17 stand. Die *Concierge* sah aus ihrem Glaskasten heraus und brummte ihm ein »Guten Morgen« zu. Fröhlich erwiderte er den Gruß. Dann stieg er die Treppen hinauf zu der Wohnung in der dritten Etage. Als er darauf wartete, dass man ihm auf sein Läuten hin die Tür öffnete, summte er wieder seine kleine Melodie. Raoul Daubreuil fühlte sich an diesem Morgen besonders gut aufgelegt. Die Tür wurde von einer alten Französin geöffnet. Ihr faltiges Gesicht verzog sich zu einem Lächeln, als sie den Besucher erkannte.

»Guten Morgen, Monsieur.«

»Guten Morgen, Elise«, sagte Raoul.

Er betrat die Diele und zog seine Handschuhe aus.

»Madame erwartet mich doch?«, fragte er über die Schulter weg.

»Aber gewiss doch, Monsieur.«

Elise schloss die Wohnungstür und wandte sich ihm zu.

»Wenn Monsieur solange in den kleinen Salon gehen möchten. Madame wird in ein paar Minuten bei Ihnen sein. Sie ruht sich etwas aus.«

Raoul sah schnell auf.

»Fühlt sie sich nicht wohl?«

»*Wohl?*«

Elise schnaufte. Sie ging vor Raoul her und öffnete ihm die Tür zum kleinen Salon. Er trat ein und sie folgte ihm.

»*Wohl!*«, fuhr sie fort. »Wie sollte sie sich denn nur wohl fühlen, das arme Geschöpf? Sitzungen, Sitzungen und wieder Sitzungen! Es ist nicht recht, nicht natürlich, nicht das, was der liebe Gott von uns erwartet. Wenn Sie mich fragen, dann sage ich es ganz ehrlich, da ist der Teufel mit im Bund.«

Raoul klopfte ihr auf die Schulter.

»Aber, aber Elise«, sagte er beschwichtigend, »regen Sie sich doch nicht auf, und sehen Sie nicht allzu schnell den Teufel hinter allem, was Sie nicht verstehen.«

Elise schüttelte zweifelnd den Kopf.

»Nun ja«, seufzte sie, indem sie tief Luft holte. »Monsieur kann sagen, was er will, mir gefällt das nicht. Sehen Sie Madame doch an. Jeden Tag wird sie blasser und dünner. Und diese Kopfschmerzen!« Sie warf die Arme hoch. »Ach nein, all dieses Geisterzeug! Das ist nichts Gutes. Überhaupt Geister! Alle guten Geister sind im Paradies und die anderen sind im Fegefeuer!«

»Ihre Vorstellung vom Leben nach dem Tod ist erfrischend einfach, Elise«, sagte Raoul und ließ sich in einen Sessel fallen.

Die alte Frau straffte sich.

»Ich bin eine gute Katholikin, Monsieur.«

Sie bekreuzigte sich, ging zur Tür, hielt dann inne, eine Hand auf der Klinke: »Später, wenn Sie beide verheiratet sind, Monsieur, wird das doch nicht so weitergehen, all das?«, fragte sie.

Raoul lächelte sie freundlich an.

»Sie sind eine gute, gläubige Seele, Elise«, sagte er, »und Sie sind Ihrer Herrin treu ergeben. Haben Sie keine Angst. Wenn sie einmal meine Frau ist, dann hört dieses Geisterzeug auf, wie Sie das nennen. Für Madame Daubreuil wird es keine Sitzungen mehr geben.«

Elises Gesicht strahlte.

»Ist das wirklich wahr?«, frage sie.

Der Mann nickte ernst.

»Ja«, sagte er, mehr zu sich selbst als zu ihr. »Ja, das muss aufhören. Simone hat eine großartige Gabe, und sie hat sie großzügig angewandt, aber jetzt hat sie ihr Teil getan. Wie Sie gerade erwähnt haben, Elise, wird sie Tag für Tag blasser und dünner. Das Leben eines Mediums ist ganz besonders anstrengend und hart, vor allem durch die enorme Nervenbelastung. Nichtsdestoweniger, Elise, Ihre Herrin ist das wunderbarste Medium von Paris – nein, mehr, von Frankreich. Leute aus der ganzen Welt kommen zu ihr, weil sie wissen, dass bei ihr kein Trick und kein Betrug dabei ist.«

Elise gab einen zufriedenen Seufzer von sich.

»Betrug! Ach nein, wirklich nicht. Madame könnte nicht einmal ein neugeborenes Baby betrügen, selbst wenn sie es wollte.«

»Sie ist ein Engel«, schwärmte der junge Mann. »Und ich – ich werde alles tun, was ein Mann tun kann, um sie glücklich zu machen. Glauben Sie das nicht?«

Elise straffte sich wieder und sprach mit einfacher Würde: »Ich habe Madame viele Jahre lang gedient, Monsieur. Mit allem Respekt kann ich wohl sagen, ich liebe sie. Wenn ich nicht daran glaubte, dass Sie sie vergöttern, wie sie es verdient – *eh bien*, Monsieur, dann würde ich Ihnen die Glieder einzeln ausreißen.«

Raoul lachte.

»Bravo, Elise! Sie sind eine treue Freundin. Und nun müssen Sie mir auch glauben was ich Ihnen gesagt habe: Madame wird die Geister in Ruhe lassen.«

Er hatte erwartet, dass die alte Frau über seinen kleinen Witz lachen würde, doch zu seiner Überraschung blieb sie ernst.

»Monsieur, nehmen wir einmal an«, sagte sie zögernd, »die Geister lassen *sie* nicht in Ruhe.«

Raoul sah sie verblüfft an.

»Wie meinen Sie das?«

»Ich sagte«, wiederholte Elise, »nehmen wir einmal an, die Geister lassen Madame nicht in Ruhe.«

»Ich dachte, Sie glauben nicht an Geister, Elise.«

»Nicht mehr«, sagte Elise trotzig. »Es ist töricht, daran zu glauben. Aber trotzdem . . . »Nun?«

»Es fällt mir schwer, das zu erklären, Monsieur. Sehen Sie, ich habe immer gedacht, dass diese Medien, wie Sie sie nennen, einfach raffinierte Betrüger sind. Aber Madame ist nicht so. Madame ist gut. Madame ist ehrlich und –« Sie senkte die Stimme und sprach weiter in einem furchtsamen Ton. »Es geschehen Dinge. Das sind keine Tricks. Es geschehen Dinge, und darum habe ich Angst. Denn eines glaube ich sicher, Monsieur: dass es nicht recht ist. Es ist gegen die Natur und gegen Gott, und irgendjemand wird dafür büßen müssen.«

Raoul sprang aus seinem Sessel auf, ging auf sie zu und klopfte ihr auf die Schulter.

»Beruhigen Sie sich, gute Elise«, sagte er lächelnd. »Hören Sie mal zu, ich werde Ihnen etwas Erfreuliches sagen. Heute ist die letzte dieser Seancen; ab heute Abend wird es keine mehr geben.«

»Heute findet also eine statt?«, fragte die alte Frau argwöhnisch.

»Die letzte, Elise, die letzte.«

Elise schüttelte traurig den Kopf.

»Madame fühlt sich nicht wohl . . .«, begann sie.

Aber sie wurde unterbrochen, denn die Tür öffnete sich, und eine große blonde Frau trat ein. Sie war schlank und anmutig. Ihr Gesicht glich dem einer Botticelli-Madonna. Raouls Augen strahlten, und Elise zog sich schnell und diskret zurück.

»Simone!«

Er ergriff ihre schlanken weißen Hände und küsste sie.

»Raoul, mein Liebster.«

Wieder küsste er ihre Hände, dann betrachtete er eingehend ihr Gesicht.

»Simone! Du siehst blass aus! Elise sagte mir, dass du dich ausgeruht hast. Du bist doch nicht etwa krank, meine Liebste?«

»Nein, krank nicht . . .« Sie zögerte.

Er führte sie zum Sofa und setzte sich neben sie.

»Sag mir, was dir fehlt.«

Simone lächelte schwach.

»Du wirst mich für verrückt halten«, flüsterte sie.

»Ich? Dich für verrückt halten? Nein, niemals.«

Simone entzog ihm ihre Hand. Sie saß einen Augenblick vollkommen ruhig und sah auf den Teppich. Dann sagte sie leise und wie gehetzt: »Ich habe Angst, Raoul.«

Er wartete einen Moment, da er dachte, sie würde weitersprechen. Als sie das aber nicht tat, sagte er forsch:

»Aber, aber, wovor denn?«

»Ich weiß nicht – einfach Angst.«

»Aber . . .«

Er sah sie erstaunt an, und sie begegnete seinem Blick.

»Ja, es ist absurd, nicht wahr? Und doch ist mir so. Angst, sonst nichts. Ich weiß nicht, warum, doch die ganze Zeit bin ich wie besessen von der Vorstellung, dass mir etwas Schreckliches – ganz Schreckliches zustoßen wird . . .«

Sie starrte vor sich hin. Raoul legte sanft einen Arm um sie.

»Meine Liebste«, sagte er. »komm, du darfst dich nicht so gehen lassen. Ich weiß, was es ist: Überanstrengung, Simone. Du brauchst Ruhe, das ist alles, Ruhe und Entspannung.«

Sie sah ihn dankbar an.

»Ja, Raoul, du hast Recht. Das ist es, was ich brauche, Ruhe und Entspannung.«

Sie schloss die Augen und schmiegte sich ein wenig fester in seinen Arm.

»Und Liebe«, flüsterte Raoul ihr ins Ohr.

Sein Arm zog sie sanft an sich. Simone, noch mit geschlossenen Augen, atmete tief und erlöst.

»Ja«, murmelte sie, »ja. Wenn du mich in deinen Armen hältst, fühle ich mich geborgen. Dann vergesse ich mein Leben, das entsetzliche Leben eines Mediums. Du weißt viel, Raoul, aber selbst du weißt nicht alles, was das bedeutet.«

Er fühlte, wie sich ihr Körper in seiner Umarmung versteifte. Sie öffnete die Augen, und blickte starr vor sich hin.

»Man sitzt in der Kabine im Dunkeln, wartet, und das Dunkel ist entsetzlich, Raoul; denn es ist das Dunkel der Leere, des

Nichts. Mit großer Willensanstrengung verliert man sich selbst darin. Danach weiß man nichts, man fühlt nichts, aber hinterher kommt die langsame, schmerzvolle Rückkehr, das Erwachen aus dem Schlaf, aber man ist so müde, so furchtbar müde.«

»Ich weiß«, murmelte Raoul, »ich weiß.«

»So müde«, murmelte Simone wieder.

Ihr ganzer Körper schien in sich zusammenzusinken, als sie diese Worte wiederholte.

»Aber du bist großartig, Simone.«

Er nahm ihre Hände in die seinen; er vesuchte, etwas von seiner Begeisterung auf sie zu übertragen.

»Du bist einmalig – das größte Medium, das die Welt je gekannt hat.«

Sie schüttelte den Kopf und lächelte ein wenig darüber.

»Doch, doch«, beharrte Raoul.

Er zog zwei Briefe aus seiner Tasche.

»Sieh her, einer von Professor Roche, und dieser von Dr. Genir aus Nancy. Beide bitten darum, dass du gelegentlich weiter für sie Sitzungen abhalten sollst.«

»Nein!«

Simone sprang plötzlich auf.

»Ich will nicht! Ich will nicht! Ich muss aufhören – endlich muss Schluss sein. Du hast es mir versprochen, Raoul!«

Raoul sah sie fassungslos an, wie sie dastand und mit den Händen abwehrte und ihn anstarrte wie ein verängstigtes Tier, das sich angegriffen fühlt. Er stand auf und ergriff wieder ihre Hände.

»Aber ja«, sagte er. »Gewiss hört das auf, das ist ja abgesprochen. Aber ich bin so stolz auf dich, Simone. Nur deswegen habe ich dir diese beiden Briefe gezeigt.«

Sie warf ihm einen raschen Seitenblick voll Misstrauen zu.

»Es ist nicht, weil du willst, dass ich wieder für sie Séancen abhalte?«

»Nein, nein«, sagte Raoul, »es sei denn, du möchtest es vielleicht selbst, nur so gelegentlich für alte Freunde . . .«

Sie unterbrach ihn mit erregter Stimme.

»Nein, nein! Nie wieder. Da ist Gefahr. Ich sage dir, ich kann es fühlen. Große Gefahr.«

Sie presste ihre Hände vor die Stirn, dann ging sie zum Fenster.

»Versprich es mir. Nie wieder!«, sagte sie mit ruhigerer Stimme über die Schulter.

Raoul trat zu ihr und legte seine Arme um sie.

»Liebste«, sagte er voll behutsamer Zärtlichkeit, »ich verspreche dir, dass du ab morgen keine Séancen mehr abhalten wirst.«

Er spürte, wie sie zusammenzuckte.

»Ab morgen?«, murmelte sie. »Ach ja, ich hatte ganz vergessen. Madame Exe – heute Abend.«

Raoul sah auf seine Uhr.

»Sie müsste eigentlich gleich kommen. Aber, Simone, falls du dich nicht wohl fühlst . . .«

Simone schien ihm kaum zuzuhören. Sie hing ihren eigenen Gedanken nach.

»Es ist – eine merkwürdige Frau, Raoul, eine ganz merkwürdige Frau. Weißt du – mich ergreift in ihrer Gegenwart fast das Entsetzen.«

»Simone!«

In seiner Stimme lag ein Vorwurf, und sie verstand schnell.

»Ja, ja, ich weiß, du bist wie alle Franzosen, Raoul. Für dich ist eine Mutter etwas Heiliges und es ist wenig nett von mir, so von ihr zu sprechen, da sie so großen Kummer wegen ihres Kindes hat. Aber – ich kann es nicht erklären, sie ist so groß und so schwarz, und ihre Hände – hast du einmal auf ihre Hände geachtet, Raoul? Große, dicke, starke Hände, so stark wie die eines Mannes!«

Sie schüttelte sich ein wenig und schloss die Augen. Raoul ließ sie los und sagte fast kalt: »Ich kann dich wirklich nicht verstehen, Simone. Wirklich nicht. Eine Frau sollte doch Mitgefühl für eine Mutter empfinden, der man das einzige Kind genommen hat.«

Simone machte eine ungeduldige Handbewegung.

»Ach, du verstehst mich nicht! Ausgerechnet du nicht, mein Freund! Ich kann mir aber nicht helfen. Vom ersten Moment an, wo ich sie sah, spürte ich . . .« Sie schlug die Hände vor das Gesicht. »Angst! Erinnerst du dich? Es hat lange gedauert, bis ich einwilligte, für sie die erste Sitzung abzuhalten. Ich war sicher, dass sie mir auf irgendeine Art Unglück bringt.«

Raoul zuckte die Achseln.

»Tatsache ist, dass sie das genaue Gegenteil zustande brachte«, sagte er trocken. »Alle Sitzungen mit ihr waren ein großartiger Erfolg. Der Geist der kleinen Amelie war sofort fähig, dich zu lenken, und die Materialisierungen waren wirklich schlagend. Professor Roche hätte bei der letzten Sitzung dabei sein sollen.«

»Materialisierungen«, sagte Simone leise. »Sag mir, Raoul, du weißt doch, ich merke nichts von dem, was geschieht, wenn ich in Trance bin. Sind diese Materialisierungen wirklich so wunderbar?«

Er nickte begeistert.

»Bei den ersten Sitzungen wurde die Gestalt des Kindes wie in einer Art Nebelwolke sichtbar«, erklärte er, »aber in der letzten Sitzung . . .«

»Was war da?«

Er fuhr mit sanfter Stimme fort:

»Simone, das Kind, das da stand, war ein richtiges lebendiges Kind aus Fleisch und Blut. Ich habe es sogar berührt, aber als ich merkte, dass dir die Berührung große Schmerzen bereitete, habe ich Madame Exe nicht erlaubt, es auch anzufassen. Ich fürchtete, sie könnte die Selbstbeherrschung verlieren, und dass dir etwas zustoßen könnte.«

Simone wandte sich ab.

»Ich war so entsetzlich erschöpft, als ich aufwachte«, murmelte sie. »Raoul, bist du sicher – bist du ganz sicher, dass das alles wirklich ist? Du weißt, was die gute alte Elise darüber denkt: dass da der Teufel mit im Bunde ist.«

Sie lachte unsicher.

»Du weißt aber auch, was ich darüber denke«, sagte Raoul ernst. »Jeder Umgang mit Unbekanntem ist gefährlich, doch der Zweck ist gut und edel, denn der Zweck dient der Wissenschaft. In der ganzen Welt hat es Märtyrer für die Wissenschaft gegeben, Pioniere, die selber den Preis bezahlten, damit andere sicher ihren Fußspuren folgen konnten. Du hast jetzt zehn Jahre lang für die Wissenschaft gearbeitet, und es hat dich ungeheure Nervenbelastung gekostet. Jetzt hast du dein Teil beigetragen. Von heute ab wirst du frei und glücklich sein.«

Sie lächelte ihn liebevoll an. Sie hatte ihre Ruhe wiedergewonnen. Dann sah sie auf die Uhr.

»Madame Exe hat sich verspätet«, murmelte sie. »Vielleicht kommt sie gar nicht.«

»Doch, sie kommt bestimmt«, sagte Raoul. »Deine Uhr geht ein bisschen vor, Simone.«

Simone ging ruhelos im Zimmer umher.

»Ich möchte nur wissen, wer diese Madame Exe ist«, bemerkte sie. »Woher sie kommt. Es ist doch merkwürdig, dass wir nichts über sie wissen.«

Raoul zuckte die Achseln.

»Die meisten Leute bleiben, wenn möglich, inkognito, wenn sie zu einem Medium gehen«, sagte er. »Das gehört zu den elementaren Vorsichtsmaßregeln.«

»Das wird es wohl sein«, stimmte Simone zu.

Eine kleine chinesische Vase, die sie gerade in der Hand hielt, entglitt ihren Fingern und zersprang vor dem Kamin in Scherben. Sie drehte sich rasch zu Raoul um.

»Siehst du«, murmelte sie, »ich bin entsetzlich nervös. Raoul, würdest du mich für sehr – feige halten, wenn ich Madame Exe absage?«

Als sie sein schmerzliches Erstaunen bemerkte, wurde sie rot.

»Du hast es aber doch versprochen, Simone . . .«, begann er sanft.

Sie lehnte sich mit dem Rücken gegen die Wand.

»Ich will nicht, Raoul. Ich will nicht!«

Sein vorwurfsvoller Blick ließ sie zusammenfahren.

»Ich denke dabei nicht an das Geld, Simone, obwohl du zugeben musst, dass die Summe, die sie uns für diese Sitzung angeboten hat, phantastisch ist.«

Sie entgegnete heftig:

»Es gibt Dinge, die sind wichtiger als Geld.«

»Da hast du sicher Recht«, pflichtete er bei. »Das sage ich ja die ganze Zeit. Überleg doch einmal – diese Frau ist Mutter, eine Mutter, die ihr einziges Kind verloren hat. Wenn du nicht richtig krank bist, wenn es nur eine Laune deinerseits ist – dann kannst du wohl einer reichen Frau eine Kaprice abschlagen, aber kannst du es einer Mutter verwehren, wenn sie ein letztes Mal ihr Kind sehen will?«

Das Medium streckte verzweifelt die Arme aus.

»Oh, du quälst mich«, flüsterte sie. »Und doch hast du Recht. Ich will also tun, was du verlangst, aber jetzt weiß ich, wovor ich solche Angst habe – es ist das Wort Mutter.«

»Simone!«

»Es gibt ganz bestimmte primitive, elementare Kräfte, Raoul. Die meisten davon sind durch den Einfluss der Zivilisation überlagert, aber die Muttergefühle sind noch ebenso stark wie eh und je. Tiere – Menschen, darin sind sie gleich. Die Liebe einer Mutter zu ihrem Kind ist so stark wie nichts anderes auf der Welt. Sie kennt keine Gesetze, kein Mitleid, sie wagt alles und tritt rücksichtslos alles nieder, was ihr im Wege steht.«

Sie hielt inne, rang nach Luft, wandte sich dann ihm zu und sagte mit einem flüchtigen, entwaffnenden Lächeln:

»Ich bin heute albern, Raoul, ich weiß.«

Er umarmte sie.

»Leg dich noch ein wenig hin«, drängte er. »Ruh dich aus, bis sie kommt.«

»Ja, du hast Recht.« Sie lächelte ihm zu und ging aus dem Zimmer.

Raoul blieb eine Zeitlang in Gedanken verloren stehen. Dann

ging er zur Tür, öffnete sie und schritt über den kleinen Flur. Er betrat den Raum auf der anderen Seite des Flurs, ein Wohnzimmer, das dem, das er gerade verlassen hatte, sehr ähnlich sah. Doch hier gab es einen Alkoven, in dem ein großer Sessel stand. Ein schwerer schwarzer Samtvorhang war so angebracht, dass er vor den Alkoven gezogen werden konnte. Elise war damit beschäftigt, den Raum herzurichten. Vor den Alkoven hatte sie zwei Stühle geschoben und einen kleinen runden Tisch. Auf dem Tisch lag ein Tamburin, ein Horn, Papier und Bleistifte.

»Das letzte Mal«, murmelte Elise mit grimmiger Zufriedenheit. »Ach, Monsieur, ich wünschte, es wäre schon vergessen und vorbei.«

Die Türglocke schrillte laut.

»Da ist sie, dieser Gendarm«, fuhr die alte Zofe fort. »Warum geht sie nicht in die Kirche und betet, wie es sich gehört, für die Seele ihrer Kleinen?«

»Gehen Sie und öffnen Sie!«, befahl Raoul.

Sie warf ihm einen unfreundlichen Blick zu, aber sie gehorchte. Nach wenigen Augenblicken führte sie die Besucherin herein.

»Ich werde Bescheid sagen, dass Sie hier sind, Madame.«

Raoul ging auf Madame Exe zu, um sie zu begrüßen. Simones Worte kamen ihm wieder ins Gedächtnis: ›So groß und so schwarz.‹

Sie war wirklich eine große, mächtige Frau, und das tiefe Schwarz ihrer Trauerkleidung wirkte bei ihr fast übertrieben. Ihre Stimme klang sehr tief, als sie sprach.

»Ich fürchte, ich habe mich etwas verspätet, Monsieur.«

»Die paar Minuten ... das macht doch nichts«, entgegnete Raoul lächelnd. »Madame Simone hat sich noch etwas hingelegt. Ich muss leider sagen, dass sie sich alles andere als wohl fühlt. Sie ist nervös und völlig erschöpft.«

Ihre Hand, die die seine gerade loslassen wollte, hielt ihn plötzlich fest wie ein Schraubstock.

»Aber sie wird die Séance abhalten?«, fragte sie scharf.

»Natürlich, Madame.«

Madame Exe atmete erleichtert auf und sank auf einen Stuhl, wobei sie den schwarzen wallenden Schleier nach hinten warf.

»Ach, Monsieur«, murmelte sie, »Sie können sich gar nicht vorstellen, Sie können das Wunder und die Freude nicht mitempfinden, die ich während dieser Séancen erlebe! Meine Kleine! Meine kleine Amelie! Sie zu hören, sie zu sehen, vielleicht sogar – ja vielleicht sogar – den Arm auszustrecken und sie zu berühren.«

Raoul sprach schnell und bestimmt.

»Madame Exe . . . wie soll ich Ihnen das erklären? Auf gar keinen Fall dürfen Sie so etwas tun, Sie müssen sich strikt an meine Anweisungen halten, andernfalls besteht die allergrößte Gefahr.«

»Gefahr für mich?«

»Nein, Madame«, sagte Raoul, »nicht für Sie, aber für das Medium.«

Madame Exe schien wenig beeindruckt.

»Sehr interessant, Monsieur. Sagen Sie, könnte nicht einmal die Zeit kommen, wo die Materialisierung so weit fortschreitet, dass sie fähig ist, sich von ihrem Ursprung, dem Medium, zu lösen?«

»Ist das Ihre phantastische Hoffnung, Madame?«

Sie fragte beharrlich weiter:

»Aber ist das denn so unmöglich?«

»Ganz unmöglich, heute noch!«

»Aber vielleicht in der Zukunft?«

Er wurde der Antwort enthoben, denn in diesem Moment trat Simone ein. Sie sah erschöpft und bleich aus, aber sie hatte ihre Selbstbeherrschung offensichtlich wiedergewonnen. Sie ging auf Madame Exe zu und reichte ihr die Hand. Raoul bemerkte das Zittern, das sie dabei überlief.

»Es tut mir Leid, dass Sie sich nicht wohl fühlen, Madame«, sagte Madame Exe.

»Ach, es ist nichts«, erwiderte Simone fast barsch. »Wollen wir anfangen?«

Sie ging zu dem Alkoven und setzte sich in den Sessel. Plötzlich verspürte Raoul, wie eine Welle der Angst ihn überflutete. »Du bist nicht auf der Höhe deiner Kräfte«, sagte er. »Wir sollten diese Séance besser auf später verschieben. Madame Exe wird sicher dafür Verständnis haben.«

»Monsieur!« Madame Exe erhob sich empört. »Madame Simone versprach mir eine letzte Sitzung.«

»So ist es«, sagte Simone ruhig. »Und ich bin bereit, mein Versprechen zu halten.«

»Das verlange ich auch«, sagte die andere Frau.

»Ich breche mein Wort nicht«, sagte Simone kalt. »Hab keine Angst, Raoul«, fügte sie freundlich hinzu. »Es ist ja das letzte Mal – das allerletzte Mal, Gott sei Dank.«

Auf ein Zeichen von ihr zog Raoul den schweren schwarzen Vorhang vor den Alkoven. Er zog auch die Vorhänge vor das Fenster, sodass der Raum im Halbdunkel lag. Er wies auf einen der Stühle, auf dem Madame Exe Platz nehmen sollte, und wollte selbst gerade auf dem anderen Platz nehmen. Aber Madame Exe zögerte.

»Bitte, entschuldigen Sie, Monsieur, aber – Sie müssen verstehen, ich glaube an Ihre absolute Ehrlichkeit und auch an die von Madame Simone. Trotz allem, damit meine Zeugenaussage mehr Bedeutung hat, habe ich mir erlaubt, dies hier mitzubringen.«

Aus ihrer Handtasche zog sie eine lange dünne Schnur.

»Madame!«, rief Raoul. »Das ist eine Beleidigung!«

»Eine Vorsichtsmaßnahme.«

»Ich wiederhole: eine Beleidigung.«

»Ich verstehe Ihren Einwand nicht, Monsieur«, sagte Madame Exe kalt. »Wenn das alles kein Betrug ist, haben Sie doch nichts zu befürchten.«

Raoul lachte verächtlich.

»Ich kann Ihnen versichern, dass Sie nichts zu befürchten haben, Madame. Binden Sie mir Hände und Füße, wenn Sie wollen.«

Seine Worte hatten nicht die Wirkung, die er erhofft hatte, denn Madame Exe murmelte ungerührt:

»Danke, Monsieur«, und ging mit der Schnur in der Hand auf ihn zu.

Plötzlich hörte man von Simone hinter dem Vorhang einen Schrei.

»Nein, nein, Raoul, das darfst du nicht zulassen!«

Madame Exe lachte höhnisch.

»Sie haben wohl Angst, Madame?«, bemerkte sie sarkastisch.

»Ja, ich habe Angst.«

»Überlege dir, was du sagst, Simone«, sagte Raoul. »Madame Exe denkt offensichtlich, dass wir Scharlatane sind.«

»Ich muss sichergehen«, sagte Madame Exe.

Unter diesem Vorwand setzte sie ihre Absicht in die Tat um, indem sie Raoul an seinem Stuhl festband.

»Ihre Knoten sind zu bewundern, Madame«, bemerkte er ironisch, als sie fertig war. »Sind Sie jetzt zufrieden?«

Madame Exe erwiderte nichts darauf. Sie ging im Zimmer umher und untersuchte eingehend die Holztäfelung der Wand. Dann schloss sie die Tür zum Flur ab und kehrte, nachdem sie den Schlüssel eingesteckt hatte, zu ihrem Stuhl zurück.

»Jetzt«, sagte sie mit einer Stimme, die nicht zu beschreiben war, »bin ich fertig.«

Die Minuten vergingen. Hinter dem Vorhang hörte man Simones Atemzüge schwerer und angestrengter werden. Dann hörte man nichts mehr als ein Stöhnen, mehrere Male. Dann herrschte wieder Schweigen für eine kleine Weile, die vom plötzlichen Schlagen des Tamburins unterbrochen wurde. Das Horn wurde vom Tisch gehoben und auf den Fußboden geschleudert. Der Vorhang vor dem Alkoven schien ein wenig zurückgezogen worden zu sein. Man sah nur das Gesicht des Mediums durch den Spalt hindurch. Der Kopf war vornüber auf die Brust gefallen. Plötzlich hielt Madame Exe den Atem an. Ein Nebelgebilde erschien vor dem Medium, verdichtete sich und begann langsam Form anzunehmen, die Gestalt eines kleinen Kindes.

»Amelie! Meine kleine Amelie!«

Das heisere Flüstern kam von Madame Exe. Die verschwommene Gestalt verdichtete sich weiter. Raoul starrte fast ungläubig darauf. Niemals vorher hatte er einer so erfolgreichen Materialisierung beigewohnt. Jetzt, jetzt war es ein richtiges Kind, ein Kind aus Fleisch und Blut, das da stand.

»Mama!«

Die kindliche Stimme hatte es geflüstert.

»Mein Kind!«, schrie Madame Exe. »Mein Kind!«

Sie erhob sich von ihrem Stuhl.

»Seien Sie vorsichtig, Madame«, warnte Raoul.

Zögernd trat die Erscheinung durch den Vorhang hindurch. Es war ein Kind. Es stand da und streckte die Arme aus.

»Mama!«

»Madame!«, schrie Raoul entsetzt. »Das Medium . . .«

»Ich muss es anfassen«, keuchte Madame Exe.

Sie machte einen Schritt nach vorn.

»Um Gottes willen, Madame, beherrschen Sie sich!«, schrie Raoul. Jetzt begann ihn Panik zu ergreifen. »Setzen Sie sich sofort wieder hin.«

»Mein Kleines, ich muss sie berühren.«

»Madame, ich befehle Ihnen, setzen Sie sich!«

Er riss und zerrte an seinen Fesseln. Aber Madame Exe hatte gute Arbeit geleistet, er war hilflos. Die schreckliche Vorahnung von etwas Grauenhaftem überkam ihn.

»Im Namen Gottes, Madame, setzen Sie sich!«, brüllte er. »Denken Sie an das Medium.«

Madame Exe hatte keine Ohren für ihn. Sie war wie verwandelt. Ekstase und Entzücken spiegelten sich auf ihrem Gesicht. Ihre ausgestreckte Hand berührte das kleine Gesicht, das im Spalt des Vorhangs stand. Ein schreckliches Stöhnen kam von dem Medium.

»Mein Gott!«, schrie Raoul. »Mein Gott! Das ist ja grauenhaft. Das Medium . . .«

Madame Exe wandte sich ihm mit hartem Lachen zu.

»Was geht mich Ihr Medium an?«, schrie sie. »Ich will mein Kind.«

»Sie sind wahnsinnig!«

»Es ist mein Kind. Hören Sie. Mein eigenes Fleisch und Blut! Mein Kleines, komm zurück zu mir, komm zu deiner Mama.«

Raoul öffnete den Mund, aber er brachte keinen Laut hervor. Die Lippen des Kindes öffneten sich, und wieder hörte man das Wort: »Mama!«

»Dann komm, mein Kleines, komm!«, schrie Madame Exe.

Und mit einer heftigen Bewegung riss sie das Kind in ihre Arme. Hinter dem Vorhang hörte man den langgezogenen Schrei grenzenloser Angst.

»Simone!«, schrie Raoul. »Simone!«

Er bemerkte nur am Rande, dass Madame Exe an ihm vorbei- hastete, dass sie die Tür aufschloss. Dann hörte er Schritte, die sich immer weiter entfernten und die Treppen hinunterliefen.

Vom Vorhang her drang ein schrecklicher lang gezogener Schrei. Er erstarb in einem entsetzlichen Röcheln. Dann hörte man den dumpfen Aufschlag eines Körpers . . .

Raoul arbeitete wie ein Wahnsinniger, um sich von seinen Fes- seln zu befreien. In seiner Todesangst vollbrachte er das Unmög- liche: er zerriss die Schnur. Als er auf die Füße sprang, stürzte Elise herein. »Madame!«

»Simone!«, schrie Raoul.

Zusammen stürzten sie zum Vorhang und rissen ihn zur Seite.

»Mein Gott«, keuchte er. »Rot – alles rot . . .«

Elises Stimme hinter ihm klang böse und zitternd.

»Madame ist tot. Es ist zu Ende. Aber sagen Sie doch, Mon- sieur, was ist geschehen? Warum ist Madame so zusammenge- schrumpft – warum ist sie nur halb so groß? Was ist hier vorge- fallen?«

»Ich weiß es nicht«, stöhnte Raoul.

Seine Stimme wurde zu einem Kreischen.

»Ich weiß es nicht. Ich weiß es nicht. Aber ich glaube – ich werde wahnsinnig . . . Simone! Simone!«

Auch Pünktlichkeit kann töten

Die Wohnung war modern. Die Einrichtung der Zimmer war ebenfalls modern. Die Armsessel waren quadratisch, die hohen Stühle eckig. Ein moderner Schreibtisch war rechtwinklig vor das Fenster gestellt, und an ihm saß ein kleiner ältlicher Mann. Sein Kopf war in diesem Zimmer praktisch das einzige, das nicht eckig war. Er war eierförmig. M. Hercule Poirot las gerade einen Brief.

Bahnstation: Whimperley *Hamborough Close*
Telegrammanschrift: Hamborough St. Mary
Hamborough St. John Westshire

24. September 1936

M. Hercule Poirot

Dear Sir,

Es hat sich ein Fall entwickelt, zu dessen Behandlung Feinfühligkeit und Diskretion erforderlich sind. Von Ihnen habe ich verschiedentlich Gutes gehört, und so habe ich mich entschlossen, Ihnen den Fall zu übertragen. Ich habe Grund zu der Annahme, dass ich das Opfer von Betrügereien bin, aber aus familiären Gründen möchte ich nicht die Polizei hinzuziehen. Ich ergreife zwar selbst bestimmte Maßnahmen, um mit der Angelegenheit fertig zu werden, aber Sie müssen sich bereithalten, bei Empfang eines Telegramms sofort hierher zu kommen. Ich wäre Ihnen dankbar, wenn Sie diesen Brief nicht beantworteten.

Hochachtungsvoll
Gervase Chevenix-Gore

Die Augenbrauen des Monsieur Poirot kletterten langsam in die Höhe, bis sie fast in seinem Kopfhaar verschwanden.

»Und wer«, fragte er die Leere, »ist dieser Gervase Chevenix-Gore?«

Er ging zu einem Bücherregal und nahm ein großes dickes Buch heraus.

Was er suchte, fand er sehr schnell.

CHEVENIX-GORE, Sir Gervase Francis Xavier, 10. Baron s. 1694 ehemals Captain 17. Lancers; *geb.* 18 Mai 1878, *ält.* Sohn von Sir Guy Chevenix-Gore, 9. Baron, und Lady Claudia Bretherton, 2. Tocht. d. 8. Earl of Wallingford. 1912 *Eheschl.* m. Vanda Elizabeth, ält. Tocht. von Colonel Frederick Arbuthnot. *Ausb.* Eton, diente im europ. Krieg 1914–18. *Vorlieben:* Reisen, Großwildjagd. *Anschrift:* Hamborough St. Mary, Westshire, und 218 Lowndes Square, SW 1. *Clubs:* Cavalry, Travellers'.

Leicht enttäuscht schüttelte Poirot den Kopf. Für einen Augenblick blieb er noch in Gedanken vesunken; dann ging er zu seinem Schreibtisch, zog eine Schublade auf und holte einen kleinen Stoß Einladungskarten heraus.

Sein Gesicht erhellte sich.

»*A la bonne heure!* Genau das richtige! Er wird sicher da sein.«

Eine Herzogin begrüßte Monsieur Hercule Poirot in angenehmen Tönen.

»Also konnten Sie es doch noch einrichten, hierher zu kommen, Monsieur Poirot! Das finde ich wirklich großartig!«

»Das Vergnügen ist ganz meinerseits, Madame«, murmelte Poirot und verbeugte sich.

Er entkam verschiedenen wichtigen und großartigen Leuten – einem berühmten Diplomaten, einer gleichermaßen berühmten Schauspielerin sowie einem bekannten adligen Jäger – und fand schließlich jenen Mann, den er hier gesucht hatte: den unvermeidlich »ferner anwesenden« Gast Mr. Satterthwaite.

Mr. Satterthwaite plauderte munter drauflos.

»Die liebe Herzogin – ich genieße ihre Empfänge immer

sehr . . . Eine derartige Persönlichkeit, wenn Sie verstehen, was ich damit sagen will. Vor einigen Jahren war ich auf Korsika sehr oft mit ihr zusammen . . .«

Mr. Satterthwaites Unterhaltung war in unangebrachter Weise durch die ständige Erwähnung jener seiner Bekannten belastet, die einen Titel besaßen. Es ist möglich, dass er gelegentlich auch die Gesellschaft eines Mr. Jones, Brown oder Robinson genoss; wenn dies zutraf, verschwieg er allerdings diese Tatsache. Mr. Satterthwaite als bloßen Snob und sonst nichts zu beschreiben, wäre jedoch ihm gegenüber eine Ungerechtigkeit gewesen. Er war vielmehr ein aufmerksamer Beobachter der menschlichen Natur, und wenn es wahr ist, dass der Kiebitz am meisten vom Spiel versteht, musste Mr. Satterthwaite eine ganze Menge können.

»Wissen Sie, mein lieber Freund, es muss schon Jahre her sein, dass ich Sie sah. Ich empfinde es auch heute noch als großen Vorzug, Sie damals, in dem Fall *Crow's Nest*, so unmittelbar bei Ihrer Arbeit beobachtet zu haben. Seitdem habe ich das Gefühl, zu den Eingeweihten zu zählen, wie man so sagt. Übrigens habe ich Lady Mary erst in der vergangenen Woche gesehen. Ein bezauberndes Wesen – wie aus Milch und Blut!« Nachdem er einen Augenblick bei den gegenwärtigen Skandalen verweilte – den Unbedachtheiten der Tochter eines Earl und dem beklagenswerten Betragen eines Viscount –, gelang es Poirot, den Namen Gervase Chevenix-Gore zu erwähnen. Mr. Satterthwaite reagierte sofort.

»Ah ja, das ist wirklich eine Persönlichkeit, wenn Sie so wollen! Der letzte der Baronets – das ist sein Spitzname.«

»Verzeihung, aber ich verstehe nicht ganz.«

Mr. Satterthwaite begab sich nachsichtig auf das niedrige Begriffsvermögen eines Ausländers hinunter.

»Das ist ein Spaß, verstehen Sie – nur ein Spaß! In Wirklichkeit ist er natürlich nicht der letzte Baronet in England – er repräsentiert jedoch das Ende einer Ära. Der freche schlechte Baronet – der verrückte und leichtsinnige Baronet: Sie waren in den Romanen des vergangenen Jahrhunderts besonders beliebt – diese

Leute, die wegen unmöglicher Dinge wetteten und ihre Wetten dann auch noch gewannen.«

Und er fuhr fort, das, was er meinte, noch eingehender zu beschreiben. In jüngeren Jahren war Gervase Chevenix-Gore mit einem Segelschiff um die Welt gefahren. Er hatte ferner an einer Expedition zum Pol teilgenommen. Einen Rennpferde züchtenden Peer hatte er zum Duell gefordert. Wegen einer Wette war er mit seiner Lieblingsstute die Treppe eines herzoglichen Hauses hinauf geritten. Einmal war er aus seiner Loge auf die Bühne gesprungen und hatte eine bekannte Schauspielerin mitten aus der Vorstellung entführt.

Die Anekdoten über ihn waren zahllos.

»Die Familie ist alt«, fuhr Mr. Satterthwaite fort. »Sir Guy de Chevenix nahm am ersten Kreuzzug teil. Und jetzt stirbt dieser Zweig aus. Der alte Gervase ist der letzte Chevenix-Gore.«

»Und das Vermögen – ist es zusammengeschmolzen?«

»Aber nicht die Spur! Gervase ist sagenhaft reich. Wertvoller Hausbesitz, Kohlengruben gehören ihm, und außerdem besitzt er noch Anteile an irgendeinem Bergwerk in Peru oder sonstwo in Südamerika, die noch aus seiner Jugendzeit stammen und ihm bisher ein Vermögen eingebracht haben. Ein erstaunlicher Mann. Bei allem, was er unternahm, hatte er Glück.«

»Aber jetzt ist er natürlich schon älter?«

»Ja, der arme alte Gervase.« Mr. Satterthwaite seufzte und schüttelte den Kopf. »Die meisten Leute würden ihn wahrscheinlich als völlig verrückt bezeichnen. In gewisser Weise stimmt es. Er ist tatsächlich verrückt – nicht in dem Sinne, dass er in eine Anstalt gehörte oder an Wahnvorstellungen litt, sondern verrückt in dem Sinne, dass er anomal ist. Zeit seines Lebens war er ein Mann von großer charakterlicher Originalität.«

»Und im Laufe der Jahre wird Originalität zu Exzentrizität?«, erkundigte sich Poirot.

»Sehr wahr. Genau das passierte dem armen alten Gervase.«

»Hat er vielleicht eine übersteigerte Vorstellung von seiner eigenen Bedeutung?«

»Vollständig. Ich könnte mir vorstellen, dass die Welt nach Ansicht Gervases in zwei Hälften geteilt ist: in die Familie Chevenix-Gore und die übrige Menschheit!«

»Ein übertriebener Familiensinn!«

»Ja. Die Chevenix-Gore sind verteufelt arrogant – eine Rasse für sich sind sie. Da er der letzte seiner Familie ist, hat Gervase besonders verrückte Vorstellungen. Er fühlt sich – also wenn man ihn hört, glaubt man es fast selbst –, äh, wie der Allmächtige!«

Langsam und nachdenklich nickte Poirot.

»Ja, genauso habe ich es mir gedacht. Ich habe nämlich einen Brief von ihm bekommen. Es war ein etwas ungewöhnlicher Brief. Er fragte nicht an – er verlangte etwas!«

»Ein allerhöchster Befehl also!«, sagte Satterthwaite leise kichernd.

»Genau das! Es scheint diesem Sir Gervase gar nicht in den Sinn zu kommen, dass ich, Hercule Poirot, ein Mann von Bedeutung, mit endlosen Problemen beschäftigt bin! Dass es äußerst unwahrscheinlich ist, dass ich alles andere einfach stehen und liegen lassen würde und angerannt käme, wie ein gehorsamer Hund – wie ein bloßes Nichts, das dankbar ist, einen Auftrag zu erhalten!«

Mr. Satterthwaite biss sich auf die Lippen, um ein Lächeln zu unterdrücken. Vieleicht war ihm klar geworden, dass in Fragen des Egoismus zwischen Hercule Poirot und Gervase Chevenix-Gore gar kein so großer Unterschied bestand.

»Aber«, murmelte er, »wenn der Grund zu seiner Aufforderung nun sehr dringend war . . .?«

»Das war er eben nicht!« Diese Feststellung unterstrichen Poirots Hände mit einer weit ausholenden Gebärde. »Ich erhielt lediglich die Mitteilung, mich zu seiner Verfügung zu halten – allein für den Fall, dass er mich benötigte! *Enfin, je vous demande!*«

Wieder machten die Hände eine äußerst beredte Bewegung und drückten – besser als Worte – Monsieur Hercule Poirots äußerstes Missfallen aus.

»Demnach«, sagte Mr. Satterthwaite, »haben Sie also abgelehnt?«

»Ich hatte noch keine Gelegenheit dazu«, sagte Poirot langsam.

»Aber Sie werden ablehnen?«

Ein ganz neuer Ausdruck huschte über das Gesicht des kleinen Mannes. Seine Stirn legte sich vor Verwirrung in lauter Falten.

»Wie soll ich es ausdrücken«, sagte er. »Ablehnen – ja, das war meine erste Regung. Aber ich weiß nicht . . . Man hat manchmal so ein Gefühl. Ganz leicht steigt einem eine Witterung in die Nase . . .«

Diese letzte Überlegung nahm Mr. Satterthwaite ohne den geringsten Ausdruck des Vergnügens zur Kenntnis.

»Ach?«, sagte er. »Das ist interessant . . .«

»Ich habe das Gefühl«, fuhr Hercule Poirot fort, »dass ein Mensch, wie Sie ihn eben beschrieben haben, möglicherweise sehr wertvoll ist . . .«

»Wertvoll?«, fragte Mr. Satterthwaite. Für einen Augenblick war er überrascht. Ausgerechnet dieses Wort hätte er mit Gervase Chevenix-Gore niemals in Verbindung gebracht. Aber er war ein empfindsamer Mensch und von schneller Beobachtungsgabe. Langsam fragte er: »Ich glaube – ich verstehe, was Sie meinen.«

»Solch ein Mensch steckt in einem Panzer – in einem undurchdringlichen Panzer! Die Rüstung der Kreuzfahrer war im Vergleich dazu lächerlich – gegenüber diesem Panzer aus Arroganz, Stolz und Selbstüberschätzung. In gewisser Weise ist dieser Panzer ein Schutz, von dem die Pfeile – die alltäglichen Pfeile des Lebens – einfach abprallen. Aber eine Gefahr besteht dabei: Manchmal merkt ein Mann, der in einem solchen Panzer steckt, vielleicht gar nicht, dass er überhaupt angegriffen wird! Sehr spät erst merkt er, hört er es – und noch später spürt er es!«

Er verstummte und dann fragte er völlig verändert: »Woraus besteht eigentlich die Familie dieses Sir Gervase?«

»Da ist einmal Vanda, seine Frau. Eine geborene Arbuthnot –
früher ein ausgesprochen umgängliches Mädchen. Auch heute
noch eine umgängliche Frau. Und Gervase sehr zugetan. Soviel
ich weiß, neigt sie zum Okkultismus. Trägt Amulette und solche
Sachen und hält sich für die Inkarnation einer ägyptischen Königin . . . Dann ist da noch Ruth – ihre Adoptivtochter. Eigene Kinder haben sie nämlich nicht. Ein sehr reizvolles Mädchen und
ganz modern. Das ist die ganze Familie. Ausgenommen natürlich Hugo Trent Hugo ist Gervases Neffe. Pamela Chevenix-
Gore heiratete Reggie Trent, und Hugo war das einzige Kind
dieser Ehe. Jetzt ist er Vollwaise. Den Titel kann er natürlich
nicht erben, aber ich könnte mir vorstellen, dass der größte Teil
des Vermögens an ihn fallen wird. Übrigens ein gut aussehender
Bursche, nur ein bisschen melancholisch.«

Poirot nickte nachdenklich. Dann fragte er: »Für Sir Gervase
ist es wohl sehr betrüblich, ja, dass er keinen Sohn hat, der seinen
Namen erbt?«

»Ich könnte mir vorstellen, dass es ihn ziemlich getroffen hat.«

»Und der Familienname – das ist wohl eine stille Leidenschaft
von ihm?«

»Ja.«

Mr. Satterthwaite schwieg eine Weile. Er war ausgesprochen
neugierig geworden. Schließlich wagte er sich einen Schritt vor.

»Haben Sie einen ganz bestimmten Grund, nach *Hamborough
Close* zu fahren?«

Langsam schüttelte Poirot den Kopf.

»Nein«, sagte er, »soweit ich es übersehen kann, besteht dazu
nicht der geringste Grund. Aber trotzdem habe ich das Gefühl,
dass ich hinfahre.«

Hercule Poirot saß in der Ecke eines Abteils erster Klasse, während der Zug durch die englische Landschaft raste.

Nachdenklich holte er ein säuberlich zusammengefaltetes Telegramm aus der Tasche, das er auseinanderfaltete und noch einmal las.

NEHMEN SIE ZUG VIER UHR DREISSIG ST. PANCRAS STOPP BENACH-
RICHTIGEN SIE ZUGSCHAFFNER DAMIT EILZUG IN WHIMPERLEY
HÄLT

Chevenix-Gore

Er faltete das Telegramm wieder zusammen und schob es in die
Tasche.

Der Zugschaffner war sehr dienstbeflissen gewesen. Der Herr
führe nach *Hamborough Close*? O ja, für Sir Gervases Gäste würde
der Zug immer in Whimperley angehalten. »Wahrscheinlich ein
besonderes Vorrecht, Sir.«

Dann war der Schaffner noch zweimal im Abteil erschienen:
einmal, um dem Reisenden zu versichern, dass alles getan
würde, damit er allein im Abteil bleibe, und das zweite Mal, um
bekannt zu geben, dass der Zug zehn Minuten Verspätung hätte.

Planmäßig sollte der Zug um 19.50 Uhr ankommen; als Hercule Poirot auf dem kleinen ländlichen Bahnhof aus dem Wagen
stieg und dem Schaffner die erwartete Münze in die Hand
drückte, war es jedoch genau zwei Minuten nach acht.

Die Lokomotive stieß einen Pfiff aus und der Northern Ex-
press fuhr wieder an. Ein hoch gewachsener Chauffeur in dun-
kelgrüner Uniform näherte sich Poirot.

»Mr. Poirot? Nach *Hamborough Close*?«

Er griff nach der hübschen Reisetasche des Kriminalisten und
begleitete Poirot zum Ausgang. Vor dem Bahnhof stand ein großer Rolls-Royce. Der Chauffeur hielt Poirot den Schlag auf, sodass er einsteigen konnte, und legte ihm eine riesige Pelzdecke
über die Beine. Dann fuhren sie los.

Nach etwa zehnminütiger Fahrt über Land, durch scharfe
Kurven und über Landstraßen bog der Wagen durch ein breites
Tor, das von riesigen steinernen Jagdhunden flankiert war.

Sie fuhren durch den Park und vor dem Haus vor. Als sie hielten, wurde die Haustür geöffnet und ein Butler von imposanter
Gestalt trat auf die Treppe hinaus.

»Mr. Poirot? Wenn Sie mir bitte folgen wollen.«

Er führte den Kriminalisten durch die Halle und öffnete dann an der rechten Seite eine Tür.

»Mr. Hercule Poirot«, meldete er.

In dem Zimmer befand sich eine Reihe von Leuten in Abendkleidung, und als Poirot das Zimmer betrat, nahmen seine schnellen Augen sofort wahr, dass man ihn nicht erwartet hatte. Die Blicke der Anwesenden ruhten in unverhüllter Überraschung auf ihm.

Dann kam eine hoch gewachsene Frau, deren dunkles Haar von weißen Strähnen durchzogen war, unentschlossen auf ihn zu.

Poirot beugte sich über ihre Hand.

»Ich bitte um Entschuldigung, Madame«, sagte er. »Ich fürchte, mein Zug hatte Verspätung.«

»Aber ich bitte Sie«, sagte Lady Chevenix-Gore unsicher. Ihre Augen starrten ihn immer noch leicht verwirrt an. »Aber ich bitte Sie, Mr. – äh – ich habe leider Ihren . . .«

»Hercule Poirot.«

Irgendwie hörte er, dass hinter ihm irgendjemand plötzlich tief einatmete. Im gleichen Augenblick merkte er, dass sein Gastgeber sich nicht in diesem Zimmer befinden konnte. Höflich murmelte er: »Sie wussten, dass ich kam, Madame?«

»Ich – äh, ja . . .« Ihre ganze Art war keineswegs überzeugend. »Ich glaube – ich meine, ich habe es wahrscheinlich gewusst, aber ich bin so schrecklich unpraktisch, Monsieur Poirot. Ich vergesse immer alles.« Ihr Tonfall verriet ein melancholisches Vergnügen an dieser Tatsache. »Man sagt mir etwas. Scheinbar nehme ich es in mich auf – aber dann ist es doch nur zum einen Ohr hinein- und zum anderen wieder hinausgegangen! Einfach weg ist es! Als wäre nie etwas da gewesen.«

Und dann blickte sie sich in der Art, als erfüllte sie eine schon lange überfällige Pflicht, unsicher um und murmelte: »Sicherlich kennen Sie die übrigen schon!«

Obgleich das offenkundig nicht der Fall war, wollte Lady Chevenix-Gore sich mit dieser abgedroschenen Redensart ganz

deutlich die Mühe des Vorstellens und die Anstrengung ersparen, sich an die richtigen Namen der verschiedenen Anwesenden erinnern zu müssen.

Um den Schwierigkeiten dieses besonderen Falles zu entsprechen, fügte sie noch unter Anspannung aller Energien hinzu:
»Meine Tochter Ruth.«

Das Mädchen, das vor ihm stand, war ebenso hoch gewachsen
und dunkel, davon abgesehen jedoch ein ganz anderer Typ. An-
stelle der verschwommenen, unbestimmbaren Gesichtszüge der
Lady Chevenix-Gore hatte sie eine fein geformte, leicht gebogene Nase und eine klare, sehr betonte Kinnpartie. Das schwarze
Haar war zurückgekämmt und endete in einem Gewirr kleiner
dichter Locken. Die Farbe ihres Gesichts war gesund und strahlend, obgleich sie kaum geschminkt war. In den Augen Hercule
Poirots gehörte sie zu den bezauberndsten Mädchen, die er jemals gesehen hatte.

Außerdem fiel ihm auf, dass sie nicht nur schön, sondern auch
gescheit war sowie ein gewisses Maß an Stolz und Temperament
besaß. Wenn sie sprach, klang ihre Stimme leicht gedehnt, und er
hatte den Eindruck, dass es ganz bewusst geschah.

»Wie aufregend«, sagte sie, »Monsieur Poirot als Gast hier zu
haben! Der Alte hat sich damit wahrscheinlich eine Überraschung für uns ausgedacht!«

»Sie wussten also nicht, dass ich kam, Mademoiselle?«, fiel er
ein.

»Keine Ahnung hatte ich. Aber mein Autogrammheft kann ich
erst nachher herunterholen.«

Der Klang eines Gongs drang aus der Halle herüber; dann öffnete der Butler die Tür und meldete: »Es ist serviert.«

Und noch ehe er das letzte Wort ausgesprochen hatte, passierte etwas sehr Merkwürdiges. Die priesterliche Erscheinung
des Bediensteten wurde, wenn auch nur für einen kurzen Augenblick, zu einem höchst erstaunlichen menschlichen Wesen . . .

Diese flüchtige Verwandlung erfolgte so schnell und die

Maske des gut erzogenen Dieners war wieder so plötzlich zurückgekehrt, dass nur derjenige, der den Diener zufällig angesehen hatte, die Veränderung bemerkt haben konnte. Poirot allerdings hatte ihn angeblickt. Und es machte ihn stutzig.

Zögernd blieb der Butler im Türrahmen stehen. Obgleich sein Gesicht wieder von korrekter Ausdruckslosigkeit war, verriet seine ganze Gestalt eine gewisse Spannung.

Unsicher sagte Lady Chevenix-Gore: »Ach Gott – das ist aber höchst sonderbar. Wirklich – ich weiß gar nicht, was ich tun soll.«

Ruth sagte zu Poirot: »Diese ungewöhnliche Bestürzung ist der Tatsache zu verdanken, dass sich mein Vater seit mindestens zwanzig Jahren zum ersten Mal verspätet hat.«

»Das ist höchst sonderbar . . .« Lady Chevenix-Gore sprach mit klagender Stimme. »Gervase ist noch nie . . .«

Ein älterer Mann mit aufrechter soldatischer Haltung trat zu ihr. Er lachte heiter.

»Der gute alte Gervase! Endlich kommt auch er einmal zu spät! Aber das könnt ihr mir glauben: Damit werden wir ihn noch aufziehen. Wahrscheinlich ein verschwundener Kragenknopf, glaubst du nicht? Oder ist Gervase gegen unsere gewöhnlichen Schwächen gefeit?«

Mit leiser, irritierter Stimme sagte Lady Chevenix-Gore: »Aber Gervase kommt doch nie zu spät!«

Beinahe lächerlich war die Bestürzung, die diese Bemerkung ausgelöst hatte. Und dennoch war sie nach Hercule Poirots Ansicht keineswegs lächerlich . . . Hinter der Bestürzung spürte er eine gewisse Unruhe – vielleicht sogar gewisse Befürchtungen. Und auch er fand es seltsam, dass Gervase Chevenix-Gore nicht erschien, um seinen Gast – den er auf so geheimnisvolle Weise zu sich bestellt hatte – zu begrüßen.

Mittlerweile war klar geworden, dass niemand genau wusste, was dabei zu tun war. Eine beispiellose Situation war entstanden, und keiner wusste, wie er ihr begegnen sollte.

Schließlich ergriff Lady Chevenix-Gore die Initiative – wenn man es überhaupt als Initiative bezeichnen kann. Es war jedenfalls nicht zu übersehen, dass ihr ganzes Verhalten entschlusslos war.

»Snell«, sagte sie, »ist der Herr . . .?«

Sie beendete den Satz nicht, sondern blickte den Butler lediglich erwartungsvoll an.

Snell, der offenbar die Art kannte, in der seine Herrin Erkundigungen einzog, reagierte prompt auf diese unausgesprochene Frage.

»Sir Gervase kam um fünf vor acht herunter, M'lady, und ging direkt in das Arbeitszimmer.«

»Ach so . . .« Ihr Mund blieb geöffnet, ihre Augen schienen in die Ferne zu blicken. »Glauben Sie – ich meine – ob er den Gong wohl gehört hat?«

»Daran ist meiner Ansicht nach kein Zweifel, M'lady, da der Gong sich unmittelbar vor der Tür des Arbeitszimmers befindet. Natürlich wusste ich nicht, dass Sir Gervase sich noch im Arbeitszimmer aufhielt, weil ich sonst auch dort gemeldet hätte, dass serviert sei. Soll ich es vielleicht nachholen, M'lady?«

Mit deutlicher Erleichterung griff Lady Chevenix-Gore diesen Vorschlag auf. »Oh, vielen Dank, Snell. Ja, bitte tun Sie das – sofort.«

Und als der Butler das Zimmer verließ, sagte sie: »Snell ist ein Juwel. Ich wüsste wirklich nicht, was ich ohne ihn anfangen sollte.«

Irgendjemand murmelte eine mitfühlende Zustimmung; aber niemand sprach. Hercule Poirot, der das Zimmer voller Menschen mit plötzlich geschärfter Aufmerksamkeit beobachtete, hatte den Eindruck, dass jeder einzelne sich in einem gespannten Zustand befand. Seine Augen musterten flüchtig jeden der Anwesenden und ordneten sie ein. Zwei ältere Männer – der soldatische, der gerade eben etwas gesagt hatte; und ein hagerer grauhaariger Mann mit verkniffenem Mund. Zwei jüngere Männer, die im Typ sehr verschieden waren: der eine mit Schnurrbart und leichter Arroganz, seiner Ansicht nach wahrscheinlich Sir

Gervases Neffe, sowie etwas melancholisch. Der andere mit glatt zurückgekämmtem Haar und ziemlich gut aussehend; kein Zweifel, dass er einer niedrigeren gesellschaftlichen Schicht angehörte. Außerdem befanden sich noch eine kleine Frau mittleren Alters mit Kneifer und intelligenten Augen sowie ein Mädchen mit feuerroten Haaren im Zimmer. Snell öffnete die Tür. Sein Benehmen war vollkommen, aber wieder zeigte das äußere Bild des unpersönlichen Butlers Spuren jenes verstörten menschlichen Wesens, das darunter steckte.

»Verzeihung, M'lady, aber die Tür des Arbeitszimmers ist abgeschlossen.«

»Abgeschlossen?«

Es war die Stimme eines Mannes: jung, lebhaft und mit einem leichten Anflug von Erregung. Der junge gut aussehende Mann mit dem zurückgekämmten Haar hatte diese Frage gestellt. Mit wenigen Schritten näherte er sich der Tür und sagte: »Soll ich lieber nachsehen . . .«

Aber sehr ruhig übernahm Poirot jetzt das Kommando. Er tat es so selbstverständlich, dass keiner es als merkwürdig empfand, dass dieser gerade eingetroffene Fremde sich anmaßte, in dieser Situation die erforderlichen Anordnungen zu treffen.

»Kommen Sie«, sagte er. »Begleiten Sie mich zum Arbeitszimmer.«

Und zu Snell gewandt sagte er: »Zeigen Sie uns bitte den Weg.«

Snell gehorchte. Poirot folgte ihm auf dem Fuß, und wie eine Schafherde kamen die übrigen hinterher.

Snell führte Poirot durch die große Halle, an dem weit geschwungenen Bogen der Treppe, an einer riesigen Standuhr und schließlich an einer Nische vorbei, in der sich der Gong befand, sowie durch einen schmalen Gang, der vor einer Tür endete.

Hier schob Poirot den Butler beiseite und drückte vorsichtig auf die Türklinke. Sie ließ sich zwar bewegen, aber die Tür öffnete sich nicht. Höflich klopfte Poirot mit den Knöcheln gegen die Türfüllung. Dann wurde sein Klopfen immer lauter. Plötzlich hörte er damit auf, ließ sich auf das Knie nieder und presste sein Auge an das Schlüsselloch.

Langsam erhob er sich und sah sich um. Sein Gesicht war ernst.

»Meine Herren«, sagte er. »Wir müssen diese Tür sofort aufbrechen.«

Unter seiner Anleitung warfen sich die beiden jungen Männer, die beide groß und kräftig gebaut waren, gegen die Tür. Es war keine leichte Aufgabe. Die Türen von *Hamborough Close* waren solide gearbeitet.

Schließlich gab das Schloss jedoch nach; krachend und splitternd drehte sich die Tür in ihren Angeln.

Und dann blieben alle, dicht gedrängt vor der Tür stehend und in das Zimmer hineinblickend, wie erstarrt stehen. Die Lampen brannten. An der linken Wand stand ein großer Schreibtisch, ein massives Möbelstück aus schwerem Mahagoni. Nicht am, sondern mit der einen Seite zum Schreibtisch gewandt, so dass der Rücken zur Tür zeigte, saß ein großer Mann schlaff im Schreibtischstuhl. Kopf und Oberkörper waren über die rechte Lehne geneigt, während die rechte Hand und der rechte Arm schlaff hinunterhingen. Unmittelbar unter der Hand lag eine kleine Pistole auf dem Teppich . . .

Irgendwelche Überlegungen waren nicht nötig. Das Bild war deutlich genug. Sir Gervase Chevenix-Gore hatte sich erschossen.

Sekundenlang verharrte die im Türrahmen stehende Gruppe regungslos und starrte auf das Bild. Dann ging Poirot näher. Im gleichen Augenblick sagte Hugo Trent aufgeregt: »Mein Gott, der Alte hat sich erschossen!«

Und Lady Chevenix-Gore stieß ein langes zitterndes Stöhnen aus.

»Oh, Gervase – Gervase!«

Ohne sich umzudrehen, sagte Poirot scharf: »Bringen Sie Lady Chevenix-Gore weg. Sie kann hier doch nichts tun.«

Der ältere soldatische Mann gehorchte. »Komm, Vanda«, sagte er. »Komm, Liebling. Du wirst hier nicht gebraucht. Es ist schon vorüber. Ruth, komm mit und kümmere dich um deine Mutter.«

Aber Ruth Chevenix-Gore hatte sich in das Zimmer gedrängt und stand dicht neben Poirot, als dieser sich über die Gestalt beugte, die so entsetzlich in dem Schreibtischstuhl hing – die herkulische Gestalt eines Mannes mit dem Bart eines Wikingers.

Mit leiser gespannter Stimme, die merkwürdig verhalten und erstickt klang, sagte sie: »Glauben Sie bestimmt, dass er – tot ist?«

Poirot blickte zu ihr hoch.

Das Gesicht des Mädchens spiegelte irgendeine Gefühlsregung wider – eine sehr beherrschte und unterdrückte Gefühlsregung, die er nicht ganz begriff. Es war nicht Kummer, sondern eher eine Art fast ängstlicher Erregung.

Die kleine Frau mit dem Kneifer murmelte: »Ihre Mutter, Kind – vielleicht sollten Sie lieber . . .«

Mit heller hysterischer Stimme rief das Mädchen mit dem roten Haar plötzlich: »Dann war es also doch kein Auto und kein Sektkorken! Dann haben wir den Schuss gehört . . .«

Poirot drehte sich um und blickte die andern an.

»Irgendjemand sollte der Polizei Bescheid sagen . . .«

Unbeherrscht schrie Ruth Chevenix-Gore auf: »Nein!«

Der ältere Mann mit dem hageren Gesicht sagte: »Ich fürchte, das wird sich nicht umgehen lassen. Wollen Sie das vielleicht übernehmen, Burrows? Hugo . . .«

»Sie sind Mr. Hugo Trent?«, sagte Poirot zu dem hoch gewachsenen jungen Mann mit dem Schnurrbart. »Ich fände es angebracht, wenn alle – bis auf Sie und mich – das Zimmer jetzt verließen.«

Wieder wurde seine Autorität von niemandem angezweifelt.

Der hagere Mann drängte die anderen hinaus. Poirot und Hugo Trent blieben allein zurück.

Trent starrte Poirot an und sagte: »Hören Sie mal – wer sind Sie eigentlich? Ich meine, ich habe nicht die leiseste Ahnung. Was tun Sie hier?«

Poirot zog eine Visitenkartentasche hervor und entnahm ihr eine Karte.

Hugo Trent starrte sie an und sagte: »Privatdetektiv – was? Gehört habe ich natürlich schon von Ihnen . . . Aber ich begreife immer noch nicht, was Sie ausgerechnet hier zu suchen haben?«

»Sie wussten also nicht, dass Ihr Onkel – er war doch Ihr Onkel, nicht wahr?«

Sekundenlang blickten Hugos Augen auf den Toten hinunter. »Der Alte? Ja – natürlich war er mein Onkel.«

»Sie wussten aber nicht, dass er mich hierher bestellt hatte?«

Hugo schüttelte den Kopf. Langsam sagte er: »Nicht die geringste Ahnung hatte ich.«

In seiner Stimme schwang etwas mit, das ziemlich schwer zu bestimmen war. Sein Gesicht wirkte hölzern und einfältig – es hatte einen Ausdruck, der nach Poirots Ansicht in Zeiten der Anspannung eine ausgezeichnete Maske bildete.

Ruhig sagte Poirot: »Wir sind hier in Westshire, nicht wahr? Dann kenne ich den Chief Constable, Major Riddle, sehr gut.«

»Riddle wohnt ungefähr eine halbe Meile entfernt«, sagte Hugo. »Wahrscheinlich wird er persönlich herkommen.«

»Das«, sagte Poirot, »wäre sehr schön.«

Vorsichtig begann er das Zimmer zu durchsuchen. Er zog den Fenstervorhang zur Seite, betrachtete die bis zum Fußboden reichenden Fenster und drückte mit der Hand leicht dagegen. Sie waren geschlossen

An der Wand hinter dem Schreibtisch hing ein runder Spiegel. Das Glas war zersplittert. Poirot bückte sich und hob einen kleinen Gegenstand auf.

»Was ist das?«, fragte Hugo Trent.

»Das Geschoss.«

»Es durchschlug seinen Kopf und traf dann den Spiegel?«

»Es scheint so.« Poirot legte das Geschoss sehr sorgfältig an dieselbe Stelle zurück, an der er es gefunden hatte. Dann trat er an den Schreibtisch. Einige Papiere waren säuberlich aufgestapelt. Auf der Löschunterlage lag ein einzelner Bogen, auf dem mit großer zittriger Handschrift in Druckbuchstaben das Wort SORRY – Verzeihung – stand.

»Das muss er selbst geschrieben haben«, sagte Hugo, »kurz bevor – kurz bevor er es tat.«

Poirot nickte nachdenklich.

Wieder blickte er den zersplitterten Spiegel und dann den Toten an. Seine Stirn krauste sich, als wäre er irritiert. Er ging zur Tür hinüber, die mit ihrem herausgerissenen Schloss schief in den Angeln hing. Dass der Schlüssel nicht steckte, wusste er, denn sonst hätte er nicht durch das Schlüsselloch sehen können. Aber auch auf dem Fußboden lag er nicht. Poirot beugte sich über den Toten und tastete ihn vorsichtig ab.

»Ja«, sagte er. »Der Schlüssel steckt in seiner Tasche.«

Hugo holte sein Zigarettenetui heraus und zündete sich eine Zigarette an. Seine Stimme klang ziemlich heiser.

»Die Angelegenheit scheint völlig klar zu sein«, sagte er. »Mein Onkel hat sich hier eingeschlossen, die Mitteilung auf einen Bogen Papier gekritzelt und sich dann erschossen.«

Poirot nickte grübelnd.

»Ich verstehe nur nicht, warum er Sie hat kommen lassen. Worum ging es denn?«

»Das ist ziemlich schwer zu erklären. Während wir auf die Beamten warten, damit sie den Fall übernehmen, könnten Sie, Mr. Trent, mir vielleicht genau erzählen, wer die Leute sind, die ich heute Abend bei meiner Ankunft kennen lernte.«

»Wer sie sind?« Hugo schien mit seinen Gedanken ganz woanders zu sein. »Ach so, ja, natürlich. Verzeihung. Wollen wir uns nicht hinsetzen?« Er deutete auf ein kleines Sofa, das in jener Ecke des Zimmers stand, die am weitesten von dem Toten entfernt war. Dann sprach er leicht verkrampft weiter. »Da wäre einmal Vanda – meine Tante, wie Sie wissen. Und Ruth, meine Cousine. Aber die beiden kennen Sie bereits. Das zweite Mädchen ist Susan Cardwell. Sie ist gerade auf Besuch hier. Und Colonel Bury. Er ist ein alter Freund der Familie. Und Mr. Forbes, ebenfalls ein alter Freund, daneben aber auch der Familienanwalt und sonst noch einiges. Die beiden waren in Vanda verliebt, als sie noch jung waren, und auf eine nette anhängliche Weise machen sie ihr auch heute noch den Hof. An sich lächerlich, aber doch sehr rührend. Dann ist da noch Godfrey Burrows, der Sekretär des Alten – ich meine: meines Onkels –, und schließlich Miss Lingard, die ihm geholfen hat, die Geschichte der Chevenix-Gores zu schreiben. Sie sucht für Schriftsteller immer die historischen Sachen heraus. Und das wär's dann wohl, glaube ich.«

Poirot nickte. Dann sagte er: »Soviel ich verstanden habe, haben Sie also den Schuss, der Ihren Onkel tötete, tatsächlich genau gehört?«

»Ja, das haben wir. Wir dachten, es wäre ein Sektkorken – wenigstens dachte ich es. Susan und Miss Lingard glaubten, draußen wäre ein Wagen vorbeigekommen und hätte eine Fehlzündung gehabt – die Straße ist ziemlich nahe, wissen Sie!«

»Und wann war das?«

»Ach, etwa um zehn nach acht. Snell hatte gerade zum ersten Mal gegongt.«

»Und wo waren Sie, als Sie den Schuss hörten?«

»In der Halle. Wir – wir lachten noch darüber und stritten uns, woher der Knall kam. Ich sagte, er käme aus dem Esszimmer, Susan sagte, er käme aus der Richtung des Wohnzimmers, und Miss Lingard sagte, es klänge, als käme es von oben, und Snell sagte, es käme draußen von der Straße, nur dass der Knall oben durch die Fenster hereingekommen wäre. Und Susan sagte noch: ›Hat jemand noch eine andere Theorie?‹ Und ich lachte und sagte, Mord käme überall vor! Wenn man es sich jetzt überlegt, klingt es doch ziemlich gemein.«

In seinem Gesicht zuckte es nervös.

»Ist Ihnen denn nicht der Gedanken gekommen, Sir Gervase könnte sich erschossen haben?«

»Nein – natürlich nicht!«

»Sie haben demnach keine Ahnung, warum er sich erschossen haben könnte?«

Langsam sagte Hugo: »Ach Gott – so kann man es nun auch wieder nicht ausdrücken . . .«

»Sie haben also eine gewisse Ahnung?«

»Ja – schon – es ist so schwer zu erklären. Natürlich habe ich nicht damit gerechnet, dass er Selbstmord verüben würde, aber so fürchterlich überrascht es mich nun auch nicht. Wenn Sie es genau wissen wollen, Monsieur Poirot: Mein Onkel war völlig übergeschnappt. Das war jedem klar.«

»Und das genügt Ihnen als Erklärung?«

»Bringen sich denn nicht auch Leute um, die nur leicht blöd sind?«

»Das ist eine Erklärung von bewundernswerter Schlichtheit.«

Hugo blickte ihn verdutzt an.

Poirot stand auf und wanderte ziellos durch das Zimmer. Es war behaglich eingerichtet, zumeist im wuchtigen Stil der viktorianischen Zeit: massive Bücherschränke, gewaltige Lehnsessel und ein paar echte Chippendalestühle. Herumstehen tat nicht viel; einige Bronzen auf dem Kaminsins lenkten jedoch Poirots Aufmerksamkeit auf sich und erregten offenbar seine Bewunderung. Nacheinander nahm er sie in die Hand und betrachtete sie prüfend, ehe er sie wieder sorgfältig an ihren Platz stellte. Von jener Bronze, die am weitesten links stand, löste er mit dem Fingernagel irgendetwas ab.

»Was ist das?«, fragte Hugo ohne allzu viel Interesse.

»Nichts von Bedeutung. Ein winziger Splitter Spiegelglas.«

»Komisch«, sagte Hugo, »dass der Spiegel durch den Schuss zersplittert ist. Ein zersplitterter Spiegel bedeutet Unglück. Armer alter Gervase . . . Wahrscheinlich hat sein Glück ein bisschen zu lange gedauert.«

»War Ihr Onkel denn ein glücklicher Mensch?«

Hugo lachte kurz auf.

»Schließlich war sein Glück schon sprichwörtlich! Was er auch anfasste, verwandelte sich in Gold! Wenn er auf einen Außenseiter wettete, galoppierte der den Sieg nach Hause. Steckte er Geld in ein zweifelhaftes Bergwerk, stießen die Leute sofort auf neue

Erzlager. Aus den aussichtslosesten Situationen ist er immer wieder ganz knapp herausgekommen. Mehr als einmal ist sein Leben durch eine Art von Wunder gerettet worden. Auf seine Weise war er wirklich ein ziemlich netter alter Knabe, verstehen Sie. Und bestimmt hat er mehr erlebt als die meisten seiner Generation.«

In leichtem Ton murmelte Poirot: »Sie hingen an Ihrem Onkel, Mr. Trent?«

Diese Frage schien Hugo Trent etwas zu verwirren. »Ich – äh – o ja, doch, natürlich«, sagte er ziemlich unsicher. »Wissen Sie – manchmal war er schon ein bisschen schwierig. Furchtbar anstrengend war es, mit ihm zusammen zu sein. Glücklicherweise brauchte ich ihn nicht allzu häufig zu besuchen.«

»Er hingegen mochte Sie sehr gern?«

»So deutlich ist es mir nicht aufgefallen! Wenn Sie es genau wissen wollen: Er nahm mir meine Existenz übel, wie man so sagt.«

»Wie kommen Sie darauf, Mr. Trent?«

»Ach Gott – wissen Sie: Er hatte doch selbst keinen Sohn, und das bekümmerte ihn ziemlich. In puncto Familie und solchen Sachen war er übergeschnappt. Ich glaube, es ging ihm ziemlich an den Nerv, dass die Chevenix-Gores mit seinem Tod aufhören würden zu bestehen. Immerhin gibt es die Familie schon seit der normannischen Eroberung, verstehen Sie? Der Alte war der letzte. Von seinem Standpunkt aus war das wahrscheinlich ziemlich übel.«

»Sie selbst sind jedoch nicht dieser Ansicht?«

Hugo zuckte die Schultern. »Derartige Dinge sind meiner Meinung nach heute doch ziemlich überholt.«

»Was wird mit dem Vermögen geschehen?«

»Das kann ich Ihnen nicht genau sagen. Vielleicht bekomme ich es. Oder er hat es Ruth hinterlassen. Wahrscheinlich behält Vanda es, solange sie lebt.«

»Ihr Onkel hat seine Ansichten also nicht unmissverständlich mitgeteilt?«

»Gott – er hatte so seine Lieblingsidee.«

»Und welche war das?«

»Er wollte, dass Ruth und ich heiraten sollten.«

»Was doch zweifellos auch sehr passend gewesen wäre!«

»Ungeheuer passend. Aber Ruth – nun ja, Ruth hat dem Leben gegenüber sehr entschiedene Ansichten. Vergessen Sie nicht, dass sie eine ungewöhnlich reizvolle junge Frau ist – und es auch genau weiß. Sie hat es nicht eilig, zu heiraten und unter die Haube zu kommen.«

Poirot beugte sich vor.

»Aber Sie selbst wären damit einverstanden gewesen, Mr. Trent?«

In gelangweiltem Tonfall erwiderte Hugo: »Meiner Ansicht nach ist es heutzutage doch ziemlich egal, wen man heiratet. Es ist doch so einfach, sich wieder scheiden zu lassen. Wenn man sich nicht mehr einig ist, gibt es doch nichts Einfacheres, als den Knoten durchzuhauen und von vorn anzufangen.«

Die Tür öffnete sich, und Forbes kam mit einem groß gewachsenen, sehr elegant aussehenden Herrn herein. Dieser Herr nickte Trent zu.

»Abend, Hugo, die Geschichte tut mir unsagbar Leid. Sehr schwer für euch alle.«

Hercule Poirot kam näher.

»Wie geht es Ihnen, Major Riddle? Erinnern Sie sich an mich?«

»Ja – natürlich!« Der Chief Constable gab ihm die Hand. »Ausgerechnet Sie sind also auch hier?«

Ein nachdenklicher Ton lag in seiner Stimme. Neugierig blickte er Hercule Poirot an.

»Also?«, sagte Major Riddle.

Zwanzig Minuten waren inzwischen vergangen. Das fragende »Also?« des Chief Constable galt dem Polizeiarzt, einem schlanken älteren Mann mit ergrautem Haar.

Der Arzt zuckte die Schultern.

»Er ist seit mehr als einer halben Stunde tot – aber nicht länger als seit einer Stunde. Technische Einzelheiten interessieren Sie weniger – ich weiß und werde sie Ihnen daher ersparen. Das Geschoss durchschlug den Kopf; die Pistole war nur wenige Zentimeter von der rechten Schläfe entfernt. Das Geschoss ging unmittelbar durch das Gehirn und trat auf der anderen Seite wieder heraus.«

»Mit Selbstmord demnach völlig vereinbar?«

»Völlig. Der Körper sackte dann im Stuhl zusammen, und der Revolver entfiel der Hand.«

»Haben Sie das Geschoss gefunden?«

»Ja.« Der Arzt hielt es hoch.

»Gut«, sagte Major Riddle. »Wir werden es später mit der Pistole vergleichen. Ich bin froh, dass es ein klarer Fall ist, der keine Schwierigkeiten mit sich bringt.«

Höflich fragte Hercule Poirot: »Sind Sie so überzeugt, dass es keine Schwierigkeiten geben wird, Doktor?«

Bedächtig erwiderte der Arzt: »Meiner Ansicht nach könnte man eine Sache als etwas merkwürdig bezeichnen. Als er sich erschoss, muss er sich leicht nach rechts geneigt haben. Sonst hätte das Geschoss nämlich nicht den Spiegel getroffen, sondern wäre ein Stück darunter in die Wand eingeschlagen.«

»Eine unbequeme Stellung zum Selbstmord«, sagte Poirot.

Der Arzt zuckte die Schultern.

»Mein Gott – bequem – wenn man Schluss machen will . . .« Er ließ den Satz unvollendet.

»Kann der Leichnam dann weggebracht werden?«, sagte Major Riddle.

»Meinetwegen ja. Ich bin hier soweit fertig.«

»Und was ist mit Ihnen, Inspector?« Major Riddle wandte sich an einen großen Mann mit ausdruckslosem Gesicht, der Zivil trug.

»Okay, Sir. Wir haben, was wir brauchen – bis auf die Fingerabdrücke des Toten auf der Pistole.«

»Das können Sie anschließend erledigen.«

Die sterblichen Überreste von Gervase Chevenix-Gore wurden weggetragen. Der Chief Constable und Poirot blieben allein zurück.

»Na ja«, sagte Riddle, »dann scheint also alles klar und geklärt zu sein. Tür verschlossen, Fenster zugesperrt, Türschlüssel in der Tasche des Toten. Alles, wie es im Buche steht – mit einer einzigen Ausnahme.«

»Und die wäre, mein Freund?«, fragte Poirot.

»Sie!«, sagte Riddle schlicht. »Was haben ausgerechnet Sie hier zu suchen?«

Statt einer Antwort reichte Poirot ihm den Brief, den er vor einer Woche von dem Toten erhalten hatte, sowie das Telegramm, das ihn schließlich hierher gebracht hatte.

»Donnerwetter«, sagte der Chief Constable. »Interessant. Dieser Sache müssen wir auf den Grund gehen. Meiner Ansicht nach könnte das eine direkte Bedeutung für seinen Selbstmord haben.«

»Ich bin derselben Ansicht.«

»Wir müssen sofort überprüfen, wer sich alles im Hause befindet.«

»Die Namen kann ich Ihnen nennen. Ich habe vorhin Mr. Trent darüber befragt.«

Er wiederholte die Aufzählung der Namen.

»Vielleicht wissen Sie irgendetwas über diese Leute, Major Riddle?«

»Natürlich weiß ich verschiedenes. Lady Chevenix-Gore ist auf ihre Art genau so verschroben wie der alte Sir Gervase. Sie waren sich sehr zugetan – und beide ziemlich verrückt. Sie ist das unentschlossenste Geschöpf, das jemals lebte, aber gelegentlich von einer unheimlichen Gerissenheit, die bei den überraschendsten Anlässen den Nagel haargenau auf den Kopf trifft. Die Leute lachen sehr viel über sie. Meiner Ansicht nach weiß sie es selbst, macht sich jedoch nichts daraus. Sinn für Humor hat sie jedenfalls überhaupt keinen.«

»Soweit ich orientiert bin, ist Miss Chevenix-Gore ihre Adoptivtochter?«

»Ja.«

»Eine sehr hübsche junge Dame.«

»Ein verteufelt attraktives Mädchen ist sie. Hat die meisten jungen Leute dieser Gegend schon um ihren Verstand gebracht. Ist immer vorneweg, dreht sich dann plötzlich um und lacht sie aus. Hat einen ausgezeichneten Sitz zu Pferde und eine wunderbare Hand.«

»Das dürfte im Augenblick nicht allzu sehr interessieren.«

»Äh – nein, vielleicht nicht . . . Und von den anderen kenne ich natürlich den alten Bury. Die meiste Zeit ist er hier. Wie eine zahme Katze streicht er dauernd im Hause herum. Für Lady Chevenix-Gore ist er so eine Art Adjutant. Er ist ein alter Freund von ihr. Ihr ganzes Leben lang kennen die beiden sich schon. Ich glaube, er und Sir Gervase interessierten sich gemeinsam für irgendeine Firma, bei der Bury Direktor war.«

»Wissen Sie etwas über Forbes?«

»Ich glaube, ich bin ihm früher schon einmal begegnet.«

»Miss Lingard?«

»Noch nie etwas von ihr gehört?«

»Miss Susan Cardwell?«

»Ein einigermaßen hübsch aussehendes Mädchen mit roten Haaren? In den letzten Tagen habe ich sie einige Male mit Ruth Chevenix-Gore zusammen gesehen.«

»Mr. Burrows?«

»Ja, den kenne ich allerdings – Chevenix-Gores Sekretär. Unter uns: Allzu viel halte ich nicht von ihm. Er sieht gut aus und weiß es leider. Nicht ganz aus der obersten Schublade.«

»Ist er schon lange bei Sir Gervase?«

»Seit ungefähr zwei Jahren, wie ich annehme.«

»Und sonst ist niemand . . .?«

Poirot unterbrach sich.

Ein großer Mann mit blondem Haar und im Straßenanzug kam hereingestürzt. Er war außer Atem und machte einen verstörten Eindruck.

»Guten Abend, Major Riddle. Gerüchteweise erfuhr ich, dass

Sir Gervase sich erschossen hätte, und bin sofort hergekommen. Snell erzälte mir, dass es stimmt. Das ist unvorstellbar! Ich kann es nicht fassen!«

»Trotzdem stimmt es, Lake. Darf ich bekannt machen: Das ist Captain Lake, Sir Gervases Vermögensverwalter. Monsieur Poirot, von dem Sie vielleicht schon etwas gehört haben.«

Lakes Gesicht strahlte ein wenig auf, als wäre er erfreut und ungläubig zugleich.

»Monsieur Hercule Poirot? Ich freue mich schrecklich, Sie kennen zu lernen. Wenigstens . . .« Er verstummte; das flüchtige charmante Lächeln verschwand – er sah verwirrt und fassungslos aus. »Ist etwas – stimmt irgendetwas nicht mit dem Selbstmord, Sir?«

»Warum sollte etwas nicht stimmen, wie Sie es nennen?«, fragte der Chief Constable scharf.

»Ich meine nur, weil Monsieur Poirot hier ist. Und weil alles so unvorstellbar zu sein scheint!«

»Nein, nein«, sagte Poirot schnell. »Wegen des Todes von Sir Gervase bin ich nicht hier. Ich war bereits im Hause – als Gast.«

»Ach so! Merkwürdig, dass er mir gegenüber mit keinem Wort erwähnte, dass Sie kämen, als ich heute Nachmittag mit ihm einige Abrechnungen durchsah.«

Ruhig sagte Poirot: »Sie haben zweimal das Wort ›unvorstellbar‹ gebraucht, Captain Lake. Kommt es denn für Sie derart überraschend, dass Sir Gervase Selbstmord verübt hat?«

»Das kann ich allerdings behaupten! Es ist zwar kein Geheimnis, dass er völlig übergeschnappt war. Aber trotzdem kann ich mir einfach nicht vorstellen, dass er glaubte, die Welt könne ohne ihn auskommen.«

»Ja«, sagte Poirot. »Das ist allerdings ein Gesichtspunkt.« Und anerkennend blickte er dem jungen Mann in das offene und intelligente Gesicht.

Major Riddle räusperte sich.

»Da Sie nun schon einmal hier sind, Captain Lake, nehmen Sie vielleicht Platz und beantworten mir ein paar Fragen.«

»Gewiss, Sir.«

Lake zog sich einen Stuhl heran und setzte sich den beiden gegenüber.

»Wann haben Sie Sir Gervase zum letzten Mal gesehen?«

»Heute Nachmittag, kurz vor drei Uhr. Einige Abrechnungen mussten geklärt werden, und außerdem ging es um einen neuen Pächter für einen der Höfe.«

»Wie lange waren Sie bei ihm?«

»Vielleicht eine halbe Stunde.«

»Überlegen Sie genau und sagen Sie, ob Ihnen an Sir Gervases Verhalten irgendetwas Ungewöhnliches aufgefallen ist.«

Der junge Mann dachte nach.

»Nein, das glaube ich eigentlich nicht. Vielleicht war er ein bisschen aufgeregt – aber das war bei ihm keineswegs ungewöhnlich.«

»Er war also nicht irgendwie deprimiert?«

»O nein! Er schien vielmehr guter Laune zu sein. Seit er an der Geschichte seiner Familie arbeitete, war dies für ihn ein großartiger Spaß.«

»Wie lange hatte er sich schon damit beschäftigt?«

»Angefangen hat er damit vor etwa sechs Monaten.«

»Und damals kam auch Miss Lingard hierher?«

»Nein. Sie kam erst vor etwa zwei Monaten, als er entdeckt hatte, dass er die erforderlichen Nachforschungen allein nicht erledigen konnte.«

»Und Sie glauben, es machte ihm viel Spaß?«

»O ja – sehr sogar! Er kam gar nicht auf die Idee, dass es auf dieser Welt neben seiner Familie noch etwas Wesentliches gäbe.«

In der Stimme des jungen Mannes schwang vorübergehend eine leichte Verbitterung mit.

»Soweit Sie informiert sind, hatte Sir Gervase also keinen Grund zu irgendwelchen Sorgen?«

Es folgte eine kleine – ganz kleine – Pause, bevor Captain Lake antwortete.

»Nein.«

Poirot warf plötzlich eine Frage dazwischen.

»Sir Gervase machte sich Ihrer Ansicht nach auch keine Sorgen irgendwelcher Art über seine Tochter?«

»Über seine Tochter?«

»Genau das sagte ich.«

»Nicht dass ich wüsste«, sagte der junge Mann förmlich.

Poirot schwieg daraufhin. Stattdessen sagte Major Riddle: »Dann danke ich Ihnen, Lake. Vielleicht bleiben Sie noch eine Weile erreichbar, falls ich Sie etwas fragen möchte.«

»Gewiss, Sir.« Er erhob sich. »Kann ich sonst noch etwas tun?«

»Ja – vielleicht schicken Sie den Butler her. Und vielleicht können Sie sich erkundigen, wie es Lady Chevenix-Gore geht und ob ich mich in absehbarer Zeit kurz mit ihr unterhalten kann, oder ob sie dazu noch zu aufgeregt ist.«

Der junge Mann nickte und verließ mit schnellem, entschlossenem Schritt das Zimmer.

»Ein reizender Mann«, sagte Hercule Poirot.

»Ja, ein netter Kerl – und tüchtig. Er ist überall beliebt.«

»Nehmen Sie Platz, Snell«, sagte Major Riddle in freundlichem Ton. »Ich habe Sie eine ganze Menge zu fragen, und wahrscheinlich war das alles für Sie ein ziemlicher Schock.«

»Das war es, weiß Gott, Sir. Vielen Dank, Sir.« Snell setzte sich so unauffällig hin, dass es praktisch genau so war, als wäre er stehen geblieben.

»Sie sind jetzt doch schon ziemlich lange hier, nicht wahr?«

»Seit sechzehn Jahren, Sir. Seit Sir Gervase – äh – zur Ruhe kam, wie man so sagt.«

»Richtig. Ihr Herr ist seinerzeit sehr viel herumgereist.«

»Ja, Sir. Er nahm an einer Polarexpedition teil und hat viele interessante Gegenden aufgesucht.«

»Übrigens, Snell – können Sie mir sagen, wann Sie Ihren Herrn heute Abend zum letzten Mal gesehen haben?«

»Ich war gerade im Speisezimmer, Sir, und vergewisserte mich, dass die Tafel richtig gedeckt war. Die Tür zur Halle stand offen, und ich sah, wie Sir Gervase die Treppe herunterkam, die Halle durchquerte und durch den Gang in sein Arbeitszimmer ging.«

»Um welche Zeit war das?«

»Kurz vor acht Uhr. Möglicherweise ist es fünf Minuten vor acht gewesen.«

»Und bei dieser Gelegenheit haben Sie ihn zum letzten Mal gesehen?«

»Ja, Sir.«

»Haben Sie einen Schuss gehört?«

»Ja, Sir – das habe ich! Aber natürlich war es mir zu dem Zeitpunkt noch nicht klar! Wie sollte es auch?«

»Für was haben Sie ihn denn gehalten?«

»Ich glaubte, es wäre ein Wagen, Sir. Die Straße läuft gleich hinter der Parkmauer entlang. Oder es hätte ein Schuss im Wald sein können – möglicherweise ein Wilderer. Ich hätte nie geglaubt . . .«

Major Riddle unterbrach ihn.

»Um welche Zeit war das?«

»Es war genau um acht Minuten nach acht, Sir.«

»Wie kommt es, dass Sie den Zeitpunkt auf die Minute genau angeben können?«, fragte der Chief Constable scharf.

»Das ist sehr einfach, Sir. Ich hatte gerade zum ersten Mal gegongt.«

»Zum ersten Mal?«

»Ja, Sir. Entsprechend den Befehlen Sir Gervases musste genau sieben Minuten vor dem Gong, der zum Abendessen rief, zum ersten Mal gegongt werden. Er war nämlich sehr darauf bedacht, Sir, dass jeder sich im Wohnzimmer bereit hielt, wenn zum zweiten Mal gegongt wurde. Sobald ich das getan hatte, betrat ich das Wohnzimmer, meldete, dass serviert sei, und die Herrschaften begaben sich in das Speisezimmer.«

»Langsam beginne ich zu begreifen«, sagte Hercule Poirot, »warum Sie so überrascht aussahen, als Sie heute Abend meldeten, es sei serviert. Gewöhnlich hielt sich auch Sir Gervase zu diesem Zeitpunkt im Wohnzimmer auf?«

»Ich habe es noch nie erlebt, dass er nicht dort gewesen wäre, Sir. Für mich war es ein ziemlicher Schock. Ich traute kaum . . .«

Wieder unterbrach Major Riddle ihn mit einer Frage: »Waren die übrigen Herrschaften gewöhnlich auch dort?«

Snell hüstelte.

»Wer sich zum Abendessen verspätete, Sir, wurde nie mehr eingeladen.«

»Aha – also eine sehr drastische Maßnahme!«

»Sir Gervase beschäftigte einen Küchenchef, Sir, der früher beim Kaiser von Moravia gearbeitet hatte. Und er pflegte zu sagen, Sir, dass das Abendessen genau so wichtig sei wie ein religiöses Ritual.«

»Und die Familie?«

»Lady Chevenix-Gore war immer sehr bemüht, ihm Aufregungen zu ersparen, Sir, und sogar Miss Ruth wagte nicht, zum Abendessen zu spät zu kommen.«

»Interessant«, murmelte Hercule Poirot.

»Ich verstehe«, sagte Riddle. »Da also das Abendessen um Viertel nach acht begann, wurde zum ersten Mal um acht Minuten nach acht gegongt?«

»So ist es, Sir – aber das war nicht die Regel. Üblicherweise begann das Abendessen vielmehr um acht. Sir Gervase hatte jedoch angeordnet, dass das Abendessen heute eine Viertelstunde später beginnen sollte, da er noch einen Herrn erwartete, der mit dem Spätzug kam.« Während Snell sprach, deutete er mit einer leichten Verbeugung auf Poirot.

»Machte Ihr Herr vielleicht einen erregten oder besorgten Eindruck, als er sich in sein Arbeitszimmer begab?«

»Ja, Sir.«

»Hat anschließend noch jemand das Arbeitszimmer betreten?«

»Das kann ich nicht sagen, Sir. Anschließend begab ich mich nämlich in die Anrichte, und dort blieb ich, bis ich um acht Minuten nach acht zum ersten Mal gongte.

»Dort waren Sie also auch, als Sie den Schuss hörten?«

»Ja, Sir.«

Höflich warf Poirot eine Frage dazwischen.

»Ich kann mir vorstellen, dass der Schuss auch von den anderen gehört wurde?«

»Das ist richtig, Sir. Mr. Hugo und Miss Cardwell hörten ihn ebenfalls. Und Miss Lingard.«

»Diese drei hielten sich auch in der Halle auf?«

»Miss Lingard kam aus dem Wohnzimmer, während Miss Cardwell und Mr. Hugo gerade die Treppe herunterkamen.«

»Kam es zu einer Unterhaltung über diese Angelegenheit?«, fragte Poirot.

»Mr. Hugo erkundigte sich nur, ob es zum Abendessen Champagner gäbe, Sir. Ich erwiderte, dass Sherry, Rheinwein und Burgunder serviert würden.«

»Er hielt es also für einen Sektkorken?«

»Jawohl, Sir.«

»Aber niemand nahm den Knall ernst?«

»O nein, Sir. Die Herrschaften begaben sich anschließend – miteinander sprechend und lachend – in das Wohnzimmer.«

»Wo waren die anderen Bewohner des Hauses zu diesem Zeitpunkt?«

»Das kann ich nicht sagen, Sir.«

»Wissen Sie irgendetwas über diese Pistole?«, sagte Major Riddle. Dabei hielt er die Waffe hoch.

»Doch, Sir. Sie gehört Sir Gervase. Er bewahrte sie immer in der Schublade des Schreibtisches dort drüben auf.«

»War sie gewöhnlich geladen?«

»Das entzieht sich meiner Kenntnis, Sir.«

Major Riddle legte die Pistole weg und räusperte sich.

»Ich möchte Ihnen jetzt eine ziemlich wichtige Frage stellen, Snell. Und ich hoffe, dass Sie sie möglichst wahrheitsgemäß beantworten. Können Sie sich irgendeinen Grund vorstellen, der Ihren Herrn veranlasste, Selbstmord zu verüben?«

»Nein, Sir. Ich kenne keinen.«

»Sir Gervase war in letzter Zeit nicht irgendwie merkwürdig in seinem Verhalten? Nicht deprimiert? Oder besorgt?«

Snell hüstelte entschuldigend.

»Sie entschuldigen, Sir, wenn ich es sage – aber in den Augen Fremder wirkte Sir Gervase möglicherweise immer etwas seltsam. Er war ein höchst origineller Gentleman, Sir.«

»Ja, ja, das ist mir genau bekannt.«

»Außenstehende, Sir, verstanden Sir Gervase nicht immer.« Snell legte so viel Bedeutung in diesen Satz, als wäre er mit großen Buchstaben geschrieben.

»Ich weiß – ich weiß. Demnach gab es also nichts, was beispielsweise Sie als ungewöhnlich bezeichnet hätten?«

Der Butler zögerte.

»Ich glaube, Sir, dass Sir Gervase über irgendetwas besorgt war«, sagte er schließlich.

»Besorgt oder deprimiert?«

»Deprimiert würde ich es nicht nennen, Sir. Aber besorgt – ja.«

»Haben Sie irgendeine Ahnung, was der Grund zu dieser Besorgnis gewesen sein könnte?«

»Nein, Sir.«

»Hing sie zum Beispiel mit irgendeiner besonderen Person zusammen?«

»Das entzieht sich wirklich meiner Kenntnis, Sir. Jedenfalls ist es auch nur ein Eindruck, den ich hatte.«

Wieder schaltete Poirot sich ein.

»Sein Selbstmord kam für Sie überraschend?«

»Völlig überraschend, Sir. Für mich war es ein fürchterlicher Schock. So etwas wäre mir nicht einmal im Traum eingefallen.«

Poirot nickte nachdenklich.

Riddle warf ihm einen Blick zu und sagte dann: »Na, schön, Snell, das ist – glaube ich – alles, was ich Sie fragen wollte. Sie sind also überzeugt, dass Sie uns sonst nichts Wichtiges mitteilen können – keinen ungewöhnlichen Vorfall zum Beispiel, der sich in den letzten Tagen zutrug?«

Der Butler, der sich erhob, schüttelte den Kopf.

»Nichts, Sir, wirklich gar nichts.«

»Sie können dann gehen.«

»Danke, Sir.«

Als Snell sich der Tür näherte, blieb er plötzlich stehen und trat zur Seite. Lady Chevenix-Gore schwebte in das Zimmer. Sie trug ein orientalisch wirkendes Gewand aus dunkelroter und orangefarbener Seide, das sich lose um ihren Körper legte. Ihr Gesicht war ruhig, ihre Art gesammelt und still.«

»Lady Chevenix-Gore!« Major Riddle sprang auf.

»Man teilte mir mit«, sagte sie, »dass Sie mich gern sprechen wollten. Deshalb bin ich hierher gekommen.«

»Sollen wir dazu vielleicht lieber in einen anderen Raum gehen? Der Anblick dieses Zimmers ist für Sie sicherlich schmerzlich.«

Lady Chevenix-Gore schüttelte den Kopf und setzte sich auf einen der Chippendale-Stühle. »Ach nein – was ist daran denn schon wichtig«, murmelte sie.

»Es ist sehr reizend von Ihnen, Lady Chevenix-Gore, Ihre Empfindungen völlig beiseite zu lassen. Ich weiß, wie entsetzlich dieser Schock für Sie gewesen sein muss . . .«

Sie unterbrach ihn.

»Zuerst war es wirklich ein großer Schock«, gab sie zu. Sie sprach in leichtem Konversationston. »Aber so etwas wie Tod gibt es in Wirklichkeit gar nicht – verstehen Sie? Es gibt nur einen Wechsel.« Und sie fügte hinzu: »Genau genommen steht Gervase im Augenblick dicht neben Ihrer linken Schulter. Ich erkenne ihn ganz deutlich.«

Major Riddles linke Schulter zuckte leicht. Beinahe argwöhnisch sah er Lady Chevenix-Gore an.

Sie lächelte ihn an. Es war ein unbestimmtes, glückliches Lächeln.

»Natürlich glauben Sie mir nicht! Das tun nur wenige Leute. Für mich ist die geistige Welt jedoch genau so real wie diese. Aber nun fragen Sie mich bitte, was Sie wollen, und glauben Sie nicht, dass Sie mich damit quälten. Ich bin wirklich überhaupt nicht unglücklich. Alles ist Schicksal, verstehen Sie? Man kann seinem Karma nicht entkommen. Alles passt genau zusammen – der Spiegel – alles.«

»Der Spiegel, Madame?«, fragte Poirot.

Mit einer unsicheren Kopfbewegung deutete sie hinüber.

»Ja. Er ist zersplittert – sehen Sie? Ein Symbol! Kennen Sie Tennysons Gedicht? Als Mädchen habe ich es immer wieder gelesen – obgleich ich natürlich seine esoterische Seite damals noch nicht erkannte. *Der Spiegel zersprang querdurch. ›Der Fluch ist über mich gekommen!‹ rief die Lady of Shalott.* Genau dasselbe erlebte Gervase. Der Fluch ist plötzlich über ihn gekommen. Wissen Sie – meiner Ansicht nach liegt über den meisten sehr alten Familien ein Fluch . . . Der Spiegel zersprang. Er wusste, dass er verdammt war! Der Fluch war über ihn gekommen!«

»Aber Madame – nicht ein Fluch hat den Spiegel zerspringen lassen. Ein Geschoss war es!«

Immer noch in derselben heiteren unentschlossenen Art sagte Lady Chevenix-Gore: »Das läuft doch auf dasselbe hinaus . . . Es war Schicksal.«

»Aber Ihr Mann hat sich selbst erschossen.«

Lady Chevenix-Gore lächelte nachsichtig.

»Das hätte er natürlich nicht tun sollen. Aber Gervase war schon immer ungeduldig. Er konnte nie abwarten. Seine Stunde war gekommen – und da ging er ihr ein Stück entgegen. In Wirklichkeit ist alles ganz einfach.«

Major Riddle, der sich vor Erbitterung räusperte, sagte in scharfem Ton: »Dann hat es Sie also überhaupt nicht überrascht, dass Ihr Mann sich das Leben nahm? Hatten Sie damit gerechnet, dass etwas Derartiges passierte?«

»Aber nein!« Ihre Augen waren weit geöffnet. »Man kann nicht immer in die Zukunft schauen. Gervase war natürlich ein sehr seltsamer Mensch, ein sehr ungewöhnlicher Mensch. Er war so ganz anders als alle übrigen. Er war die Wiedergeburt eines großen Mannes. Das habe ich schon seit einiger Zeit gewusst. Und ich nehme an, dass er selbst es auch gewusst hat. Es fiel ihm sehr schwer, sich den lächerlichen kleinen Anforderungen der alltäglichen Welt anzupassen.« Und über Major Riddles Schulter hinwegblickend, fügte sie hinzu: »Jetzt lächelt er. Und überlegt, wie dumm wir alle doch sind. Das sind wir auch. Wie Kinder so dumm. Wir tun, als wäre das Leben Wirklichkeit und sehr wichtig . . . Dabei ist es nur eine der großen Illusionen.«

In dem Gefühl, auf verlorenem Posten zu stehen, fragte Major Riddle: »Sie können uns also gar keinen Hinweis geben, warum Ihr Mann sich das Leben genommen haben könnte?«

Sie zuckte ihre schmalen Schultern.

»Mächte bewegen uns . . . Man kann es nicht begreifen. Sie selbst bewegen sich immer nur auf der materiellen Ebene.«

Poirot hüstelte.

»Da wir gerade von der materiellen Ebene sprechen: Haben Sie, Madame, eine Ahnung, in welcher Weise Ihr Mann über sein Vermögen verfügt hat?«

»Vermögen?« Sie starrte ihn an. »Ich kümmere mich nie um Gelddinge.«

Ihre Stimme klang hochmütig.

Poirot wechselte das Thema.

»Um welche Zeit sind Sie heute Abend zum Essen heruntergekommen?«

»Um welche Zeit? Was ist denn schon Zeit? Unendlich – das ist die Antwort. Zeit ist unendlich.«

»Aber Ihr Mann, Madame«, sagte Poirot leise, »nahm die Zeit sehr genau – besonders, wie man mir sagte, die Zeit des Abendessens.«

»Lieber Gervase.« Sie lächelte nachsichtig. »In diesem Punkt war er sehr dumm. Aber es machte ihn glücklich. Deshalb haben wir uns auch nie verspätet.«

»Waren Sie im Wohnzimmer, Madame, als zum ersten Mal gegongt wurde?«

»Nein. Ich war auf meinem Zimmer.«

»Erinnern Sie sich vielleicht, wer sich im Wohnzimmer befand, als Sie herunterkamen?«

»Fast alle, glaube ich«, sagte Lady Chevenix-Gore unsicher. »Ist denn das so wichtig?«

»Möglicherweise nicht«, gab Poirot zu. »Aber noch etwas anderes. Hat Ihr Mann Ihnen irgendwann mitgeteilt, dass er glaubte, betrogen zu werden?«

Diese Frage schien Lady Chevenix-Gore nicht allzu sehr zu interessieren.

»Betrogen? Nein, das glaube ich nicht . . .«

»Beraubt, betrogen – ein Opfer irgendwelcher Vorgänge . . .?«

»Nein – nein – das glaube ich nicht . . . Gervase wäre sehr ärgerlich geworden, wenn irgendjemand versucht hätte, so etwas zu tun.«

»Jedenfalls hat er Ihnen gegenüber nichts Derartiges erwähnt?«

» Nein – nein.« Lady Chevenix-Gore schüttelte den Kopf, immer noch ohne wirkliches Interesse. »Ich müsste mich doch erinnern . . .«

»Wann haben Sie Ihren Mann zum letzten Mal lebend gesehen?«

»Vor dem Abendessen, auf dem Weg nach unten, schaute er wie gewöhnlich bei mir herein. Meine Zofe war dabei. Er sagte nur, er ginge schon nach unten.«

»Worüber hat er in den letzten Wochen am häufigsten gesprochen?«

»Ach, über die Familiengeschichte. Er kam so gut damit voran. Und er hatte diese seltsame Frau, Miss Lingard, gefunden, die für ihn unbezahlbar war. Sie suchte für ihn im Britischen Museum immer die Unterlagen heraus – und derartige Dinge. Sie hatte vorher schon Lord Mulcaster bei seinem Buch geholfen. Und sie war taktvoll – ich meine: Sie suchte nicht die falschen Dinge heraus. Schließlich hat jeder Mensch Vorfahren, an die er nicht gern erinnert werden möchte. In diesem Punkt war Gervase sehr empfindlich. Mir hat sie übrigens auch geholfen. Eine Menge Informationen über Hatschepsut hat sie mir besorgt. Ich bin nämlich die Wiedergeburt Hatschepsuts, wissen Sie.«

Diese Neuigkeit gab Lady Chevenix-Gore mit ruhiger Stimme bekannt.

»Und vorher war ich Priesterin in Atlantis«, fuhr sie fort.

Major Riddle wurde in seinem Sessel etwas unruhig.

»Äh – äh – sehr interessant«, sagte er. »Ja, Lady Chevenix-Gore, ich glaube, das ist alles. Es war sehr freundlich von Ihnen.«

Lady Chevenix-Gore erhob sich und raffte das orientalische Gewand zusammen.

»Gute Nacht«, sagte sie. Und dann, die Augen auf einen Punkt gerichtet, der sich hinter Major Riddle befand: »Gute Nacht, Gervase – Lieber. Ich wünschte, du könntest mitkommen; aber ich weiß, dass du hierbleiben musst.« Und als Erklärung fügte sie hinzu: »Mindestens vierundzwanzig Stunden musst du dort bleiben, wo du hinübergegangen bist. Es wird also noch etwas dauern, bis du dich frei bewegen und Verbindung aufnehmen kannst.«

Dann verließ sie das Zimmer.

Major Riddle wischte sich die Stirn ab.

»Puh«, murmelte er. »Sie ist doch erheblich verrückter, als ich annahm. Ob sie diesen ganzen Unsinn wirklich glaubt?«

Poirot schüttelte nachdenklich den Kopf.

»Es ist möglich, dass es ihr hilft«, sagte er. »In diesem Moment hat sie es bitter nötig, sich eine Welt der Illusionen zu schaffen, so dass sie der krassen Wirklichkeit – dem Tod ihres Mannes – entfliehen kann.«

»Auf mich macht sie den Eindruck einer Wahnsinnigen«, sagte Major Riddle. »Ein gewaltiges Durcheinander von Unsinnigkeiten und kein einziges vernünftiges Wort.«

»O nein, mein Freund. Interessant ist vielmehr, wie Mr. Hugo Trent mir gegenüber beiläufig erwähnte, dass in dem ganzen Schwall gelegentlich eine gerissene Schlauheit zum Vorschein kommt. Das zeigte sich beispielsweise in ihrer Bemerkung über den Takt von Miss Lingard, die keine unerwünschten Vorfahren ausgräbt. Glauben Sie mir – Lady Chevenix-Gore ist alles andere als dumm.«

Er stand auf und wanderte im Zimmer hin und her.

»Es gibt in dieser Angelegenheit Dinge, die mir gar nicht gefallen. Nein – sie gefallen mir überhaupt nicht.«

Neugierig blickte Riddle ihn an.

»Sie meinen das Motiv für den Selbstmord?«

»Selbstmord – Selbstmord! Das ist völlig falsch. Hören Sie auf mich. Psychologisch ist es falsch. Für was hielt Chevenix-Gore sich selbst? Für einen Koloss, eine unendlich wichtige Persönlichkeit, für den Mittelpunkt des Universums! Bringt ein solcher Mann sich um? Bestimmt nicht. Viel wahrscheinlicher ist, dass er eher einen anderen vernichtet – irgendeine elende krabbelnde Ameise von menschlichem Wesen, die gewagt hat, ihn zu belästigen . . . Ein derartiges Vorgehen hätte er vielleicht für notwendig gehalten – für gerechtfertigt! Aber Selbstvernichtung? Die Zerstörung eines derartigen Ich?«

»Das klingt alles sehr schön, Poirot. Aber die Beweise sind doch klar genug. Tür abgeschlossen, Schlüssel in seiner eigenen Tasche. Fenster geschlossen und zugesperrt. Ich weiß, dass in Büchern so etwas vorkommt – im wirklichen Leben bin ich ihnen jedoch noch nie begegnet. Sonst noch etwas?«

»O ja – da ist noch etwas.« Poirot setzte sich in den Schreibtischstuhl. »Hier sitze ich, ich – Chevenix-Gore. Ich sitze an meinem Schreibtisch. Ich bin entschlossen, mich umzubringen, weil – weil, sagen wir, ich eine Entdeckung gemacht habe, die für den Familiennamen eine ungeheuerliche Schande bedeutet. Sehr überzeugend klingt es zwar nicht, aber es muss genügen. *Eh bien*, was tue ich also? Ich kritzele auf einen Bogen Papier das Wort SORRY. Gut, das ist möglich. Dann ziehe ich die Schublade des Schreibtisches auf, hole die Pistole heraus, die ich dort aufbewahre, lade sie, falls sie nicht geladen ist, und dann – erschieße ich mich dann etwa? O nein! Zuerst drehe ich meinen Stuhl zur Seite – so, und jetzt beuge ich mich ein bisschen nach rechts – so – und dann – und dann erst halte ich die Pistole an meine Schläfe und drücke ab!«

Poirot sprang auf, fuhr herum und sagte: »Ich frage Sie: Tut ein vernünftiger Mensch so etwas? Wenn beispielsweise dort drüben an der Wand ein Bild hinge, dann – ja, dann gäbe es für dieses Verhalten vielleicht eine Erklärung. Irgendein Porträt, dessen Anblick ein sterbender Mann als letztes mit hinübernehmen möchte! Aber ein Vorhang – *ah non*, das ergibt keinen Sinn.«

»Vielleicht hatte er den Wunsch, aus dem Fenster zu blicken. Ein letzter Blick auf seinen Besitz.«

»Mein lieber Freund, das wollen Sie doch wohl nicht im Ernst behaupten. Genau genommen wissen Sie doch selbst, dass es Unsinn ist. Um acht Minuten nach acht war es draußen bereits dunkel, und außerdem waren die Vorhänge zugezogen. Nein, es muss irgendeine andere Erklärung geben . . .«

»So viel ich sehe, gibt es nur eine einzige: Gervase Chevenix-Gore war verrückt.«

Unzufrieden schüttelte Poirot den Kopf.

Major Riddle erhob sich.

»Kommen Sie«, sagte er. »Befragen wir erst einmal die restlichen Anwesenden. Vielleicht kommen wir damit einen Schritt weiter.«

Nach den Schwierigkeiten, Lady Chevenix-Gore zu einer direkten Aussagen zu bewegen, war die Unterhaltung mit einem gescheiten Anwalt wie Forbes eine ausgesprochene Erholung für Major Riddle.

Mr. Forbes war in seinen Angaben äußerst vorsichtig und beherrscht; seine Antworten bezogen sich jedoch unmittelbar auf die Fragen.

Er gab zu, dass Sir Gervases Selbstmord für ihn einen großen Schock bedeutet hätte. Er hätte Sir Gervase niemals zugetraut, zu jenen Menschen zu gehören, die sich selbst das Leben nähmen. Von einem Grund für eine derartige Tat war ihm nicht das Geringste bekannt.

»Sir Gervase war nicht nur mein Klient, sondern gleichzeitig ein sehr alter Freund. Seit meiner Jugendzeit kannte ich ihn. Und ich möchte behaupten, dass er das Leben immer genossen hat.«

»Unter den gegebenen Umständen, Mr. Forbes, muss ich Sie bitten, ganz offen zu sein. Wissen Sie etwas von einer geheimen Sorge oder einem Kummer in Sir Gervases Leben?«

»Nein. Er hatte kleinere Sorgen, wie jeder sie hat, aber ernsterer Art waren sie nicht.«

»Auch keine Krankheit? Keine Unstimmigkeiten zwischen ihm und seiner Frau?«

»Nein. Sir Gervase und seine Frau hingen sehr aneinander.«

Vorsichtig sagte Major Riddle: »Lady Chevenix-Gore macht den Eindruck, etwas seltsame Ansichten zu haben.«

Mr. Forbes lächelte – ein nachsichtiges, männliches Lächeln. »Damen«, sagte er, »muss man gewisse Launen zugestehen.«

»Sie erledigten die juristischen Probleme für Sir Gervase?«, fuhr der Chief Constable fort.

»Ja. Meine Firma Forbes, Ogilvie and Spence ist für die Familie Chevenix-Gore seit mehr als hundert Jahren tätig.«

»Gab es in der Familie Chevenix-Gore jemals irgendwelche – Skandale?«

Die Augenbrauen des Mr. Forbes waren hochgezogen. »Ihre Frage ist mir, ehrlich gesagt, nicht ganz verständlich.«

»Monsieur Poirot, würden Sie Mr. Forbes bitte jenen Brief zu lesen geben, den Sie mir bereits zeigten.«

Wortlos erhob Poirot sich und überreichte Mr. Forbes den Brief mit einer leichten Verbeugung.

Mr. Forbes las ihn, und seine Augenbrauen wanderten noch mehr in die Höhe.

»Ein höchst bemerkenswerter Brief«, sagte er. »Jetzt begreife ich auch Ihre Frage. Nein – soweit ich orientiert bin, gab es nichts, was das Aufsetzen eines derartigen Briefes rechtfertigte.«

»Sir Gervase hat über diese Angelegenheit nicht mit Ihnen gesprochen?«

»Nicht ein Wort. Ich muss sagen, ich finde es sehr merkwürdig, dass er es nicht getan hat.«

»Er war es gewohnt, Ihnen zu vertrauen?«

»Ich glaube, er vertraute meinem Urteil.«

»Und Sie können sich nicht vorstellen, auf was dieser Brief sich bezieht?«

»Ich möchte keine übereilten Vermutungen anstellen.«

Major Riddle gab sich mit dem Sinn dieser Antwort zufrieden.

»Vielleicht, Mr. Forbes, können Sie uns jedoch sagen, in welcher Weise Sir Gervase über sein Vermögen verfügt hat?«

»Gewiss. Ich sehe keinen Anlass, es nicht zu tun. Seiner Frau vermachte Sir Gervase ein jährliches Einkommen von sechstausend Pfund zu Lasten des Grundbesitzes sowie die Wahl zwischen *Dower House* und der Stadtwohnung am Lowndes Square; je nachdem, welchen Wohnsitz sie vorzieht. Dann gibt es natürlich noch eine Reihe von Legaten und Vermächtnissen, die jedoch keineswegs aus dem Rahmen des Üblichen fallen. Den Grundbesitz und das Vermögen vermachte er seiner Adoptivtochter Ruth unter der Bedingung, dass im Falle einer Heirat ihr Mann den Namen Chevenix-Gore annehmen muss.«

»Seinem Neffen, Mr. Hugo Trent, ist nichts vermacht worden?«

»Doch – eine Erbschaft von fünftausend Pfund.«

»Soweit ich orientiert bin, war Sir Gervase ein reicher Mann?«

»Er war äußerst wohlhabend. Abgesehen vom Grundbesitz besaß er ein sehr erhebliches Privatvermögen. Natürlich waren seine Verhältnisse nicht mehr ganz so wie früher. Praktisch alle investierten Einkommen sind in Mitleidenschaft gezogen worden. Außerdem hat Sir Gervase eine ganze Menge Geld bei einer bestimmten Gesellschaft eingebüßt – bei der Paragon Synthetic Rubber Company. Colonel Bury hatte ihn überredet, erhebliche Summen in diese Firma zu stecken.«

»Also kein sehr guter Rat?«

Mr. Forbes seufzte.

»Wenn pensionierte Soldaten sich mit finanziellen Dingen beschäftigen, ziehen sie immer den Kürzeren. Ich habe festgestellt, dass sie in ihrer Leichtgläubigkeit noch sehr viel weiter gehen als etwa Witwen – und das will schon eine Menge heißen.«

»Diese unglücklichen Investitionen hatten jedoch für Sir Gervases Vermögen keine ernste Folgen?«

»O nein – das nicht. Er war immer noch ein reicher Mann.«

»Wann wurde sein Testament aufgesetzt?«

»Vor zwei Jahren.«

»Diese Abmachung«, murmelte Poirot, »war gegenüber Mr. Hugo Trent, Sir Gervases Neffen, vielleicht ein bisschen ungerecht? Schließlich ist er Sir Gervases nächster Blutsverwandter!«

Mr. Forbes zuckte die Schultern.

»Dabei muss man die Familiengeschichte in gewisser Weise berücksichtigen.«

»Was zum Beispiel?«

Mr. Forbes schien wenig Lust zu haben, darüber zu sprechen.

»Sie dürfen nicht glauben«, sagte Major Riddle, »dass wir über Gebühr daran interessiert sind, alte Skandale oder ähnliche Dinge wieder aufleben zu lassen. Aber dieser Brief Sir Gervases an Monsieur Poirot muss aufgeklärt werden.«

»Skandalöse Dinge brauchen wir nicht zu bemühen, um Sir Gervases Haltung gegenüber seinem Neffen zu erklären«, sagte Mr. Forbes schnell. »Es handelt sich vielmehr nur darum, dass Sir Gervase seine Stellung als Familienoberhaupt sehr ernst nahm. Er hatte einen jüngeren Bruder und eine jüngere Schwester. Der Bruder, Anthony Chevenix-Gore, fiel im Krieg. Pamela, seine Schwester, heiratete, und Sir Gervase missbilligte die Ehe – will sagen: Er war der Meinung gewesen, sie hätte vor der Eheschließung seine Zustimmung und Genehmigung einholen müssen. Seiner Ansicht nach war die Familie Captain Trents nicht ausreichend prominent, um eine Verbindung mit der Familie Chevenix-Gore einzugehen. Seine Schwester hingegen amüsierte sich nur über seine Ansicht. Die Folge war, dass Sir Gervase sehr dazu neigte, seinen Neffen nicht ausstehen zu können. Ich glaube, dass das auch seinen Entschluss beeinflusste, ein Kind zu adoptieren.«

»Es bestand keine Aussicht, dass er jemals eigene Kinder haben würde?«

»Nein. Ungefähr ein Jahr nach der Hochzeit kam ein Kind tot zur Welt. Die Ärzte erklärten, dass Lady Chevenix-Gore nie mehr ein Kind bekommen würde. Ungefähr zwei Jahre danach adoptierte er dann Ruth.«

»Und wie hieß Mademoiselle Ruth früher? Wie kam es, dass gerade sie adoptiert wurde?«

»Sie war, glaube ich, das Kind einer entfernten Verwandten.«

»Das hatte ich vermutet«, sagte Poirot. Er sah die Wand an, die mit Familienporträts behängt war. »Man sieht gleich, dass sie aus derselben Familie stammt – die Nase und die Kinnlinie. Auf den Bildern wiederholen sie sich ständig.«

»Und das Temperament hat sie ebenfalls geerbt«, sagte Mr. Forbes trocken.

»Das kann ich mir vorstellen. Wie ist sie eigentlich mit ihrem Adoptivvater ausgekommen?«

»Etwa so, wie Sie annehmen. Mehr als einmal ist es zu einem erbitterten Zusammenstoß gekommen, weil jeder seinen eigenen Willen hatte. Aber trotz dieser Streitereien glaube ich doch, dass im Grunde zwischen ihnen eine gewisse Harmonie bestand.«

»Trotzdem verursachte sie ihm erheblichen Kummer?«

»Unaufhörlichen Kummer. Ich kann Ihnen jedoch versichern, dass dies für ihn kein Grund war, sich das Leben zu nehmen.«

»Das sicher nicht«, gab Poirot zu. »Man jagt sich nicht eine Kugel in den Kopf, weil man eine dickköpfige Tochter hat! Und Mademoiselle Ruth ist also die Erbin! Hat Sir Gervase nie daran gedacht, sein Testament abzuändern?«

»Ehem!« Mr. Forbes hüstelte, um sein leichtes Unbehagen zu verbergen. »Um genau zu sein: Bei meiner Ankunft – also vor zwei Tagen – erhielt ich von Sir Gervase die Anweisung, ein neues Testament aufzusetzen.«

»Was soll das?« Major Riddle rückte seinen Sessel ein wenig näher. »Bisher haben Sie uns gegenüber nichts davon erwähnt!«

»Bisher haben Sie mich auch nur nach den Einzelheiten des bestehenden Testaments von Sir Gervase gefragt«, sagte Mr. Forbes schnell. »Ich habe Ihnen die Information gegeben, die Sie haben wollten. Das neue Testament war noch nicht einmal ganz aufgesetzt – geschweige denn unterschrieben.«

»Was sah das neue Testament vor? Vielleicht ergibt sich daraus ein Hinweis auf Sir Gervases Geistesverfassung.«

»In der Hauptsache blieb alles beim Alten. Miss Chevenix-Gore sollte das Erbe jedoch nur unter der Bedingung antreten, dass sie Mr. Hugo Trent ehelichte.«

»Aha«, sagte Poirot. »Das ist allerdings ein sehr entscheidender Unterschied!«

»Ich billigte diese Klausel nicht«, sagte Mr. Forbes. »Und ich fühlte mich zu dem Hinweis verpflichtet, dass immerhin die Möglichkeit bestünde, sie erfolgreich anzufechten. Von den Gerichten werden Vermächtnisse mit bestimmten Auflagen keineswegs gebilligt. Sir Gervase war jedoch fest entschlossen.«

»Und wenn Miss Chevenix-Gore – oder zufälligerweise Mr. Trent – sich geweigert hätten, die Klausel zu erfüllen?«

»Falls Mr. Trent nicht bereit war, Miss Chevenix-Gore zu ehelichen, sollte das Erbe ihr bedingungslos zufallen. Für den Fall jedoch, dass er bereit war und sie sich weigerte, sollte das Erbe an ihn fallen.«

»Eine merkwürdige Angelegenheit«, sagte Major Riddle.

Poirot beugte sich vor. Er klopfte dem Anwalt auf das Knie.

»Was steckt dahinter? Was hatte Sir Gervase vor Augen, als er diese Bestimmung einsetzte? Irgendetwas Bestimmtes muss geschehen sein . . . Meiner Meinung nach hat er dabei an einen anderen Mann gedacht – an einen Mann, der ihm nicht genehm war. Ich glaube, Mr. Forbes, dass Sie eigentlich wissen müssten, wer dieser Mann war?«

»Darüber besitze ich wirklich keine Informationen, Mr. Poirot.«

»Und vermuten tun Sie es auch nicht?«

»Ich vermute nie etwas«, sagte Mr. Forbes, und man spürte seine Empörung.

Er nahm seinen Kneifer ab, putzte die Gläser mit einem seidenen Taschentuch und fragte: »Haben Sie sonst noch etwas, was Sie wissen möchten?«

»Im Augenblick nicht«, sagte Poirot. »Soweit es mich betrifft, wäre das alles.«

Mr. Forbes machte den Eindruck, als wäre es seiner Ansicht nach nicht allzu viel, und richtete seine Aufmerksamkeit auf den Chief Constable.

»Vielen Dank, Mr. Forbes. Ich glaube, das ist alles. Und wenn es möglich ist, würde ich mich jetzt gern mit Miss Chevenix-Gore unterhalten.«

»Gewiss. Ich glaube allerdings, dass sie oben bei Lady Chevenix-Gore ist.«

»Richtig. Vielleicht spreche ich dann lieber erst mit – wie heißt er denn noch? Burrows? Und anschließend mit dieser familiengeschichtlichen Frau.«

»Beide halten sich in der Bibliothek auf. Ich werden ihnen Bescheid sagen.«

»Ein schweres Stück Arbeit«, sagte Major Riddle, als der Anwalt den Raum verließ. »Einem dieser altmodischen und dickköpfigen Juristen Informationen zu entlocken, strengt ganz schön an. Diese ganze Geschichte scheint sich im Übrigen um das Mädchen zu drehen.«

»Ja – anscheinend.«

»Aha, da kommt schon Burrows.«

Godfrey Burrows war bereitwillig, sich nützlich zu machen. Sein Lächeln war auf diskrete Weise von Schwermut überschattet und zeigte nur eine Spur zu viel von seinen Zähnen. Es wirkte weniger spontan als vielmehr etwas mechanisch. »Mr. Burrows, wir hätten Ihnen gern einige Fragen gestellt.«

»Selbstverständlich, Major Riddle. Fragen Sie, was Sie wissen wollen.«

»Zuerst vor allem, und um es ganz einfach auszudrücken: Können Sie sich irgendeinen Grund für Sir Gervases Selbstmord vorstellen?«

»Nicht einen einzigen. Für mich war es ein wahnsinniger Schock.«

»Sie haben den Schuss gehört?«

»Nein. Soweit ich bisher herausbekommen habe, muss ich gerade in der Bibliothek gewesen sein. Ich kam schon ziemlich zeitig nach unten und ging sofort in die Bibliothek, weil ich noch etwas nachschlagen wollte. Das Arbeitszimmer liegt im anderen Teil des Hauses, sodass ich nichts hören konnte.«

»War noch jemand mit Ihnen in der Bibliothek?«, fragte Poirot.

»Nein – niemand.«

»Haben Sie eine Ahnung, wo die übrigen Anwesenden sich um diese Zeit aufhielten?«

»Ich kann mir vorstellen, dass die meisten oben waren und sich umzogen.«

»Wann sind Sie in das Wohnzimmer gegangen?«

»Unmittelbar vor Monsieur Poirots Eintreffen. Die anderen waren bereits versammelt – mit Ausnahme von Sir Gervase.«

»Kam es Ihnen merkwürdig vor, dass er noch nicht erschienen war?«

»Doch – das tat es. In der Regel war er schon vor dem ersten Gong bereits im Wohnzimmer.«

»Sind Ihnen in letzter Zeit irgendwelche Veränderungen in Sir Gervases Auftreten aufgefallen? War er besorgt? Oder bekümmert? Oder vielleicht deprimiert?«

Godfrey Burrows überlegte.

»Nein – ich glaube nicht. Ein bisschen – ja, ›versponnen‹ könnte man es vielleicht nennen.«

»Aber über irgendeine bestimmte Angelegenheit schien er sich keine Sorgen zu machen?«

»Nein.«

»Und wie war es mit – finanziellen Sorgen irgendwelcher Art?«

»Beunruhigen taten ihn nur die Vorkommnisse bei einer ganz bestimmten Firma – um genau zu sein: bei der Paragon Synthetic Rubber Company.«

»Was hat er im Einzelnen darüber geäußert?«

Wieder erschien plötzlich Godfrey Burrows' mechanisches Lächeln, und wieder wirkte es einigermaßen unwirklich.

»Mein Gott – genau genommen sagte er ungefähr folgendes: ›Old Bury ist entweder ein Idiot oder ein Schuft. Eher wahrscheinlich ein Idiot. Aber um Vandas willen kann ich ihm nicht an den Kragen.«

»Und weshalb sagte er das – um Vandas willen?«, fragte Poirot.

»Sie müssen das verstehen: Lady Chevenix-Gore hat Colonel Bury sehr gern, und er verehrt sie außerordentlich.«

»Und Sir Gervase war überhaupt nicht – eifersüchtig?«

»Eifersüchtig?« Burrows stutzte und lachte dann los. »Sir Gervase und eifersüchtig? Er hätte gar nicht gewusst, was er damit hätte anfangen sollen! Und es wäre ihm auch nie in den Kopf gegangen, dass irgendjemand einen anderen lieb haben könnte als ihn. So etwas war völlig unmöglich – verstehen Sie?«

Höflich sagte Poirot: »Ich glaube, Sie mögen Sir Gervase nicht allzu sehr?«

Burrows wurde rot.

»O doch – das schon. Aber heutzutage kommt einem das alles doch ein bisschen lächerlich vor.«

»Was alles?«, fragte Poirot.

»Wie soll ich es ausdrücken – zum Beispiel dieses feudale Gehabe. Diese Verehrung der Vorfahren und diese persönliche Arroganz. Sir Gervase war in vieler Hinsicht ein fähiger Mann und hatte ein interessantes Leben geführt; aber er selbst wäre noch viel interessanter gewesen, hätte er sich nicht immer so hinter sich und seinem Egoismus versteckt.«

»Stimmte seine Tochter in diesem Punkt mit Ihnen überein?«

Wieder wurde Burrows rot – diesmal puterrot.

»Soweit ich mir ein Urteil erlauben darf, gehört Miss Chevenix-Gore ganz zu den modernen Menschen! Über ihren Vater habe ich mich mit ihr natürlich niemals unterhalten.«

»Aber moderne Menschen unterhalten sich doch in Wirklichkeit sehr ausführlich über ihre Väter!«, sagte Poirot. »Es entspricht doch dem Geist der Moderne, die eigenen Eltern zu kritisieren!«

Burrows zuckte die Schultern.

»Und sonst gab es nichts…?«, fragte Major Riddle. »Keine sonstigen finanziellen Sorgen? Hat Sir Gervase Ihnen gegenüber nie erwähnt, dass er betrogen worden war?«

»Betrogen?« Burrows schien verblüfft zu sein. »Nein.«

»Und Sie selbst kamen gut mit ihm aus?«

»Selbstverständlich. Warum auch nicht?«

»Ich frage Sie das in allem Ernst, Mr. Burrows.«

Der junge Mann machte ein verdrossenes Gesicht.

»Wir kamen großartig miteinander aus.«

»Wussten Sie, dass Sir Gervase einen Brief an Monsieur Poirot geschrieben und ihn aufgefordert hatte, hierher zu kommen?«

»Nein.«

»Schrieb Sir Gervase seine Briefe üblicherweise immer selbst?«

»Nein – fast immer hat er sie mir diktiert.«

»Aber nicht in diesem besonderen Fall?«

»Nein.«

»Was mag ihn wohl dazu veranlasst haben?«

»Das kann ich nicht sagen.«

»Sie können keinen Grund nennen, warum er diesen Brief selbst geschrieben hat?«

»Nein, das kann ich nicht.«

»Aha!«, sagte Major Riddle und fügte sanft hinzu: »Ziemlich merkwürdig. Wann haben Sie Sir Gervase zum letzten Mal gesehen?«

»Kurz bevor ich mich zum Abendessen umzog. Ich brachte ihm einige Briefe zur Unterschrift.«

»Wie war er zu dem Zeitpunkt?«

»Völlig normal. Ich glaube sogar, dass er wegen irgendeiner Sache sehr zufrieden war.«

Poirot rutschte in seinem Sessel hin und her

»Ach?«, sagte er. »Das also war Ihr Eindruck? Dass er wegen irgendeiner Sache zufrieden war? Und trotzdem erschoss er sich gar nicht so viel später. Merkwürdig ist das!«

Godfrey Burrows zuckte die Schultern.

»Ich habe nur von meinen Eindrücken gesprochen.«

»Ja, sicher – und sie sind auch sehr wertvoll. Schließlich gehören Sie vermutlich zu den letzten, die Sir Gervase noch lebend gesehen haben.«

»Als letzter hat Snell ihn gesehen.«

»Gesehen – ja. Aber nicht mit ihm gesprochen.«

Burrows erwiderte nichts.

»Um welche Zeit«, fragte Major Riddle, »gingen Sie nach oben, um sich umzuziehen?«

»Etwa um fünf nach sieben.«

»Was machte Sir Gervase?«

»Er war noch in seinem Arbeitszimmer.«

»Wie lange brauchte er gewöhnlich zum Umziehen?«

»Gewöhnlich brauchte er dazu eine dreiviertel Stunde.«

»Wenn das Abendessen um Viertel nach acht begann, wird er demnach spätestens wohl um halb acht hinaufgegangen sein?«

»Das ist anzunehmen.«

»Sie selbst gingen schon vorher nach oben?«

»Ja. Ich wollte mich umziehen, um anschließend noch in die Bibliothek zu gehen und einige erforderliche Hinweise nachzuschlagen.«

Poirot nickte gedankenvoll.

»Ich glaube, das ist im Augenblick alles«, sagte Major Riddle. »Würden Sie dann bitte Miss – wie heißt sie doch noch – diese Miss herschicken?«

Die kleine Miss Lingard kam fast unmittelbar danach in das Zimmer getrippelt. Sie trug mehrere Ketten, die ein wenig klirrten, als sie sich hinsetzte, und blickte die beiden Männer abwechselnd fragend an.

»Das ist alles sehr – äh – betrüblich, Miss Lingard«, begann Major Riddle.

»Wirklich sehr betrüblich«, sagte Miss Lingard schicklicherweise.

»Wann sind Sie eigentlich hierher gekommen?«

»Vor etwa zwei Monaten. Sir Gervase hatte an einen Freund geschrieben, der im Britischen Museum tätig ist – Colonel Fotheringay war es –, und Colonel Fotheringay empfahl mich. Ich habe schon eine ganze Menge historischer Nachforschungen durchgeführt.«

»War es für Sie schwierig, für Sir Gervase zu arbeiten?«

»Eigentlich nicht. Natürlich musste man ihm einiges zugute halten. Aber das muss man, wie ich festgestellt habe, bei den meisten Männern.«

Mit dem unbehaglichen Gefühl, dass Miss Lingard in diesem Augenblick auch ihm wahrscheinlich einiges zugute hielt, fuhr Major Riddle fort: »Ihre Arbeit bestand darin, Sir Gervase bei dem Buch, an dem er schrieb, behilflich zu sein?«

»Ja.«

»Was gehörte alles dazu?«

Für einen Moment sah Miss Lingard richtig menschlich aus. Ihre Augen zwinkerten leicht, als sie erwiderte: »Wenn ich ganz genau sein will, gehörte es zu meinen Aufgaben, das Buch zu schreiben. Ich besorgte sämtliche Informationen, machte Notizen und ordnete das Material. Und später überarbeitete ich dann das, was Sir Gervase geschrieben hatte.«

»Dazu war auf Ihrer Seite sicherlich eine Menge Takt erforderlich, Mademoiselle«, sagte Poirot.

»Takt und Festigkeit. Man braucht beides«, sagte Miss Lingard.

»Sir Gervase nahm Ihnen Ihre – Festigkeit nicht übel?«

»Nein – überhaupt nicht. Natürlich redete ich ihm ein, dass er seine Zeit nicht mit allen Einzelheiten zu vergeuden brauchte.«

»Ah ja – ich verstehe.«

»Es war wirklich ganz einfach«, sagte Miss Lingard. »Mit Sir Gervase kam man ausgezeichnet zurecht, wenn man es verstand, ihn richtig zu nehmen.«

»Jetzt, Miss Lingard, hätte ich gern erfahren, ob Ihnen etwas bekannt ist, das ein Licht auf diese Tragödie werfen könnte.«

Miss Lingard schüttelte den Kopf.

»Ich fürchte, dabei kann ich Ihnen nicht helfen. Sie müssen verstehen, dass ich nicht zu jenen gehörte, denen er derartige

Dinge anvertraute. Praktisch war ich für ihn eine Fremde. Jedenfalls glaube ich, dass er viel zu stolz war, um mit irgendjemandem über familiäre Sorgen zu sprechen.«

»Sie glauben jedoch, dass familiäre Sorgen ihn veranlassten, sich das Leben zu nehmen?«

Miss Lingard machte einen ziemlich überraschten Eindruck.

»Aber natürlich! Gibt es denn eine andere Möglichkeit?«

»Sie sind überzeugt, dass familiäre Sorgen ihn bedrückten?«

»Ich weiß, dass ihn irgendetwas schrecklich bedrückte.«

»Ach, das wissen Sie?«

»Aber natürlich.«

»Sagen Sie, Mademoiselle – hat er mit Ihnen darüber gesprochen?«

»Nicht unmittelbar.«

»Was sagte er denn?«

»Lassen Sie mich einen Moment überlegen. Zum Beispiel merkte ich, dass er manchmal anscheinend gar nicht begriff, was ich ihm erzählte...«

»Einen Moment. *Pardon*. Wann war das?«

»Heute Nachmittag. Gewöhnlich arbeiteten wir von drei bis fünf.«

»Erzählen Sie bitte weiter.«

»Wie ich schon sagte, fiel es Sir Gervase anscheinend schwer, sich zu konzentrieren – er erwähnte es sogar selbst und fügte noch hinzu, dass verschiedene ernste Angelegenheiten ihn stark beschäftigten. Und er sagte – warten Sie –, er sagte ungefähr folgendes (genau kann ich seine Worte natürlich nicht wiedergeben): ›Es ist entsetzlich, Miss Lingard, wenn eine Familie, die zu den stolzesten des Landes gehörte, plötzlich mit Schande bedeckt wird.‹«

»Und was sagten Sie daraufhin?«

»Ach, irgendetwas Besänftigendes. Ich sagte, glaube ich, dass in jeder Generation Schwächlinge aufträten – dass das die Schattenseite der Größe wäre –, dass ihr Versagen bei der Nachwelt jedoch meistens in Vergessenheit geriete.«

»Und hatte das den besänftigenden Erfolg, den Sie erhofften?«

»Mehr oder weniger. Wir wandten uns dann wieder Sir Roger Chevenix-Gore zu. In einem zeitgenössischen Manuskript hatte ich eine interessante Stelle gefunden, in der er erwähnt wird. Aber Sir Gervases Aufmerksamkeit beschäftigte sich wieder mit anderen Dingen. Schließlich sagte er, er wolle für dieses Mal mit der Arbeit aufhören. Er sagte, er hätte einen Schock bekommen.«

»Einen Schock?«

»Das sagte er. Natürlich stellte ich keine Fragen. Ich sagte nur: ›Das tut mir Leid, Sir Gervase.‹ Und dann bat er mich, Snell zu sagen, dass Monsieur Poirot käme und das Abendessen deshalb erst um acht Uhr fünfzehn begänne. Und dass der Wagen zu dem Zug um zehn vor acht geschickt werden solle.«

»Bat er Sie gewöhnlich darum, derartige Vorkehrungen zu treffen?«

»Ich – nein – das gehörte eigentlich zu Mr. Burrows' Aufgaben. Ich hatte lediglich mit dem Buch zu tun. Als Sekretärin – was man auch immer darunter verstehen mag – war ich nicht engagiert.«

»Glauben Sie«, fragte Poirot, »dass Sir Gervase einen triftigen Grund hatte, Sie – und nicht Mr. Burrows – in diesem Fall zu bitten, das Erforderliche zu veranlassen?«

Miss Lingard überlegte.

»Möglich wäre es schon... Heute Nachmittag habe ich mich allerdings um diese Frage nicht gekümmert. Ich glaubte nur, es wäre so am einfachsten. Und dabei fällt mir ein, dass er mich sogar bat, niemandem zu sagen, dass Monsieur Poirot käme. Es sollte eine Überraschung sein, sagte er.«

»Aha! Das hat er also gesagt? Sehr merkwürdig, sehr interessant. Und haben Sie es vielleicht irgendjemandem weitergesagt?«

»Aber nein, Monsieur Poirot! Ich sagte Snell wegen des Abendessens Bescheid und dass er den Chauffeur zum Zug um zehn vor acht schicken solle, da ein Herr erwartet würde.«

»Hat Sir Gervase sonst noch irgendetwas gesagt, was in dieser Situation von Bedeutung sein könnte?«

Miss Lingard dachte nach.

»Nein – das glaube ich nicht – er war allerdings auch sehr nervös. Und ich erinnere mich, dass er sagte, als ich das Zimmer gerade verließ: ›Obgleich es eigentlich gar keinen Sinn hat, dass er noch kommt – dazu ist es zu spät!‹«

»Und Sie haben keine Ahnung, was er meinte?« – »N-nein.«
Nur ein ganz leiser Anflug von Unentschlossenheit bei der Verneinung. Mit gefurchter Stirn wiederholte Poirot: »Zu spät! Das hat er also gesagt, nicht wahr? Zu spät!«

Major Riddle sagte: »Sie können uns keinen Hinweis auf die Art jener Umstände geben, die Sir Gervase Sorgen machten?«

Bedächtig sagte Miss Lingard: »Ich könnte mir vorstellen, dass es in irgendeiner Weise mit Mr. Hugo Trent zu tun hatte.«

»Mit Hugo Trent? Wie kommen Sie darauf?«

»Eindeutig kann ich es zwar nicht sagen, aber gestern Nachmittag beschäftigten wir uns gerade mit Sir Hugo de Chevenix – der in den Rosenkriegen, wie ich fürchte, keine allzu gute Figur gemacht hat –, und da sagte Sir Gervase: Meine Schwester wollte ihrem Sohn unbedingt den in der Familie vorkommenden Namen Hugo geben! Dabei hat dieser Name in unserer Familie nie einen guten Klang gehabt. Sie hätte wissen müssen, dass aus einem Hugo nie allzu viel wird.«

»Was Sie uns erzählen, ist sehr bedeutungsvoll«, sagte Poirot.

»Ja, es bringt mich auf eine völlig neue Idee.«

»Deutlicher äußerte Sir Gervase sich nicht?«, fragte Major Riddle.

Miss Lingard schüttelte den Kopf.

»Nein. Und mir stand es natürlich nicht zu, daraufhin irgendetwas zu sagen. Sir Gervase führte im Grunde ein Selbstgespräch. Mich meinte er gar nicht.«

»Allerdings.«

»Mademoiselle«, sagte Poirot, »Sie, eine Fremde, sind seit zwei Monaten im Hause. Meiner Ansicht nach wäre es sehr wertvoll, wenn Sie uns ganz offen Ihre Eindrücke von der Familie und den Hausbewohnern mitteilen würden.«

Miss Lingard nahm ihren Kneifer ab und kniff die Augen nachdenklich zu.

»Ach Gott – zuerst dachte ich, ich wäre mitten in ein Irrenhaus geraten! Lady Chevenix-Gore sah ständig Dinge, die gar nicht existierten, und Sir Gervase führte sich wie ein – wie ein Tyrann auf und dramatisierte alles auf höchst ungewöhnliche Weise – ich war wirklich der Meinung, dass ich in meinem ganzen Leben noch keinem merkwürdigeren Menschen begegnet war. Miss Chevenix-Gore hingegen war völlig normal, und später stellte ich dann auch fest, dass Lady Chevenix-Gore in Wirklichkeit eine äußerst freundliche nette Frau war. Kein Mensch hätte freundlicher und netter zu mir sein können als sie. Sir Gervase – ich bin beinahe überzeugt, dass er tatsächlich verrückt war. Seine Egomanie – nennt man es nicht so? – wurde von Tag zu Tag unerträglicher.«

»Und die anderen?«

»Ich kann mir vorstellen, dass Mr. Burrows es nicht leicht hatte. Ich glaube, dass er froh war, durch unsere Arbeit an dem Buch eine kleine Verschnaufpause zu bekommen. Colonel Bury war immer sehr charmant. Er hing sehr an Lady Chevenix-Gore, und mit Sir Gervase kam er ausgezeichnet zurecht. Mr. Trent, Mr. Forbes und Miss Cardwell sind erst seit einigen Tagen hier, so dass ich über sie natürlich nicht viel weiß.«

»Vielen Dank, Mademoiselle. Und was ist mit Captain Lake, dem Vermögensverwalter?«

»Oh – er ist wirklich reizend. Jeder mag ihn.«

»Einschließlich Sir Gervase?«

»Aber ja. Einmal hörte ich, wie er sagte, Lake sei der beste Verwalter, den er bisher gehabt habe. Natürlich gab es zwischen Sir Gervase und Captain Lake auch Schwierigkeiten – aber alles in allem kam er doch sehr gut zurecht. Auch wenn es nicht einfach war.«

Poirot nickte nachdenklich. Dann murmelte er: »Da war noch irgendetwas – irgendetwas – das ich Sie fragen wollte – irgendeine Kleinigkeit . . . Was war es denn nur?«

Geduldig blickte Miss Lingard ihn an.

Verstört schüttelte Poirot den Kopf. »Ja – und dabei liegt es mir förmlich auf der Zunge!«

Major Riddle wartete eine Weile; als Poirot jedoch weiterhin nur verwirrt die Stirn runzelte, führte er die Vernehmung fort.

»Wann haben Sie Sir Gervase zum letzten Mal gesehen?«

»Beim Tee – hier im Zimmer.«

»Und wie war er dabei? Normal?«

»So normal wie immer.«

»Fiel Ihnen auf, dass zwischen den Anwesenden eine gewisse Spannung herrschte?«

»Nein. Soweit ich mich erinnere, war jeder anscheinend wie immer.«

»Wohin begab sich Sir Gervase nach dem Tee?«

»Wie gewöhnlich ging er mit Mr. Burrows in sein Arbeitszimmer.«

»Und später haben Sie ihn nicht mehr gesehen?«

»Nein. Ich ging in das kleine Frühstückszimmer, in dem ich arbeitete, und tippte nach den Notizen, die ich mit Sir Gervase durchgesehen hatte, ein Kapitel des Buches. Das dauerte bis sieben Uhr. Anschließend ging ich nach oben, um mich auszuruhen und mich zum Abendessen umzuziehen.«

»Soweit ich orientiert bin, haben Sie den Schuss gehört?«

»Ja. Ich war in diesem Zimmer. Ich hörte ein Geräusch, das wie ein Schuss klang, und ging in die Halle. Mr. Trent stand draußen, und Miss Cardwell auch. Mr. Trent fragte Snell, ob es zum Essen denn Champagner gäbe, und machte dabei noch Witze. Leider sind wir gar nicht auf den Gedanken gekommen, den Knall ernst zu nehmen. Wir waren überzeugt, dass es die Fehlzündung eines Autos gewesen war.«

Poirot meinte: »Haben Sie gehört, wie Mr. Trent sagte, Mord käme überall vor?«

»Ich glaube schon, dass er so etwas gesagt hat – wenn auch natürlich nur im Spaß.«

»Was geschah dann?«

»Wir sind dann hierher gegangen.«

»Können Sie sich noch erinnern, in welcher Reihenfolge die anderen zum Abendessen herunter kamen?«

»Miss Chevenix-Gore kam, glaube ich, zuerst, und dann Mr. Forbes. Anschließend Colonel Bury und Lady Chevenix-Gore gemeinsam und Mr. Burrows unmittelbar nach ihnen. Das muss ungefähr die Reihenfolge gewesen sein, obgleich ich mir nicht so ganz sicher bin, weil mehr oder weniger alle auf einmal herein-kamen!«

»Veranlasst durch das erste Gongen?«

»Ja. Jeder beeilte sich, wenn gegongt wurde, denn abends ach-tete Sir Gervase immer besonders auf Pünktlichkeit.«

»Um welche Zeit kam er selbst gewöhnlich herunter?«

»Er selbst war fast immer schon vor dem ersten Gong in sei-nem Arbeitszimmer.«

»Überraschte es Sie, dass er bei dieser Gelgenheit nicht unten war?«

»Sehr sogar.«

»Jetzt habe ich es!«, rief Poirot.

»Als die beiden anderen ihn fragend ansahen, fuhr er fort: »Jetzt ist mir wieder eingefallen, was ich fragen wollte. Heute Abend, Mademoiselle, als Snell gemeldet hatte, dass die Tür zum Arbeitszimmer abgeschlossen wäre, und wir alle daraufhin nachschauten, bückten Sie sich und hoben irgendetwas auf.«

»Habe ich etwas aufgehoben?« Miss Lingard schien sehr über-rascht zu sein.

»Ja – als wir in den Gang zum Arbeitszimmer einbogen. Ir-gendetwas Kleines und Glänzendes.«

»Wie merkwürdig – ich kann mich wirklich nicht erinnern. Warten Sie – doch, es stimmt. Ganz instinktiv hatte ich es aufge-hoben. Einen Moment – ich muss es hier haben.«

Sie klappte ihre schwarze Seidenhandtasche auf und schüttete den Inhalt auf den Tisch.

Interessiert betrachteten Poirot und Major Riddle das Sammel-surium. Es bestand aus zwei Taschentüchern, einer Puderdose, einem kleinen Schlüsselbund, einem Brillenetui und einem weiteren Gegenstand, nach dem Poirot sofort griff.

»Ein Geschoss – bei Gott!«, sagte Major Riddle.

Das Ding war tatsächlich wie ein Geschoss geformt, erwies sich dann jedoch als kleiner Bleistift.

»Das habe ich aufgehoben«, sagte Miss Lingard. »Ich hatte es ganz vergessen.«

»Wissen Sie, wem es gehört, Miss Lingard?«

»Aber ja – Colonel Bury. Er hat sich den Bleistift aus einem Geschoss anfertigen lassen, von dem er im Burenkrieg verwundet wurde.«

»Und wissen Sie auch, wann es sich noch in seinem Besitz befand?«

»Doch. Heute Nachmittag beim Bridge. Als ich nämlich zum Tee kam, fiel mir auf, dass er damit seine Eintragungen machte.«

»Wer spielte Bridge?«

»Colonel Bury, Lady Chevenix-Gore, Mr. Trent und Miss Cardwell.«

»Ich glaube«, sagte Poirot, »dass wir es hier behalten und es dem Colonel selbst zurückgeben.«

»Ach, das wäre nett! Ich bin nämlich so vergesslich, und vielleicht denke ich dann nicht mehr daran.«

»Vielleicht, Mademoiselle, wären Sie so gut und bäten Colonel Bury, hierher zu kommen.«

»Selbstverständlich. Ich werde ihm sofort Bescheid sagen.«

Sie verschwand eilends. Poirot stand auf und begann, ziellos im Zimmer herumzuwandern.

»Wir fangen an«, sagte er, »den Nachmittag zu rekonstruieren. Das ist sehr interessant. Um halb drei sieht Sir Gervase mit Captain Lake einige Abrechnungen durch. *Er ist leicht aufgeregt.* Um drei diskutiert er mit der Lingard das Buch, das er gerade schreibt. *Er macht einen ziemlich bedrückten Eindruck.* Diese Bedrücktheit bringt Miss Lingard auf Grund einer zufälligen Bemerkung mit Hugo Trent in Verbindung. Beim Tee *ist sein Verhalten normal.* Nach dem Tee ist er, wie Godfrey Burrows berichtet, *äußerst zufrieden.* Um fünf Minuten vor acht kommt er herunter, geht in sein Arbeitszimmer, kritzelt SORRY auf einen Bogen und erschießt sich!«

Langsam sagte Riddle: »Ich verstehe, was Sie meinen. Das alles ist nicht folgerichtig.«

»Merkwürdige Stimmungsschwankungen bei Sir Gervase Chevenix-Gore! Er ist aufgeregt – ist ernstlich bedrückt – ist normal – ist bester Laune! Irgendetwas sehr Merkwürdiges steckt doch dahinter! Und dann dieser Ausspruch von ihm: Es ist zu spät! Dass ich also ›zu spät‹ käme! Damit hat er immerhin Recht behalten. Ich bin tatsächlich zu spät gekommen, um ihn noch lebend anzutreffen.«

»Ich verstehe. Sie glauben also . . .?«

»Ich werde nie erfahren, warum Sir Gervase mich kommen ließ! Das steht mit Sicherheit fest!«

Poirot wanderte noch immer im Zimmer umher. Ab und zu rückte er auf dem Kaminsims etwas zurecht, betrachtete prüfend einen an der Wand stehenden Spieltisch, zog dann dessen Schublade heraus und nahm die Bridgeblöcke in die Hand. Anschließend schlenderte er zum Schreibtisch und blickte in den Papierkorb. Bis auf eine Papiertüte war er leer. Poirot holte die Tüte heraus, beroch sie, murmelte »Apfelsinen«, strich sie glatt und las den aufgedruckten Namen: »Carpenter and Sons, Fruiterers, Hamborough St. Mary.« Er faltete die Tüte gerade säuberlich zusammen, als Colonel Bury in das Zimmer trat.

Der Colonel ließ sich in einen Sessel fallen, schüttelte den Kopf, seufzte und sagte: »Eine schreckliche Geschichte ist das, Riddle. Lady Chevenix-Gore trägt es wunderbar – einfach wunderbar. Großartige Frau! Tapfer bis dorthinaus.«

Poirot kam unauffällig zu seinem Sessel zurück und sagte: »Sie kennen sie schon seit vielen Jahren, glaube ich?«

»Ja, das tue ich. Ich war auf ihrem ersten Ball dabei. Rosenknospen trug sie damals im Haar – das weiß ich noch. Und ein weißes duftiges Kleid . . . Keine konnte ihr auch nur das Wasser reichen!«

Seine Stimme war voller Begeisterung. Poirot hielt ihm den Bleistift hin.

»Ich glaube, das gehört Ihnen?«

»Wie? Was? Oh, vielen Dank. Heute Nachmittag, als wir Bridge spielten, hatte ich ihn noch. Erstaunlich, wissen Sie: Dreimal hintereinander spielte ich Pik und gewann. So etwas ist mir bisher noch nicht passiert.«

»Soweit ich orientiert bin, spielten Sie vor dem Tee Bridge?«, sagte Poirot. »In welcher Geistesverfassung befand sich Sir Gervase, als er zum Tee erschien?«

»Wie üblich – genau wie immer. Nicht im Traum hätte ich daran gedacht, dass er die Absicht hatte, Schluss zu machen. Vielleicht war er ein bisschen nervöser als sonst – wenn ich es mir genauer überlege.«

»Wann haben Sie ihm zum letzten Mal gesehen?«

»Genau da – beim Tee. Lebend habe ich den armen Kerl dann nicht mehr gesehen.«

»Sie waren nach dem Tee nicht im Arbeitszimmer?«

»Nein, ich habe ihn nicht mehr gesehen.«

»Wann sind Sie zum Abendessen heruntergekommen?«

»Nach dem ersten Gongen.«

»Sie und Lady Chevenix-Gore kamen zusammen herunter?«

»Nein, wir – äh – wir trafen uns in der Halle. Ich glaube, sie hatte im Speisezimmer noch nach den Blumen gesehen – oder etwas Ähnliches.«

»Hoffentlich haben Sie nichts dagegen, Colonel«, sagte Major Riddle, »wenn ich Ihnen jetzt eine ziemlich persönliche Frage stelle. Hatte es zwischen Ihnen und Sir Gervase irgendwelche Unstimmigkeiten wegen der Paragon Synthetic Rubber Company gegeben?«

Colonel Burys Gesicht wurde plötzlich puterrot.

»Aber nein! Wirklich nicht! Der alte Gervase war ein Mann, mit dem man nicht vernünftig reden konnte. Das dürfen Sie bei

allem nicht übersehen. Er erwartete immer, dass alles, was er anfasste, sich als Trumpf erwies! Schien einfach nicht zu begreifen,
dass die ganze Welt augenblicklich mitten in einer Krise steckt.
Und das wirkt sich zwangsweise auf sämtliche Aktien und Papiere aus.«

»Also bestanden doch gewisse Unstimmigkeiten zwischen Ihnen?«

»Unstimmigkeiten ist zuviel gesagt. Gervase wollte bloß nicht
mit sich reden lassen.«

»Er gab Ihnen die Schuld an bestimmten Verlusten, die er
hatte hinnehmen müssen?«

»Gervase war nicht normal! Auch Vanda wusste das. Aber sie
konnte mit ihm umgehen. Ich gab mich damit zufrieden, dass sie
die Geschichte in die Hand nahm.«

Poirot hüstelte und Major Riddle wechselte das Thema, nachdem er Poirot einen kurzen Blick zugeworfen hatte.

»Ich weiß, dass Sie ein alter Freund der Familie sind, Colonel
Bury. Sind Sie darüber orientiert, wie Sir Gervase über sein Vermögen verfügt hat?«

»Ich könnte mir vorstellen, dass es im Wesentlichen an Ruth
fällt. Wenigstens nehme ich es nach allem, was Gervase darüber
fallen ließ, mit einiger Sicherheit an.«

»Finden Sie das Hugo gegenüber nicht ein bisschen ungerecht?«

»Gervase mochte Hugo nicht. Konnte ihn nie leiden.«

»Aber er besaß doch einen ausgeprägten Familiensinn.
Schließlich ist Miss Chevenix-Gore doch nur seine Adoptivtochter.«

Colonel Bury zögerte; nachdem er sich eine Weile gewunden
und geräuspert hatte, sagte er: »Wissen Sie – ich glaube, ich
schenke Ihnen lieber reinen Wein ein. Natürlich streng vertrau-
lich und so weiter!«

»Natürlich – selbstverständlich.«

»Ruth ist zwar ein uneheliches Kind, aber trotzdem eine Chevenix-Gore. Sie ist die Tochter von Gervases Bruder Anthony,

der im Krieg fiel. Dieser Anthony hatte anscheinend etwas mit einer Stenotypistin. Als er gefallen war, schrieb das Mädchen an Vanda. Vanda fuhr hin – das Mädchen erwartete ein Kind. Vanda besprach die Geschichte mit Gervase, zumal sie gerade erfahren hatte, dass sie selbst nie ein Kind bekommen könnte. Das Ergebnis bestand darin, dass sie das Kind, als es geboren war, zu sich nahmen und rechtmäßig adoptierten. Die Mutter verzichtete auf sämtliche Ansprüche. Sie haben Ruth dann wie ihre eigene Tochter großgezogen, und alles in allem ist sie tatsächlich ihre Tochter: Man braucht sie nur anzusehen, um zu merken, dass sie eine echte Chevenix-Gore ist.«

»Aha«, sagte Poirot. »Ich verstehe. Das erklärt zu einem Teil Sir Gervases Verhalten. Aber wenn er Mr. Hugo Trent nun nicht mochte – warum bemühte er sich dann so, dass es zu einer Heirat zwischen Hugo Trent und Mademoiselle Ruth kam?«

»Um die Verhältnisse innerhalb der Familie zu regeln. Er hielt es für angebracht.«

»Obgleich er den jungen Mann weder mochte noch ihm traute?«

Colonel Bury schnaubte.

»Sie begreifen den alten Gervase nicht! Es war ihm einfach nicht möglich, in den Leuten menschliche Wesen zu sehen. Er arrangierte Verlobungen, als handelte es sich bei den Betroffenen um Persönlichkeiten aus der königlichen Familie! Und seiner Ansicht nach war es nur recht und billig, dass Ruth und Hugo heiraten und Hugo dann den Namen Chevenix-Gore annähme. Wie Hugo und Ruth darüber dachten, spielte keine Rolle.«

»Und war Mademoiselle Ruth einverstanden, sich diesem Arrangement zu unterwerfen?«

Colonel Bury lachte leise vor sich hin.

»Sie nicht! Dazu ist sie viel zu temperamentvoll!«

»Ist Ihnen bekannt, dass Sir Gervase kurz vor seinem Tod ein neues Testament aufsetzen ließ, nach dem Miss Chevenix-Gore das Erbe nur unter der Bedingung antreten durfte, dass sie Hugo Trent heiratete?«

Colonel Bury pfiff vor sich hin.

»Dann hatte er also doch Wind von der Sache zwischen ihr und Burrows . . .«

Kaum hatte er dies gesagt, biss er sich auf die Lippen; aber es war zu spät. Poirot griff dieses Eingeständnis sofort auf.

»Es war etwas zwischen Mademoiselle Ruth und dem jungen Monsieur Burrows?«

»Wahrscheinlich hatte es nichts zu bedeuten – gar nichts zu bedeuten.«

Major Riddle hüstelte und sagte: »Ich glaube, Colonel Bury, Sie sollten uns alles erzählen, was Sie wissen. Vielleicht ergibt sich daraus eine Erklärung für Sir Gervases Geistesverfassung.«

»Möglicherweise«, sagte Colonel Bury bedächtig. »Also gut – die Sache ist folgende: Der junge Burrows ist ein gut aussehender Bursche, zumindest in den Augen der Frauen. In letzter Zeit schienen er und Ruth sich mächtig angefreundet zu haben, und das passte Gervase nicht – gar nicht passte es ihm. Um nichts zu überstürzen, wollte er Burrows aber auch nicht fristlos auf die Straße setzen. Immerhin kannte er Ruth. Sie hätte sich keine Vorschriften machen lassen. Meiner Ansicht nach ist er deshalb auf diesen Plan verfallen. Ruth gehörte nicht zu jenen Mädchen, die um der Liebe willen alles opfern. Sie sitzt nun einmal gern vor vollen Fleischtöpfen, und Geld verachtet sie auch nicht.«

»Haben Sie selbst irgendetwas gegen Mr. Burrows einzuwenden?«

Der Colonel äußerte die Ansicht, dass Godfrey Burrows nicht ganz astrein sei – ein Ausspruch, der Poirot völlig unverständlich war, während Major Riddle sich ein Lächeln nicht verbeißen konnte.

Es wurden noch einige weitere Fragen gestellt und beantwortet, und dann ging Colonel Bury wieder.

Riddle warf Poirot einen Blick zu; Poirot war in Gedanken versunken.

»Was halten Sie von dieser Geschichte, Monsieur Poirot?«

Der kleine Mann hob abwehrend beide Hände.

»Irgendwie taucht langsam ein Muster, ein ganz bestimmter Zweck hinter dem Ganzen auf.«

»Verdammt schwierig«, sagte Riddle.

»Ja, schwierig ist es. Aber ein einziger Ausspruch, der ganz nebenbei und leichthin geäußert wurde, gewinnt in meinen Augen immer mehr an Bedeutung.«

»Und das wäre?«

»Dieser von Hugo Trent lachend ausgesprochene Satz: Mord käme überall vor . . .«

»Ja«, sagte Riddle scharf, »ich habe schon die ganze Zeit gemerkt, dass Sie in diese Richtung zielen.«

»Sind Sie denn nicht auch der Meinung, mein Freund, dass das Motiv für einen Selbstmord immer schwächer wird, je mehr wir in dieser Angelegenheit herausbekommen? Und für einen Mord besitzen wir mittlerweile eine überraschende Kollektion von Motiven!«

»Trotzdem dürfen Sie bei allem die reinen Tatsachen nicht außer Acht lassen: die abgeschlossene Tür und der Schlüssel in der Tasche des Toten. Schon gut – ich weiß selbst, dass es auch dafür Erklärungen gibt: gebogene Haarnadeln und ähnliche Scherze. Möglich wäre es wahrscheinlich schon... Aber funktionieren diese Tricks wirklich? Gerade das möchte ich doch sehr stark bezweifeln.«

»Auf jeden Fall sollten wir den Fall einmal so untersuchen, als handele es sich um Mord – nicht um Selbstmord.«

»Gut, einverstanden. Da Sie selbst am Tatort erschienen sind, dürfte es sich vermutlich um Mord handeln!«

Für einen Augenblick lächelte Poirot. »Ich kann nicht sagen, dass mir Ihre Bemerkung gefällt.«

Dann wurde er wieder ernst.

»Ja, untersuchen wir also den Fall vom Standpunkt eines Mordes aus. Der Schuss wurde gehört; vier Leute – Miss Lingard, Hugo Trent, Miss Cardwell und Snell – befinden sich zu diesem Zeitpunkt in der Halle. Wo aber waren die übrigen?«

»Burrows befand sich, entsprechend seinen eigenen Angaben,

in der Bibliothek. Überprüfen lässt sich diese Behauptung nicht. Die anderen befanden sich vermutlich auf ihren Zimmern – aber wer weiß, wo sie sich tatsächlich aufhielten? Jeder scheint allein für sich heruntergekommen zu sein. Sogar Lady Chevenix-Gore und Bury trafen sich erst in der Halle. Lady Chevenix-Gore kam dabei aus dem Speisezimmer. Woher kam Bury? Ist es nicht vorstellbar, dass er nicht von oben, sondern aus dem Arbeitszimmer kam? Dafür spricht der Bleistift.«

»Ja, der Bleistift ist tatsächlich interessant. Er verriet keinerlei Bewegung, als ich den Bleistift hervorholte; vielleicht kam es aber daher, dass er nicht wusste, wo er gefunden worden war und wo er ihn verloren hatte. Wer aber war dabei, als Bridge gespielt und der Bleistift benutzt wurde? Hugo Trent und Miss Cardwell. Sie kommen nicht in Betracht, denn Miss Lingard und der Butler können ihr Alibi bestätigen. Bleibt, als vierter Partner, Lady Chevenix-Gore übrig.«

»Es ist doch nicht Ihr Ernst, sie zu verdächtigen?«

»Warum nicht, mein Freund? Eines will ich Ihnen sagen. Verdächtigen kann ich alle! Angenommen beispielsweise, dass sie zwar offensichtlich an ihrem Mann hängt, dass sie jedoch in Wirklichkeit einzig und allein Bury liebt?«

»Hm«, meinte Riddle. »In gewisser Weise ist das seit Jahren eine *ménage à trois* gewesen.«

»Und wegen der Firma hat es zwischen Sir Gervase und Colonel Bury einigen Ärger gegeben.«

»Es stimmt, dass Sir Gervase möglicherweise die Absicht hatte, äußerst unangenehm zu werden. Die näheren Umstände kennen wir allerdings nicht. Es könnte jedoch zu dem passen, was Sie folgern. So kann Sir Gervase den Verdacht gehabt haben, Bury hätte ihn bewusst übers Ohr gehauen, nur wollte er seinen Verdacht nicht aussprechen, weil die Möglichkeit bestand, dass seine Frau mit der Angelegenheit zu tun hatte. Ja, das ist möglich. Damit hätte jeder der beiden ein plausibles Motiv. Andererseits ist es tatsächlich ein bisschen merkwürdig, dass Lady Chevenix-Gore den Tod ihres Mannes so ruhig hinnahm. Und dieser ganze Spiritismus kann genauso gut gespielt sein!«

»Hinzu kommt noch eine weitere Komplikation«, sagte Poirot. »Miss Chevenix-Gore und Burrows – es lag doch sehr in ihrem Interesse, dass Sir Gervase das neue Testament nicht unterschrieb. So, wie es augenblicklich ist, bekommt sie alles unter der einzigen Bedingung, dass ihr Mann den Familiennamen annimmt . . .«

»Ja, und Burrows' Aussage über Sir Gervases Verhalten heute Abend ist ebenfalls nicht ganz einwandfrei. Gut gelaunt und zufrieden! Das passt überhaupt nicht zu allem, was wir sonst noch erfahren haben.«

»Und dann noch Mr. Forbes. Sehr korrekt, sehr seriös, und dazu aus einer alten und angesehenen Firma. Aber alle Anwälte, auch die angesehensten, sind dafür bekannt, dass sie sich an den Geldern ihrer Klienten vergreifen, wenn sie selbst in der Klemme sitzen.«

»Jetzt werden Sie meiner Meinung nach ein bisschen zu sensationslüstern, Poirot!«

»Sie glauben, dass das, was ich andeute, zu sehr einem Film ähnelt? Aber das Leben, Major Riddle, ähnelt den Filmen manchmal erstaunlich.«

»In Westshire bisher allerdings nicht«, sagte der Chief Constable. »Aber hören wir uns lieber an, was die übrigen uns noch zu erzählen haben – finden Sie nicht auch? Es wird langsam spät. Ruth Chevenix-Gore haben wir noch nicht gesprochen, und sie dürfte wahrscheinlich die wichtigste Person sein.«

»Einverstanden. Außerdem fehlt auch noch Miss Cardwell. Vielleicht sollten wir uns zuerst mit ihr unterhalten, da es bei ihr sowieso nicht lange dauern wird, und Miss Chevenix-Gore als letzte hören.«

»Keine schlechte Idee.«

Bisher hatte Poirot für Susan Cardwell nur einen flüchtigen Blick übrig gehabt. Jetzt betrachtete er sie aufmerksamer. Ein intelligentes Gesicht, überlegte er, nicht ausgesprochen gut aussehend, aber doch von einem Reiz, um den ein nur hübsches Mädchen sie beneiden dürfte. Ihr Haar war prachtvoll, ihr Gesicht war geschickt zurechtgemacht. Und ihre Augen waren sehr wach, wie Poirot merkte.

Nach einigen einführenden Fragen sagte Major Riddle: »Ich weiß gar nicht, wie gut Sie mit der Familie bekannt sind, Miss Cardwell.«

»Ich kenne niemanden. Hugo hat veranlasst, dass ich eingeladen wurde.«

»Dann sind Sie also eine Bekannte von Hugo Trent?«

»Ja, genau das bin ich: Hugos Freundin.« Susan Cardwell lächelte, als sie dies ganz obenhin sagte.

»Sie kennen ihn schon länger?«

»Aber nein – seit ungefähr einem Monat.« Sie verstummte, fügte dann jedoch hinzu: »Übrigens wollen wir uns verloben.«

»Und er brachte Sie hierher, um Sie seinen Verwandten vorzustellen?«

»Um Himmels willen – deswegen nicht! Wir haben noch mit keinem Menschen darüber geredet. Ich bin bloß hergekommen, um mir alles einmal anzusehen! Hugo hatte mir nämlich erzählt, dass es hier zuginge wie in einem Irrenhaus. Und deswegen wollte ich es mir mit eigenen Augen anschauen. Hugo, der Süße, ist zwar ein richtiger Schatz, aber Verstand hat er nicht die Spur. Außerdem war die Situation ziemlich kritisch. Keiner von uns beiden hat nämlich Geld, und der alte Sir Gervase, der Hugos einzige Hoffnung war, hatte alles darauf gesetzt, ihn mit Ruth zu verheiraten. Hugo ist ein bisschen schwach, verstehen Sie? Und deshalb bestand die Möglichkeit, dass er diesem Plan zustimmte und glaubte, sich später einmal wieder frei machen zu können.«

»Diese Idee ist Ihrer Ansicht nach nicht sehr empfehlenswert, Mademoiselle?«, fragte Poirot höflich.

»Aber niemals! Immerhin bestünde doch die Möglichkeit, dass Ruth plötzlich komisch wird und eine Scheidung ablehnt oder sonst etwas. Da mache ich nicht mit. In die Kirche geht er erst, wenn ich dabei bin – vor Aufregung zitternd und mit einem Lilienstrauß im Arm.«

»Dann sind Sie also hierher gekommen, um sich alles persönlich anzusehen?«

»Ja.«

»*Eh bien!*«, sagte Poirot.

»Na ja, und Hugo hat natürlich Recht gehabt! Die ganze Familie spielt völlig verrückt! Ausgenommen Ruth, die vollkommen vernünftig zu sein scheint. Sie hat ihren eigenen Freund und hat für diese Heiratsidee genauso wenig übrig wie ich.«

»Sprechen Sie jetzt von Mr. Burrows?«

»Von Burrows? Ach wo. Auf einen Schwindler wie den würde Ruth nie hereinfallen.«

»Wer war denn das Ziel ihrer Zuneigung?«

Susan Cardwell schwieg, griff nach einer Zigarette, zündete sie an und bemerkte: »Das fragen Sie sie vielleicht am besten selbst. Schließlich geht es mich nichts an.«

Major Riddle fragte: »Wann haben Sie Sir Gervase zum letzten Mal gesehen?«

»Beim Tee.«

»Ist Ihnen an seinem Verhalten irgendetwas aufgefallen?«

Das Mädchen zuckte die Schultern.

»Nur das Übliche.«

»Was taten Sie nach dem Tee?«

»Da habe ich mit Hugo Billard gespielt.«

»Sir Gervase haben Sie danach nicht mehr gesehen?«

»Nein.«

»Und was können Sie uns über den Schuss sagen?«

»Das war ziemlich komisch. Sehen Sie – ich hatte geglaubt, es hätte zum ersten Mal gegongt, beeilte mich also mit dem Umziehen, stürzte aus meinem Zimmer, dachte, es gongte bereits zum zweiten Mal und rannte die Treppe hinunter. Am ersten Abend war ich eine Minute zu spät gekommen, und Hugo hatte gesagt, damit hätte ich unsere Chance bei dem Alten restlos zerstört – deswegen sauste ich also nach unten. Hugo war direkt vor mir, und dann kam von irgendwoher ein ganz komischer Knall, und Hugo sagte, das wäre ein Sektkorken gewesen, aber Snell sagte nein, und meiner Ansicht nach war es auch gar nicht im Esszimmer gewesen. Miss Lingard meinte, es wäre oben gewesen, aber dann kamen wir überein, dass es sicherlich eine Fehlzündung gewesen wäre, gingen dann langsam ins Wohnzimmer und dachten nicht mehr darüber nach.«

»Es ist Ihnen also überhaupt nicht der Gedanke gekommen, Sir Gervase könnte sich erschossen haben?«, fragte Poirot.

»Aber ich bitte Sie – wer denkt denn schon an so etwas! Dem alten Herrn schien es doch einen Mordsspaß zu machen, überall das letzte Wort zu haben. Dass er so etwas tun könnte, wäre mir niemals eingefallen. Und ich kann mir auch nicht erklären, warum er es getan hat. Wahrscheinlich doch wohl, weil er verrückt war.«

»Ein unglücklicher Vorfall.«

»Sehr – besonders für Hugo und mich. Ich kann mir vorstellen, dass er Hugo nichts oder doch fast nichts vererbt hat.«

»Wer hat Ihnen das gesagt?«

»Hugo hat es vom alten Forbes.«

»Ja, Miss Cardwell . . .« Major Riddle schwieg einen Moment. »Ich glaube, das ist alles. Meinen Sie, dass Miss Chevenix-Gore in der Lage sein wird, zu uns herunterzukommen?«

»Das glaube ich schon. Ich werde ihr Bescheid sagen.«

Poirot unterbrach sie.

»Einen Moment noch, Mademoiselle. Haben Sie das hier schon irgendwann einmal gesehen?«

Er hielt ihr Colonel Burys Bleistift hin.

»Aber ja, heute Nachmittag beim Bridge haben wir damit geschrieben. Ich glaube, er gehört dem alten Colonel.«

»Hat er ihn eingesteckt, als das Spiel zu Ende war?«

»Das kann ich Ihnen wirklich nicht sagen.«

»Vielen Dank, Mademoiselle. Das war alles.«

»Schön, dann sage ich jetzt Ruth Bescheid.«

Ruth Chevenix-Gore betrat das Zimmer wie eine Königin. Ihre

Farben waren lebhaft, ihr Kopf war hoch aufgerichtet. Aber ihre Augen waren, wie die Susan Cardwells, sehr wachsam. Sie trug dasselbe Kleid wie bei Poirots Ankunft. Es hatte die blasse Farbe einer Aprikose. An ihre Schulter hatte sie eine lachsfarbene Rose gesteckt. Noch vor einer Stunde war diese Blume frisch und voll erblüht gewesen; jetzt fing sie an zu welken.

»Ja?«, sagte Ruth.

»Es tut mir außerordentlich Leid, Sie belästigen zu müssen«, begann Major Riddle.

Sie unterbrach ihn.

»Es ist doch nur natürlich, dass Sie mich belästigen müssen. Das haben Sie doch bei allen anderen auch gemusst. Aber ich kann Ihnen Zeit sparen: Ich habe nicht die leiseste Idee, warum der Alte sich erschossen hat. Ich kann Ihnen nur sagen, dass ihm gerade das überhaupt nicht ähnlich sah.«

»Ist Ihnen an seinem Verhalten heute irgendetwas merkwürdig vorgekommen? War er deprimiert, oder ungewöhnlich erregt – ist Ihnen irgendetwas Ungewohntes an ihm aufgefallen?«

»Das glaube ich nicht. Ich habe nichts bemerkt . . .«

»Wann haben Sie ihn zum letzten Mal gesehen?«

»Beim Tee.«

»Sind Sie danach noch in seinem Arbeitszimmer gewesen?«, fiel Poirot ein.

»Nein. Zum letzten Mal habe ich ihn in diesem Zimmer gesehen. Er saß dort drüben.«

Sie zeigte auf einen Stuhl.

»Ich verstehe. Kennen Sie diesen Bleistift, Mademoiselle?«

»Er gehört Colonel Bury.«

»Haben Sie diesen Bleistift in letzter Zeit irgendwo gesehen?«

»Das kann ich wirklich nicht genau sagen.«

»Wissen Sie irgendetwas von einer – Unstimmigkeit zwischen Sir Gervase und Colonel Bury.«

»Wegen der Paragon Synthetic Rubber Company, meinen Sie?«

»Ja.«

»Doch. Der Alte war darüber ziemlich wütend.«

»Glaubte er vielleicht, beschwindelt worden zu sein?«

Ruth zuckte die Schultern.

»Von finanziellen Dingen hatte er nicht die geringste Ahnung.«

»Darf ich Ihnen eine Frage stellen, Mademoiselle – eine etwas impertinente Frage?«

»Bitte, wenn Sie wollen.«

»Es handelt sich – tut es Ihnen Leid, dass Ihr – Vater tot ist?«

Sie starrte ihn an.

»Natürlich tut es mir Leid. In Tränen zerfließe tue ich zwar nicht gerade. Aber ich werde ihn vermissen . . . Ich habe ihn sehr gern gemocht, den Alten. So haben wir, Hugo und ich, ihn immer genannt. Der Alte – wissen Sie, das stammt noch aus primitiven Zeiten, als wir vom Affen abstammten, und hat einen so schön patriarchalischen Klang. Es klingt zwar respektlos, aber trotzdem steckt in Wirklichkeit eine Menge Zuneigung dahinter. Natürlich war er eigentlich der kompletteste und dümmste alte Esel, der je gelebt hat!«

»Das interessiert mich, Mademoiselle.«

»Der Alte hatte das Gehirn einer Laus! Es tut mir Leid, dass ich es aussprechen muss, aber es stimmt. Er war unfähig, mit seinem Kopf irgendetwas zu leisten. Vergessen Sie dabei nicht, dass er eine Persönlichkeit war – fantastisch tapfer und so weiter! Es machte ihm nichts aus, zum Pol zu fahren oder sich zu duellieren. Ich habe mir immer vorgestellt, dass mit seinem Kopf nicht viel los war. In diesem Punkt war er jedem anderen glatt unterlegen.«

Poirot zog den Brief aus der Tasche.

»Lesen Sie das, Mademoiselle.«

Sie las den Brief und gab ihn dann zurück.

»Deshalb sind Sie also hierher gekommen!«

»Sagt er Ihnen irgendetwas – dieser Brief?«

Sie schüttelte den Kopf.

»Nein. Wahrscheinlich stimmt es, was er schreibt. Diesen armen alten Mann hätte jeder betrügen können. John meint, der vorige Verwalter hätte ihn von hinten und von vorn begaunert. Wissen Sie – der Alte war so großartig und hochtrabend, dass er sich nie dazu herabließ, auf Einzelheiten zu achten! Gauner wurden von ihm förmlich angezogen.«

»Das Bild, Mademoiselle, das Sie schildern, unterscheidet sich erheblich von dem sonstigen.«

»Gott, ja – er verstand es ziemlich gut, sich zu tarnen. Vanda, meine Mutter, unterstützte ihn noch mit allen Kräften darin. Er war so glücklich, wenn er überall herumstakste und so tat, als wäre er Gott der Allmächtige. Das ist auch der Grund, dass ich in gewisser Weise über seinen Tod froh bin. Für ihn ist es so am besten.«

»Leider kann ich Ihnen nicht ganz folgen, Mademoiselle.«

Grübelnd sagte Ruth: »Es machte sich immer mehr bemerkbar bei ihm. Irgendwann hätte man ihn einsperren müssen . . . Die Leute fingen schon an, darüber zu reden.«

»Wussten Sie, Mademoiselle, dass er sich mit der Absicht trug, ein neues Testament aufzusetzen, nach dem Sie sein Vermögen nur erben sollten, wenn Sie Mr. Trent heirateten?«

»Das ist doch albern!«, rief sie. »Außerdem hätte man es bestimmt anfechten können . . . Man kann den Leuten doch bestimmt nicht einfach vorschreiben, wen sie heiraten sollen!«

»Hätten Sie sich einem derartigen Testament unterworfen, Mademoiselle, wenn es tatsächlich unterschrieben worden wäre?«

Sie starrte vor sich hin.

»Ich . . .«

Sie unterbrach sich. Zwei oder drei Minuten lang saß sie unentschlossen da und schaute auf ihren wippenden Pumps hinunter. Ein kleiner Erdbrocken löste sich vom Absatz des Schuhes und fiel auf den Teppich.

Plötzlich sagte Ruth Chevenix-Gore: »Warten Sie einen Moment!«

Sie stand auf und lief hinaus. Fast unmittelbar darauf kehrte sie wieder zurück, begleitet von Captain Lake.

»Es ist herausgekommen«, sagte sie ziemlich atemlos. »Dann sollen Sie es also auch wissen. John und ich haben vor drei Wochen in London geheiratet.«

Den verwirrteren Eindruck von den beiden machte Captain Lake.

»Das ist allerdings eine große Überraschung, Miss Chevenix-Gore – Mrs. Lake, muss ich jetzt wohl sagen«, meinte Major Riddle. »Hat kein Mensch über Ihre Heirat Bescheid gewusst?«

»Nein. Wir haben es geheim gehalten. John gefiel es zwar ganz und gar nicht.«

Lake sagte, und dabei stotterte er ein bisschen: »Ich – ich weiß, dass es eine ziemlich unmögliche Art und Weise ist, wie wir das Problem gelöst haben. An sich hätte ich lieber direkt zu Sir Gervase gehen sollen . . .«

Ruth unterbrach ihn.

»Und ihm erzählen sollen, du wolltest seine Tochter heiraten, damit er dir aller Wahrscheinlichkeit nach einen Tritt versetzt hätte und ich enterbt worden wäre, und er hätte das Haus in eine Hölle verwandelt, und wir hätten uns immer wieder vorreden können, wie anständig wir uns doch aufgeführt hätten! Glaube mir – so war es besser! Geschehen ist geschehen! Es hätte zwar trotzdem einen gewaltigen Aufruhr gegeben – aber schließlich hätte er sich damit abfinden müssen.«

Lake machte immer noch ein unglückliches Gesicht.

»Wann hatten Sie die Absicht, Sir Gervase diese Neuigkeit mitzuteilen?«, fragte Poirot.

»Ich wollte ihn langsam darauf vorbereiten«, erwiderte Ruth. »John und mir gegenüber war er schon ziemlich misstrauisch geworden, und deshalb tat ich, als richtete sich meine Aufmerksamkeit auf Godfrey. Natürlich fiel er auch prompt darauf herein. Ich hatte mir ausgerechnet, dass die Nachricht, ich sei inzwischen mit John verheiratet, unter diesen Umständen eine große Erleichterung für ihn bedeutet hätte!«

»Hat denn wirklich kein Mensch erfahren, dass Sie geheiratet haben?«

»Doch – Vanda habe ich es schließlich erzählt. Ich wollte sie auf meine Seite ziehen.«

»Und ist Ihnen das gelungen?«

»Ja. Wissen Sie – sie legte keinen allzu großen Wert darauf, dass ich Hugo heiratete – ich glaube, weil er mein Vetter ist. Sie fand anscheinend, weil die Familie schon jetzt so verrückt war, dass wir wahrscheinlich doch nur völlig verrückte Kinder haben würden. Vielleicht war das albern, weil ich doch nur adoptiert bin – verstehen Sie? Soviel ich weiß, bin ich das Kind irgendeines entfernten Vetters.«

»Sie sind überzeugt, dass Sir Gervase von der Wahrheit nichts ahnte?«

»Nein, bestimmt nicht.«

»Ist das wahr, Captain Lake?«, sagte Poirot. »Bei Ihrer Unterhaltung mit Sir Gervase heute Nachmittag – wissen Sie ganz genau, dass dieses Thema nicht erwähnt wurde?«

»Nein, Sir. Es wurde nicht erwähnt.«

»Wissen Sie, Captain Lake, gewisse Beweise deuten darauf hin, dass Sir Gervase nach Ihrem Besuch äußerst erregt war und dass er nicht nur einmal von einer Familienschande sprach.«

»Das Thema wurde zwischen uns nicht erwähnt«, wiederholte Lake. Sein Gsicht war sehr blass geworden.

»Wann haben Sie Sir Gervase eigentlich zum letzten Mal gesehen? Bei dieser Besprechung?«

»Ja. Das habe ich bereits gesagt.«

»Und wo waren Sie heute Abend um acht Minuten nach acht?«

»Wo ich war? Zu Hause. Am Ausgang des Dorfes, ungefähr eine halbe Meile von hier entfernt.«

»Und Sie sind zu diesem Zeitpunkt nicht in die Nähe von *Hamborough Close* gekommen?«

»Nein.«

Poirot wandte sich an das Mädchen.

»Wo waren Sie, Mademoiselle, als Ihr Vater sich erschoss?«

»Im Garten.«

»Im Garten? Haben Sie vielleicht den Schuss gehört?«

»Ja – doch! Aber ich habe mich nicht besonders darum gekümmert. Ich dachte, es wäre vielleicht jemand, der Jagd auf Kaninchen machte, obgleich mir jetzt wieder einfällt, dass ich den Eindruck hatte, der Schuss müsste ganz in der Nähe gefallen sein.«

»Sie kehrten dann ins Haus zurück – auf welchem Weg?«

»Ich stieg durch das Fenster.«

Mit einer Drehung ihres Kopfes deutete Ruth auf das Fenster, das sich hinter ihnen befand.

»War irgend jemand hier?«

»Nein. Aber Hugo, Susan und Miss Lingard kamen fast im selben Moment aus der Halle hier herein. Sie sprachen von Schüssen und Mord und solchen Sachen.«

»Ich verstehe«, sagte Poirot. »Ja, ich glaube, ich begreife jetzt . . .«

Ziemlich zweifelnd sagte Major Riddle: »Ja – äh – ich danke Ihnen. Im Augenblick dürfte das wohl alles sein.«

Ruth und ihr Mann wandten sich um und verließen das Zimmer.

»Zum Teufel noch mal . . .«, begann Major Riddle und schloss einigermaßen hoffnungslos: »Es wird immer schwieriger, dieser Sache auf die Spur zu kommen.«

Poirot nickte. Er hatte den kleinen Erdklumpen aufgehoben, der von Ruths Schuh herabgefallen war, und hielt ihn nachdenklich in der Hand.

»Es ist ähnlich wie mit dem zersplitterten Spiegel an der Wand«, sagte er. »Wie mit dem Spiegel des Toten. Jede neue Tatsache, auf die wir stoßen, zeigt uns den Toten aus einem völlig anderen Blickwinkel. Aus jeder nur vorstellbaren Richtung wird er widergespiegelt. Nicht mehr lange, und wir besitzen ein vollständiges Bild . . .«

Er erhob sich und ließ den kleinen Erdklumpen sorgfältig in den Papierkorb fallen.

»Eines will ich Ihnen sagen, mein Freund. Die Lösung des ganzen Geheimnisses ist der Spiegel. Gehen Sie in das Arbeitszimmer und sehen Sie selbst nach, wenn Sie mir nicht glauben.«

Entschlossen sagte Major Riddle: »Wenn es Mord war, liegt es bei Ihnen, es auch zu beweisen. Wenn Sie mich fragen – ich behaupte nachdrücklich, dass es Selbstmord war. Ist Ihnen aufgefallen, dass das Mädchen sagte, ein früherer Verwalter hätte den alten Gervase betrogen? Ich wette, dass Lake dieses Märchen in die Welt gesetzt hat, um es für seine Zwecke auszunutzen. Wahrscheinlich hat er ein bisschen in die Kasse gegriffen, Sir Gervase hat Verdacht geschöpft und hat Sie kommen lassen, weil er nicht wusste, wie weit die Dinge zwischen Lake und Ruth inzwischen gediehen waren. Heute Nachmittag hat Lake ihm dann erzählt, dass sie verheiratet wären. Das hat Gervase den Rest gegeben. Jetzt war es ›zu spät‹, um noch irgendetwas zu unternehmen. Er beschloss, mit allem Schluss zu machen. Genau genommen war sein Verstand, der selbst zu besten Zeiten nicht allzu gut ausbalanciert war, dem nicht gewachsen. So muss es meiner Ansicht nach gewesen sein. Was haben Sie dagegen einzuwenden?«

Poirot stand reglos in der Mitte des Zimmers.

»Was ich dagegen einzuwenden habe? Folgendes: Gegen Ihre Theorie habe ich nichts einzuwenden – nur geht sie nicht weit genug. Es gibt bestimmte Dinge, die Sie dabei nicht berücksichtigt haben.«

»Beispielsweise?«

»Die Diskrepanzen in Sir Gervases Stimmung heute, das Auffinden von Colonel Burys Bleistift, die Aussage von Miss Cardwell – die sehr wichtig ist –, die Aussage von Miss Lingard über die Reihenfolge, in der die Hausbewohner zum Abendessen herunter kamen, die Stellung von Sir Gervases Stuhl, als er aufgefunden wurde, die Papiertüte, in der sich Apfelsinen befunden hatten, und schließlich der so eminent wichtige Anhaltspunkt: der zersplitterte Spiegel.«

Major Riddle starrte ihn an.

»Wollen Sie mir etwa weismachen, dass dieser ganze Quatsch einen Sinn ergibt?«, fragte er.

»Ich hoffe, das genau festzustellen – bis morgen.«

Es war kurz nach dem Anbruch der Dämmerung, als Poirot am folgenden Morgen aufwachte. Man hatte ihm ein Schlafzimmer auf der Ostseite des Hauses gegeben.

Nachdem er aufgestanden war, zog er den Fenstervorhang beiseite und stellte zufrieden fest, dass nicht nur die Sonne aufgegangen war, sondern dass ein herrlicher Morgen anbrach. Er begann, sich mit der üblichen peinlichen Sorgfalt anzukleiden. Nachdem er damit fertig war, hüllte er sich in einen dicken Mantel und band sich einen Schal um den Hals.

Dann verließ er auf Zehenspitzen sein Zimmer und schlich durch das stille Haus bis zum Wohnzimmer. Geräuschlos öffnete er die bis zum Boden reichenden Fenster und kletterte in den Garten hinaus.

Die Sonne stieg jetzt am Himmel hoch. Die Luft war feucht wie an jedem schönen Morgen. Hercule Poirot folgte dem mit Platten ausgelegten Weg, der um das Haus herumführte, bis er zu den Fenstern von Sir Gervases Arbeitszimmer kam. Hier blieb er stehen und sah sich genau um.

Unmittelbar unter den Fenstern befand sich ein Grasstreifen, der parallel zum Haus verlief. Vor dem Rasenstreifen lag eine breite, mit Blumen bepflanzte Einfassung. Die Herbstastern boten immer noch einen großartigen Anblick. Und vor der Einfassung verlief der Plattenweg, auf dem Poirot jetzt stand. Von dem Grasstreifen hinter der Einfassung führte ein mit Gras bewachsener Weg zur Terrasse. Poirot betrachtete ihn aufmerksam und schüttelte den Kopf. Dann wandte er seine Aufmerksamkeit den Einfassungen auf beiden Seiten des Grasstreifens zu.

Ganz langsam nickte er. Auf der rechten Einfassung waren in dem feuchten Erdboden deutlich Fußabdrücke zu erkennen.

Als er mit gerunzelter Stirn auf sie hinunterschaute, traf ein Geräusch seine Ohren, und sofort hob er den Kopf.

Über ihm war ein Fenster aufgestoßen worden. Er sah einen Kopf mit zerzausten roten Haaren. Umgeben von einem rotgoldenen Schimmer, erkannte er das intelligente Gesicht Susan Cardwells.

»Was, um Himmels willen, machen Sie denn um diese Zeit da unten, Monsieur Poirot? Sind Sie auf Spurensuche?«

Poirot verneigte sich mit äußerster Korrektheit.

»Guten Morgen, Mademoiselle. Ja, es ist, wie Sie sagen. Sie sehen im Augenblick einen Detektiv – einen großen Detektiv, möchte ich beinahe sagen – bei der Aufklärung eines Falles.«

Diese Bemerkung war ein wenig allzu deutlich. Susan legte den Kopf auf die Seite.

»Das muss ich unbedingt in meinen Memoiren erwähnen«, bemerkte sie. »Soll ich hinunterkommen und Ihnen helfen?«

»Ich würde enchantiert sein.«

»Zuerst habe ich Sie vorhin für einen Einbrecher gehalten. Wie sind Sie hinausgekommen?«

»Durch das Fenster im Wohnzimmer.«

»Warten Sie eine Minute – ich bin sofort unten.«

Und sie hielt Wort. Allem Anschein nach hatte Poirot sich inzwischen nicht vom Fleck gerührt.

»Sie sind schon sehr früh aufgewacht, Mademoiselle?«

»Ich habe auch nicht richtig schlafen können. Und ich fühle mich so grenzenlos elend, wie man sich um fünf Uhr morgens immer fühlt.«

»Aber ganz so früh ist es doch nicht mehr!«

»Aber man hat das Gefühl! Also, was suchen wir?«

»Sehen Sie genau hin, Mademoiselle – Fußabdrücke.«

»Tatsächlich.«

»Und zwar vier«, fuhr Poirot fort. »Passen Sie auf, ich werde sie Ihnen genau zeigen. Zwei führen zum Fenster hin, zwei kommen vom Fenster her.«

»Und zu wem gehören sie? Zum Gärtner?«

»Mademoiselle, Mademoiselle! Diese Fußabdrücke stammen von den kleinen, zierlichen und hochhackigen Schuhen einer Frau. Sehen Sie selbst – überzeugen Sie sich. Treten Sie bitte einmal auf den Erdboden neben die Abdrücke.«

Susan zögerte eine Minute; dann stellte sie einen Fuß vorsichtig auf jene Stelle des Erdbodens, auf die Poirot gezeigt hatte. Sie trug kleine hochhackige Pumps aus dunkelbraunem Leder. »Sehen Sie – Ihr Abdruck ist fast genauso groß. Fast, aber nicht ganz. Diese hier stammen von einem etwas längeren Fuß als Ihrem. Vielleicht von Miss Chevenix-Gore – oder Miss Lingard – oder sogar von Lady Chevenix-Gore.«

»Bestimmt nicht von Lady Chevenix-Gore – sie hat winzige Füße. Damals machten die Leute – damals gelang es ihnen, kleine Füße zu bekommen, meine ich. Und Miss Lingard trägt komische Treter mit flachen Absätzen.«

»Dann sind es die Abdrücke von Miss Chevenix-Gore. Ach ja, ich erinnere mich, dass sie erwähnte, gestern Abend noch einmal im Garten gewesen zu sein.«

Vor ihr her ging er um das Haus zurück.

»Suchen wir immer noch nach Spuren?«, fragte Susan.

»Aber gewiss doch. Wir begeben uns jetzt in Sir Gervases Arbeitszimmer.«

Er ging voraus. Sie folgte ihm.

Die Tür hing immer noch traurig in ihren Angeln. Das Zimmer selbst war genauso wie am vorigen Abend. Poirot zog die Vorhänge beiseite und ließ das Tageslicht herein.

Eine Weile blieb er am Fenster stehen und blickte auf die Einfassung hinunter. Schließlich sagte er: »Mit Einbrechern, Mademoiselle, haben Sie wohl kaum Bekanntschaft?«

Bedauernd schüttelte Susan Cardwell den Kopf.

»Leider nicht, Monsieur Poirot.«

»Auch der Chief Constable genießt nicht den Vorzug, freundschaftliche Beziehungen mit ihnen zu unterhalten. Sein Kontakt mit den verbrecherischen Schichten ist immer streng offiziell gewesen. Bei mir ist das anders. Ich hatte einmal mit einem Einbrecher eine äußerst angenehme Unterhaltung. Dabei erfuhr ich interessante Einzelheiten über diese bis zum Boden reichenden Fenster – einen Trick, den man anwenden kann, wenn der Riegel genügend locker ist.«

Während er dies sagte, drehte er am Griff des linken Fensters. Die Verriegelungsstange kam aus dem im Fußboden befindlichen Loch, und Poirot konnte die beiden Fensterflügel nach innen öffnen. Anschließend schloss er sie wieder – allerdings ohne am Griff zu drehen, sodass sie nicht verriegelt waren. Dann ließ er den Griff los, wartete einen Moment und schlug schließlich mit der Faust kräftig gegen den oberen Teil des Fensterrahmens, in welchem die Verriegelungsstange verlief. Durch die Erschütterung rutschte die Stange nach unten und in das Loch im Fußboden – der Griff drehte sich dabei von selbst.

»Haben Sie gesehen, Mademoiselle?«

Susan war ziemlich blass geworden.

»Das Fenster ist jetzt geschlossen. Es ist unmöglich, einen Raum zu betreten, wenn das Fenster verriegelt ist; nicht unmöglich ist es jedoch, den Raum zu verlassen, die Flügel von außen zuzuziehen, dann gegen den Rahmen zu schlagen, wie ich es eben tat, und das Fenster dadurch fest zu verriegeln. Das Fenster ist geschlossen, und wer es sieht, behauptet, es sei von innen geschlossen worden.

»Und das . . .«, Susans Stimme zitterte ein wenig, ». . . das ist gestern Abend passiert?«

»Vermutlich, Mademoiselle!«

Heftig sagte Susan: »Nicht ein einziges Wort glaube ich davon!«

Poirot erwiderte nichts. Er ging zum Kaminsims hinüber. Dann fuhr er herum.

»Mademoiselle, ich brauche Sie jetzt als Zeugin. Einen Zeugen habe ich bereits – Mr. Trent. Er sah, wie ich gestern Abend diesen winzigen Splitter Spiegelglas entdeckte. Ich habe es ihm gesagt. Wegen der Polizei habe ich den Splitter gelassen, wo ich ihn fand. Ich habe sogar dem Chief Constable gesagt, dass der zersplitterte Spiegel ein wertvoller Hinweis sei. Aber der Chief Constable hat meine Andeutung nicht verwertet. Sie sind jetzt Zeugin, dass ich diesen Splitter aus Spiegelglas – auf den ich, wie Sie wissen, schon Mr. Trents Aufmerksamkeit lenkte – in einen kleinen Umschlag tue. So!« Er ließ seinen Worten sofort die Tat folgen. »Und jetzt schreibe ich es noch darauf – so – und klebe den Umschlag zu. Sie waren Zeugin, Mademoiselle?«

»Ja – aber – aber ich weiß doch gar nicht, was es zu bedeuten hat.«

Poirot ging zur anderen Seite des Zimmers. Vor dem Schreibtisch blieb er stehen und starrte auf den zersplitterten Spiegel, der vor ihm an der Wand hing.

»Ich will Ihnen sagen, was es zu bedeuten hat, Mademoiselle. Wenn Sie gestern Abend hier gestanden und in den Spiegel geblickt hätten, hätten Sie in ihm sehen können, wie ein Mord begangen wurde . . .«

An diesem Tag ihres Lebens kam Ruth Chevenix-Gore – jetzt Ruth Lake – sehr zeitig zum Frühstück herunter. Hercule Poirot hielt sich in der Halle auf und nahm sie beiseite, bevor sie das Speisezimmer betrat.

»Ich hätte Sie gern etwas gefragt, Madame.«

»Ja?«

»Sie waren gestern Abend im Garten. Sind Sie irgendwann auf das Blumenbeet vor dem Fenster von Sir Gervases Arbeitszimmer getreten?«

Ruth schaute ihn an. »Ja – zwei Mal.«

»Aha. Zwei Mal also. Wieso gleich zwei Mal?«

»Beim ersten Mal habe ich Herbstastern geschnitten. Das war gegen sieben Uhr.«

»War das nicht eine ziemlich ungewöhnliche Tageszeit, um Blumen zu schneiden?«

»Ja – das war es genau genommen schon. Ich hatte gestern Vormittag frische Blumen geholt, aber nach dem Tee meinte Vanda, die Blumen auf dem Tisch des Speisezimmers wären nicht mehr schön genug. Ich hatte gedacht, sie wären noch in Ordnung, und deswegen hatte ich sie nicht erneuert.«

»Ihre Mutter bat Sie also, frische Blumen zu holen? Ist das richtig?«

330

»Ja. Deswegen ging ich kurz vor sieben noch einmal hinaus. Ich holte die Blumen von diesem Teil des Beetes, weil kaum jemand dorthin kommt und es daher nichts ausmacht, wenn dort ein paar Astern weggenommen werden.«

»Schön, schön! Aber das zweite Mal. Sie gingen noch ein zweites Mal dorthin, sagten Sie?«

»Das war kurz vor dem Abendessen. Mir war ein Tropfen Brillantine auf das Kleid gefallen – genau auf die Schulter. Und ich hatte keine Lust, mich noch einmal umzuziehen; andererseits passte keine meiner künstlichen Blumen zu dem Gelbrot des Kleides. Dann fiel mir ein, dass ich beim Schneiden der Astern eine späte Rose gesehen hatte, und deshalb lief ich schnell hinaus, schnitt sie ab und steckte sie an meine Schulter.« Poirot nickte bedächtig.

»Ja, ich erinnere mich, dass Sie gestern Abend eine Rose angesteckt hatten. Um welche Zeit, Madame, holten Sie sich die Rose?«

»Das weiß ich wirklich nicht.«

»Aber es ist wesentlich, Madame. Überlegen Sie – denken Sie genau nach . . .«

Ruth zog die Stirn kraus. Sie blickte Poirot flüchtig an und schaute dann wieder weg.

»Genau kann ich es nicht sagen«, meinte sie schließlich. »Es muss – ja, natürlich – um ungefähr fünf Minuten nach acht muss es gewesen sein. Als ich nämlich wieder zurückging, hörte ich den Gong, und dann diesen komischen Knall. Ich beeilte mich noch, weil ich dachte, es hätte schon zum zweiten Mal gegongt – und nicht erst zum ersten Mal.«

»Aha, das dachten Sie dabei – und machten Sie sich nicht am Fenster des Arbeitszimmers zu schaffen, als Sie in dem Blumenbeet standen?«

»Das habe ich tatsächlich. Ich dachte, es wäre vielleicht offen, sodass ich auf diesem Weg schneller wieder ins Haus gekommen wäre. Aber es war verriegelt.«

»Damit wäre alles erklärt. Ich gratuliere Ihnen, Madame.«

Sie starrte ihn an.

»Was soll das heißen?«

»Weil Sie für alles eine Erklärung haben: für die Erde an Ihren Schuhen, für Ihre Schuhabdrücke im Blumenbeet und für Ihre Fingerabdrücke an der Außenseite des Fensters. Es passt alles ausgezeichnet zusammen.«

Noch ehe Ruth antworten konnte, kam Miss Lingard eilig die Treppe herunter. Auf ihren Wangen lag eine seltsame dunkle Röte, und sie machte einen leicht verwirrten Eindruck, als sie Poirot und Ruth nebeneinander stehen sah.

»Verzeihen Sie«, sagte sie. »Ist etwas los?«

Ärgerlich sagte Ruth: »Ich glaube, Monsieur Poirot ist verrückt geworden!«

Sie drängte sich an den beiden vorbei und verschwand im Speisezimmer. Miss Lingard wandte Poirot ein erstauntes Gesicht zu.

Er schüttelte den Kopf.

»Nach dem Frühstück«, sagte er, »werde ich alles erklären. Ich möchte gern, dass alle sich um zehn Uhr in Sir Gervases Arbeitszimmer einfinden.«

Er wiederholte seine Bitte, als er das Speisezimmer betrat.

Susan Cardwell warf ihm einen flüchtigen Blick zu und sah dann zu Ruth hinüber. Als Hugo »Wieso? Was ist denn los?« sagte, versetzte sie ihm einen kräftigen Stoß in die Seite, und gehorsam schwieg er.

Als Poirot das Frühstück beendet hatte, erhob er sich und ging zur Tür. Er drehte sich noch einmal um und zog eine große altmodische Uhr hervor.

»Es ist fünf vor zehn. In fünf Minuten also – im Arbeitszimmer.«

Poirot blickte sich um. Ein Kreis interessierter Gesichter erwiderte seinen Blick. Jeder war gekommen, stellte er fest – mit einer einzigen Ausnahme; und im gleichen Augenblick betrat die Ausnahme auch schon das Zimmer. Mit leisen gleitenden Schritten kam Lady Chevenix-Gore herein. Sie sah verhärmt und elend aus.

Poirot schob einen der schweren Sessel für sie zurecht, und sie setzte sich.

Sie sah den zersplitterten Spiegel an, erschauerte und schob ihren Sessel ein wenig herum.

»Gervase ist immer noch hier«, sagte sie in sachlichem Ton. »Armer Gervase . . . Aber bald wird er frei sein.«

Poirot räusperte sich und erklärte: »Ich habe Sie alle gebeten, hierher zu kommen, damit Sie die wahren Tatsachen über Sir Gervases Selbstmord erfahren.«

»Es war Schicksal«, sagte Lady Chevenix-Gore. »Gervase war stark, aber sein Schicksal war stärker.«

Colonel Bury drängte sich nach vorn.

»Vanda – Liebe.«

Sie lächelte zu ihm auf, hob dann ihre Hand zu ihm hoch. Er ergriff sie. »Du bist wirklich ein Trost für mich, Ned«, sagte sie sanft.

Mit scharfer Stimme sagte Ruth: »Wollen Sie damit sagen, Monsieur Poirot, dass Sie den Grund für den Selbstmord meines Vaters festgestellt haben?«

Poirot schüttelte den Kopf.

»Nein, Madame.«

»Was soll denn dann dieser ganze Unsinn?«

Ruhig sagte Poirot: »Den Grund für den Selbstmord von Sir Gervase Chevenix-Gore kenne ich nicht, weil Sir Gervase Chevenix-Gore nicht Selbstmord verübte! Er hat sich nicht selbst umgebracht. Er wurde vielmehr ermordet . . .«

»Ermordet?« Verschiedene Stimmen wiederholten dieses Wort. Verblüffte Gesichter wandten sich Poirot zu. Lady Chevenix-Gore blickte auf, sagte: »Ermordet? O nein!«, und schüttelte leicht den Kopf.

»Umgebracht, sagten Sie?« Hugo war es, der jetzt sprach. »Unmöglich! Als wir die Tür aufbrachen, befand sich niemand im Zimmer. Die Tür war von innen abgeschlossen, und der Schlüssel steckte in der Tasche meines Onkels. Wie könnte er also ermordet worden sein?«

»Trotzdem ist er ermordet worden.«

»Und der Mörder entwischte dann vermutlich durch das Schlüsselloch?«, sagte Colonel Bury skeptisch. »Oder flog durch den Kamin davon?«

»Der Mörder«, sagte Poirot, »verschwand durch das Fenster. Wie, das werde ich Ihnen jetzt zeigen.«

Er wiederholte den Trick mit dem Fenster.

»Haben Sie es gesehen?«, sagte er. »Auf diese Weise wurde es gemacht. Von Anfang an hielt ich es für unwahrscheinlich, dass Sir Gervase Selbstmord verübt haben sollte. Er litt an ausgesprochener Egomanie, und ein solcher Mann bringt sich nicht um.

Hinzu kamen noch andere Dinge! Offenbar hatte Sir Gervase sich kurz vor seinem Tod an diesen Schreibtisch gesetzt, das Wort SORRY auf einen Bogen gekritzelt und sich dann erschossen. Vor seiner letzten Handlung hatte er jedoch aus irgendeinem Grund die Stellung seines Stuhles verändert und ihn so gedreht, dass er mit der Seite zum Schreibtisch zeigte. Warum? Dafür musste er doch irgendeinen Grund gehabt haben? Ich begann etwas klarer zu sehen, als ich am Fuß einer schweren Bronzefigur einen winzigen Splitter Spiegelglas entdeckte . . .

Ich stellte mir die Frage: Wie kommt dieser Glassplitter dorthin? Die Antwort drängte sich mir von selbst auf. Der Spiegel war zwar zerschmettert worden, aber nicht von einem Geschoss, sondern durch einen Schlag mit einer schweren Bronzefigur. Der Spiegel war vorsätzlich zerschlagen worden.

Aber warum? Ich kehrte zum Schreibtisch zurück und blickte auf den Stuhl hinunter. Ja – jetzt sah ich es. Alles war völlig falsch. Kein Selbstmörder würde seinen Stuhl herumrücken, sich weit über die Armlehne beugen und sich dann erschießen. Das Ganze war arrangiert. Der Selbstmord war vorgetäuscht! Und jetzt komme ich zu einem sehr wichtigen Punkt. Zur Aussage von Miss Cardwell. Miss Cardwell sagte, sie wäre gestern Abend nach unten gelaufen, weil sie geglaubt hätte, es wäre schon zum zweiten Mal gegongt worden. Das bedeutet, dass sie glaubte, sie hätte den Gong bereits vorher gehört.

Beachten Sie jetzt bitte, wohin das Geschoss geflogen wäre, wenn Sir Gervase in normaler Haltung am Tisch gesessen hätte, als er erschossen wurde. Da es eine gerade Linie beschreibt, wäre es bei geöffneter Tür durch den Türrahmen geflogen und hätte dann den Gong getroffen!

Erkennen Sie jetzt die Wichtigkeit von Miss Cardwells Aussage? Niemand sonst hatte den Gong beim ersten Mal gehört, aber da Miss Cardwells Zimmer unmittelbar über diesem hier liegt, befand sie sich in der günstigsten Lage, den Gong zu hören. Und vergessen Sie nicht, dass der Gong durch das Geschoss nur ein einziges Mal ertönte.

Es bestand damit also nicht der geringste Zweifel mehr, dass Sir Gervase sich nicht selbst erschossen hatte. Ein Toter kann nicht aufstehen, die Tür schließen, sie zusperren und sich dann in die entsprechende Position setzen! Irgendjemand anderes hatte seine Hand im Spiel, und daher war es nicht Selbstmord, sondern Mord. Irgendjemand, dessen Gegenwart von Sir Gervase hingenommen wurde, hatte neben ihm gestanden und mit ihm gesprochen. Sir Gervase hatte geschrieben – vielleicht! Der Mörder hält die Pistole an die rechte Seite seines Kopfes und drückt ab. Es ist geschehen! Also schnell an die Arbeit! Der Mörder streift sich Handschuhe über. Die Tür wird abgeschlossen, der Schlüssel wird Sir Gervase in die Tasche gesteckt. Aber angenommen, irgendjemand hat den Gong gehört? Dann wird man merken, dass die Tür bei der Abgabe des Schusses nicht geschlossen war, sondern offen stand! Also wird der Stuhl herumgedreht, die Leiche anders hingesetzt, die Finger des Toten gegen die Pistole gedrückt und der Spiegel überlegt zerschlagen. Dann verlässt der Mörder das Zimmer durch das Fenster, zieht die Flügel hinter sich zu, tritt nicht auf das Gras, sondern geht über das Blumenbeet, wo die Fußspuren später leicht beseitigt werden können, läuft um das Haus herum und klettert ins Wohnzimmer.«

Er schwieg einen Augenblick.

»Nur eine einzige Person befand sich draußen im Garten, als

der Schuss fiel. Diese Person hinterließ Fußabdrücke auf dem Blumenbeet und Fingerabdrücke an der Außenseite des Fensters.«

Er näherte sich Ruth.

»Und ein Motiv gab es auch, nicht wahr? Ihr Vater hatte erfahren, dass Sie heimlich geheiratet hatten. Er bereitete die entsprechenden Maßnahmen vor, um Sie zu enterben.«

»Das ist gelogen!« Ruths Stimme klang zornig und klar. »Nicht ein wahres Wort ist an Ihrer ganzen Geschichte! Von Anfang bis Ende ist sie erlogen!«

»Die Beweise gegen Sie sind sehr eindrücklich, Madame. Es ist möglich, dass das Gericht Ihnen glaubt – genauso möglich ist es jedoch, dass es das nicht tut!«

»Sie wird vor keinem Gericht stehen!«

Die anderen fuhren herum – verblüfft. Miss Lingard war aufgesprungen. Ihr Gesicht hatte sich verändert. Sie zitterte am ganzen Körper.

»Ich war es, die ihn erschossen hat. Ich gestehe es! Ich hatte Gründe dazu. Ich – ich wollte es schon seit einiger Zeit. Monsieur Poirot hat völlig Recht. Ich bin ihm hierher gefolgt. Die Pistole hatte ich schon früher aus der Schublade genommen. Ich stand neben ihm und sprach mit ihm über das Buch – und dabei habe ich ihn erschossen. Das Geschoss traf den Gong. Ich wäre nie auf die Idee gekommen, dass es seinen Kopf einfach durchschlagen würde. Aber ich hatte keine Zeit, hinauszulaufen und es zu suchen. Ich schloss die Tür ab und steckte den Schlüssel in seine Tasche. Dann drehte ich den Stuhl herum, zerschlug den Spiegel, und nachdem ich SORRY auf einen Bogen geschrieben hatte, kletterte ich durch das Fenster und schloss es, wie Monsieur Poirot es Ihnen vorgemacht hat. Ich ging über das Blumenbeet, beseitigte jedoch die Fußabdrücke mit einer kleinen Harke, die ich dort bereit gestellt hatte. Dann lief ich zum Wohnzimmer. Ich wusste nicht, dass Ruth ebenfalls durch dieses Fenster geklettert war. Sie muss vorne um das Haus herumgegangen sein, als ich hinten herum kam. Ich musste nämlich die Harke wieder in den

Schuppen zurückbringen. Dann wartete ich im Wohnzimmer, bis ich hörte, dass jemand herunter kam und Snell gongte, und dann . . .«

Sie blickte Poirot an.

»Sie wissen nicht, was ich dann gemacht habe?«

»O doch. Die Tüte im Papierkorb habe ich gefunden. Das war sehr gescheit, dieser Einfall. Sie machten das, was Kinder immer so gern tun. Sie bliesen die Tüte auf und ließen sie dann zerplatzen. Der Knall war laut genug. Die Tüte warfen Sie in den Papierkorb, und dann liefen Sie in die Diele. Damit hatten Sie den Zeitpunkt des Selbstmordes festgelegt – und sich selbst ein Alibi geschaffen. Aber eine Sache machte Ihnen noch Kummer. Sie hatten noch keine Zeit gehabt, das Geschoss aufzuheben. Es musste ganz in der Nähe des Gongs liegen. Und es war wichtig, dass es im Arbeitszimmer, in der Nähe des Spiegels, gefunden würde. Ich weiß nicht, wann Sie auf die Idee kamen, Colonel Burys Bleistift an sich zu nehmen . . .«

»Das war zur selben Zeit«, sagte Miss Lingard. »Wir gingen von der Halle ins Wohnzimmer. Ich war erstaunt, dass Ruth dort war. Ich merkte daran, dass sie durch das Fenster geklettert war. Gleichzeitig sah ich, dass Colonel Burys Bleistift auf dem Bridgetisch lag. Ich tat ihn unbemerkt in meine Handtasche. Sollte später jemand bemerken, wie ich das Geschoss aufhob, konnte ich immer so tun, als wäre es der Bleistift gewesen. Im Grunde war ich überzeugt, dass niemand gesehen hatte, wie ich das Geschoss aufhob. Ich ließ es dann unter den Spiegel fallen, während Sie den Toten betrachteten. Als Sie mich danach fragten, war ich sehr froh, dass ich an den Bleistift gedacht hatte.«

»Ja, das war sehr klug. Es brachte mich völlig durcheinander.«

»Außerdem befürchtete ich, dass irgendjemand den eigentlichen Schuss gehört haben könnte, obgleich ich wusste, dass alle sich zum Abendessen umgezogen und die Türen ihrer Zimmer geschlossen waren. Das Personal war in seinen Räumen. Eigentlich konnte nur Miss Cardwell den Schuss gehört haben, und sie würde wahrscheinlich annehmen, dass es die Fehlzündung eines Autos gewesen war. Tatsächlich gehört hat sie dann jedoch nur den Gong. Ich dachte – ich dachte schon, alles wäre gut gegangen . . .«

Sehr langsam und betont sagte Mr. Forbes: »Das ist eine höchst ungewöhnliche Geschichte. Anscheinend fehlt jedes Motiv . . .«

Mit klarer Stimme erwiderte Miss Lingard: »Ich hatte ein Motiv . . .« Und heftig fügte sie hinzu: »Los! Holen Sie endlich die Polizei! Worauf warten Sie denn noch?«

Höflich sagte Poirot: »Ich wäre Ihnen dankbar, wenn Sie alle das Zimmer verlassen würden. Mr. Forbes, wenn Sie Major Riddle anrufen würden. Ich werde hier auf ihn warten.«

Langsam verließen die übrigen Anwesenden nacheinander das Zimmer. Erstaunt, verständnislos und entsetzt warfen sie verlegene Blicke auf die schlanke aufrechte Gestalt mit dem sorgfältig gescheitelten grauen Haar.

Ruth ging als Letzte. Zögernd blieb sie in der Tür stehen.

»Das begreife ich einfach nicht!« Ihre Stimme klang verärgert, herausfordernd und anklagend zugleich. »Gerade eben waren Sie noch fest davon überzeugt, dass ich es gewesen wäre.«

»Nein, nein.« Poirot schüttelte den Kopf. »Das habe ich keine Sekunde angenommen.«

Langsam ging Ruth hinaus.

Poirot blieb mit der kleinen spröden Frau mittleren Alters zurück, die gerade zugegeben hatte, einen vorsätzlich geplanten und kaltblütigen Mord begangen zu haben.

»Nein«, sagte Miss Lingard. »Sie haben wirklich nicht angenommen, dass sie es gewesen war. Sie haben sie nur beschuldigt, um mich zum Reden zu bringen. Das stimmt doch, nicht wahr?«

Poirot nickte langsam.

»Während wir warten«, sagte Miss Lingard im Konversationston, »könnten Sie mir eigentlich erzählen, wie Sie dazu gekommen sind, ausgerechnet mich zu verdächtigen.«

»Aus verschiedenen Gründen. Da war einmal Ihr Urteil über Sir Gervase. Ein hochmütiger Mann wie Sir Gervase hätte einem Außenstehenden gegenüber, besonders vor einem Menschen in

Ihrer Stellung, nie abfällig über seinen Neffen gesprochen. Sie aber wollten damit die Selbstmordtheorie bekräftigen. Außerdem begingen Sie einen Fehler, als Sie andeuteten, dass der Grund zum Selbstmord möglicherweise in Unstimmigkeiten zu suchen sei, die mit einem unehrenhaften Verhalten Hugo Trents zusammenhingen. Auch das war eine Sache, die Sir Gervase einem Außenstehenden gegenüber niemals zugegeben hätte. Dann war da der Gegenstand, den Sie in der Halle aufhoben, und die sehr bedeutsame Tatsache, dass Sie mit keinem Wort erwähnten, Ruth hätte das Wohnzimmer vom Garten her betreten. Und schließlich entdeckte ich die Papiertüte – einen Gegenstand, der im Wohnzimmer von *Hamborough Close* völlig fehl am Platz war! Sie waren die einzige Person, die sich im Wohnzimmer aufhielt, als der so genannte Schuss fiel. Der Trick mit der Papiertüte gehörte zu jenen, die auf eine Frau hinweisen – ein sehr einfallsreicher, aber doch primitiver Kniff. Damit passte alles zusammen: der Versuch, den Verdacht auf Hugo zu lenken und ihn von Ruth fern zu halten, die Art, in der das Verbrechen durchgeführt wurde – und das Motiv!«

»Sie kennen das Motiv?«

»Ich glaube, dass ich es kenne. Ruths Glück – das war das Motiv! Wahrscheinlich hatten Sie sie mit John Lake zusammen gesehen – Sie wussten, wie es um die beiden stand. Ferner war es für Sie einfach, sich Zugang zu Sir Gervases Papieren zu verschaffen, und dabei stießen Sie auf den Entwurf des neuen Testaments, mit dem Ruth enterbt werden sollte, falls sie nicht Hugo Trent heiratete. Das gab den Anstoß für Sie, das Recht in Ihre Hände zu nehmen, indem Sie die Tatsache ausnutzten, dass Sir Gervase mir bereits geschrieben hatte. Wahrscheinlich sahen Sie einen Durchschlag dieses Briefes. Welche verworrenen Gefühle, welches Misstrauen und welche Angst ihn ursprünglich zu diesem Brief veranlassten, weiß ich nicht. Er muss den Verdacht gehabt haben, dass entweder Burrows oder Lake ihn systematisch betrog. Seine Ungewissheit im Hinblick auf Ruths Empfindungen veranlassten ihn, private Nachforschungen anstellen zu lassen. Diese Tatsache nutzten Sie aus; Sie bereiteten alles so vor, dass es wie Selbstmord aussah, und bestärkten diese Vermutung noch durch Ihre Behauptung, Sir Gervase wäre wegen irgendeiner Sache, die mit Hugo Trent in Zusammenhang stünde, sehr besorgt gewesen. Sie schickten mir ein Telegramm, berichteten jedoch, Sir Gervase hätte gesagt, dass ich doch ›zu spät‹ käme.«

Heftig sagte Miss Lingard: »Gervase Chevenix-Gore war ein Tyrann, ein Snob und ein Windbeutel! Ich wollte verhindern, dass er Ruths Glück zerstörte.«

Behutsam sagte Poirot: »Ruth ist Ihre Tochter?«

»Ja – sie ist meine Tochter. Ich habe immer an sie denken müssen. Als ich hörte, dass Sir Gervase Chevenix-Gore jemanden suchte, der ihm bei der Abfassung einer Familiengeschichte hülfe, habe ich die Chance sofort ergriffen. Ich war so neugierig, meine – meine Tochter wieder zu sehen. Ich wusste, dass Lady Chevenix-Gore mich nicht wiedererkennen würde. Alles lag schon Jahre zurück – ich war damals jung und hübsch gewesen, und außerdem hatte ich nach der Sache einen anderen Namen angenommen. Außerdem ist Lady Chevenix-Gore zu unsicher, um sich irgendeiner Geschichte genau zu entsinnen. Sie mag ich gern, aber die Familie Chevenix-Gore hasse ich. Wie Dreck hat man mich hier behandelt. Und dann wollte Gervase mit seinem Hochmut und seiner Angeberei auch noch Ruths Glück zerstören. Aber jetzt wird sie glücklich werden – wenn sie nie etwas über mich erfährt!«

Es war keine Frage, sondern eine Bitte.

Poirot nickte leicht.

»Von mir wird niemand irgendetwas erfahren.«

Ruhig sagte Miss Lingard: »Vielen Dank.«

Später, als die Polizei gekommen und wieder verschwunden war, entdeckte Poirot nicht nur Ruth, sondern auch ihren Mann im Garten.

Herausfordernd sagte sie: »Haben Sie wirklich geglaubt, ich sei es gewesen, Monsieur Poirot?«

»Ich wusste, Madame, dass Sie es gar nicht gewesen sein konnten – wegen der Herbstastern.«

»Wegen der Herbstastern? Das verstehe ich nicht.«

»Madame, auf dem Beet befanden sich vier Fußabdrücke – und zwar nur vier Fußabdrücke. Wenn Sie Blumen geschnitten hatten, mussten sich viel mehr dort befinden. Das bedeutete, dass irgendjemand zwischen Ihrem ersten und Ihrem zweiten Aufsuchen des Beetes sämtliche Fußabdrücke beseitigt hatte. Und das wiederum konnte nur die schuldige Person getan haben. Da Ihre Fußabdrücke jedoch noch vorhanden waren, konnten Sie diese schuldige Person nicht sein. Ganz automatisch waren Sie von jedem Verdacht befreit.«

Ruth Gesicht verlor seine Düsternis.

»Ach, jetzt verstehe ich. Sie wussten also – wahrscheinlich ist es entsetzlich, aber diese arme Frau tut mir doch ziemlich Leid. Schließlich hat sie doch alles gestanden, damit ich nicht verhaftet würde – oder jedenfalls waren das ihre Überlegungen. Und in gewisser Weise war das von ihr sehr – sehr anständig. Ich finde es einfach fürchterlich, wenn ich mir vorstelle, dass sie jetzt wegen Mordes vor Gericht gestellt wird.«

Behutsam sagte Poirot: »Quälen Sie sich doch nicht so! Dazu wird es gar nicht kommen. Der Arzt hat mir erzählt, dass sie ein sehr ernstes Herzleiden hätte. Sie wird nur noch wenige Wochen leben.«

»Darüber bin ich sehr froh.« Ruth pflückte einen Herbstkrokus und presste ihn gedankenlos gegen ihr Gesicht.

»Die arme Frau. Aber interessieren würde mich doch, warum sie es eigentlich getan hat . . .«

Der Traum

Ruhig und abschätzend ließ Hercule Poirot seinen Blick über das Haus und dessen Umgebung schweifen: die Läden, das große Fabrikgebäude zur Rechten, die billigen Etagenhäuser gegenüber.

Dann fasste er noch einmal Northway House ins Auge, dieses Relikt einer früheren Zeit – einer Zeit, die viel Muße und keinen Platzmangel gekannt hatte, als dieses vornehme, arrogant wirkende Haus noch inmitten grüner Felder lag. Jetzt war es ein Anachronismus, vom hektischen Strom des modernen London umflutet und vergessen, und kaum ein Mensch hätte sagen können, wo es stand oder gar, wem es gehörte, obwohl der Eigentümer als einer der reichsten Männer der Welt bekannt war. Aber Geld kann Publizität nicht nur fördern, sondern auch unterdrücken. Benedict Farley, dieser exzentrische Millionär, zog es vor, die Wahl seiner Residenz nicht an die große Glocke zu hängen. Er selbst ließ sich selten in der Öffentlichkeit sehen. Von Zeit zu Zeit erschien er bei Vorstandssitzungen oder Konferenzen, wo er mit seiner hageren Figur, seiner Hakennase und seiner krächzenden Stimme die versammelten Direktoren mit Leichtigkeit beherrschte. Abgesehen davon, war er eine wohl bekannte Persönlichkeit. Man hörte von seiner seltsamen Knauserigkeit und seiner unglaublichen Großmut und auch von seltsamen Eigenheiten – von seinem berühmten Flickenschlafrock, der jetzt achtundzwanzig Jahre alt sein sollte, seiner unveränderlichen Diät von Kohlsuppe und Kaviar, seiner Abscheu vor Katzen. Alles dieses war dem Publikum bekannt.

Hercule Poirot war es ebenfalls zu Ohren gekommen. Aber das war auch alles, was er von dem Mann wusste, dem er gerade einen Besuch abstatten wollte. Der Brief, der in seiner Manteltasche steckte, verriet ihm nicht viel mehr.

Nachdem er dieses melancholische Wahrzeichen eines vergangenen Zeitalters eine Weile schweigend gemustert hatte, stieg er die Stufen zur Haustür empor und drückte auf die Klingel, wobei er einen Blick auf die elegante Armbanduhr warf, die endlich seine alte geliebte »Kartoffel« aus früheren Tagen ersetzt hatte. Ja, es war genau halb zehn. Wie immer, war Poirot auf die Minute pünktlich.

Die Tür öffnete sich genau nach der angemessenen Zeitspanne, und ein vollkommenes Exemplar des Genus »Butler« hob sich von der erleuchteten Halle ab.

»Mr. Benedict Farley?«, fragte Hercule Poirot.

Der unpersönliche Blick musterte ihn von Kopf bis Fuß, nicht verletzend, aber gründlich.

»Werden Sie erwartet, Sir?«, erkundigte sich die glatte Stimme.

»Ja.«

»Wie lautet Ihr Name, Sir?«

»Monsieur Hercule Poirot.«

Mit einer Verbeugung trat der Butler zur Seite und Hercule Poirot betrat das Haus. Der Butler schloss die Tür hinter ihm.

Aber es war noch eine weitere Formalität zu erledigen, ehe die geschickten Hände dem Besucher Stock und Hut abnahmen.

»Sie werden verzeihen, Sir. Aber ich sollte mir einen Brief zeigen lassen.«

Bedächtig nahm Poirot den gefalteten Brief aus seiner Tasche und reichte ihn dem Butler. Dieser warf einen flüchtigen Blick darauf und gab ihn mit einer Verbeugung zurück. Hercule Poirot steckte ihn wieder ein. Der Inhalt lautete knapp:

Northway House, W. 8

Sehr geehrter Mr. Poirot,

Mr. Benedict Farley möchte gern Ihren Rat in Anspruch nehmen. Wenn es Ihnen passt, würde er es begrüßen, wenn Sie morgen, Donnerstag, um 21.30 Uhr bei ihm an der oben genannten Adresse vorsprechen würden.

Hochachtungsvoll
    Hugo Cornworthy
    (Sekretär)
    P.S. Bringen Sie bitte diesen Brief mit.

Gewandt nahm der Butler Poirot Hut, Stock und Mantel ab und sagte: »Gestatten Sie, dass ich Sie nach oben in Mr. Cornworthys Zimmer bringe.«

Mit diesen Worten stieg er die breite Treppe hinauf, und Poirot folgte ihm, wobei seine Augen voller Wohlgefallen auf solchen Kunstgegenständen ruhten, die einen üppigen, überladenen Charakter hatten. Sein eigener Kunstgeschmack war stets etwas zurückhaltender gewesen.

Im ersten Stock klopfte der Butler an eine Tür.

Hercule Poirot zog die Augenbrauen ein wenig in die Höhe. Dies war der erste Missklang. Denn die besten Butler klopfen nicht an – und dennoch handelte es sich hier zweifellos um einen erstklassigen Butler.

Es war sozusagen der erste Kontakt mit dem exzentrischen Wesen eines Millionärs.

Eine Stimme ertönte aus dem Inneren, und der Butler öffnete die Tür. Gleichzeitig meldete er (und wiederum spürte Poirot ein absichtliches Abweichen vom Althergebrachten):

»Der Herr, den Sie erwarten, Sir.«

Poirot trat ins Zimmer. Es war ein ziemlich großer, einfach und praktisch ausgestatteter Raum, der Ablageschränke, einige Sessel und einen großen imposanten, mit sorgfältig geordneten Papieren bedeckten Schreibtisch enthielt. Die Ecken des Raumes waren in Dämmerlicht gehüllt, denn das einzige Licht kam von einer großen, grünbeschirmten Leselampe, die auf einem kleinen Tisch neben einem der Sessel stand. Sie war so gestellt, dass ihr voller Lichtschein auf jeden fiel, der sich von der Tür her näherte.

Hercule Poirot blinzelte ein wenig in dem grellen Licht der mindestens 100-Watt-Birne. Im Sessel saß eine dünne Gestalt in einem Flickenschlafrock – Benedict Farley. Den Kopf hatte er in charakteristischer Haltung vorgestreckt, und die Hakennase ragte hervor wie der Schnabel eines Vogels. Eine weiße Haarmähne erhob sich wie der Kamm eines Kakadus über seiner Stirn. Seine Augen glitzerten hinter dicken Gläsern, als er seinen Besucher misstrauisch aufs Korn nahm.

»He«, sagte er schließlich, und seine krächzende Stimme klang schrill und barsch. »Sie sind also Hercule Poirot, he?«

»Zu Diensten«, erwiderte Poirot höflich und verbeugte sich.

»Nehmen Sie Platz, nehmen Sie Platz«, sagte der alte Mann gereizt.

Hercule Poirot nahm Platz – im grellen Schein der Lampe.

Aus dem Schatten hinter der Lampe heraus schien der alte Mann ihn aufmerksam zu studieren.

»Wie kann ich wissen, dass Sie Hercule Poirot sind, he?«, fragte er verdrießlich. »Sagen Sie mir das mal.« Abermals zog Poirot den Brief aus der Tasche und reichte ihn Farley.

»Ja«, gab der Millionär grollend zu. »Stimmt. Das habe ich durch Cornworthy schreiben lassen.« Damit faltete er den Brief zusammen und warf ihn zurück. »Sie sind also der Knabe, ja?«

Mit einer kleinen Geste sagte Poirot:

»Ich versichere Ihnen, es handelt sich um keine Täuschung.«

Benedict Farley kicherte plötzlich.

»Das behauptet der Taschenspieler ebenfalls, ehe er die Karnickel aus dem Hut nimmt. Dieser Ausspruch gehört mit zum Trick.«

Poirot erwiderte nichts darauf. Farley sagte plötzlich:

»Sie halten mich wohl für einen misstrauischen alten Mann, wie? Das bin ich auch. Traue keinem! Das ist mein Motto. Man kann auch niemandem trauen, wenn man reich ist. Nein, nein, das geht nicht.«

»Sie wünschten mich zu konsultieren«, mahnte Poirot sanft.

»Ganz recht. Kaufe immer das Beste. Das ist mein Motto. Gehe zum Fachmann ohne Rücksicht auf die Kosten. Es ist Ihnen sicher aufgefallen, Monsieur Poirot, dass ich nicht nach Ihrem Honorar gefragt habe. Das werde ich auch nicht tun. Schicken Sie mir später die Rechnung – ich werde schon keine Umstände machen. Diese Idioten in der Molkerei bildeten sich ein, mir zwei neun für Eier berechnen zu können, während der Marktpreis zwei sieben ist – diese Schwindlerbande! Ich lasse mich nicht beschwindeln. Aber mit dem Mann an der Spitze ist es anders. Er ist das Geld wert. Ich stehe selbst an der Spitze. Ich weiß Bescheid.«

Hercule Poirot erwiderte auch hierauf nichts. Er hörte aufmerksam zu, den Körper ein wenig zur Seite geneigt.

Hinter seiner unbeweglichen Fassade verbarg er eine gewisse Enttäuschung. Er konnte nicht genau sagen, worum es eigentlich ging. So weit hatte sich Benedict Farley charaktergetreu aufgeführt – das heißt, er hatte der volkstümlichen Vorstellung entsprochen, und doch war Poirot enttäuscht.

Dieser Mann, sagte er sich, ist ein Scharlatan, nichts weiter als ein Scharlatan!

Er hatte andere Millionäre gekannt, die auch exzentrisch waren. Aber in beinahe jedem Fall hatte er eine gewisse Kraft gespürt, eine innere Energie, die Achtung gebot. Wenn sie einen Flickenschlafrock getragen hätten, so hätten sie es getan, weil sie einen solchen Schlafrock gern trugen. Doch Benedict Farleys Schlafrock war in erster Linie – so schien es Poirot jedenfalls – ein Bühnenrequisit. Und der Mann selbst war im Wesentlichen theatralisch. Jedes Wort, das er äußerte, war die reinste Effekthascherei; davon war Poirot überzeugt.

Er wiederholte nochmals kühl: »Sie wünschten mich zu konsultieren, Mr. Farley.«

Das Verhalten des Millionärs erfuhr eine plötzliche Änderung. Er beugte sich vor und seine Stimme sank zu einem heiseren Geflüster herab.

»Ja. Ja. Ich möchte hören, was Sie zu sagen haben, was Sie denken . . . Geh an die Spitze! Das ist meine Art! Nimm den besten

Arzt, den besten Detektiv – die beiden zusammen müssen es schaffen.«

»Noch weiß ich nicht, Monsieur, worum es geht.«

»Natürlich nicht«, fauchte Farley. »Ich habe Ihnen ja noch nichts gesagt.«

Er beugte sich abermals vor und platzte mit einer unvermittelten Frage heraus.

»Was wissen Sie, Monsieur Poirot, von Träumen?«

Poirot war erstaunt. Eine solche Frage hatte er auf keinen Fall erwartet.

»Dafür, Mr. Farley, möchte ich Ihnen Napoleons *Buch der Träume* oder den neuesten Psychologen aus der Harley Street empfehlen.«

Nüchtern erwiderte Farley: »Ich habe es mit beiden versucht.«

Nach einer kleinen Pause fuhr der Millionär fort, zunächst im Flüsterton und dann in einer immer heller werdenden Stimme.

»Es ist der gleiche Traum, Nacht für Nacht. Und ich fürchte mich, ich sage Ihnen, ich fürchte mich. Es ist immer das Gleiche. Ich bin nebenan in meinem Zimmer. Ich sitze am Schreibtisch und schreibe. Es ist eine Uhr vorhanden. Mein Blick fällt darauf, und ich sehe die Zeit: genau achtundzwanzig Minuten nach drei. Immer die gleiche Zeit, verstehen Sie. *Und wenn ich die Zeit sehe, Monsieur Poirot, weiß ich, dass ich es tun muss.* Ich will es nicht tun, ich verabscheue es, aber ich muss es tun . . .«

Seine Stimme war ganz schrill geworden.

Unbeirrt fragte Poirot: »Und was müssen Sie unbedingt tun?«

»Um achtundzwanzig Minuten nach drei«, erwiderte Benedict Farley heiser, »öffne ich die zweite Schublade von oben an der rechten Seite meines Schreibtisches, nehme den Revolver heraus, den ich dort liegen habe, lade ihn und trete ans Fenster. Und dann . . . und dann . . .«

»Ja?«

Im Flüsterton sagte Benedict Farley:

»Dann erschieße ich mich.«

Schweigen. Nach einer Weile sagte Poirot:

»Und das ist Ihr Traum?«

»Ja.«

»Jede Nacht der gleiche?«

»Ja.«

»Was geschieht, nachdem Sie sich erschossen haben?«

»Ich wache auf.«

Poirot nickte langsam und nachdrücklich vor sich hin.

»Haben Sie eigentlich einen Revolver in dieser besonderen Schublade? Es würde mich interessieren.«

»Ja.«

»Warum?«

»Aus alter Gewohnheit. Man muss auf alles vorbereitet sein.«

»Worauf, zum Beispiel?«

Gereizt erwiderte Farley:

»Ein Mann in meiner Stellung muss auf der Hut sein. Alle reichen Leute haben Feinde.«

Poirot verfolgte das Thema nicht weiter. Er schwieg eine Weile und fragte dann:

»Warum haben Sie mich eigentlich kommen lassen?«

»Das will ich Ihnen sagen. Zuerst konsultierte ich einen Arzt – drei Ärzte, genauer gesagt.«

»Und was sagten sie?«

»Der erste setzte mir auseinander, dass es nur eine Diätfrage sei. Es war ein älterer Mann. Der zweite war jung und gehörte der modernen Richtung an. Er versicherte mir, dass der ganzen Geschichte ein gewisses Ereignis meiner Kindheit zu Grunde liege, das um diese besondere Zeit – drei Uhr achtundzwanzig – stattfand. Ich sei so fest entschlossen, mich nicht an dieses Ereignis zu erinnern, dass ich es durch meinen Selbstmord symbolisierte. Das ist seine Erklärung.«

»Und der dritte Arzt?«, fragte Poirot.

Benedict Farleys Stimme schrillte vor Zorn.

»Er ist ebenfalls ein junger Mann und hat eine geradezu lächerliche Theorie. Er behauptet, dass ich selbst des Lebens überdrüssig sei, dass mein Leben mir so unerträglich erscheine, dass ich es vorsätzlich zu beenden wünschte! Aber da die Anerkennung dieser Tatsache gleichbedeutend sei mit dem Eingeständnis, dass ich im Wesentlichen versagt hätte, weigerte ich mich im Wachzustande, der Wahrheit ins Auge zu sehen. Doch wenn ich schliefe, würden alle Hemmungen beseitigt, und ich führte das aus, was ich in Wirklichkeit zu tun wünschte. Ich machte meinem Dasein ein Ende.«

»Dann ist er also der Ansicht, dass Sie, ohne es zu wissen, Selbstmord begehen möchten, nicht wahr?«, sagte Poirot.

Benedict Farley erwiderte schrill:

»Und das ist unmöglich – unmöglich! Ich bin durchaus glücklich! Ich habe alles, was ich mir wünsche, alles, was man mit Geld kaufen kann! Es ist fantastisch, einfach unglaublich, so etwas überhaupt anzudeuten!«

Poirot betrachtete sein Gegenüber voller Interesse. Vielleicht sagte ihm etwas in dem ganzen Gebaren – die zitternden Hände, die bebende, schrille Stimme –, dass die Beteuerungen *zu* heftig und damit an sich schon verdächtig seien. Aber er begnügte sich mit der Bemerkung:

»Und was habe ich mit alledem zu tun, Monsieur?«

Benedict Farley beruhigte sich plötzlich wieder und klopfte nachdrücklich mit dem Finger auf den neben ihm stehenden Tisch.

»Es besteht noch eine andere Möglichkeit. Und wenn etwas dran sein sollte, sind Sie der Mann, der damit fertig werden kann! Sie sind berühmt. Sie haben Hunderte von Fällen bearbeitet – fantastische, unwahrscheinliche Fälle! Sie würden es wissen, wenn es irgendjemand täte.«

»Wovon reden Sie eigentlich?«

Farleys Stimme sank zu leisem Geflüster herab.

»Nehmen wir einmal an, dass jemand mich töten will... Könnte er es auf diese Weise tun? Könnte er bewirken, dass ich Nacht für Nacht diesen Traum habe?«

»Durch Hypnose, meinen Sie?«

»Ja.«

Hercule Poirot überlegte eine Weile.

»Möglich wäre es vielleicht, nehme ich an«, sagte er schließlich. »Aber ein Arzt könnte Ihnen diese Frage besser beantworten.«

»Ist Ihnen ein derartiger Fall noch nicht vorgekommen?«

»Nein, nicht gerade in dieser Form.«

»Sie sehen aber doch, worauf ich hinauswill. Man veranlasst mich, den gleichen Traum Nacht für Nacht, Nacht für Nacht zu träumen – und dann – eines Tages wird mir diese Suggestion zu viel, und ich setze sie in die Tat um. Ich tue, was ich so oft geträumt habe – ich töte mich!«

Langsam schüttelte Hercule Poirot den Kopf.

»Sie halten es für unmöglich?«, fragte Farley.

»*Unmöglich?*« Poirot schüttelte abermals den Kopf. »Mit diesem Wort habe ich nicht gern zu tun.«

»Aber Sie halten es für unwahrscheinlich?«

»Höchst unwahrscheinlich.«

Benedict Farley murmelte leise: »Der Arzt war derselben Meinung.« Dann hob sich seine Stimme wieder, und er fragte: »Aber warum habe ich diesen Traum? Warum? Warum nur?«

Hercule Poirot schüttelte den Kopf, und Benedict Farley sagte unvermittelte:

»Sind Sie ganz sicher, dass Ihnen so etwas in Ihrer Praxis noch nicht vorgekommen ist?«

»So einen Fall habe ich noch nie gehabt.«

»Das wollte ich gern wissen.«

»Gestatten Sie mir eine Frage?«

»Was ist es? Fragen Sie, was Sie wollen.«

»Wen haben Sie im Verdacht, wenn Sie sagen, dass jemand Sie töten möchte?«

»Niemanden«, lautete die barsche Antwort. »Überhaupt keinen.«

»Aber der Gedanke war Ihnen doch gekommen.«

»Ich wollte nur wissen, ob die Möglichkeit existierte.«

»Nach meinen eigenen Erfahrungen zu urteilen, möchte ich

sagen: nein. Sind Sie übrigens schon einmal hypnotisiert worden?«

»Natürlich nicht. Glauben Sie etwa, ich gebe mich zu solchem Unsinn her?«

»Dann kann man wohl sagen, dass Ihre Theorie ganz entschieden unwahrscheinlich ist.«

»Aber der Traum, Sie Tor, der Traum!«

»Der Traum ist sicherlich bemerkenswert«, sagte Poirot nachdenklich. Er schwieg und fuhr dann fort: »Ich möchte gern den Schauplatz dieses Dramas sehen – den Tisch, die Uhr und den Revolver.«

»Aber gewiss. Kommen Sie mit ins Nebenzimmer.«

Während Farley den Schlafrock enger um sich zog, erhob sich der alte Mann halbwegs aus seinem Sessel, ließ sich dann aber wieder zurücksinken, als sei ihm plötzlich etwas eingefallen.

»Nein«, erklärte er. »Es gibt dort nichts zu sehen. Ich habe Ihnen alles eingehend geschildert.«

»Aber ich möchte mich gern selbst überzeugen.«

»Durchaus nicht notwendig«, sagte Farley schroff. »Sie haben mir Ihre Ansicht gesagt. Damit ist der Fall erledigt.«

Poirot zuckte die Achseln. »Wie Sie wünschen.« Er stand auf. »Ich bedaure sehr, Mr. Farley, dass ich Ihnen nicht helfen konnte.«

Benedict Farley starrte unverwandt geradeaus.

»Bin kein Freund von vielem Hokuspokus«, knurrte er. »Ich habe Sie über die Tatsachen unterrichtet, und Sie können nichts damit anfangen. Damit ist die Angelegenheit zu Ende. Sie können mir eine Rechnung über das Konsultationshonorar schicken.«

»Das werde ich nicht versäumen«, erwidert der Detektiv trocken und schritt zur Tür.

»Einen Augenblick!«, rief der Millionär hinter ihm her. »Der Brief – ich möchte ihn gern haben.«

»Der Brief von Ihrem Sekretär?«

»Ja.«

Poirot machte ein erstauntes Gesicht. Er fuhr mit der Hand in die Tasche, zog einen zusammengefalteten Bogen heraus und reichte ihn dem alten Herrn, der einen prüfenden Blick darauf warf und ihn dann kopfnickend neben sich auf den Tisch legte.

Wiederum ging Hercule Poirot auf die Tür zu. Er war ziemlich verdutzt, seine rastlosen Gedanken kreisten um das, was er soeben gehört hatte. Doch mitten in seine Überlegungen hinein drängte sich ein nagendes Gefühl, dass irgendetwas nicht in Ordnung sei. Und dieses Etwas bezog sich auf ihn selbst – nicht auf Benedict Farley.

Als seine Hand schon auf dem Türgriff lag, klärten sich seine Gedanken. Ihm, Hercule Poirot, war ein Versehen unterlaufen! Er machte noch einmal kehrt.

»Ich bitte Sie tausend Mal um Verzeihung! Ganz in Gedanken an Ihr Problem, habe ich eine Dummheit begangen! Dieser Brief, den ich Ihnen gegeben habe – unglücklicherweise habe ich in meine rechte Tasche gegriffen, anstatt in meine linke . . .«

»Was ist los? Was reden Sie da?«

»Der Brief, den ich Ihnen soeben gegeben habe, enthält eine Entschuldigung meiner Wäscherin wegen der Behandlung meiner Kragen.« Poirot lächelte reumütig und griff in seine linke Tasche. »Das ist *Ihr* Brief.«

Benedict Farley riss ihn knurrend an sich. »Zum Kuckuck, warum können Sie denn nicht aufpassen?«

Mit einer nochmaligen Entschuldigung nahm Poirot die Mitteilung seiner Wäscherin wieder an sich und verließ das Zimmer.

Draußen auf dem Korridor blieb er eine Weile stehen. Es war eigentlich eine kleine Diele. Ihm gegenüber stand eine große alte Eichenbank mit einem langen, schmalen Tisch davor. Auf dem Tisch lagen Zeitschriften. Außerdem waren noch zwei Sessel und ein Blumentisch vorhanden. Dieses Arrangement erinnerte ihn ein wenig an das Wartezimmer eines Zahnarztes.

Unten in der Halle wartete der Butler auf ihn, um ihn zur Tür zu bringen. »Soll ich Ihnen ein Taxi besorgen, Sir?«

»Nein, danke. Es ist ein schöner Abend. Ich gehe zu Fuß.«

Hercule Poirot blieb einen Augenblick auf dem Bürgersteig stehen, wartete, bis die Straße frei war, ehe er sie überquerte.

»Nein«, sagte er mit tief gerunzelter Stirn vor sich hin, »ich verstehe das ganz und gar nicht. Es ist ohne Sinn und Verstand. So bedauerlich dieses Eingeständnis auch ist, aber ich, Hercule Poirot, bin auf dem toten Gleis angelangt.«

Dies war sozusagen der erste Akt des Dramas. Der zweite Akt folgte eine Woche später und begann mit einem Anruf von einem Dr. med. John Stillingfleet.

Mit einem bemerkenswerten Mangel an ärztlicher Etikette sagte dieser:

»Sind Sie's, Poirot, altes Haus? Hier ist Stillingfleet.«

»Ja, mein Freund. Was gibt's denn?«

»Ich spreche von Northway House – Benedict Farleys Wohnsitz.«

»Ja?« Poirots Stimme verriet plötzliches Interesse. »Wie steht's mit Mr. Farley?«

»Farley ist tot. Hat sich heute Nachmittag erschossen.«

Nach einer kleinen Pause sagte Poirot: »So, ja . . .«

»Ich bemerke, dass Sie nicht gerade vor Erstaunen umsinken. Wissen Sie darüber Bescheid?«

»Wie kommen Sie zu der Annahme?«

»Nun, wir haben einen von Farley an Sie gerichteten Brief gefunden, in dem er vor etwa einer Woche eine Zusammenkunft mit Ihnen verabredete.«

»Ach so.«

»Wir haben einen zahmen Polizeiinspektor hier – man muss ja vorsichtig sein, wenn sich einer von diesen Millionären eine Kugel durch den Kopf jagt. Und wir haben uns gefragt, ob Sie wohl etwas Licht in diese Angelegenheit bringen könnten. Wenn ja, dann kommen Sie doch bitte her.«

»Ich komme sofort.«

Eine Viertelstunde später saß Poirot in der Bibliothek, einem niedrigen, lang gestreckten Raum hinten im Erdgeschoss von

Northway House. Es waren noch fünf andere Personen anwesend. Inspektor Barnett, Dr. Stillingfleet, Mrs. Farley, die Witwe des Millionärs, Joanna Farley, seine einzige Tochter, und sein Privatsekretär Hugo Cornworthy.

Inspektor Barnett war ein diskreter Mann von militärischer Haltung. Dr. Stillingfleet, dessen berufliches Gebaren sich von seinem Telefonstil gründlich abhob, war ein großer, langgesichtiger Mann von etwa dreißig Jahren. Mrs. Farley war offensichtlich sehr viel jünger als ihr Mann. Sie war eine hübsche, dunkelhaarige Frau. Aber sie hatte einen harten Mund, und ihre schwarzen Augen verrieten nichts von ihren Gefühlen. Joanna Farley hatte blondes Haar und ein sommersprossiges Gesicht. Die gebogene Nase und das vorspringende Kinn hatte sie deutlich von ihrem Vater geerbt. In ihren Augen lagen Intelligenz und Scharfsinn. Hugo Cornworthy war ein gut aussehender, sehr korrekt gekleideter junger Mann, der einen gescheiten und tüchtigen Eindruck machte.

Nach der üblichen Vorstellungs- und Begrüßungszeremonie schilderte Poirot schlicht und klar die Umstände seines Besuches bei Benedict Farley und wiederholte die Geschichte, die dieser ihm erzählt hatte. Er konnte sich dabei nicht über Mangel an Interesse bei seinen Zuhörern beklagen.

»Die seltsamste Geschichte, die ich je gehört habe!«, erklärte der Inspektor. »Ein Traum, wie? Haben Sie auch etwas davon gewusst, Mrs. Farley?«

Sie beugte den Kopf.

»Mein Mann hat mit mir darüber gesprochen. Es hat ihn sehr beunruhigt. Ich – ich habe ihm gesagt, dass es sich wohl um eine Stoffwechselstörung handle – seine Diät war nämlich sehr merkwürdig –, und ihm vorgeschlagen, Dr. Stillingfleet zu konsultieren.«

Der junge Mann schüttelte den Kopf.

»Er hat mich aber nicht konsultiert. Aus Monsieur Poirots Worten schließe ich, dass er Harley-Street-Spezialisten zu Rate zog.«

»Über diesen Punkt möchte ich gern Ihre Meinung hören, Dr.

Stillingfleet«, sagte Poirot. »Was halten Sie von den Theorien, die diese drei Harley-Street-Spezialisten aufstellten?«

Stillingfleet runzelte die Stirn.

»Das lässt sich schwer sagen. Sie müssen berücksichtigen, dass das, was er Ihnen übermittelte, nicht genau das gleiche war, was man ihm gesagt hatte. Es war die Interpretation eines Laien.«

»Sie meinen, er habe sich falsch ausgedrückt?«

»Nicht unbedingt. Ich will nur sagen, dass die Ärzte sich ihm gegenüber bestimmt fachmännisch ausgedrückt haben, und die Bedeutung der Worte gab er wohl ein wenig verzerrt und dann in seiner eigenen Sprache wieder.«

»Dann entsprach also das, was er mir sagte, nicht genau den Äußerungen der Ärzte.«

»So ungefähr. Er hatte eben alles etwas oberflächlich aufgefasst, wenn Sie mich richtig verstehen.«

Poirot nickte gedankenvoll. »Weiß man eigentlich, wen er konsultierte?«, fragte er.

Mrs. Farley schüttelte den Kopf, und Joanna Farley bemerkte: »Keiner von uns hatte die leiseste Ahnung, dass er überhaupt jemanden konsultierte.«

»Hat er mit *Ihnen* über seinen Traum gesprochen?«, erkundigte sich Poirot bei der Tochter.

Das Mädchen schüttelte verneinend den Kopf.

»Und Sie, Mr. Cornworthy?«

»Nein, zu mir hat er auch nichts gesagt. Er diktierte mir zwar einen Brief an Sie, aber ich hatte keine Vorstellung, warum er Sie zu sprechen wünschte.«

»Und nun zu den genauen Umständen von Mr. Farleys Tod«, sagte Poirot.

Inspektor Barnett blickte Mrs Farley und Dr. Stillingfleet fragend an und übernahm die Rolle des Sprechers.

»Mr. Farley hatte die Gewohnheit, jeden Nachmittag in seinem eigenen Zimmer im ersten Stock zu arbeiten. Wie ich höre, stand eine Fusion seiner verschiedenen Geschäftsbetriebe bevor . . .«

Er blickte fragend zu Hugo Cornworthy hinüber, der erläuternd hinzusetzte: »Vereinigte Buslinien.«

»In diesem Zusammenhang«, fuhr Inspektor Barnett fort, »hatte Mr. Farley sich bereit erklärt, zwei Pressemitgliedern ein Interview zu gewähren. Etwas, das er sehr selten tat – nur alle fünf Jahre einmal, wie ich höre. Demgemäß erschienen zwei Reporter – einer von den Associated Newsgroups und einer von den Amalgamated Press-Sheets – um ein Viertel nach Drei, wie verabredet. Sie warteten im ersten Stock vor Mr. Farleys Tür – der übliche Platz für alle, die eine Verabredung mit Mr. Farley hatten. Um zwanzig nach drei erschien ein Bote vom Büro der Vereinigten Buslinien mit wichtigen Papieren. Er wurde in Mr. Farleys Zimmer geführt, wo er ihm die Dokumente aushändigte. Mr. Farley begleitete ihn zur Tür und sprach von dort mit den beiden Pressemitgliedern. Er sagte:

›Es tut mir Leid, meine Herren, dass ich Sie warten lassen muss, aber ich habe eine dringende Sache zu erledigen. Ich werde mich nach Möglichkeit beeilen.‹

Die beiden Herren, Mr. Adams und Mr. Stoddart, versicherten Mr. Farley, dass es ihnen nichts ausmache, zu warten. Er ging dann ins Zimmer zurück, schloss die Tür – und wurde lebend nicht wieder gesehen!«

»Fahren Sie bitte fort«, bat Poirot.

»Kurz nach vier Uhr«, berichtete der Inspektor weiter, »kam Mr. Cornworthy aus seinem Zimmer, das neben Mr. Farleys Raum liegt, und sah zu seiner Überraschung, dass die beiden Reporter immer noch warteten. Er brauchte Mr. Farleys Unterschrift für einige Briefe und hielt es auch für angebracht, ihn an diese beiden Herren zu erinnern. Also ging er in Mr. Farleys Raum. Zu seinem Erstaunen konnte er Mr. Farley zunächst gar nicht sehen und nahm schon an, der Raum sei leer. Dann fiel sein Blick auf einen Schuh, der hinter dem Schreibtisch hervorragte – dieser steht quer vor dem Fenster. Er ging rasch hinüber und entdeckte Mr. Farley tot am Boden und neben ihm einen Revolver.

Mr. Cornworthy verließ rasch das Zimmer und wies den Butler an, Dr. Stillingfleet telefonisch herbeizurufen. Auf Anraten des Arztes benachrichtigte Mr. Cornworthy auch die Polizei.«

»Wurde der Schuss nicht gehört?«

»Nein. Der Verkehr ist hier sehr laut, und das Fenster auf dem Treppenabsatz war offen. Bei dem vielen Gehupe und dem Donnern der Lastwagen war es ein Ding der Unmöglichkeit.«

Poirot nickte nachdenklich. »Wann ist er vermutlich gestorben?«

Stillingfleet erwiderte:

»Ich habe die Leiche sofort nach meiner Ankunft untersucht, und das war zweiunddreißig Minuten nach vier. Mr. Farley war da seit mindestens einer Stunde tot.«

Poirots Gesicht hatte einen sehr ernsten Ausdruck.

»Dann erscheint es also durchaus möglich, dass der Tod um die Zeit, die er mir gegenüber erwähnte, eingetreten ist – nämlich um achtundzwanzig Minuten nach drei.«

»Ganz recht«, sagte Stillingfleet.

»Sind Fingerabdrücke auf dem Revolver?«

»Ja, seine eigenen.«

»Und der Revolver selbst?«

Der Inspektor schaltete sich wieder ein.

»War derjenige, den er in der zweiten Schublade an der rechten Seite seines Schreibtisches aufbewahrte, wie er Ihnen gesagt hatte. Mrs. Farley hat ihn mit Bestimmtheit identifiziert. Außerdem hat der Raum nur einen Zugang, nämlich die Tür nach der Diele. Die beiden Reporter saßen dieser Tür direkt gegenüber, und sie schwören, dass niemand das Zimmer betreten hat von dem Augenblick an, als Mr. Farley mit ihnen sprach, bis Mr. Cornworthy kurz nach vier hineinging.«

»So dass man mit Sicherheit annehmen kann, dass Mr. Farley Selbstmord begangen hat.«

Inspektor Barnett lächelte ein wenig.

»Daran wäre überhaupt nicht gezweifelt worden, wenn man nicht etwas entdeckt hätte.«

»Und was war das?«

»Der an Sie gerichtete Brief.«

Poirot lächelte ebenfalls.

»Ich verstehe! Wo Hercule Poirot beteiligt ist, da erhebt sich sofort ein Mordverdacht!«

»Ganz recht«, bestätigte der Inspektor trocken. »Nachdem Sie jedoch die Situation geklärt haben –«

»Einen kleinen Augenblick«, unterbrach ihn Poirot und wandte sich dann an Mrs. Farley. »Ist Ihr Gatte jemals hypnotisiert worden?«

»Niemals.«

»Hatte er die Frage der Hypnose studiert? Interessierte er sich dafür?«

»Ich glaube nicht.« Plötzlich schien sie ihre Selbstbeherrschung zu verlieren. »Dieser grässliche Traum! Es ist unheimlich! Dass er das Nacht für Nacht geträumt hat – und dann – es ist beinahe, als wäre er – zu Tode *gehetzt!*«

Poirot erinnerte sich daran, wie Benedict Farley sagte: »*Ich führe das aus, was ich in Wirklichkeit zu tun wünsche. Ich mache meinem Dasein ein Ende.*«

Er sagte:

»Ist Ihnen je der Gedanke gekommen, dass Ihr Mann die Versuchung spürte, sich das Leben zu nehmen?«

»Nein – das heißt, manchmal war er sehr merkwürdig . . .«

Joanna Farleys Stimme ertönte plötzlich, klar und verächtlich.

»Vater hätte sich niemals das Leben genommen. Er war viel zu sehr auf sein Wohlergehen bedacht.«

Dr. Stillingfleet fügte hinzu:

»Wissen Sie, Miss Farley, die Menschen, die immer mit Selbstmord drohen, begehen diese Tat gewöhnlich nicht. Daher erscheint mancher Selbstmord so unbegreiflich.«

Poirot erhob sich.

»Ist es gestattet«, fragte er, »dass ich den Raum sehe, wo die Tragödie stattfand?«

»Gewiss. Dr. Stillingfleet wird Sie vielleicht begleiten.«

Der Arzt erhob sich und ging mit Poirot nach oben.

Benedict Farleys Zimmer war bedeutend größer als das des Sekretärs nebenan. Es war luxuriös ausgestattet mit tiefen Ledersesseln, einem dicken Veloursteppich und einem prachtvollen, riesigen Schreibtisch.

Poirot trat hinter den Schreibtisch, wo gerade vor dem Fenster ein dunkler Fleck auf dem Teppich zu sehen war. In Gedanken hörte er den Millionär sagen: »*Achtundzwanzig Minuten nach drei öffne ich die zweite Schublade rechts in meinem Schreibtisch, nehme den Revolver heraus, den ich dort liegen habe, lade ihn und trete ans Fenster. Und dann – und dann erschieße ich mich.*«

Poirot nickte langsam vor sich hin und sagte:

»Stand das Fenster offen, wie jetzt?«

»Ja. Aber niemand hätte auf diese Weise eindringen können.«

Poirot blickte hinaus. Es war nichts zu sehen: keine Fensterbank, kein Vorsprung, keine Dachrinne. Nicht einmal eine Katze hätte sich hereinschleichen können. Gegenüber erhob sich die glatte Wand des Fabrikgebäudes – eine blinde Wand ohne Fenster.

»Seltsam«, meinte Stillingfleet, »dass ein reicher Mann sich einen Raum mit solcher Aussicht als Arbeitszimmer gewählt hatte. Es ist ja, als ob man auf eine Gefängniswand blickte.«

»Ja«, stimmte ihm Poirot zu, während er den Kopf zurückzog und auf die öde Backsteinfläche starrte. »Ich glaube, dass die Wand eine wichtige Rolle spielt.«

»Meinen Sie – vom psychologischen Standpunkt aus?«

Poirot war inzwischen an den Schreibtisch getreten. Scheinbar müßig nahm er eine so genannte Faulenzerzange in die Hand. Er presste die Griffe zusammen, und die Zange schoss in ihrer ganzen Länge heraus. Sorgfältig hob er damit ein abgebranntes Streichholz vom Boden, das in einiger Entfernung neben einem Sessel lag, und beförderte es geschickt in den Papierkorb.

»Eine geistreiche Erfindung«, murmelte Hercule Poirot und legte die Zange wieder säuberlich auf den Schreibtisch. Dann setzte er hinzu. »Wo waren Mrs. Farley und Miss Farley zur Zeit des – Todes?«

»Mrs. Farley ruhte in ihrem Zimmer, das im nächsten Stockwerk liegt, und Miss Farley malte in ihrem Atelier ganz oben im Haus.«

Hercule Poirot trommelte eine Zeit lang mit den Fingern auf den Tisch. Dann sagte er:

»Ich möchte gern mit Miss Farley sprechen. Würden Sie sie bitten, für einen Augenblick hierher zu kommen?«

Stillingfleet blickte ihn neugierig an und verließ dann das Zimmer. Bald darauf öffnete sich die Tür, und Joanna Farley kam herein.

»Sie haben hoffentlich nichts dagegen, Mademoiselle, wenn ich ein paar Fragen an Sie richte?«

Sie schenkte ihm einen kühlen Blick.

»Bitte, fragen Sie, was Sie wollen.«

»Haben Sie gewusst, dass Ihr Vater einen Revolver in seinem Schreibtisch aufbewahrte?«

»Nein.«

»Wo waren Sie und Ihre Mutter – oder vielmehr Ihre Stiefmutter – stimmt's?«

»Ja, Louise ist die zweite Frau meines Vaters. Sie ist nur acht Jahre älter als ich. Was wollten Sie noch sagen?«

»Wo waren Sie und Ihre Stiefmutter am Donnerstag Abend in der vergangenen Woche?«

Sie überlegte eine Weile. »Donnerstag? Einen Augenblick. Ach ja, wir waren im Theater.«

»Und Ihr Vater hatte keine Lust, sich Ihnen anzuschließen?«

»Mein Vater ging nie ins Theater.«

»Womit befasste er sich abends gewöhnlich?«

»Er saß hier in seinem Zimmer und las.«

»Er war wohl nicht sehr gesellig, wie?«

Joanna Farley blickte ihm fest in die Augen.

»Mein Vater«, erklärte sie, »hatte ein seltsames Wesen. Niemand, der in enger Gemeinschaft mit ihm lebte, konnte ihn irgendwie gern haben.«

»Das, Mademoiselle, ist ein sehr offenes Zugeständnis.«

»Ich erspare Ihnen Zeit, Monsieur Poirot. Ich weiß sehr wohl, worauf Sie hinauswollen. Meine Stiefmutter hat meinen Vater seines Geldes wegen geheiratet. Ich wohne hier, weil ich kein Geld habe, um anderswo ein Domizil aufzuschlagen. Ich kenne einen Mann, den ich heiraten möchte. Es ist ein armer Mann. Mein Vater sorgte dafür, dass er seinen Posten verlor. Er wünschte nämlich, dass ich eine gute Partie machte – was ja nicht schwer war, da ich seine Erbin sein sollte!«

»Erben Sie das Vermögen Ihres Vaters?«

»Ja. Das heißt, er hat Louise, meiner Stiefmutter, eine Viertelmillion Pfund steuerfrei hinterlassen, und es sind noch einige andere Vermächtnisse vorhanden, aber die Universalerbin bin ich.« Sie lächelte plötzlich. »Sie sehen also, Monsieur Poirot, dass ich allen Grund hatte, den Tod meines Vaters herbeizusehnen.«

»Ich sehe, Mademoiselle, dass Sie den kühlen Verstand und die Intelligenz Ihres Vaters geerbt haben.«

Nachdenklich meinte sie:

»Ja, Vater war klug. Man spürte in seiner Gegenwart die gewaltige Triebkraft, die in ihm steckte. Nur hatte sich alles in Kälte und Bitterkeit verwandelt. Alle menschlichen Gefühle waren atrophiert . . .«

Hercule Poirot sagte leise vor sich hin: »*Grand Dieu*, was für ein Dummkopf war ich doch!«

Joanna Farley wandte sich zum Gehen.

»Möchten Sie sonst noch etwas wissen?«

»Zwei kleine Fragen. Diese Zange hier« – er nahm die Faulenzerzange in die Hand –, »lag sie immer auf diesem Schreibtisch?«

»Ja. Vater bückte sich nicht gern.«

»Und nun die zweite Frage. Konnte Ihr Vater gut sehen?«

»Oh – er konnte überhaupt nicht sehen – ich meine, nicht ohne seine Brille. Seine Augen waren immer schlecht, schon von Kindheit an.«

»Aber mit der Brille?«

»Damit sah er natürlich ganz gut.«

»Konnte er Zeitungen und klein Gedrucktes lesen?«

»Doch, ja.«

»Das wäre alles, Mademoiselle.«

Sie verließ das Zimmer.

Poirot murmelte:

»Ich war ja dumm. Die ganze Zeit über hatte ich es direkt vor der Nase. Aber man sieht ja bekanntlich den Wald vor lauter Bäumen nicht.«

Noch einmal lehnte er sich aus dem Fenster. Da unten, auf dem schmalen Weg zwischen dem Haus und der Fabrik, sah er einen kleinen, dunklen Gegenstand.

Hercule Poirot nickte befriedigt und begab sich wieder zurück.

Die anderen saßen immer noch in der Bibliothek, und Poirot wandte sich an den Sekretär.

»Mr. Cornworthy, ich möchte, dass Sie mir die näheren Umstände schildern, die mit Mr. Farleys Aufforderung an mich verknüpft waren. Wann hat Mr. Farley, zum Beispiel, den Brief diktiert?«

»Mittwoch Nachmittag – gegen halb sechs, so weit ich mich erinnere.«

»Haben Sie besondere Anweisungen für das Absenden erhalten?«

»Er bat mich, ihn selbst in den Briefkasten zu werfen.«

»Und haben Sie das getan?«

»Ja.«

»Hat er dem Butler besondere Instruktionen für meinen Empfang erteilt?«

»Ja. Er ließ Holmes – so heißt der Butler – durch mich bestellen, dass er um neun Uhr dreißig den Besuch eines Herrn erwarte. Der Butler sollte sich nach dem Namen erkundigen und sich auch den Brief zeigen lassen.«

»Ziemlich seltsame Vorsichtsmaßregeln.«

Cornworthy zuckte die Achseln. »Mr. Farley«, sagte er gemessen, »war ein ziemlich seltsamer Mensch.«

»Erhielten Sie noch andere Anweisungen?«

»Ja. Er trug mir auf, mir für diesen Abend frei zu nehmen.«

»Haben Sie das getan?«

»Ja, ich bin sofort nach dem Essen ins Kino gegangen.«

»Wann sind Sie zurückgekehrt?«

»Gegen ein Viertel nach elf war ich wieder im Haus.«

»Haben Sie Mr. Farley an diesem Abend noch gesehen?«

»Nein.«

»Und am nächsten Morgen hat er die Angelegenheit auch nicht erwähnt?«

»Nein.«

Poirot wartete einen Augenblick und fuhr dann fort:

»Als ich kam, wurde ich nicht in Mr. Farleys eigenes Zimmer geführt.«

»Nein. Er ließ Holmes durch mich ausrichten, dass er Sie in mein Zimmer führen solle.«

»Warum eigentlich? Wissen Sie das?«

Cornworthy schüttelte den Kopf.

»Ich habe Mr. Farley nie nach dem Grund seiner Anordnungen gefragt«, sagte er trocken. »Das hätte er mir sehr übel genommen.«

»Hat er Besucher gewöhnlich in seinem eigenen Zimmer empfangen?«

»Meistens, aber nicht immer. Manchmal sprach er mit ihnen in meinem Zimmer.«

»War ein besonderer Grund dafür vorhanden?«

Hugo Cornworthy überlegte.

»Nein. Ich glaube kaum. Ich habe eigentlich nie darüber nachgedacht.«

Poirot wandte sich an Mrs. Farley.

»Gestatten Sie, dass ich nach Ihrem Butler klingle?«

»Gewiss, Monsieur Poirot.«

Sehr korrekt, sehr höflich erschien der Butler auf das Klingelzeichen hin. »Sie haben geläutet, Madam?«

Mrs. Farley deutete auf Poirot, und Holmes fragte höflich:

»Ja, Sir?«

»Wie lauteten Ihre Instruktionen, Holmes, am Donnerstag Abend, als ich hierher kam?«

Holmes räusperte sich und sagte:

»Nach dem Essen sagte mir Mr. Cornworthy, dass Mr. Farley um neun Uhr dreißig einen Mr. Hercule Poirot erwarte. Ich sollte den Herrn nach seinem Namen fragen und mir diese Angaben durch das Vorzeigen eines Briefes bestätigen lassen. Dann sollte ich ihn in Mr. Cornworthys Zimmer bringen.«

»Hat man Ihnen auch aufgetragen, an die Tür zu klopfen?«

Eine Spur Missfallen huschte über das Gesicht des Butlers.

»Das hatte Mr. Farley angeordnet. Ich sollte immer anklopfen, wenn ich Besucher brachte – das heißt, Besucher, die in geschäftlicher Angelegenheit kamen.«

»Ach so. Darüber hatte ich mir schon den Kopf zerbrochen. Hatten Sie sonst noch Anweisungen für mich erhalten?«

»Nein, Sir. Nachdem Mr. Cornworthy mir diese Anordnungen übermittelt hatte, ging er aus.«

»Um welche Zeit war das?«

»Zehn Minuten vor neun, Sir.«

»Haben Sie Mr. Farley nach dieser Zeit noch gesehen?«

»Ja, Sir. Um neun Uhr brachte ich ihm, wie üblich, ein Glas heißes Wasser.«

»War er da in seinem eigenen oder in Mr. Cornworthys Zimmer?«

»Er saß in seinem eigenen Zimmer, Sir.«

»Haben Sie irgendetwas Ungewöhnliches in seinem Zimmer bemerkt?«

»Etwas Ungewöhnliches? Nein, Sir.«

»Wo hielten sich Mrs. Farley und Miss Farley auf?«

»Sie waren ins Theater gegangen, Sir.«

»Vielen Dank, Holmes, das ist alles.«

Holmes verbeugte sich und verließ das Zimmer. Poirot wandte sich an die Witwe des Millionärs.

»Noch eine Frage, bitte, Mrs. Farley. Hatte Ihr Gatte gute Augen?«

»Nein, ohne Brille konnte er nicht viel sehen.«

»War er sehr kurzsichtig?«

»O ja, ohne Brille war er ganz hilflos.«

»Besaß er mehrere Brillen?«

»Ja.«

»Aha«, sagte Poirot und lehnte sich im Sessel zurück. »Damit wäre der Fall wohl abgeschlossen.«

Im Raum herrschte tiefes Schweigen. Alle blickten auf den kleinen Mann, der da so selbstzufrieden im Sessel saß und seinen Schnurrbart zwirbelte. Im Gesicht des Inspektors zeigte sich Verwirrung. Dr. Stillingfleet runzelte die Stirn. Cornworthy starrte ihn verständnislos an. In Mrs. Farleys Blick lag ein verblüfftes Staunen. Joannas Augen sprachen von regem Interesse. Mrs. Farley brach das Schweigen.

»Ich verstehe Sie nicht, Monsieur Poirot.« Ihre Stimme klang etwas ungehalten. »Dieser Traum . . .«

»Ja«, sagte Poirot. »Der Traum war sehr wichtig.«

Mrs. Farley erschauderte. Sie sagte:

»Bis dahin habe ich nie an übernatürliche Kräfte geglaubt, aber jetzt – Nacht für Nacht vorher davon zu träumen.«

»Es ist ungewöhnlich«, bemerkte Stillingfleet. »Wirklich höchst seltsam! Wenn wir uns nicht auf Ihr Wort verlassen könnten, Poirot, und wenn Sie es nicht aus dem Munde des Propheten selber hätten . . .« Er räusperte sich verlegen. »Ich bitte vielmals um Verzeihung, Mrs. Farley. Ich meine, wenn Mr. Farley die Geschichte nicht selbst erzählt hätte . . .«

»Richtig«, warf Poirot ein. Seine bis dahin halb geschlossenen Augen öffneten sich plötzlich weit. Sie schimmerten sehr grün. *Wenn Benedict Farley es mir nicht gesagt hätte . . .«*

Er ließ eine kleine Pause eintreten und blickte sich im Kreise der verblüfften Gesichter um.

»Wissen Sie, es gab da manches an jenem Abend, das ich mir nicht zu erklären vermochte. Zunächst einmal: Warum wurde so großer Wert darauf gelegt, dass ich den Brief mitbringen sollte?«

»Wegen der Identifizierung«, meinte Cornworthy.

»Nein, nein, mein lieber junger Mann. Diese Idee ist wirklich zu lächerlich. Es muss schon ein viel triftigerer Grund dahinter stecken. Denn nicht nur wünschte Mr. Farley, dass ich den Brief vorzeigen sollte, sondern ich musste ihn sogar bei ihm zurücklassen. Und selbst dann hat er ihn noch nicht zerrissen! Er ist heute Nachmittag unter seinen Papieren gefunden worden. Warum bewahrte er ihn auf?«

Joanna Farleys Stimme ließ sich vernehmen.

»Weil er wünschte, dass die näheren Umstände dieses seltsamen Traumes an die Öffentlichkeit gelangten, falls ihm etwas zustieß.«

»Sie sind scharfsinnig, Mademoiselle. Das allein kann der Grund sein, weshalb er den Brief aufbewahrt hat. Wenn Mr. Farley tot sein würde, dann sollte die Geschichte dieses seltsamen Traumes erzählt werden! Der Traum spielte eine sehr wichtige Rolle. Er war von ausschlaggebender Bedeutung!

Ich komme jetzt«, fuhr er fort, »zum zweiten Punkt. Nachdem Mr. Farley mir seine Geschichte erzählt hatte, bat ich ihn, mir den Schreibtisch und den Revolver zu zeigen. Er schien sich erheben zu wollen, um mir meine Bitte zu erfüllen, weigerte sich dann aber plötzlich. Warum hat er sich geweigert?«

Diesmal hatte keiner von ihnen eine Antwort bereit.

»Ich will die Frage einmal anders formulieren. Was war dort in dem Nebenzimmer, das mir Mr. Farley nicht zeigen wollte?«

Das Schweigen hielt an.

»Ja«, meinte Poirot, »die Frage ist etwas schwierig. Aber es war ein Grund, ein dringender Grund vorhanden, warum Mr. Farley mich im Zimmer seines Sekretärs empfing und sich glattweg weigerte, mich in seinen eigenen Raum zu führen. Es war etwas in diesem Zimmer, das er mich unter keinen Umständen sehen lassen durfte.

Und nun komme ich zu der dritten unerklärlichen Begebenheit jenes Abends. Gerade als ich mich anschickte fortzugehen, bat Mr. Farley mich, ihm den von ihm erhaltenen Brief zurückzugeben. Aus Versehen reichte ich ihm eine Mitteilung meiner

Wäscherin, die er prüfend überflog und dann neben sich auf den Tisch legte. Kurz bevor ich den Raum verließ, entdeckte ich meinen Irrtum – und korrigierte ihn. Danach verließ ich das Haus und – ich gebe es unumwunden zu – war völlig ratlos. Die ganze Angelegenheit – insbesondere das letzte Vorkommnis – erschien mir völlig rätselhaft.«

Er blickte die Anwesenden der Reihe nach an.

»Haben Sie es nicht begriffen?«

Stillingfleet meinte: »Ich verstehe wirklich nicht, was Ihre Wäscherin damit zu tun hat, Poirot.«

»Meine Wäscherin«, erklärte Poirot, »spielte eine sehr wichtige Rolle. Diese miserable Person, die dauernd meine Kragen ruiniert, erwies sich zum ersten Mal in ihrem Leben nützlich. Aber Sie müssen es doch auch erkennen, es starrt einem ja förmlich ins Gesicht. Mr. Farley sah sich die Mitteilung an – ein einziger Blick hätte ihm sagen müssen, dass es nicht der richtige Brief war. Und doch hat er nichts gemerkt. Warum? Weil er nicht richtig sehen konnte!«

Inspektor Barnett fragte scharf:

»Trug er keine Brille?«

Hercule Poirot lächelte.

»Doch«, sagte er. »Er hatte seine Brille auf. Das macht die Sache ja so interessant.«

Er beugte sich etwas vor.

»Mr. Farleys Traum war sehr wichtig. Sehen Sie, er träumte, dass er Selbstmord begehe. Und ein wenig später hat er tatsächlich Selbstmord begangen. Das heißt, er war allein in einem Zimmer, und der Revolver lag neben ihm. So wurde er jedenfalls aufgefunden. Und niemand hat den Raum betreten oder verlassen, als der Schuss abgegeben wurde. Was bedeutet das? Das bedeutet doch, dass es unbedingt Selbstmord sein muss!«

»Ja«, sagte Stillingfleet.

Hercule Poirot schüttelte den Kopf.

»Im Gegenteil«, behauptete er. »Es handelte sich um einen Mord. Einen ungewöhnlichen und sehr schlau geplanten Mord.«

Wiederum beugte er sich vor und klopfte mit dem Finger auf den Tisch, während seine Augen vor Erregung grün schimmerten.

»Warum gestattete mir Mr. Farley nicht, an jenem Abend sein Zimmer zu betreten? Was war darin, das ich um keinen Preis sehen durfte? Ich glaube, liebe Freunde, es war – Benedict Farley selber!«

Er lächelte die perplexen Gesichter an.

»Ja, ja, es ist kein Unsinn, den ich daherrede. Warum konnte Mr. Farley, mit dem ich gesprochen hatte, den Unterschied zwischen zwei völlig unähnlichen Briefen nicht erkennen? Weil er, liebe Freunde, ein Mann mit normalem Sehvermögen war, der sehr starke Gläser trug. Solche Gläser machen einen Menschen mit normaler Sehfähigkeit praktisch blind. Stimmt das nicht, Doktor?«

Stillingfleet murmelte: »Gewiss – da haben Sie Recht.«

»Warum hatte ich bei der Unterredung mit ihm das Gefühl, dass ich es mit einem Scharlatan zu tun hatte, mit einem Schauspieler, der eine Rolle spielte? Betrachten wir zunächst die Szenerie – den dämmrigen Raum und die mit einem grünen Schirm bedeckte Lampe, deren grelles Licht von der Gestalt im Sessel abgewandt und dem Besucher zugekehrt ist. Was sah ich denn schon? Den berühmten Flickenschlafrock, die Hakennase – gefälscht mit der so nützlichen Substanz Paraffin –, den weißen Haarschopf, die stark vergrößernden Gläser, die die Augen versteckten. Was für ein Beweis existiert, dass Mr. Farley jemals einen Traum gehabt hat? Nur die Geschichte, die mir erzählt wurde, und *Mrs. Farleys* Aussage. Was für einen Beweis haben wir, dass Mr. Farley einen Revolver in seinem Schreibtisch aufbewahrte? Wiederum nur die mir erzählte Geschichte und Mrs. Farleys Wort. Zwei Menschen führten diesen Schwindel durch – Mrs. Farley und Hugo Cornworthy. Cornworthy schrieb mir den Brief, erteilte dem Butler die erwähnten Instruktionen, ging angeblich ins Kino, kehrte aber sofort wieder zurück, schlich sich in sein Zimmer, verkleidete sich und spielte Benedict Farleys Rolle.

Und so kommen wir zu dem heutigen Nachmittag. Die günstige Gelegenheit, auf die Mr. Cornworthy gewartet hat, bietet sich endlich. In der Diele sitzen zwei Zeugen, die beschwören können, dass niemand Benedict Farleys Zimmer betreten oder verlassen hat. Cornworthy wartet, bis sich ein besonders schwerer Verkehrsstrom vorbeiwälzt. Dann lehnt er sich zum Fenster hinaus und hält mit der Faulenzerzange, die er vom Schreibtisch nebenan entwendet hat, einen Gegenstand an Farleys Fenster. Benedict Farley tritt daraufhin ans Fenster, und Cornworthy lässt die Zange zurückschnellen. Während Farley sich hinauslehnt und die Lastwagen vor dem Haus vorbeidonnern, erschießt ihn Cornworthy mit einem Revolver, den er in Bereitschaft hat. Das Fenster geht ja nach der Seite, und gegenüber befindet sich eine blinde Wand. Es gibt also keinen Zeugen für das Verbrechen. Cornworthy wartet über eine halbe Stunde. Dann nimmt er einen Stoß Papiere, unter denen er die Faulenzerzange und den Revolver verbirgt, geht hinaus in die Diele und dann in den Raum nebenan. Dort legt er rasch die Faulenzerzange wieder auf den Schreibtisch und den Revolver neben den Toten, nachdem er dessen Finger auf den Griff gepresst hat, und eilt nach draußen mit der Nachricht von Mr. Farleys ›Selbstmord‹.

Er sorgt dafür, dass der an mich gerichtete Brief gefunden wird und ich mit meiner Geschichte erscheine – der Geschichte, die ich aus Mr. Farleys eigenem Mund gehört habe, der Geschichte von seinem ungewöhnlichen Traum und seinem seltsamen Drang, sich zu töten! Ein paar leichtgläubige Menschen werden die Hypnose-Theorie diskutieren – aber im Wesentlichen wird ohne jeden Zweifel bestätigt, dass es tatsächlich Benedict Farleys eigene Hand war, die den Revolver hielt.«

Hercule Poirots Augen richteten sich auf die Witwe, und er sah mit Befriedigung die Bestürzung, die fahle Blässe, die blinde Furcht . . . »Und in absehbarer Zeit«, schloss er sanft, »wäre das Happy End erreicht worden. Eine Viertelmillion Pfund und zwei Herzen, die wie eines schlagen . . .«

Dr. John Stillingfleet und Hercule Poirot gingen an der Seite von Northway House entlang. Zu ihrer Rechten erhob sich die ragende Fabrikwand, und links über ihnen befanden sich die Fenster von Benedict Farley und Hugo Cornworthy. Hercule Poirot blieb plötzlich stehen und hob einen Gegenstand auf – eine ausgestopfte schwarze Katze.

»*Voilà*«, sagte er. »Hier haben wir das, was Cornworthy mit der Faulenzerzange an Farleys Fenster hielt. Farley hasste ja Katzen, wie Ihnen vielleicht bekannt ist, und stürzte natürlich ans Fenster.«

»Warum in aller Welt ist Cornworthy denn nicht nach draußen geeilt und hat das Ding aufgehoben, nachdem er es hatte fallen lassen?«

»Wie konnte er das tun? Das hätte bestimmt Verdacht erregt. Und was denkt sich schon jemand dabei, wenn er diese Katze findet? Höchstes, dass ein Kind hier gespielt und sie verloren hat.«

»Ja«, seufzte Stillingfleet, »das hätte ein gewöhnlicher Sterblicher wahrscheinlich angenommen. Aber nicht der gute alte Hercule! Wissen Sie, bis zum allerletzten Augenblick habe ich angenommen, dass Sie irgendeine hochtrabende Theorie von einem psychologischen, ›suggerierten‹ Mord entwickeln würden. Ich möchte wetten, dass die beiden das auch vermutet haben! Eine schreckliche Nummer, diese Mrs. Farley! Meine Güte, wie sie zusammensackte! Cornworthy hätte sich vielleicht noch aus der Affäre gezogen, wenn sie nicht diesen hysterischen Anfall bekommen und versucht hätte, Ihre Schönheit mit ihren Krallen zu verschandeln. Nur mit Mühe und Not habe ich Sie aus ihren Klauen retten können.«

Nach einer kleinen Pause fuhr er fort:

»Die Tochter gefällt mir eigentlich ganz gut. Schneid, wissen Sie, und Grips. Würde man mich wohl für einen Glücksjäger halten, wenn ich mein Glück bei ihr versuchte?«

»Da kommen Sie zu spät, guter Freund. Es ist schon ein Anwärter da. Der Tod ihres Vaters hat ihr den Weg zum Glück geebnet.«

»Richtig gesehen, hatte sie ein ziemlich gutes Motiv, um den unangenehmen Paterfamilias in die ewigen Jagdgründe zu befördern.«

»Motiv und Gelegenheit genügen nicht«, entgegnete Poirot. »Es muss auch die verbrecherische Anlage vorhanden sein.«

»Werden Sie jemals ein Verbrechen begehen, Poirot?«, fragte Stillingfleet. »Ich möchte wetten, dass Sie ungestraft davonkämen. Aber es wäre tatsächlich zu leicht für Sie – aus diesem Grunde schon ist es zu verwerfen; denn es wäre entschieden zu unsportlich.«

»Das«, meinte Poirot, »ist eine typisch englische Idee.«

Spiegelbild

Ich habe keine Erklärung für die folgende Geschichte, keine Theorie über das Wie und Warum. Es ist einfach etwas, das geschah.

Dennoch frage ich mich zuweilen, wie sich die Dinge entwickelt haben würden, wenn ich damals jenes eine wesentliche Detail bemerkt hätte, dessen eigentliche Bedeutung mir erst so viele Jahre danach zu Bewusstsein kam. Hätte ich es bemerkt – nun, ich glaube, das Leben dreier Menschen hätte einen völlig anderen Verlauf genommen. Irgendwie ist das ein sehr erschreckender Gedanke.

Angefangen hat alles im Sommer 1914 – unmittelbar vor Ausbruch des Krieges –, als ich mit Neil Carlslake nach »Badgeworthy« fuhr. Neil war damals, denke ich, mein bester Freund. Ich kannte auch seinen Bruder Alan, aber nicht so gut. Ihrer Schwester Sylvia war ich nie begegnet. Sie war zwei Jahre jünger als Alan und drei Jahre jünger als Neil. Während unserer gemeinsamen Schulzeit hatte ich zwei Mal einen Teil der Sommerferien bei Neil in »Badgeworthy« verbringen sollen, und beide Male war etwas dazwischen gekommen. So kam es, dass ich das Zuhause von Neil und Alan erst kennen lernte, als ich schon dreiundzwanzig war.

Wir sollten dort eine ziemlich große Gesellschaft sein. Neils Schwester Sylvia hatte sich gerade mit einem Mann namens Charles Crawley verlobt. Er war, wie mir Neil sagte, ein gutes Stück älter als sie, aber ein überaus anständiger Kerl und obendrein recht vermögend.

Wir kamen, wenn ich mich recht erinnere, gegen sieben Uhr abends an. Die anderen waren alle bereits auf ihre Zimmer gegangen, um sich fürs Abendessen umzukleiden. Neil brachte mich zu meinem Quartier. »Badgeworthy« war ein reizendes altes Haus, das im Lauf der letzten drei Jahrhunderte durch zahlreiche An- und Umbauten erweitert worden war und in dem an den unerwartetsten Stellen kleine Stufen und Treppen hinauf- oder hinunterführten. Kurz gesagt, es war ein Haus, in dem es nicht leicht war sich zurechtzufinden. Ich entsinne mich, dass Neil versprach, auf dem Weg hinunter zum Abendessen bei mir vorbeizukommen und mich abzuholen. Mir war ein wenig beklommen zu Mute bei dem Gedanken, zum ersten Mal seine ganze Familie kennen zu lernen. Ich weiß noch, dass ich lachend bemerkte, in einem solchen Haus habe man das Gefühl, man könne in den Gängen jederzeit einem Geist begegnen, und dass er darauf leichthin erwiderte, es gehe tatsächlich das Gerücht um, dass es in dem Hause spuke, doch habe keiner von der Familie jemals etwas dergleichen wahrgenommen und er wisse nicht einmal, in welcher Gestalt der Spuk sich angeblich zeige.

Dann ging er, und ich machte mich daran, meinen Abendanzug aus dem Koffer zu kramen. Die Carlslakes waren nicht vermögend; sie konnten mit Mühe ihren alten Familiensitz halten, und es gab keine Diener, die einem die Koffer auspackten oder beim Ankleiden behilflich waren.

Nun, ich war schließlich so weit fertig, dass ich mir nur noch die Krawatte umbinden musste. Ich war dafür vor den Spiegel getreten. Darin sah ich mein Gesicht und meine Schultern und dahinter die Wand des Zimmers – eine einfache, glatte Wand, nur in der Mitte durch eine Tür unterbrochen –, und gerade als ich meine Krawatte fertig gebunden hatte, sah ich, dass diese Tür sich öffnete.

Ich weiß nicht, warum ich mich nicht umdrehte – es wäre wohl das Natürlichste gewesen. Jedenfalls, ich tat es nicht. Ich beobachtete im Spiegel, wie die Tür langsam immer weiter aufging – und blickte in den Raum dahinter.

Es war ein Schlafzimmer, größer als meines, mit zwei Betten darin, und plötzlich stockte mir der Atem.

Denn am Fußende des einen Bettes saß eine junge Frau, und um ihren Hals lagen zwei Männerhände. Der Mann drückte sie mit Gewalt aufs Bett zurück und presste ihr dabei die Kehle zu, sodass die junge Frau langsam erstickte.

Es war nicht der leiseste Irrtum möglich. Was ich sah, war eindeutig. Was dort geschah, war ein Mord.

Ich konnte das Gesicht der Frau deutlich erkennen, ihr leuchtend goldblondes Haar, das maßlose Entsetzen in ihren schönen Zügen, die sich allmählich dunkelrot verfärbten. Von dem Mann sah ich nur den Rücken, die beiden Hände und eine Narbe, die von seiner linken Gesichtshälfte bis zum Hals lief.

Ich habe eine gewisse Zeit gebraucht, um die Szene zu schildern; in Wirklichkeit jedoch vergingen höchstens ein paar Sekunden, während ich wie gelähmt in den Spiegel starrte. Dann fuhr ich herum, der Frau zu Hilfe zu eilen . . . Und an der Wand hinter mir, der Wand, die ich im Spiegel reflektiert gesehen hatte, stand nur ein großer viktorianischer Mahagonischrank. Keine offene Tür – keine Szene der Gewalt. Rasch wandte ich mich wieder dem Spiegel zu. Er gab bloß das Bild des Schrankes wider.

Ich fuhr mir mit der Hand über die Augen. Dann stürzte ich zu dem Schrank und versuchte, ihn von der Wand wegzuziehen. In diesem Augenblick kam Neil vom Gang durch die andere Zimmertür herein und fragte mich, was, zum Teufel, ich denn da täte.

Er muss mich für ein bisschen verrückt gehalten haben, als ich in heftigem Ton die Gegenfrage stellte, ob es hinter dem Schrank noch eine Tür gebe. Ja, sagte er, es gebe allerdings eine Tür, sie führe ins Nebenzimmer. Ich fragte ihn, wer zurzeit in dem Zimmer nebenan wohne, und er sagte, Leute namens Oldham – ein Major Oldham und seine Frau. Ich fragte ihn daraufhin, ob Mrs. Oldham hellblond sei, und als er trocken erwiderte, nein, sie sei brünett, kam mir allmählich zu Bewusstsein, dass ich wohl im Begriff war, mich fürchterlich zu blamieren. Ich riss mich zusammen, stotterte eine lahme Erklärung hervor, und wir gingen zusammen hinunter. Ich musste einer Art Sinnestäuschung erlegen

sein, sagte ich mir und kam mir reichlich beschämt und ein bisschen blöde vor.

Und dann – und dann sagte Neil: »Meine Schwester Sylvia«,
und ich blickte in das schöne Gesicht der Frau, die eben vor meinen Augen erwürgt worden war . . . und ich wurde ihrem Verlobten vorgestellt, einem großen, dunkelhaarigen Mann mit einer Narbe, die über die linke Gesichtshälfte lief!

Nun, das wär's. Ich wüsste gern, was Sie an meiner Stelle getan hätten. Da stand die junge Frau – dieselbe junge Frau –, und
dort der Mann, den ich mit eigenen Augen gesehen hatte, wie er
sie erwürgte – und die beiden sollten in etwa einem Monat heiraten . . .

Hatte ich einen prophetischen Blick auf zukünftige Ereignisse
getan oder nicht? Würden Sylvia und ihr Mann in der Zukunft
irgendwann einmal hierher zu Besuch kommen, würde man ihnen jenes Zimmer (das beste Gästezimmer) geben, und würde
die Szene, deren Zeuge ich gewesen war, grausame Wirklichkeit
werden?

Was sollte ich tun? Konnte ich überhaupt irgendetwas tun?
Würde irgendein Mensch – Neil oder das Mädchen selbst – mir
Glauben schenken?

Während der ganzen Woche, die ich dort verbrachte, wälzte
ich dieses Problem in meinen Gedanken hin und her. Sollte ich
sprechen oder sollte ich es nicht tun? Obendrein hatte sich die Situation sehr bald noch weiter kompliziert. Ich hatte mich nämlich vom ersten Augenblick an in Sylvia Carlslake verliebt. Ich
begehrte sie mehr als alles andere auf der Welt. Und in gewisser
Weise waren mir dadurch die Hände gebunden.

Und dennoch, wenn ich schwieg, würde Sylvia sich mit
Charles Crawley verheiraten, und Crawley würde sie töten . . .

Und so platzte ich am Tag vor meiner Abreise dann doch mit
meiner ganzen Geschichte vor ihr heraus. Ich sagte, sie halte
mich gewiss für nicht ganz richtig im Kopf, aber ich könne ihr
feierlich schwören, dass alles ganz genau so gewesen sei, wie ich
es ihr geschildert habe, und ich sei der Meinung, wenn sie Craw-

ley unbedingt heiraten wolle, so müsse sie wenigstens von meinem sonderbaren Erlebnis erfahren.

Sie hörte mir schweigend zu. In ihren Augen war ein Ausdruck, den ich nicht enträtseln konnte. Sie wurde überhaupt nicht böse. Als ich geendet hatte, dankte sie mir bloß in ernstem Ton. Wie ein Narr wiederholte ich immer wieder: »Ich hab's gesehen. Ich hab's ganz bestimmt gesehen«, und sie antwortete: »Wenn du es sagst, ist es bestimmt so. Ich glaube dir.«

Nun, um es kurz zu machen, ich reiste ab, ohne zu wissen, ob ich richtig gehandelt oder ob ich eine Dummheit begangen hatte, und eine Woche später löste Sylvia ihre Verlobung mit Charles Crawley.

Kurz darauf brach der Krieg aus, und die Ereignisse ließen einem kaum Zeit, an etwas anderes zu denken. Ich traf Sylvia zufällig ein oder zwei Mal, während ich auf Urlaub war, aber ich ging ihr so weit wie möglich aus dem Weg.

Ich liebte und begehrte sie so heftig wie zuvor, aber irgendwie hatte ich das Gefühl, es wäre unfair, ihr das zu zeigen. Ich war schuld, dass sie ihre Verlobung mit Crawley gelöst hatte, und ich redete mir unablässig ein, dass ich meine Handlungsweise nur rechtfertigen konnte, indem ich mich Sylvia gegenüber völlig neutral verhielt.

Dann kam Neil 1916 im Feld ums Leben, und mir fiel die Aufgabe zu, Sylvia von seinen letzten Augenblicken zu berichten. Danach war es nicht mehr möglich, zu der steifen Förmlichkeit, die vorher zwischen uns geherrscht hatte, zurückzufinden. Sylvia hatte Neil vergöttert, und er war mein bester Freund gewesen. Sie war so süß – so anbetungswürdig in ihrem Kummer. Es gelang mir nur mit größter Mühe, meine Gefühle für mich zu behalten, und als ich wieder einrückte, betete ich, dass eine Kugel der ganzen unglückseligen Geschichte ein Ende machen möge. Ein Leben ohne Sylvia schien mir nicht mehr lebenswert.

Aber für mich war keine Kugel bestimmt. Eine streifte mich unterhalb des rechten Ohres, und eine andere wurde von einem Zigarettenetui in meiner Brusttasche abgelenkt, doch ich kam ohne ernstliche Verwundung davon. Charles Crawley fiel Anfang 1918.

Irgendwie änderte das alles. Als ich im Herbst 1918 unmittelbar vor dem Waffenstillstand nach Hause kam, ging ich sofort zu Sylvia und sagte ihr, dass ich sie liebte. Ich hatte nicht viel Hoffnung, dass sie meine Neigung erwiderte, und war wie vor den Kopf geschlagen, als sie mich fragte, warum ich ihr das nicht schon viel früher gesagt hätte. Ich stotterte etwas von Rücksicht auf Crawley, und sie fragte: »Aber warum, glaubst du, habe ich damals mit ihm Schluss gemacht?« Und sie gestand mir, wie ich mich in sie, so habe auch sie sich in mich vom ersten Augenblick an verliebt. Ich erklärte ihr, ich hätte geglaubt, sie habe ihre Verlobung wegen meiner Geschichte gelöst. Darauf lachte sie verächtlich und sagte, so feige wäre sie bestimmt nicht, wenn sie einen Mann wirklich liebe. Wir sprachen dann noch einmal über meine damalige Vision und fanden sie beide merkwürdig, aber mehr nicht.

Nun, danach gibt es für einige Zeit wenig zu berichten. Sylvia und ich heirateten und waren glücklich miteinander. Aber ich erkannte, sobald sie wirklich mir gehörte, dass ich nicht gerade zum allerbesten Ehemann geschaffen war. Ich liebte Sylvia über alles, aber ich war eifersüchtig, lächerlich eifersüchtig auf jeden Menschen, dem sie auch nur ein Lächeln schenkte. Zu Anfang fand sie das lustig. Ich glaube, es gefiel ihr sogar. Es bewies ihr zumindest, wie sehr ich sie liebte.

Was mich anbetraf, so erkannte ich klar und unmissverständlich, dass ich nicht nur mich selbst lächerlich machte, sondern auch den Frieden und das Glück unseres gemeinsamen Lebens in Gefahr brachte. Ich wusste es, wie gesagt, aber ich konnte mir nicht helfen. Jedes Mal wenn Sylvia einen Brief bekam, den sie mir nicht zeigte, grübelte ich, von wem er sein mochte. Und immer wenn sie mit einem anderen Mann lachte und plauderte, wurde ich mürrisch und argwöhnisch.

Wie gesagt, zu Anfang lachte Sylvia über mich. Sie fand das Ganze ungeheuer komisch. Dann fand sie es allmählich weniger komisch – und am Ende überhaupt nicht mehr.

Und langsam begann sie sich von mir innerlich zu entfernen. Nicht in irgendeinem körperlichen Sinn, doch sie zog sich seelisch vor mir zurück. Ich wusste nicht mehr, was sie dachte. Sie war nach wie vor nett zu mir – aber auf eine traurige Weise, wie aus weiter Entfernung.

Nach und nach begriff ich, dass sie mich nicht mehr liebte. Ihre Liebe war tot, und ich selbst hatte sie getötet . . .

Der nächste Schritt war unausweichlich. Ich wartete darauf – und fürchtete mich gleichzeitig davor.

Dann trat Derek Wainwright in unser Leben. Er besaß alles, was ich nicht hatte. Er war klug und witzig, gut aussehend und obendrein – ich muss es zugeben – ein fabelhaft anständiger Kerl. Schon auf den ersten Blick sagte ich zu mir: Das ist genau der Richtige für Sylvia.

Sie kämpfte dagegen an. Ich weiß, wie sehr sie kämpfte – aber ich half ihr nicht dabei. Ich konnte nicht. Ich hatte mich rettungslos in meinen starren, abweisenden Trübsinn verrannt. Ich litt wie ein Hund – und konnte keinen Finger rühren, um mich aus meiner Erstarrung zu befreien. Ich half Sylvia nicht. Ich machte alles nur noch schlimmer. Eines Tages brach es aus mir heraus – ich überschüttete sie mit einem Strom von wüsten, ungerechtfertigten Beschimpfungen. Ich war halb wahnsinnig vor Kummer und Eifersucht. Die Dinge, die ich zu ihr sagte, waren grausam und unwahr, und ich wusste, während ich sie aussprach, wie grausam und unwahr sie waren. Und dennoch bereitete es mir ein schlimmes Vergnügen, sie auszusprechen.

Ich sehe noch, wie Sylvia vor Beschämung errötete und in sich zusammenkroch.

Ich trieb sie bis an die Grenze ihrer Belastbarkeit.

Ich weiß noch, wie sie murmelte: »So kann es nicht weitergehen . . .«

Als ich an diesem Abend nach Hause kam, war das Haus leer – leer. Es lag ein Brief für mich da – ganz nach klassischer Manier.

Sie schrieb darin, dass sie mich verlassen habe – für immer. Sie werde für ein bis zwei Tage nach »Badgeworthy« fahren. Danach werde sie zu dem einen Menschen gehen, der sie liebe und brauche. Ihr Entschluss sei endgültig.

Wahrscheinlich hatte ich bis zu diesem Augenblick meinen eigenen Verdächtigungen nicht wirklich geglaubt. Meine schlimmsten Befürchtungen hier schwarz auf weiß bestätigt zu sehen, trieb mich zum Wahnsinn. Mit der höchsten Geschwindigkeit, die mein Wagen hergab, fuhr ich Sylvia nach »Badgeworthy« hinterher.

Sie hatte sich gerade zum Abendessen umgezogen, als ich in ihr Zimmer gestürzt kam. Noch heute sehe ich ihr Gesicht vor mir – erschrocken – schön – voller Furcht.

»Keiner außer mir soll dich haben«, schrie ich. »Keiner!«

Und ich packte sie mit beiden Händen an der Kehle und zwang sie rücklings aufs Bett.

Plötzlich sah ich unser Bild im Spiegel. Ich sah Sylvia dem Ersticken nahe, sah meine Hände sie am Halse würgen, sah die Narbe an meiner Wange, unterhalb des rechten Ohrs, wo die Kugel mich gestreift hatte . . .

Nein – ich tötete sie nicht. Die plötzliche Erleuchtung hatte mich gelähmt, ich lockerte meinen Würgegriff und ließ Sylvia zu Boden gleiten.

Dann brach ich zusammen – und sie tröstete mich. Ja, sie tröstete mich.

Ich erzählte ihr alles, und sie erklärte mir, dass sie mit den Worten, sie gehe zu dem einen Menschen, der sie liebe und brauche, ihren Bruder Alan gemeint hatte . . . In jener Nacht blickten wir einander in das tiefste Innere unseres Herzens, und ich glaube, seither haben wir uns nie mehr voneinander entfernt.

Wenn man sein Leben lang den Gedanken mit sich herumtragen muss, dass nur die Gnade Gottes und ein Spiegel einen davor bewahrt haben, zum Mörder zu werden, so wirkt das überaus ernüchternd. Eines jedenfalls starb in jener Nacht – der Teufel der Eifersucht, der mich so lange besessen hatte.

Aber zuweilen frage ich mich doch – angenommen, ich hätte mich ganz am Anfang nicht geirrt – hätte die Narbe nicht, spiegelverkehrt, auf der linken Wange gesehen, da sie sich doch in Wirklichkeit auf der rechten befand . . . Wäre ich dann so sicher gewesen, dass es sich bei jenem Mann um Charles Crawley handelte? Hätte ich Sylvia dann gewarnt? Wäre sie heute mit mir verheiratet – oder mit ihm?

Oder sind Vergangenheit und Zukunft eins?

Ich bin nur ein einfacher Mensch – ich kann nicht vorgeben, dass ich von derartigen Dingen etwas verstehe –, aber ich habe jenes Bild im Spiegel gesehen, und weil ich es sah, sind Sylvia und ich zusammen, so wie die uralte Formel lautet: Bis dass der Tod uns scheidet. Und vielleicht über den Tod hinaus . . .

Quellenverzeichnis